THOMAS C. BREZINA

WILDE Wahnsinns ENGEL

ENGEL KÜSSEN IST GEFÄHRLICH
&
ENGEL LACHEN IMMER LÄNGER

Schneider Buch
EGMONT

Dieses Sonderband enthält folgende Einzeltitel:
Band 1: Engel küssen ist gefährlich
Band 2: Engel lachen immer länger

verlegt durch EGMONT Verlagsgesellschaften mbH,
Gertrudenstraße 30–36, 50667 Köln

Lektorat: Birgit Arteaga
Umschlaggestaltung: Max Meinzold, München
Satz: Achim Münster, Köln
Druck und Bindung: CPI - Moravia Books s.r.o., Pohorelice
Printed in the E.U.
ISBN 978-3-505-13146-2

ENGEL KÜSSEN IST GEFÄHRLICH

Ein stinknormaler Morgen, oder?

In den Bäumen schwitzten die Spatzen. Dabei war es erst sieben Uhr morgens.

Vicky schmetterte unter der Dusche laut – und ziemlich falsch – Weihnachtslieder. Als sie bei Rudolf, dem Rentier mit der roten Nase angelangt war, drehte sie den Wasserhahn auf eiskalt. Statt dem tiefen Hohoho des Weihnachtsmannes war daraufhin Quieken und Prusten hinter dem Duschvorhang zu hören.

Mit den letzten Tönen des Liedes beendete sie ihre Morgendusche. Schwungvoll zog sie den Vorhang zurück und kletterte aus der Wanne. Neben der Waschmaschine türmten sich Handtücher, aus denen Vicky ein blau-gelb gestreiftes herauszog und sich darin einwickelte.

Über ihr auf der Leine, die kreuz und quer durch das winzige Bad gespannt war, baumelte Unterwäsche zum Trocknen. Die Waschmaschine brummte mit ihrem üblichen Schluckauf.

Um ihre Laune weiter zu steigern, sang Vicky, während sie sich abtrocknete und ihre wilde dunkle Mähne mit dem Föhn in die übliche stachelige Form brachte, lautstark „O du fröhliche".

Die Tür wurde aufgerissen und Sally sprang mit einem übermütigen „Buh!" herein. Da Vicky, dank der Weihnachtslieder, inzwischen bei acht von zehn Punkten auf dem

Stimmungsbarometer angekommen war, tat sie der kleinen Schwester den Gefallen und zuckte erschrocken zusammen. Sally gluckste vor Freude. Unter den Arm geklemmt hielt sie Frankie, den einzigen Frankenstein-Teddybär der Welt. Sein Körper war echt Teddybär, sein Kopf aber stammte von einem Plüschelefanten, dem ein fehlendes Tellerohr durch einen Hasenlöffel ersetzt worden war. Das linke Bein kam von einem Schlenkerschaf, der Schwanz von einem Kuschelkrokodil und die Augen waren unterschiedlich groß. Sally hing an Frankie, den ihre Mutter aus den Resten zu Tode geliebter Stofftiere genäht hatte.

„Sexy, sexy, sexy“, krähte Sally und schwang die Hüften.

„Lernst du solche Wörter im Kindergarten?“, wollte Vicky wissen.

„Schmusen, Busen, Zungenkuss!“, verkündete Sally, stolz darauf, dass sie diese Ausdrücke kannte.

Das Bad war nicht größer als eine Telefonzelle und mit Vicky und Sally bereits überfüllt. Trotzdem drängte sich auch noch Pru Cassady herein und begann den allmorgendlichen Kampf mit ihren dünnen Locken. Bei dem Versuch, sie zu einem Pferdeschwanz zu binden, entschlüpfte immer mindestens eine Haarsträhne.

„Zu spät, schon wieder zu spät, morgen stelle ich den Wecker zehn Minuten früher“, kündigte sie seufzend an. Sie tat das jeden Morgen. Sie gab den Kampf gegen die eine Strähne, die widerspenstig in die Stirn wippte, auf. Anschließend begann sie pinkfarbene Creme in ihrem Gesicht zu verreiben. Im ganzen Bad roch es zart nach Wassermelonen.

„Warum gibt's deine Creme nicht auch mit Pfirsichduft?“, regte Vicky an.

Ihre Mutter massierte Wangen und Stirn, schnitt wilde Grimassen und spannte alle Gesichtsmuskeln auf einmal an, was sie wie eine verschrumpelte Kartoffel aussehen ließ. Mit einem lauten „Bäääää!“ entspannte sie sich wieder.

Sally quiekte vergnügt. Die Gesichtsgymnastik ihrer Mutter fand sie unterhaltsamer als jeden Zeichentrickfilm.

„Pfirsichduft! Guter Einfall!“, sagte Mrs Cassady und drückte zum Abschluss an ihre Schläfen. „Sonnenschein, denkst du bitte dran, Sally um drei Uhr vom Kindergarten abzuholen?“, erinnerte sie ihre Tochter. Ein unsichtbarer Notizzettel mit einer Liste von Dingen, die erledigt werden mussten, schien auf ihrer Stirn zu kleben. Punkt für Punkt ging sie ihn nun durch, um nichts zu vergessen.

„Sally um drei abholen. Denk ich absolut dran!“, versprach Vicky.

„Sie geht heute auf einen Kindergeburtstag bei Niki. Oder bei Laura? Oder ist es Nicola?“ Pru wandte sich an Sally. „Herzblatt, wer hat Geburtstag?“

Sally dachte nach. „Harry. Nein, Paul. Nein, Curt!“

Mrs Cassady nickte, als wüsste sie jetzt Bescheid. „Vicky, geh einfach den Müttern hinterher, die ein Geschenk tragen. Machst du das?“

„Absolut, genau so!“

„Ich komme heute erst spät. Und vergiss bitte nicht, Sally auch wieder vom Geburtstag abzuholen. Das ist mir einmal passiert. Sie hat zum Glück nicht geheult, dafür aber alles gegessen, was an Torten und Pizza übrig war.“

Vicky kam nicht dazu, etwas zu sagen, weil ihre Mutter schon weiterredete. „Du machst euch Abendbrot und steckst Sally dann ins Bett? Ja?“

„Absolut, genau so!“

„Ich komme frühestens um zehn Uhr, wenn Hopper nicht die Reifen streckt.“ Hopper war ihr giftgrüner Wagen, der älter war als Vicky. Ihre Mutter besprühte sich mit ihrem aus Rosen- und Orangenduft selbst gemischten Parfum. Fragend drehte sie sich zu Vicky: „Gibt's hinter den sieben Bergen eine, die schöner ist als ich?“

„Absolut nicht!“, versicherte Vicky fast schon automatisch, da sie auch diese Frage jeden Morgen beantworten musste.

Pru küsste Vicky auf die Stirn, kniete sich dann auf den feuchten Boden und umarmte Sally. „Heute ist ein Prinzessinnentag“, erinnerte sie die Kleine. „Also nur Prinzessinnenbenehmen, abgemacht?“

Sally nickte mit ernster Miene. Gleichzeitig gab sie nach hinten einen knatternden Ton von sich, dem heftiger Gestank folgte.

Vicky verdrehte die Augen und richtete den Föhn auf den unsichtbaren Angreifer ihrer Geruchsnerven.

„Ich habe die zwei liebsten, besten und schönsten Töchter der Welt!“, erklärte Pru Cassady stolz, drückte und küsste die beiden erneut, hielt sie kurz von sich weg, musterte sie liebevoll, um dann mit dem Drücken-Küssen noch einmal von vorne zu beginnen.

„Du machst mich platt!“, ächzte Vicky gespielt leidend.

Die Waschmaschine hatte den Schleudergang erreicht und begann einen wackelnden Tanz. Vicky entwand sich der Umarmung ihrer Mutter und setzte sich vorsichtshalber oben drauf.

„Oh, was täte ich nur ohne dich!“, sagte ihre Mutter

dankbar. „Du bist ein Schatz, Vicky, wirklich. Ein Engel!" Danach wirbelte sie davon.

Die Waschmaschine wackelte nun so heftig, dass Vicky sich am Rand des Gerätes festhalten musste, um nicht abgeworfen zu werden. Am Vortag hatte sich die Maschine wie ein Rodeopferd aufgeführt und dabei den Wasserschlauch aus der Wand gerissen. Seither prangte im Wohnzimmer ein riesiger Wasserfleck an der Decke, der die Form von Engelsflügeln hatte.

Vicky hatte beschlossen, diesen Fleck als gutes Omen für *Engel&Co* zu sehen.

Bisher war die ganze Sache eine herbe Enttäuschung. Das musste sich dringend ändern. Vicky hatte schon einige Ideen, wie sie *Engel&Co* richtig in Schwung bringen könnte. Die wollte sie mit Nessa und Gloria besprechen.

„Jingle Bells" summend schwang sich Vicky auf ihr Fahrrad. Wenn sie Glück hatte, würde sie es gerade noch zum Läuten der ersten Stunde in die Schule schaffen. Leider konnte sie keine Abkürzung nehmen. Sie musste die Hauptstraße hinunter und sich ihr Frühstück abholen.

Einerseits war es praktisch, einen Onkel zu haben, der Bäcker war. Andererseits war es reichlich mühsam, wenn dieser Onkel, der große Bruder der eigenen Mutter, nicht kapieren wollte, dass seine Schwester kein kleines Kind mehr war. Onkel Anthony traute Vickys Mutter nicht einmal zu, Wasser zu kochen, ohne es anbrennen zu lassen. Um zu überprüfen, ob Vicky und Sally noch lebten und Pru sie nicht mit ihren elenden Kochkünsten vergiftet hatte, musste Vicky jeden Morgen eine Tüte mit Frühstück für die Schule in seinem Laden entgegennehmen.

An diesem Morgen jagte Vicky in die kleine Bäckerei, in der es so herrlich nach frischem Brot duftete, riss ihrem Onkel die Tüte aus der Hand und rannte wieder hinaus zu ihrem Fahrrad.

„Absolut ja", rief sie sicherheitshalber über die Schulter, ohne zu hören, was der Onkel genau gefragt hatte. Es war aber – da war sich Vicky sicher – eine der üblichen Fragen, ob das Haus noch stand oder Sally auch bestimmt alle zehn Finger an den Händen hatte.

Vicky ließ die Bremsen ihres Fahrrads quietschen und konnte gerade noch rechtzeitig bei der Abzweigung in einen schmalen Weg zwischen den Häusern abbiegen. Sie brauchte alle Konzentration, um nicht zu wackeln und mit den Ellenbogen die rauen Hauswände zu streifen, so eng war der Durchgang. Er mündete in einen verwilderten Park, wo Vicky als kleines Mädchen mit Nessa und Gloria „Gestrandet auf der einsamen Insel" gespielt hatte.

Unter den ausladenden Baumkronen, auf einem Steinpodest, das an einer Seite leicht eingesunken war, stand ER. Wann genau er aufgestellt worden war, von wem und warum, hatte selbst die Lehrerin in der Grundschule nicht sagen können. Und das wollte etwas heißen, denn Vicky traute ihr zu, sogar zu wissen, an welcher Hausecke welcher Hund für gewöhnlich das Bein hob.

ER war aus schwarzem Marmor und bis auf ein locker fallendes Tuch nackt. Das Tuch reichte von einer Schulter über die Brust und den Bauch bis zum Oberschenkel und verdeckte seine Körpermitte. Andernfalls wäre er ein nackter Engel gewesen. Aber nackt wurden Engel nur dargestellt, wenn sie noch im Babyalter waren.

ER aber war kein kleines Kind mehr. Richtig erwachsen sah er jedoch auch nicht aus. Auf Vicky machte er den Eindruck eines Teenagers. Den rechten Arm hatte er wie ein Balletttänzer erhoben, das linke Bein leicht nach hinten abgewinkelt, als würde er laufen. Aus seinen Schulterblättern wuchsen die kräftigen Schwingen, deren oberer Rand bis zu seinem Nacken reichte, während die untersten Spitzen fast die Fersen kitzelten. Die Flügel waren leicht gespreizt wie kurz vor dem Abflug. Vicky musste bei diesem Anblick immer grinsen, denn in dieser Haltung ließen sie das knackige Hinterteil frei.

„Dieser Po macht froh", hatte Nessa einmal gereimt.

Seit sie mit fünf Jahren den Park zum ersten Mal betreten hatte, war sie von der Statue fasziniert. Damals hatte sie im Kindergarten ein halbes Jahr lang nur noch schwarze Engel gemalt. Ihre Eltern, die zu der Zeit noch verheiratet gewesen waren, waren von der Leiterin des Kindergartens zu einem Gespräch bestellt worden. Sogar zu einem Seelenklempner schleiften sie Vicky, der Eltern und Kindergarten schließlich mitteilte, dass Vicky nicht besessen war und auch keinen geistigen Defekt hatte, sondern schlicht und einfach die Statue im Park verehrte wie andere Mädchen Ponys.

„Hi, Azi", rief Vicky im Vorbeifahren. So viel Zeit musste sein. Die Statue nur anzusehen, verursachte ihr jedes Mal einen angenehmen, kribbelnden Schauer. Sie mochte den schwarzen Engel. Sie mochte ihn sehr. Gegenüber Nessa hätte sie niemals ein Wort darüber verloren, denn sie fürchtete ihre bissigen Kommentare, und über Azi und sie durfte sich niemand lustig machen.

„Bye, Azi!“, rief sie über die Schulter und radelte weiter. Am Ende der kleinen Grünoase, wo die Sonne einen hellen Fleck auf den Weg warf, fühlte sie angenehme Kühle. Da sie spät dran war – wie üblich –, genoss sie den erfrischenden Moment, schenkte ihm aber keine Beachtung.

Als Vicky wieder auf die Straße einbog, ging ein Mann an der Engelstatue vorbei. Er war jung, höchstens zwanzig, mit dichten, gewellten dunklen Haaren und gebräunter Haut. Sein offenes weißes Baumwollhemd flatterte. Er hatte es nicht in die Hose gesteckt. Über die Schulter trug er, lässig am Zeigefinger aufgehängt, ein schwarzes Jackett. Es war aus dem gleichen Stoff wie seine Hose. Schuhe hatte er keine an. Der Mann war barfuß. Im Vorbeigehen schenkte er der Statue einen kleinen Seitenblick. Ein überlegenes Lächeln spielte um seine Mundwinkel.

Er musste aus derselben Richtung gekommen sein, in die Vicky geradelt war. Trotzdem war sie ihm nicht begegnet.

WÜRMER, DIE SCHMECKEN

Der Schulgong holte gerade Luft zum Schlagen, als Vicky von ihrem Fahrrad sprang. Sie japste nach Luft, so sehr hatte sie sich beeilt. Hinter ihr hupte jemand.

Ein offener roter Sportwagen kam schwungvoll zum Stehen. Vom Beifahrersitz sauste Gloria in die Höhe. Am Steuer saß ihr großer Bruder Sigfrid. Auch er erhob sich und strahlte über den Rand der Windschutzscheibe. „Neu, neu, neu!“, jubelte er.

Vicky blieb keine Zeit, ihr Fahrrad abzuschließen. Sie war im Juni bereits zweimal beim Zuspätkommen erwischt worden. Ein drittes Mal bedeutete Vorladung der Eltern. Ihre Mutter würde zwar sowieso nicht kommen, ihr Vater aber schon, angeführt von Isabella, seiner „Neuen“, gegen die jede böse Stiefmutter im Märchen ein Schatz war.

Danke, nein, darauf konnte Vicky gut verzichten.

„Kannst du mein Rad mal kurz für mich halten“, bat Vicky Sigfrid.

Sigfrid war sofort zur Stelle und griff nach der Lenkstange.

Vicky ließ ihn einfach stehen und sprintete gemeinsam mit Gloria auf das Schultor zu.

Die beiden erreichten ihre Klasse im zweiten Stock, als der Gong durch die Gänge schallte.

In der vorletzten Reihe wartete Nessa bereits auf sie. Sie rieb sich mit beiden Händen das breite Hinterteil.

„Neuer Fahrradsattel! Nicht geeignet für Nilpferdhintern wie meinen“, knurrte sie. Sonst durfte das mit dem dicken Hintern aber niemand sagen.

In der ersten Stunde hatten sie Geografie, ein Fach, dem die drei den Schnarchfaktor sieben auf der zehnstelligen Skala gegeben hatten. Das lag vor allem an ihrem Lehrer, Doktor Moseman. Seine Stimme konnte Bären sogar im Hochsommer in den Winterschlaf versetzen.

Vicky kritzelte auf einen Zettel: „Müssen ECO bekannter machen!“ ECO stand für *Engel&Co.*

Nessa nickte zustimmend. „Flugzettel“ kritzelte sie als Antwort dazu.

Gloria war für Plakate. Als Begründung schrieb sie dazu: „Think big!“

Nessa antwortete: „Big bin ich sowieso. Dafür aber schmal bei Kasse.“

An solche Kleinigkeiten wie Geld dachte Gloria nie. Bei ihr zu Hause war mehr als reichlich davon vorhanden.

Von der Straße kam ungeduldiges Fahrradgeklingel. Ohne einen Blick hinunterwerfen zu müssen, wussten Vicky und Gloria, dass es Sigfrid mit Vickys Fahrrad war. Vicky lieh sich Glorias Handy und schickte ihm schnell eine Kurznachricht:

Sorry. Notfall. Rad bitte im Hof abstellen. Ewig dankbar. Love and Kiss, Vicky

Sie drückte auf Senden. Einige Sekunden später ertönte erneut Fahrradklingeln von unten. Vicky fand, es hörte sich zustimmend an. Auf Sigfrid war eben Verlass. Ein großer Bruder, wie man keinen besseren finden konnte.

Ganz vorne an der Tafel leierte Mr Moseman in seinem

üblichen Singsang etwas von Einwohneranzahl geteilt durch Jahreseinkommen.

Gloria malte große Fragezeichen auf den Zettel unter die Nachrichten von vorhin. Sie kritzelte herum, zeichnete Striche kreuz und quer, bis ein dunkler Fleck entstand.

Das Schwarz brachte Vicky auf den Einfall.

„Azi", raunte sie, als wäre es ein Zauberwort.

Nessa und Gloria, die rechts und links von ihr saßen, sahen Vicky fragend an. Da auch Mr Moseman auf sie aufmerksam geworden war, formte Vicky mit den Lippen stumm das Wort „Pause".

Gut, dass sie die Abkürzung durch den Park, an Azrael vorbei, genommen hatte.

„Fassen wir zusammen", begann Nessa. Lustlos knabberte sie an dünnen Karotten- und Gurkensticks. Sie unternahm mal wieder einen Versuch abzunehmen, und zu ihrer aktuellen Diät gehörten sieben Mini-Mahlzeiten mit Obst oder Gemüse. In der großen Pause war „Stickzeit".

Vicky hatte wie gewöhnlich den ganzen Schulhof im Blick, damit ihr auch bestimmt nichts entging. Gloria überprüfte ihr Make-up in einem kleinen Handspiegel.

Nessa setzte erneut an. „Ich fasse zusammen: Unsere brillante Business-Idee ist bisher ein Voll-Flop! Das bedeutet zweierlei: Erstens haben wir nichts, was wir als Projekt vorweisen können, und zweitens haben wir unser Taschengeld der beiden vergangenen und der beiden nächsten Monate versenkt." Sie hob eine Augenbraue und warf Gloria einen Blick zu. „Das gilt natürlich nur für Aschenputtel eins und zwei, aber nicht für unsere Goldmarie."

Gloria ließ den Spiegel in ihre Handtasche zurückfallen. „Ich helfe gerne aus, wenn nötig. Aber ich weigere mich, so schwarzzusehen wie du!"

Vicky war der gleichen Meinung. „Unsere Webpage ist erst seit drei Tagen online. Es kennt sie noch niemand. Wir müssen Werbung dafür machen."

„Flugzettel", wiederholte Nessa ihren Vorschlag, den sie schon in der Schulstunde gemacht hatte. Sie redete mit dem geduldigen Unterton einer genervten Mutter.

„Plakat", schlug Gloria erneut vor.

„Weißt du, was das kostet?", blaffte Nessa sie an.

Gloria hob theatralisch abwehrend die Hände. „Friss mich nicht!" Nach einer kurzen Schmollpause bemerkte sie rechthaberisch: „Und ein Plakat am Schwarzen Brett der Schule kostet gar nichts."

Vicky packte beide Freundinnen an der Schulter. „Flugzettel und Plakat", sagte sie. „Wir machen beides."

Nessa deutete mit dem Daumen Richtung Schule. „Darf ich die Damen erinnern, dass wir schon einen Zettel ans Schwarze Brett gehängt haben?" Sie vergewisserte sich, dass niemand in der Nähe war, der sie hören konnte. Leise wiederholte sie den Text auf dem Aushang: „Mag er mich? – Findet sie mich cool? – Hol ich mir eine Abfuhr oder einen Kuss? – Wir finden es raus und flüstern es dir! – *www.Engel&Co.com*!" Sie bohrte Gloria den Finger in den Bauch. „Das hast du gedichtet, Lady Lachsack."

Gloria klimperte mit den Wimpern. „Ich finde es auch noch immer gut."

„Ist aber ein Wurm, der keinem Fisch schmeckt!", beharrte Nessa.

Vicky hob beschwichtigend die Hände. „Ich kann euch auch den Grund dafür nennen."

Die Freundinnen warteten gespannt.

„Kein Fisch sieht den Wurm. Wir brauchen einen griffigeren Namen!"

„Aber wir sind doch Engel. Engel der Liebe!", sagte Gloria mit einem romantischen Seufzer.

„*Engel&Co* macht die Liebe froh", reimte Nessa.

„Du meckerst immer nur!", warf Gloria ihr vor.

„Es steht eins zu eins", verkündete Vicky beschwichtigend. „Nessa meckert wirklich oft und du badest gerne im Kitsch, Glory-Alleluja!"

Gloria schürzte schmollend die Lippen.

„Unser Name braucht etwas Wildes", erklärte Nessa und ballte die Faust.

„Wie wäre es mit ‚Wilde Engel'?", hauchte Gloria theatralisch. Sie spielte Erschrecken. „Huch, wie gefährlich das klingt."

„Wir malen auch ein Herzchen daneben", versprach Vicky.

„Alles Wahnsinn!", jammerte Gloria.

Vicky knuffte sie kumpelhaft. „Noch besser: ‚Wilde Wahnsinnsengel'. Das ist es!"

„Borg mir deinen Lippenstift, Beauty", sagte Nessa zu Gloria.

„Du verwendest nie Lippenstift!"

Nessa machte mit den Fingern eine ungeduldige Bewegung. „Lippenstift her."

Etwas widerstrebend rückte Gloria ihn heraus. Nessa lüpfte Glorias kurzes Top und malte ihr ein Herz auf den

Bauch. In das Herz zeichnete sie zwei Punktaugen und einen lachenden Mund mit rausgestreckter Zunge.

„Jubel bitte", erklärte sie.

Gloria sah an sich herab. „Nicht übel."

„Aber noch immer kein Eyecatcher!", stellte Vicky fachmännisch fest.

„Was 'n das?", wollte Nessa wissen.

„Höre ich immer bei meinem Vater. In der Werbeagentur, wenn sie Zeitungsanzeigen und Plakate entwerfen, denken sie über den besten Slogan nach und über einen Eyecatcher. Im Klartext: Augenfänger. Etwas, das den Blick einfängt."

„Was stellst du dir vor?" Nessa biss knackend von einem Karottenstick ab. „Schmusende Liebespärchen? Schmachtende Jungen und kuhäugige Mädchen?"

Die Bilder passten durchaus zur Aufgabe der *Wilden Wahnsinnsengel.*

DIE LIEBESDETEKTEI

Vor zwei Wochen mussten sie als Schulprojekt ein Unternehmen mit einer Webpage erfinden, das es bisher noch nicht gab. Sigfrid hatte ihnen seinen größten Kummer während seiner Schulzeit gestanden und sie so auf die Idee gebracht.

„Heute passiert mir das natürlich nicht mehr", stellte er sofort klar. „An der Uni ist alles anders. Außerdem kenne ich mittlerweile meinen Marktwert."

„Zwei Euro fünfzig oder noch etwas höher?", fragte Nessa trocken.

Sigfrid überging den Einwurf einfach.

„Ich habe mir früher immer ein Detektivbüro gewünscht!"

Gloria verdrehte die Augen. „Mein Bruder, der Meisterdetektiv. Rührend."

Fast beleidigt hatte Sigfrid gefragt, ob sie überhaupt interessiert seien zu hören, was er zu erzählen habe. „Ihr sucht doch eine Idee für ein Unternehmen, das es noch nie gab", erinnerte er die drei.

Artig setzten sich die drei Mädchen auf, die Hände auf den Knien und die Lippen zu einem dünnen Lächeln geschlossen.

„So ist's besser", lobte Sigfrid und rückte endlich mit seinem Vorschlag raus.

„Ich wünschte, es gäbe so eine Detektei, die für mich

rausfindet, welches Mädchen mit mir gehen will. Mein größter Horror war, eine anzuquatschen und mir dann eine Abfuhr zu holen."

Gloria nickte bekräftigend. „Das kenne ich. Denkt an Mark."

Vicky und Nessa tauschten einen vielsagenden Blick und grinsten.

„Auch wenn ihr zwei kaum in diese Lage kommt, gibt es andere, die es sehr wohl tun!", fuhr Gloria ungerührt fort. „Ich fand Mark einfach süß und schnuckelig. Vor allem, seit ich mich in die Jungengarderobe verirrt hatte und sie gerade unter der Dusche waren."

„Hast du nicht ...", platzte Nessa heraus.

Gloria lächelte geheimnisvoll. „Mark hat einen Körper wie diese Marmorstatue in Florenz."

„Du meinst David, er ist von Michelangelo und die berühmteste Skulptur der Welt", erklärte Nessa.

„Jedenfalls dachte ich doch auch immer, ich hätte bei Mark keine Chance", fuhr Gloria fort. „Ich hätte nie geglaubt, dass er mit mir auf die Schulparty gehen würde."

„Das war das erste Training für die *Wilden Wahnsinnsengel*", fiel Vicky ein. Nessa und sie hatten Mark damals heimlich befragt, was er denn so von Gloria hielt. Sie hatten behauptet, es ginge um eine Umfrage der Schülerzeitung. Gesucht wurde das Mädchen, das die meisten Jungen sexy fanden. Gloria hatte von Mark neun von zehn möglichen Punkten erhalten. Vicky hatte ihm daraufhin geflüstert, dass Gloria ihm auf die Frage nach dem coolsten Jungen die gleiche Wertung gegeben hätte.

„Und Peng, wir waren zusammen!", schwärmte Gloria.

„Für genau drei Tage, dann bist du von Babs abgelöst worden“, konnte sich Nessa nicht verkneifen.

„Warum macht ihr nicht eine Detektei für Liebesangelegenheiten auf?“, hatte Sigfrid ihnen vorgeschlagen. „Das gab es noch nie, und viele werden es bestimmt sehr praktisch finden.“

Alle drei hatten ihm recht gegeben. Sogar Nessa, die nur sehr selten die gleiche Meinung wie die anderen hatte. Natürlich klang „Detektei“ nach alten, verkratzten Filmen in Schwarz-Weiß. Ein flotterer Name musste her.

„Amor und Co“, hatte Vicky vorgeschlagen.

„Engel der Liebe!“, regte Gloria vorsichtig an.

Weil Nessa schon eine Grimasse schneiden wollte, spann Vicky die Idee schnell weiter zu *Engel&Co*.

Ihr Unternehmen war geboren und ihr Schulprojekt am Laufen.

„Das ist eine gewinnversprechende Geschäftsidee“, lautete Sigfrids Meinung.

Doch sie durften mit dem Schulprojekt kein Geld verdienen. Vicky war jedoch etwas anderes, vielleicht sogar viel Besseres eingefallen. Ihre Dienste sollten mit Aufsätzen, Buchzusammenfassungen und Ähnlichem bezahlt werden.

„Wir müssen unerkannt bleiben, das ist wichtig.“ Genüsslich wackelte Gloria mit den Fingerspitzen. „Sonst kommen wir nicht an all diese kribbeligen kleinen Geheimnisse heran.“ Sie schauderte vor Vorfreude, denn Tratsch war eines ihrer Lieblingshobbys.

Schon zum zweiten Mal an diesem Nachmittag hatte Nessa ihr recht gegeben.

Damit keiner der Mitschüler etwas von ihrem Vorhaben

erfuhr, hatten sie ihre Seite für das Internet auch nicht in der Schule gestaltet. Vicky hatte die Idee, Gilbert um Rat zu fragen, Isabellas Sohn aus erster Ehe.

„Das Pullunder-Monster?“ Nessa hatte die Nase gerümpft.

Gilbert, der immer Pullunder trug, verließ den Platz an seinem Computer nur, wenn seine Mutter damit drohte, im ganzen Haus den Strom abzuschalten und eine Woche lang nur Kerzenlicht zuzulassen.

Auch wenn Gilbert in seinem Pullunder aussah wie sein eigener Großvater und sie ihn noch niemals lachen gesehen hatte, war er ein Computergenie. Vicky erkundigte sich bei ihm, wie und woher sie am schnellsten eine gute Homepage bekommen könnte.

„Von mir!“, hatte er zu ihrer großen Überraschung angeboten.

„Was kostet das?“, hatte Vicky gefragt.

Gilbert hatte sie durch die Gläser seiner dickrandigen Brille angesehen, als hätte sie sich nach dem Muster seiner Boxershorts erkundigt.

„Programmiere ich gratis für dich, bist ja meine Stiefschwester!“

Als Nächstes hatte Gilbert auf seiner Tastatur herumgehämmert und die Maus geschwenkt.

Schlauerweise hatte Vicky ihm aber weder den wahren Namen ihres Projektes verraten noch die richtigen Texte gegeben. Das wollte sie lieber selbst einsetzen, damit Gilbert weder ihrem Vater noch ihrer Stiefmutter etwas verraten konnte.

Leider war Gilbert nicht mal halb so dämlich, wie er mit

seiner Opa-Brille aussah. Als die Seite fertig war, erklärte er Vicky bereitwillig, wie sie Änderungen vornehmen konnte und wo die Antworten auf Zuschriften öffentlich sichtbar und wo geheim gegeben werden konnten.

„Du bist ein Genie“, hatte sie ihn gelobt.

„Genau. Und deshalb kenne auch nur ich den Code, den du brauchst, um auf deiner Seite was machen zu können“, hatte er entgegnet. Er nannte einen Preis für das Passwort, der Vicky nach Luft schnappen ließ.

Doch eines musste man ihm lassen: Gilbert hatte Wort gehalten. Für das Programmieren hatte er wirklich nichts verlangt. Nur für diese paar Buchstaben und Ziffern, ohne die die ganze Seite nutzlos war.

Da aber Vicky, Nessa und Gloria von der Idee überzeugt waren, legten sie ihr ganzes Taschengeld zusammen und bezahlten.

„Falls *Engel&Co* ein durchschlagender Erfolg wird, überlegen wir uns schnell was anderes für das Schulprojekt und betreiben die Detektei geheim“, lautete Vickys Plan.

Die Seite im Internet war raffiniert. Wurde sie aufgerufen, zeigte sie nur den Schriftzug *Engel&Co* – den mussten sie jetzt in ihren neuen Namen ändern – und einen Button mit der Aufschrift: HELP! Wer ihn anklickte, kam auf eine weitere Seite, auf der man einen Benutzernamen und ein Passwort wählen musste. Damit ging es dann auf die nächste Seite, wo die Frage an die *Wilden Wahnsinnsengel* gestellt werden konnte.

Die Antworten kamen natürlich geheim und waren für andere nicht sichtbar. Die Mädchen und Jungen loggten sich mit ihrem Namen und dem Passwort ein und konnten erst dann nachlesen, was die *Wilden Wahnsinnsengel* herausgefunden hatten.

Wirklich durchdacht und praktisch – sollte man meinen.

Trotzdem sah es zurzeit so aus, als wäre die ganze Idee ein Mega-Flop. Es musste etwas geschehen. Dringend.

„Los, rück endlich raus, was du dir als ‚Eyecatcher' vorstellst", wollte Nessa endlich erfahren.

Vicky nahm ihr den Selleriestick aus der Hand und knabberte an ihm.

„Meinen Engel!"

Nessa grinste affektiert. „Du meinst jetzt aber nicht mich, oder?"

„Ich meine Azi! Den Engel im Park!"

Gloria schauderte. „Dein ‚Park' war einmal ein Friedhof. Außer uns geht keiner dorthin."

„Wenn mir die Haare nicht schon vom Kopf abstehen würden, dann wäre es spätestens jetzt so weit", knurrte Vicky. „Es geht doch nur um die Statue. Erinnert euch. Azi ist sexy und frech. Wir fotografieren ihn und nehmen sein Bild als Eyecatcher. Sex verkauft immer!"

Nessa zog eine Augenbraue hoch. „Sagt das dein Vater auch?"

„Ja, aber nur wenn Isabella nicht in der Nähe ist."

Weder Gloria noch Nessa machten Luftsprünge vor Begeisterung.

„Bessere Vorschläge?" Vicky hob auffordernd die Hände. Da keine Reaktion kam, entschied sie: „Heute Nachmittag. So gegen vier Uhr ist gutes Licht." Sie deutete auf Gloria. „Sigfrid hat doch diese superteure Kamera. Kannst du sie dir leihen?"

Gloria holte ihr Handy aus der schicken kleinen Handtasche und tippte eine Kurznachricht an Sigfrid ein. Die Antwort kam nur zwei Minuten später. Laut las Gloria vor: „Leihe euch die Kamera gerne. Da Vickys Fahrrad kein Schloss hat, habe ich es mitgenommen. Bringe es später! Sigfrid."

Nessa holte Luft. „Heißt das, er fährt das Rad jetzt im Auto spazieren?"

Beruhigend legte ihr Gloria den Arm um die Schulter. „Keine Angst, Darling. Vickys Fahrrad hat es gut bei ihm. Er wird es nicht überfüttern oder ihm schmutzige Witze erzählen."

Die drei lachten.

In der nächsten Stunde hatten sie Englisch. Für Vicky und Gloria nichts Besonderes, für Nessa schon. Aufsätze zu schreiben war für sie wie in einem Fass die Niagarafälle hinunterzuspringen.

„Ich stehe noch immer mit einem Bein im Grab", wisperte sie verzweifelt, als sie in die Klasse zurückkehrten.

„Was kann dich retten?", fragte Vicky mitfühlend.

Nessa hob die Hände zum Himmel. „Ein Wunder. Eine Eingebung. Eine Erleuchtung. Aber wo gibt's so etwas zu kaufen?"

Die Englischlehrerin hieß Sabrina Shakespeare und betonte gerne, dass der große Dichter ein entfernter Vorfahre von ihr war.

„Schade, dass er ihr nicht mehr Talent vererbt hat", stellte Nessa trocken fest.

„Wozu? Dann wäre sie absolut unerträglich. So ist sie wenigstens nur unerträglich", raunte Vicky zurück.

„Mit mehr Talent würde sie Theaterstücke schreiben, weltberühmt werden und uns dafür in Frieden lassen!"

Sabrina Shakespeare klatschte in die Hände. „Lasst die Dichterinnen und Dichter in euch erwachen", verkündete sie mit großen Gesten, als könnte sie die Klasse verzaubern. „Schreibt eine Kurzgeschichte von zehn Seiten. Das Thema könnt ihr frei wählen." Ihr Blick traf Nessa, die nur schluckte. „Diese Aufgabe ist eine Herausforderung, ich weiß. Sie ist freiwillig. Ergreift sie. Ich gebe euch die Möglichkeit, eure Noten zu verbessern."

Nessa stützte den Kopf in die Hände. „Ich bin verflucht", stöhnte sie leise.

Kann ein Tag verflucht sein?

Sigfrid war – Vickys Fahrrad auf dem Rücksitz seines offenen Cabrios – zur Uni gefahren. Die Übergabe konnte frühestens am Abend stattfinden, da er bis dahin beschäftigt war, ließ er sie in einer weiteren SMS wissen.

Vickys Nachmittag geriet deshalb ziemlich außer Kontrolle. Dabei endete der Unterricht am Dienstag bereits um ein Uhr nachmittags.

Das Häuschen zu erreichen, in dem sie mit ihrer Mutter und Sally lebte, war mit Auto oder Fahrrad schon schwierig genug. Per Bus war es jedoch eine halbe Weltreise. Erst kurz vor halb drei Uhr kam Vicky endlich an.

Sie schäumte.

Nicht wegen des langen Rückwegs, sondern wegen des weißen Schaums, der unter der Haustür ins Freie quoll. Als sie aufschloss und eintrat, entfuhr ihr ein: „Gorillakacke!"

Seifenschaum rann als blubbernde Lawine die steile, enge Treppe herab. Im ganzen Haus roch es nach Waschmittel. Vickys Versuche, nach oben zu kommen, endeten zweimal mit einem Absturz, weil der alte Teppich auf den Stufen vom Schaum in eine Rutschbahn verwandelt worden war. Erst beim dritten Mal schaffte sie es ins Badezimmer. Dort stand sie bereits knietief im Schaum. Die Waschmaschine wackelte in einem Waschprogramm auf der Stelle, das immer mehr Schaum produzierte und die Wäsche mittlerweile bestimmt schon zu Brei verkocht hatte. Als Vicky den Stecker aus der Wand riss, bekam sie auch noch einen elektrischen Schlag ab.

„Nashornkacke!“, steigerte sie ihren Ausruf von vorhin.

Wenigstens war es an diesem Tag brütend heiß. Sie würde einfach alle Fenster öffnen und der Sommerluft das Trocknen überlassen. Nachdem sie ihren Plan im ersten Stock in die Tat umgesetzt hatte, kämpfte sie sich, am Geländer festgeklammert, wieder hinunter. Die Diele würde sie mit einem Schrubber vom Ärgsten befreien und das Seifenwasser einfach durch die Eingangstür hinaus auf den Kiesweg schieben. Gleich musste sie wieder los zum Kindergarten und Sally abholen, die bei dieser ungewollten Schaumparty bestimmt mehr Spaß gehabt hätte als bei dem Kindergeburtstag.

Als Vicky die Haustür öffnete, stand jemand davor und starrte angeekelt auf den Seifenschlamm, der sich auf der Türmatte ausgebreitet hatte.

„Was ist hier los?“, fragte Isabella in ihrem gewohnt scharfen Ton. Sie hob den Kopf und Vicky blickte in das blasse Gesicht mit den dünnen Lippen und der spitzen Nase. „Hol sofort Eimer, Schrubber und Wischtücher. Außerdem muss der Strom im Haus abgeschaltet werden, damit es keinen Kurzschluss gibt. Am besten, ihr besorgt euch einen Nasssauger, der diese Katastrophe beseitigt.“

„Schönen Tag!“, grüßte Vicky betont freundlich.

„Werd nicht frech“, erwiderte Isabella spitz. Nervös strich sie sich die dünnen, kinnlangen Haare hinter das Ohr. „Eure Nachbarn haben uns angerufen und gesagt, dass euer Haus schäumt. Du solltest dankbar sein, dass ich hergekommen bin.“

„Danke, danke, danke!“, begann Vicky zu jubeln. Dazu warf sie die Hände in die Luft und drehte sich einmal im Kreis.

Isabella fand das keineswegs lustig. „Hör gut zu, Victoria“, sagte sie mit ihrer kalten Stimme, „du kannst auf diese Weise deine Mutter zum Narren halten. Mich aber nicht.“ Sie sah sich suchend um, als könnte Pru Cassady hinter einem Busch versteckt hocken. „Wo ist Pru überhaupt?“

„Mimutschka hat eine Besprechung. Mit jemandem, der sehr interessiert ist an ihren selbst gemachten Hautcremes!“

Die neue Frau ihres Vaters nickte mit einem arroganten Ausdruck im Gesicht. „Hautcremes? Du meinst, diese Pampe, die sie in der Küche braut und von der die arme Sally gegessen hat.“

„Man kann die Cremes von Mimutschka auch essen. Was du im Gesicht hast, ist bestimmt an Hunderten armen Tieren getestet worden. Folter ist das.“

Isabella trat zurück. „Es reicht wirklich, Victoria. Wir besprechen das am Wochenende mit deinem Vater.“ Sie drehte sich um und ging zu ihrem Wagen zurück.

„Dann wünsche ich dir noch den schönsten Nachmittag deines Lebens“, rief ihr Vicky hinterher. Isabella tat, als hätte sie es nicht gehört.

In diesem Augenblick fühlte sich Vickys Körper an, als wäre er mit Blei gefüllt. Ihre Arme und Beine waren schwer. So schrecklich schwer. Isabella führte etwas im Schilde. Vicky hatte sie bereits zweimal dabei überrascht, dass sie mit ihrem Vater flüsterte. Obwohl sie leise sprach, hatte Vicky ihren und Sallys Namen aufgeschnappt.

Was hatte sie vor?

Es blieb keine Zeit mehr, die Diele wenigstens halbwegs zu trocknen. Vicky musste zum Kindergarten. Besser, sie kam nicht zu spät.

Am Gartentor drehte sich Vicky kurz zum Haus zurück. „Los jetzt, Sonne, zeig, was du draufhast!“, murmelte sie beschwörend.

Vicky lief die ganze Strecke bis zum Kindergarten zu Fuß. Als sie endlich vor dem blütenweißen Haus ankam, war sie in Schweiß gebadet. Nur die wackeligen Buntpapierfiguren an den Fenstern deuteten darauf hin, dass es sich nicht um ein Krankenhaus handelte.

In der kleinen Halle kauerte Sally auf einer Bank und spielte mit ihren Zehen. Neben ihr stand eine vollbusige Kindergärtnerin mit Haarturm.

„Vicky!“ Sally sprang auf und flog in Vickys Arme.

„Die Kinder sind bis spätestens drei Uhr abzuholen“, mahnte die Erzieherin und klopfte auf ihre Armbanduhr. „Wir haben aber bereits zwanzig nach drei.“

„Und wir hatten eine Panne mit der Waschmaschine“, entschuldigte sich Vicky. Zu Sally sagte sie: „Bei wem ist denn nun der Geburtstag?“

Nachdenklich legte Sally den Zeigefinger auf die Unterlippe. „Hmmm …“

Die Kindergärtnerin kam zu Hilfe: „Heute feiern Mildred, Benjamin, Stephanie und Harry Geburtstag.“

„Und wo muss Sally hin?“

„Das steht doch auf der Einladung, die sie bekommen hat.“

Vicky verkniff es sich zu erklären, dass die Einladung im

allgemeinen Chaos längst verschwunden war und frühestens zu Weihnachten wieder auftauchen würde. Die Erzieherin erkannte ihre Verzweiflung und zeigte sich gnädigerweise hilfsbereit. „Sally hat Mildred erst vor drei Tagen ins Ohr gebissen, wird also nicht von ihr eingeladen worden sein. Benjamin feiert nur mit Jungen, und Stephanie und Sally habe ich noch nie miteinander spielen sehen."

„Blöde Pute", schimpfte Sally neben ihrer großen Schwester.

Man musste nicht Sherlock Holmes sein, um darauf zu kommen, dass Sally auf Harrys Fest erwartet wurde. Zum Glück wohnte Harry mit seinen Eltern nur zwei Straßen weiter.

Aus der Wohnung drang bereits das Gebrüll von mindestens hundert Kindern.

Harry war rothaarig und öffnete mit der Frage: „Was hast du mir mitgebracht?"

Mist! Geschenk! Das hatten sie vergessen!

„Du bekommst etwas ganz Spezielles, aber es ist erst später fertig", log Vicky den Kleinen an. Er schluckte die Ausrede, und seine Mutter erschien, um Sally in Empfang zu nehmen.

„Um sechs Uhr ist die Party zu Ende und ich wahrscheinlich reif für das Irrenhaus", erklärte sie mit aufgesetztem Lächeln.

„Natürlich. Ich … ich hole Sally wieder ab", versprach Vicky.

Harrys Mutter musterte sie prüfend von oben bis unten. „Bist du nicht Victoria?"

„Wieso?" Vicky war über die Frage erstaunt.

„Deine Haare sind ziemlich einzigartig."

Vicky verstand noch immer nicht.

„Ich kenne deinen Vater beruflich. Er hat ein Foto von dir auf seinem Schreibtisch stehen."

Oje. Sally war zuzutrauen, dass sie sich hinstellte und ihr „Schmusen, Busen, Zungenkuss" aufsagte. So etwas kam nicht bei allen Müttern gut an und Harrys Mutter hatte einen direkten Draht zu ihrem Vater und damit zu Isabella. Das war nicht gut. Gar nicht gut. Vicky stützte sich kurz an Sally ab. Sie überlegte ernsthaft, die kleine Schwester wieder mitzunehmen und mit ihr zu Hause zu spielen.

Was war nur mit diesem Tag los? War er verwunschen? Lag ein Fluch auf ihm?

„Bist du in Ordnung?", erkundigte sich Harrys Mutter.

Vicky wurde klar, dass sie stumm ein Loch in die Luft gestarrt hatte.

Im Wohnzimmer platzten Luftballons. Mehrere Würstchen kamen durch die offene Tür geflogen, und jemand begann in den höchsten Tönen zu brüllen. Damit war klar, dass Sally nicht weiter auffallen würde. Es gab hier noch andere Satansbraten.

Freudig krähend lief die kleine Schwester davon und stürzte sich ins Partygetümmel. Vicky verabschiedete sich und drehte sich zur Tür. Von hinten traf sie etwas Feuchtes, Kühles im Nacken. Sie griff danach und zog es prüfend nach vorne. Es war giftgrün und glibberig.

Hinter ihr schüttelte sich Harry vor Lachen über den gelungenen Streich. Vicky drehte sich ganz langsam um, lächelte ihn strahlend an und winkte ihn zu sich. Harry schüttelte den Kopf.

„Dann bohnerst du mir vielleicht eine“, erklärte er, und es klang recht erfahren.

Während seine Mutter schon wieder verschwand, raunte Vicky ihm zu: „Grünen Slime esse ich jeden Morgen zum Frühstück. Und weißt du, was ich am Abend grille?“

Interessiert riss Harry die Augen auf.

„So etwas wie dich! Ganz langsam. Über glühenden Holzkohlen!“

„Nicht wahr?“, sagte Harry mit leichtem Zweifel. Sein Blick aber verriet, dass er Vicky alles zutraute.

Zufrieden grinsend verließ sie die Wohnung.

Engel küssen ist gefährlich

Abermals musste Vicky rennen. Um vier Uhr war sie im alten Park verabredet. Nessa konnte ziemlich stinkig werden, wenn man sich verspätete.

Vier Minuten nach vier Uhr schlüpfte Vicky auf das verwilderte Grundstück.

Wie erwartet stand Nessa bereits neben dem schiefen Steinsockel und betrachtete die schwarze Engelsstatue argwöhnisch.

„Weißt du eigentlich, wer das da ist, Lady?", fragte sie zur Begrüßung.

„Azrael, aber ich nenne ihn immer nur Azi", keuchte Vicky, vorgebeugt und die Hände auf die Knie gestützt. Ihre Lungen brannten, so schnell war sie gerannt.

„Das ist der Engel des Todes, zu deiner Information!"

„Und er sieht heiß aus!"

„Du willst einen Todesengel zu unserem Maskottchen machen?"

„Nessa, außer uns weiß das keiner. Der Engel ist genau der Eyecatcher, den wir brauchen."

Davon war ihre Freundin aber nicht restlos überzeugt.

Langsam atmete Vicky wieder etwas ruhiger. Sie richtete sich auf, schüttelte die Beine und ging um die Statue herum.

„Er ist sexy!"

Gloria schaffte es, geschlagene zwanzig Minuten zu spät

zu kommen. Sie machte sich nicht einmal die Mühe, sich zu entschuldigen, und ließ Nessas Donnerwetter einfach über sich ergehen.

Sobald Nessa ihren Groll losgeworden war, zog sie ihre – wie immer etwas zu engen – Klamotten straff und deutete auf den Engel. „Dann knips ihn mal."

Gloria holte aus ihrer Umhängetasche die sehr professionell aussehende Kamera ihres Bruders und stellte sich in einigen Schritten Entfernung auf. Es klickte ein paarmal schnell hintereinander.

Auf dem kleinen Display der Kamera zeigte Gloria den Freundinnen die Aufnahmen. Da sie noch nicht wirklich gelungen waren und Nessa und Vicky daran herumnörgelten, knipste sie weiter.

„Vielleicht sollten wir uns neben Azi stellen. Mit dem Rücken zur Kamera", schlug Vicky vor.

Nessa tippte sich an ihr Hinterteil. „Vergiss es."

Endlich hatten sie ein paar Fotos, mit denen alle zufrieden waren.

„Eins noch", bat Vicky. „Eines nur für mich."

Gloria hob die Kamera, aber Vicky bedeutete ihr zu warten. Sie kletterte auf den Steinsockel und schmiegte sich an den kühlen Stein der Statue. Mit der rechten Hand hielt sie sich am oberen Rand eines Flügels fest, mit der anderen griff sie nach seinem Kopf. Sie machte einen Kussmund und näherte sich den wohlgeformten Marmorlippen mit einem kleinen, nicht zu deutenden Lächeln.

„Drück ab", befahl sie noch, bevor sie den Engel küsste.

Unter ihr knirschte etwas.

Sie fühlte die Härte des Steins. Die Lippen waren glatt.

Eine heiße Welle rollte von den Lippen durch Brust, Bauch und Beine bis in Vickys Zehen. Ihr Herz begann zu rasen.

Sie küsste keinen Stein mehr. Azraels Lippen waren weich wie die eines lebendigen Menschen.

Vicky hob den Blick und sah ihm in die Augen.

War da ein Glanz? Ein Funkeln?

Was passierte hier?

„Pass auf!", schrien Gloria und Nessa gleichzeitig.

Vicky verstand die Warnung nicht. Außerdem kam sie zu spät. Der Engel kippte nach hinten und Vicky mit ihm.

„Was weißt du noch? Denk scharf nach!", verlangte Gloria. „Selbst wenn deine Erinnerung weg ist, kann sie wiederkommen. Es ist bestimmt nur vorübergehend. Ich habe das schon mal im Fernsehen gesehen."

„Lady, das hier ist echt!", erinnerte Nessa. Sie kniete neben Vicky und hatte ihren Kopf in ihren Schoß gebettet.

„Es ist nicht schlimm", beruhigte Vicky die Freundinnen. „Lasst mich endlich aufstehen!"

„Du warst bewusstlos!" Gloria drückte sie an den Schultern nieder und sorgte dafür, dass sie liegen blieb.

„Das war nur der Schreck", protestierte Vicky.

Doch Frau Doktor Gloria fuhr mit ihrer Untersuchung fort. Prüfend tastete sie Vicky ab, löste damit aber nur einen Lachanfall bei ihr aus.

Vicky richtete sich energisch auf und fuhr sich durch die Haare, die wie immer in langen Stacheln von ihrem Kopf abstanden.

Am liebsten hätte sich Vicky wieder hingelegt, denn vor ihr tanzten Gloria, der leere Sockel und die Baumstämme einen wilden Reigen. Außerdem war ihr schlecht, so als hätte sie zu viel Schaumgummi gegessen.

„Wieso bin ich ohnmächtig geworden? Mir ist doch nichts auf den Kopf gefallen!“, wunderte sie sich.

Nessa lachte auf. „Ganz im Gegenteil. Du bist auf den Herrn da gefallen. Hat komisch ausgesehen.“

Die Engelsstatue lag vor Vicky auf dem Boden.

Zertrümmert.

Ein Flügel war abgetrennt, auf den anderen stützte sich der Rumpf. Beide Beine waren abgebrochen, die Arme auch. Besonders grausam sah der Hals aus, der im Nichts endete. Der Kopf des Engels war einen guten Meter weggerollt und lag seitlich im Moos, wie auf ein Kissen gebettet.

Gloria sah zu den Fenstern der umstehenden Wohnhäuser. „Ob uns jemand beobachtet hat?“

„Wollen wir hoffen, nein!“, meinte Nessa. „Ich möchte nicht wegen Vandalismus auf der Polizeistation landen.“

Noch immer hatte Vicky ein ungutes Gefühl in Kopf und Bauch.

„Armer Azi“, murmelte sie betroffen. „Tut mir absolut leid, ehrlich.“

Wieso sie kurz bewusstlos gewesen war, wusste sie nicht. Vorsichtig tastete sie ihre Stirn nach Beulen ab. Vielleicht war sie ja beim Aufprall gegen den Stein geschlagen?

Doch da war keine Beule. Nicht mal eine Abschürfung.

Den meisten Kummer bereitete ihr der zerbrochene Engel. Sein Anblick tat Vicky richtig weh. Sie hatte das Gefühl, als habe sie einen wirklich guten Freund in Lebensgefahr gebracht und sei jetzt an seinem Tod schuld.

Was hatte sie da angerichtet? Alles nur für ein Foto.

„Kannst du aufstehen?“, wollte Nessa wissen.

„Natürlich!“ Vicky fuhr in die Höhe. Zum Glück fing Nessa sie auf, als sie das Gleichgewicht verlor und umkippte wie vorhin die Statue.

„Du musst zu unserem Hausarzt.“ Darauf bestand Gloria.

„Nein, lass mich mit dem in Frieden!“, wehrte Vicky ab.

„Ein kalter Umschlag auf die Stirn und in den Nacken. Es ist wahrscheinlich der Schock“, stellte Nessa fachmännisch fest.

„Ich bin in Ordnung, wirklich. Ich brauche nur mein Fahrrad!“

Gloria rief ihren Bruder an, der Vickys Fahrrad in einer halben Stunde bringen wollte.

„Lasst uns von hier verschwinden“, bat Gloria. „Ich stehe nicht gerne auf alten Gräbern.“

Sie schoben sich durch den schmalen Gang zwischen den Häusern. Vicky drehte sich noch einmal um und sah zu der Stelle zurück, an der Azrael bis vor Kurzem gestanden hatte. Es war nicht nur das schlechte Gewissen, das an ihr nagte. Sie spürte etwas anderes: den Wunsch, sich um den zerbrochenen Engel zu kümmern. Sie wollte seinen dunklen Kopf streicheln.

War sie verrückt?

„He, willst du nicht doch mit zu unserem Hausarzt kommen?“, erkundigte sich Gloria mit einem Drängen in der Stimme.

„Nein!“ Vicky musste sich zwingen, den Blick vom leeren Sockel zu nehmen und sich zu ihren Freundinnen umzudrehen.

Nessa und Gloria musterten sie besorgt. Vicky setzte ein

lockeres Lächeln auf, das sie jedoch selbst nicht überzeugen konnte.

„Ich bin absolut in Ordnung!“, versicherte sie.

Gerne hätte sie erzählt, was sie bei dem Kuss gefühlt hatte. Doch sie traute sich nicht. Bestimmt war es ohnehin nur Einbildung gewesen. Vicky folgte Gloria und Nessa zum Wartehäuschen der Busstation. Dort ließen sich die drei auf der Bank nieder.

Er war gekommen, als die drei Mädchen hinter der Hausecke verschwunden waren. Im schwarzen Anzug, das Jackett mit einem Finger haltend, locker über die Schulter geworfen, schlenderte er am verwilderten Park vorbei.

Sein Gesicht war unnatürlich trocken, keine einzige Schweißperle war zu sehen. Seine dunklen Augen hatten etwas Unwiderstehliches. Mit gespreizten Fingern strich er sich die dunklen Haare aus der Stirn.

Beim Anblick des zertrümmerten Engels hob er eine Augenbraue. Das seltsame Lächeln in den Mundwinkeln bekam einen Moment lang einen belustigten Zug.

„Sieht nicht gut aus, alter Junge!“, sagte er mit samtiger Stimme. „Gar nicht gut!“

Prüfend streckte er die Handfläche vor. Es war eine Geste, als würde er herausfinden wollen, ob ein Heizkörper warm war.

„Hast du etwa ...?“, begann er. „Ist deine Kraft ...?“ Er setzte den Satz nicht fort. Seine Brauen zuckten listig, als hätte er etwas erfahren, das ihn erheiterte.

Die Lippen zum Pfeifen gespitzt schlenderte er weiter. Aus seinem Mund kam kein Ton.

Aufwachen oder nicht? Das ist die Frage!

Sigfrids Cabrio verlor etwas von seiner Coolness mit Vickys Fahrrad auf der winzigen Rückbank. Das Vorderrad ragte leicht in die Luft. Natürlich erlaubte Sigfrid Vicky nach dem Unfall nicht, alleine nach Hause zu radeln, und fuhr sie im Auto.

Nachdem er das Fahrrad herausgehoben hatte, bot er Vicky sogar an, sie ins Haus zu begleiten. Dankend lehnte sie ab, schob das Rad in den Garten, winkte Sigfrid und ging dann auf die winzige Terrasse. Im Schatten stand eine Holzbank mit weicher Auflage. Den Kopf auf die Armstütze gebettet, streckte sich Vicky darauf aus. Nur ein paar Minuten die Augen schließen. Wirklich nur drei Minuten.

Der kurze Schlaf tat gut.

Geweckt wurde Vicky vom Gezwitscher der Vögel. Sie blinzelte verschlafen. Dann richtete sie sich auf und fuhr sich über das Gesicht.

Jetzt sah sie auf die Uhr.

Zehn Minuten vor sieben Uhr.

ZEHN MINUTEN VOR SIEBEN UHR!

Der Geburtstag war seit fast einer Stunde zu Ende und Sally sicher das einzige Kind, das noch nicht abgeholt worden war.

Vicky sprang von der Bank und machte ein paar zaghafte Schritte. Sie fühlte sich schon wieder sicher auf den

Beinen. Außerdem war das jetzt auch unwichtig. Selbst auf allen vieren wäre sie losgekrochen, um Sally abzuholen.

Bequemer und schneller war es dann aber doch mit dem Fahrrad. Vicky trat stehend in die Pedale und raste los.

Es war viertel nach sieben Uhr, als sie endlich vor der Wohnung stand, die Harry und seine Freunde bestimmt in ein Schlachtfeld verwandelt hatten. Vicky stützte sich an der Wand vor der Tür ab. Erstens keuchte sie noch immer so heftig, dass sie keine zwei Wörter hintereinander herausbringen konnte. Zweitens zermarterte sie sich das Hirn nach einer Ausrede, die halbwegs eindrucksvoll klang.

• Entschuldigen Sie, dass ich erst jetzt komme, aber mir ist der teuerste Hund der Welt zugelaufen und ich musste mir unbedingt den Finderlohn holen.

• Oder: Verzeihung, aber ich habe ein UFO beobachtet und wurde in ein streng geheimes, staatliches Büro zur Begrüßung außerirdischer Lebewesen geholt, um dort eine Aussage zu machen.

• Beeindruckend wäre sicher auch: Es tut mir so leid, ich wäre bestimmt früher gekommen, aber ich habe diese Krankheit, bei der ich plötzlich nicht mehr weiß, wer ich bin und was ich eigentlich tue. Glücklicherweise haben mich meine Freundinnen gerade noch davon abhalten können, im Zoo ins Tigergehege zu klettern, weil ich mich für einen von ihnen gehalten habe.

Harrys Mutter würde keine der Ausreden schlucken. Da war sich Vicky sicher.

Hinter der Tür hörte sie Stimmen. Die von Harrys Mutter erkannte sie sofort, auch wenn sie etwas schriller klang als noch vor drei Stunden.

„Nein, du kannst keine Würstchen mehr haben!“

„Minipizza!“, bettelte Sally.

Für Vicky war ihre kleine Schwester ein physikalisches Phänomen. Leider wurden solche einzigartigen Vorkommnisse in der Schule nie erforscht. Dabei wäre Sally wirklich eine Untersuchung wert. Sie schaffte es, Essen in Mengen zu vertilgen, die sie theoretisch zum Platzen bringen mussten, ohne dass ihr auch nur ein klein wenig übel wurde.

„Ab ins Wohnzimmer und spielt, ihr zwei! Hast du verstanden, Harry? Sonst musst du ins Bett!“, drohte Harrys Mutter.

Eine Tür wurde geschlossen. Eine andere ging auf und Schritte näherten sich.

„Bitte, setz dich in die Küche und nimm dir ein Glas Wein, Schatz“, riet eine Stimme, die einem männlichen Wesen gehörte. „Die Party hat dich einfach überanstrengt!“

„Ich habe Mr Cassady bereits vor einer halben Stunde angerufen.“

Vickys Mut sank auf unter Null.

„Er hat versprochen, seine Frau würde sofort kommen. Aber sie ist noch immer nicht da und ich habe Sorge, dass dieses kleine, verfressene Ungeheuer uns das ganze Wohnzimmer vollkotzen wird.“

Wie redete diese Frau von Sally?

„Dann sperren wir sie so lange ins Bad!“, schlug ihr Mann vor. Hastig fügte er hinzu: „War natürlich ein Scherz.“

„Ich … ich brauche wirklich einen Drink!“, erklärte Harrys Mutter. Laut Türschild hieß sie Nobelman.

Schritte entfernten sich. Wieder wurde eine Tür geschlossen, gleich darauf eine andere aufgerissen. Kleine Füße kamen geeilt.

Jemand rüttelte von innen an der Wohnungstür.

„Ich zeig dir, wie die Ritter gefoltert haben", hörte Vicky Harry anbieten.

„Ich will heim", jammerte Sally. Sie war es, die an der Klinke riss.

„Sally, Sally, mach die Tür auf", flüsterte Vicky durch das Holz der Tür. Vicky würde sie einfach mitnehmen und behaupten, sie hätte sie wie vereinbart abgeholt. Die Nobelmans würden Gespenster sehen und sich von nicht abgeholten Kindern verfolgt fühlen.

Natürlich klang dieser Plan völlig verrückt und absolut unmöglich, genau das machte ihn zu einem typischen Vicky-Plan.

„Sally, ich bin's, Vicky!", sagte sie immer wieder leise.

„Die Ritter haben Mädchen in die Eiserne Jungfrau gesteckt. Dort sind sie von hundert Messern gleichzeitig durchbohrt worden!", schwärmte Harry genüsslich.

Es war nicht Sallys Art zu heulen oder zu schreien. Sie versuchte einfach nur verzweifelt zu entkommen.

Die arme Kleine! Vicky brach es das Herz, miterleben zu müssen, wie dieses Ungeheuer namens Harry sie quälte.

Aus. Ende. Sie musste klingeln. Es blieb ihr nichts anderes übrig. Vicky hob die Hand, um auf den Klingelknopf rechts vom Türrahmen zu drücken. Dazu machte sie einen Schritt, stolperte über den aufgebogenen Rand der Türmatte, fiel nach vorne und …

Nein. Halt.

Es gab nur eine einzige Erklärung für das, was sie dann erlebte. Diese lautete, dass sie noch immer bewusstlos war und alles nur geträumt hatte.

Absolut klar. So war es. Nur so konnte es sein. Etwas anderes war ausgeschlossen.

Vicky träumte also, dass sie in der Diele der Nobelmans stand, direkt neben Sally, die sich an die Türklinke gehängt hatte. Ihr Blick fiel auf den kleinen Jungen, der bestimmt irgendwann einmal ein gelbes T-Shirt und helle Leinenhosen angehabt hatte. Was er jetzt trug, glich eher einem dieser modernen Kunstwerke. Vom Halsausschnitt bis zum Hosensaum vollgekleckert mit Schokolade, Tomatensoße und jeder Menge anderer nicht sehr appetitlich aussehender Sachen.

„Die Streckbank war noch besser. Auf ihr haben sie den Gefangenen Arme und Beine ausgerissen." Harry, das Ungeheuer, unterstrich seine Schilderung mit ekeligen Geräuschen.

„Vicky, Vicky!", wimmerte Sally.

„Sally", flüsterte Vicky hilflos.

Sally hörte sie nicht. Vicky griff nach den schmalen Schultern, doch ihre Hände bekamen nichts zu fassen. Sie glitten durch Sallys Körper hindurch. Schnell riss Vicky die Hände hoch und betrachtete sie von vorne und hinten. Der Daumennagel war angekaut, am linken Ringfinger war eine Narbe von einem Schnitt mit dem Küchenmesser zu sehen. Alles wie immer.

Vicky versuchte, den Schlüssel zu fassen, der in dem Sicherheitsschloss steckte. Sie schaffte es nicht. Ihre Finger klatschten zusammen, als wäre der Schlüssel gar nicht da.

Mit der Handfläche befühlte Vicky die Tür. Ihre ganze Hand verschwand im Holz, als wäre die Tür aus weicher Butter. Mühelos konnte Vicky sie wieder zurückziehen. Sie versuchte das Ganze erneut, mit demselben Ergebnis. Sogar beide Arme konnte sie durch die Tür strecken, ein Schritt genügte und sie stand wieder auf dem Flur. Ein Schritt nach hinten beförderte sie zurück in die Diele.

Natürlich. In einem Traum war alles möglich. Sie musste jetzt nur noch aufwachen, feststellen, dass es halb sechs Uhr war und sie Sally wunderbar pünktlich abholen konnte. Ihr Leben wäre wieder so wie immer – vielleicht sogar etwas geordneter.

Wie aber weckte man sich selbst aus einem Traum auf? Vicky versuchte es mit kräftigem Kneifen in den Arm. Es tat höllisch weh. Die Spuren ihrer Finger waren in der Haut deutlich zu erkennen, auch der Schmerz blieb.

Aber Vicky wachte nicht auf.

Bedeutete das etwa, dass sie tot war? Oder träumte sie, sie hätte sich gerade schmerzhaft gekniffen und wäre davon nicht munter geworden?

Langsam wurde die Sache sehr verwirrend.

Noch immer rüttelte Sally an der Tür.

Vicky flüsterte ihr zu, den Schlüssel im Schloss zu drehen, was ihre kleine Schwester aber nicht zu hören schien. Wütend starrte sie den Messingschlüssel an. Konnte sich das verdammte Ding nicht einfach bewegen?

„Ich hole jetzt mein Schwert, dann spielen wir Durchbohren!“, kündigte Harry an und stürmte davon.

Sally wimmerte kläglich.

Verdammter Schlüssel, dreh dich, dachte Vicky zornig.

Und der Schlüssel ruckte. Sie hatte es genau gesehen, es war keine Täuschung gewesen.

Mach weiter, bitte, bitte, mach weiter, Schlüssel, flehte Vicky.

Als würde er sie erhören, drehte sich der Schlüssel einmal herum, sogar so weit, dass die Tür von allein aufsprang.

Mit einem freudigen Laut schlüpfte Sally sofort hinaus ins Treppenhaus, blieb dann unschlüssig stehen und überlegte, wohin sie gehen sollte. Vicky folgte ihr.

Hinter Vicky fiel die Tür wieder zu. Sie hörte den Schlüssel knirschen, als er von allein wieder abschloss, genau so, wie sie sich das im Stillen gewünscht hatte.

Der Traum wurde immer unglaublicher.

„Sally, komm“, sagte sie leise.

Sally drehte sich mit einem Ruck um. Sie starrte Vicky an, kam auf sie zugelaufen und schlang die dünnen Arme um ihre Beine. Als Vicky ebenfalls nach ihr griff, konnte sie Sallys Haare spüren, die feucht an ihrem Kopf klebten.

Probeweise legte Vicky die Handfläche an die Tür.

Die Tür war wieder so fest, wie sie sein sollte. Kein Durchgreifen mehr möglich.

„Ich hab Hunger“, quengelte Sally. Sie streckte Vicky artig die Hand entgegen. Vicky nahm sie und lief mit ihr die Treppe hinunter. Unbemerkt verließen sie das Haus und bogen in die erste Seitengasse. Schnell holte Vicky ihr Fahrrad, das sie an einen Laternenpfahl gekettet hatte. Sie setzte Sally auf den Gepäckträger, befahl ihr, sich gut an ihr festzuhalten, und radelte los.

„Daddy sagst du nichts davon“, schärfte Vicky ihrer

kleinen Schwester ein, als sie endlich zu Hause angekommen waren. Es war noch immer hell und Sally hatte keine Lust, ins Bett zu gehen. Vergnügt sprang sie über den Dielenteppich, der unter ihren nackten Füßen quatschte.

Als das Telefon klingelte, nahm sie ab, während Vicky in der Küche Toast für sie machte.

„Halli, hallo, ich sitz am Klo“, krähte sie in den Hörer.

„Wer ist es?“, rief Vicky aus der Küche.

„Die Hexe“, lautete die Antwort.

Der Toast war vergessen. Vicky jagte in die Diele und nahm Sally schnell den Hörer ab. Hoffentlich hatte Isabella nicht gehört, wie Sally sie gerne nannte.

„Hallo?“, sagte sie und gab sich alle Mühe, besonders locker und ruhig zu klingen.

„Was hast du getan? Wie hast du es getan?“, fragte Isabella in ihrem Verhörton.

„Was? Wovon redest du?“ Sie setzte ein empörtes „Ich finde es wirklich gemein, dass du mich immer verdächtigst und beschuldigst. Ich rede nur noch mit Daddy hinterher“ Vicky gratulierte sich selbst für diese Vorstellung völliger Ahnungslosigkeit.

„Wir haben die Polizei gerufen. Mrs Nobelman hat fast einen Herzinfarkt erlitten. Der Arzt musste kommen. Sie dachte, Sally sei aus dem Fenster gefallen.“

Tief Luft geholt und schon konnte Vicky fragen: „Wieso das denn?“

„Weil du sie nicht rechtzeitig abgeholt hast und ich hierherfahren musste. Aber dann war Sally auf einmal fort.“ Isabella schrie so laut ins Telefon, dass Vicky den Hörer ein Stück vom Ohr weghalten musste.

Ebenso laut brüllte sie zurück: „Ich lasse mich von dir nicht ständig beschuldigen. Ich habe Sally pünktlich abgeholt. Wir sind seit ... seit ...", sie warf einen Blick auf ihre Armbanduhr, „... seit fast zwei Stunden zu Hause."

„Das ist unmöglich. Mr Nobelman hat die arme Sally ebenfalls gesehen. Sie hat sich die Augen ausgeweint, weil du sie vergessen hast. Und ihr kleiner Freund Harry hat auch erzählt, wie verzweifelt sie war."

Isabella hielt den Telefonhörer von sich und erklärte den anderen, was sie gerade von Vicky erfahren hatte. Großes Gezeter aller drei Nobelmans brach los.

„Hör zu, Isabella, ich muss Sally jetzt wirklich ins Bett bringen und ihr eine Gute-Nacht-Geschichte vorlesen", erklärte Vicky. Sie spielte die Entrüstung über die Störung so glaubhaft, dass sie selbst fast darauf hereingefallen wäre.

„Gib mir Sally!", verlangte Isabella.

Das war heikel.

„Die ist schon oben im Bett und ich will sie nicht mehr holen."

„Doch, das wirst du jetzt tun", forderte Isabella.

Besser Vicky gab nach, sonst tauchte ihre Stiefmutter möglicherweise sogar noch hier auf. Vicky hielt den Hörer zu und winkte Sally zu sich. „Sag nur, was ich dir vorsage", erklärte sie ihr leise. Sally starrte sie mit großen, verständnislosen Augen an.

„Hier ist sie. Schon ganz verschlafen", sagte Vicky vorwurfsvoll. Dann hielt sie Sally das Telefon an das eine Ohr und ihre Lippen an das andere.

„Hallo, kleiner Liebling", flötete Isabella.

„Hallo“, sagte Vicky vor.

„Hallo“, wiederholte Sally folgsam.

„War der Kindergeburtstag nett?“

„Nein!“

„Nein!“

Pause am anderen Ende der Leitung.

„Hast du lange auf Vicky warten müssen?“

„Nein!“, zischte Vicky.

„Nein!“, sagte Sally nach, mit einer Entrüstung, die überzeugend klang.

Wieder Pause.

„Bist du schon lange zu Hause?“

„Ich habe Hunger!“, klagte Sally selbstständig, ohne Vickys Worte abzuwarten. Vicky übernahm den Hörer.

„Brauchst du noch mehr Beweise?“

Isabella schwieg lange. Vicky konnte sie förmlich denken hören.

„Aber die Nobelmans schwören, dass Sally das letzte Kind hier war. Und ihre Haustür sei abgesperrt gewesen. Sally hätte sie nie öffnen können“, formulierte Isabella ihre Gedanken laut.

„Was geht mich das alles an?“

Nach einer weiteren langen Pause sagte Isabella so niedergeschlagen, wie Vicky sie noch nie erlebt hatte: „Bring Sally jetzt ins Bett. Gute Nacht.“

„Du könntest dich ruhig entschuldigen!“, antwortete Vicky voller Empörung.

Eines musste sie ihrer Stiefmutter lassen: Niederlagen konnte sie eingestehen.

„Tut mir leid. Ich dachte nur wirklich … aber es ist

unmöglich. Den Nobelmans muss irgendein Irrtum unterlaufen sein."

„Sieh dich nach Whiskey- und Weinflaschen um. Vielleicht haben sie ja ein Glas zu viel gehabt ..."

Isabella verabschiedete sich hastig.

Gemeinsam machten Vicky und Sally anschließend ein kleines Picknick auf dem Rasen. Während sie Toast knabberten und Saft tranken, beobachteten sie die Glühwürmchen, die da und dort im Garten aufblitzten.

Vicky überlegte, wie alles werden würde, wenn sie morgen aufwachte. Wäre das dann auch noch Bestandteil ihres Traums oder hatte sie die vergangenen Stunden tatsächlich erlebt?

Und wenn sie wirklich noch träumte, war Sally dann noch bei den Nobelmans? Das würde eine Menge Ärger bedeuten.

Immer wieder tastete Vicky Gegenstände mit ihren Fingern ab. Niemals konnte sie hinein- oder hindurchgreifen.

Als ihre Mutter um halb elf Uhr völlig geschafft nach Hause kam, schlief Sally schon tief und fest. Vicky hatte inzwischen den Boden mit Tüchern und Decken ausgelegt und trampelte darauf herum, um das restliche Wasser aufzusaugen.

„Die Waschmaschine hat wieder einmal gekotzt", sagte sie erklärend auf den fragenden Blick ihrer Mutter.

„Lass gut sein. Wir können uns eine neue kaufen!" Pru Cassady umarmte ihre Tochter und drückte sie. „Ich habe meine Gesichtscreme verkauft. Großauftrag. Zehntausend Tiegel."

„Gratuliere!", rief Vicky begeistert.

„Ach, Vicky!“ Pru Cassady herzte ihre Tochter abermals. „Ich mute dir viel zu viel zu. Du musst frei sein. Frei, für Musik, das Leben und vor allem die Liebe.“

Pru Cassady war in Vickys Alter ein Hippie gewesen. In ihrem Schlafzimmer hingen Fotos von ihr aus dieser Zeit.

„Ist absolut in Ordnung so“, versicherte Vicky.

„Du bist ein Engel!“

Vicky schluckte. Das Stichwort erinnerte sie an den zerbrochenen Azrael.

Ein Wahnsinnstag ging zu Ende. Absoluter Wahnsinn.

Aber falls die vergangenen Stunden kein Traum gewesen waren, was waren sie dann? Vicky konnte doch nicht wirklich durch Türen gehen, oder?

Obwohl es bei den Nobelmans geklappt hatte.

Oder nicht?

„Sonst alles in Ordnung heute bei dir und hier?“, erkundigte sich Pru Cassady bei ihrer Tochter.

Vicky öffnete den Mund und wollte schon etwas über ihr Durchdringen der Tür sagen. Sie ließ es dann aber doch bleiben. Noch immer war sie nicht sicher, ob es tatsächlich geschehen war oder ob sie nicht doch …

… ja, was?

Verrückt war? Halluzinationen hatte? Noch von den drei Rumkugeln beschwipst war, die sie zu Weihnachten gegessen hatte?

Vicky küsste ihre Mutter schnell auf die kühle Wange, wünschte eine Gute Nacht und verschwand nach oben.

Als sie die Tür hinter sich schloss, drehte sich das ganze Zimmer vor ihr. Sie ließ sich auf ihr Bett fallen. Nur Sekunden später schlief sie ein, noch vollständig bekleidet.

Ein Morgen, an dem nichts mehr ist wie früher

Also, ganz langsam.

Es war Morgen. So viel war sicher.

Ein neuer Hitzerekord kündigte sich an. Durch das offene Fenster strich ein warmer Wind, der Vicky an die Wüste denken ließ. Im Kirschbaum tschilpten ein paar Spatzen.

Fest stand, dass Vicky auf dem Rücken in ihrem Bett lag und die Risse in der Decke betrachtete. Sie bildeten eine Art Gitter, wie bei Tic-Tac-Toe.

Es war zwei Minuten nach sechs Uhr.

Vicky konnte sich nicht erinnern, jemals von allein so früh aufgewacht zu sein.

Bestimmt war sie krank. Sie fühlte sich jedenfalls so. Ihre Arme und Beine schienen doppelt so schwer wie sonst. Vicky legte sich die Hand auf die Stirn. War sie heiß? Hatte sie Fieber?

Nein. Keine ungewöhnliche Hitze. Nur ein bisschen feucht, was bei diesen Temperaturen kein Wunder war. Außerdem hatte sie noch immer ihre Jeans, das T-Shirt und die dünne Sweatjacke vom Vorabend an. Kein Wunder, dass sie schwitzte. Vicky holte tief Luft und atmete zischend wieder aus. Bereits Augenblicke nach dem Aufwachen hatte sie die Erinnerung an den Vortag wieder eingeholt. Wie Hagelkörner waren die Ereignisse des Abends auf sie herabgeprasselt.

Weil ihr Herz hämmerte, begann sie zu summen. Das hatte meistens eine beruhigende Wirkung auf sie. Vicky summte „Stille Nacht“. In den letzten Tagen fielen ihr morgens ständig Weihnachtslieder ein.

„... Heilige Nacht ... Chor der Engel erwacht ...“

Sofort sah sie Azraels Trümmer wieder vor sich. Sie konnte nicht länger liegen bleiben. Vicky schwang sich in die Höhe und stellte die Füße auf den Boden. Der Kontakt gab ihr ein Gefühl von Sicherheit.

Rechts von sich bemerkte sie eine Bewegung. Ihre knallorangefarben gestrichene Zimmertür schwenkte lautlos auf. Die Farbe war so schreiend ausgefallen, weil ihre Mutter der Überzeugung war, Orange stärke die Lebensenergie und mache Mut zum Außergewöhnlichen.

Es war Sally, die barfuß und noch halb schlafend hereintappte. Sie kam morgens oft zu Vicky ins Bett. Wie eine kleine Katze kroch sie auf Vickys Schoß, rollte sich ein, presste den Frankensteinbär an sich und steckte den Daumen in den Mund. Sie sollte nicht mehr Daumenlutschen, tat es aber seit der Trennung der Eltern wieder.

Zärtlich streichelte Vicky der kleinen Schwester über den weizenblonden Lockenkopf.

„War das ein schöner Kindergeburtstag bei Harry?“, fragte sie leise.

Sally grunzte etwas, das Ja und Nein heißen konnte.

„Was hat dir besonders gut gefallen?“, bohrte Vicky vorsichtig weiter.

„Du bist gemein“, murmelte Sally schlaftrunken. „Alle Kinder sind abgeholt worden. Ich nicht.“

Vicky fuhr betroffen zusammen.

„Aber ... aber ich bin doch dann gekommen, nicht wahr?"

„Mhm."

„Ich habe geklingelt, nicht wahr?"

Ein verneinendes „M-m!".

„Was heißt M-m?"

„Die Tür ist von allein aufgegangen. Du warst draußen. Alle anderen Mummys und Daddys sind hereingekommen. Nur du nicht."

Behutsam hob Vicky Sally ein wenig an und legte sie ins Bett. Schmatzend kuschelte sich die kleine Schwester in das Kissen.

Vicky überlegte angestrengt. Dann war es also tatsächlich passiert. Und wenn es gestern funktioniert hatte und es keine Einbildung gewesen war, dann müsste es auch jetzt möglich sein. Vicky trat in den winzigen Vorraum hinaus, von dem die Zimmer wegführten, zog ihre Tür ins Schloss, starrte auf den schlampig aufgetragenen orangefarbenen Anstrich, atmete tief ein und machte einen energischen Schritt nach vorne.

Es knallte.

Durch ihre Nase zuckte ein stechender Schmerz bis ins Gehirn hinauf. Jetzt könnte sie dem kleinen Folterknecht Harry hervorragend beschreiben, wie es sich anfühlen musste, wenn man ein Schwert durch das Nasenloch gestoßen bekam.

Aua. Tat das weh. Vicky flüchtete ins Bad, drehte das kalte Wasser auf und hielt den Kopf darunter. Sie ließ es fließen und fließen, bis ihre Nase fast gefroren war. Als sie sich aufrichtete, blickte ihr aus dem Spiegel jemand entgegen, den sie vage kannte. Die dunklen Schatten unter den Augen waren größer, die Nase ganz weiß.

Eine Stunde später verließ Vicky noch immer sehr verwirrt das Haus.

„Du schläfst zu wenig!", tadelte Onkel Anthony, als sie die tägliche Frühstückstüte aus der Bäckerei abholte. Seine Frau Margret ließ sich nicht davon abbringen, Vicky die Hand auf die Stirn zu legen.

„Fieber ist es keines. Aber vielleicht zu viel Fernsehen oder Computerspiele!"

Vicky setzte einen treuherzigen Dackelblick auf. „Nein, ich muss nur so viel lernen. Meistens schlafe ich dann über meinen Büchern ein."

Das wirkte. Onkel und Tante waren voller Mitleid und hörten auf, weitere Fragen zu stellen.

Sie hatte noch genug Zeit, den normalen Weg zur Schule zu nehmen, doch der alte Friedhof zog sie magisch an. Vicky riss an beiden Bremsen und bog in den Durchgang ein. Sie legte die Strecke bis zu den alten Bäumen mit ein paar kräftigen Tritten in die Pedale zurück. Dort stieg sie ab, ließ das Rad zu Boden fallen und ging weiter.

Schritt für Schritt.

Fuß vor Fuß.

Sie kletterte über die Reste der Mauer und bahnte sich einen Weg durch das hohe Gras, das gesprenkelt war von roten Mohnblüten und violetten Glockenblumen.

Der Steinsockel stand unverändert da, etwas zur Seite in den Boden gesunken, die Kanten zerbröselt, die Ecken abgeschlagen.

Vicky blieb bewusst so stehen, dass das Podest Azraels

Trümmer verdeckte. Sie rubbelte sich über die Wangen und fuhr sich durch die Haare. Danach wischte sie die feuchten Handflächen an ihrer Jeans ab und atmete tief ein. Ihr fiel nichts mehr ein, womit sie die nächsten Schritte noch hätte hinauszögern können. Sie schloss die Augen und ging weiter. Mit dem rechten Schuh trat sie auf einen Stein und knickte um. Der glühende Stich in ihrem Sprunggelenk war mindestens so schmerzhaft wie die angeschlagene Nase heute Morgen. Fluchend und japsend hüpfte Vicky auf dem gesunden Bein bis zum Steinsockel. Beim Hinsetzen verfehlte sie aber die Kante, kippte und landete im Moos.

Auge in Auge lag sie da mit dem abgeschlagenen steinernen Kopf des Engels.

Sie konnte gar nicht anders. Sie musste ihn einfach anstarren.

Azraels Augen waren schwarz und leer. Seine geschwungenen Lippen erinnerten sie an den Kuss, den sie ihm gegeben hatte. Ein heißes Kribbeln meldete sich.

Der Bildhauer musste ein Genie gewesen sein. Die Augenlider hatten sogar Wimpern. Vicky hatte den Kopf der Statue noch nie aus so geringer Entfernung betrachtet. Jedes einzelne Haar der Augenbrauen war zu erkennen.

Kurz meinte sie sogar, die Augäpfel schimmern zu sehen.

Je länger Vicky das Gesicht des Engels anstarrte, desto wildere und verrücktere Einbildungen bekam sie. Auf einmal hatte sie das Gefühl, Azrael hätte geblinzelt. Sogar die Lippen öffnete er und entblößte die Mundhöhle mit weißen Zähnen.

Wie verrückt war das denn alles? Drehte sie jetzt völlig durch?

„Schönen guten Morgen!“, grüßte sie jemand. Ein bitterer Unterton schwang in der Stimme mit.

Vicky stemmte sich auf dem Arm in die Höhe. Waren Nessa oder Gloria gekommen? Manchmal trafen sie einander irgendwo, ohne Verabredung. Weil sie schon so lange befreundet waren, witterten sie offenbar, wo die anderen zu finden waren.

Außer Vicky war niemand in dem verwilderten Garten.

„Du hast etwas geschafft, das nicht einmal Unwetter, Sturm und Zeit vollbringen konnten.“

Vicky musste sich zwingen, ihre Augen wieder auf Azraels Kopf zu richten.

Seine Augenfarbe war blau. Das Weiß seiner Augen war rein und strahlend. Beim Reden bewegten sich die steinernen Wangen, als wären sie lebendig, obwohl sie noch immer die dunkle Farbe des Marmors hatten.

Absolut logisch, was Vicky zu tun hatte. Sie befahl sich aufzustehen, ihr Rad zu nehmen und in die Schule zu fahren. Dort würde sie den Schularzt aufsuchen und ihn bitten, sie in die nächste Klapsmühle einliefern zu lassen.

„Du musst etwas wissen“, sagte der Engelskopf ernst.

Vicky nahm alle Kraft zusammen und stammelte: „Es ist unmöglich, dass du reden kannst. Du bist eine Statue aus Stein.“

Azraels auf der Seite liegender Kopf verzog bedauernd das Gesicht. „Du irrst. Seit gestern ist für uns beide nichts mehr so, wie es gewesen ist. Und es wird auch nie wieder so sein.“

Vicky setzte sich auf und lehnte sich gegen den Steinsockel. Während sie ihren Knöchel abtastete, spähte sie immer wieder zu dem Kopf. Sie hoffte bei jedem Blick, alles wäre wieder normal.

Doch diese Hoffnung erfüllte sich nicht. Er sah sie weiter aufmerksam an.

„Was genau passieren wird, kann ich dir nicht sagen. Was gestern geschehen ist, ist einmalig." Azrael deutete mit den Augen auf die herumliegenden Trümmer. „So kann ich meine Aufgabe jedenfalls nicht weiter wahrnehmen."

Wieder überkam Vicky der Wunsch, den Engel zu streicheln und zu trösten. Der tieftraurige Ausdruck in seinem Gesicht rührte sie und jagte ihr Schuldgefühle ein.

„Dein Kuss hat uns miteinander verbunden. Das geschieht immer dann, wenn ein Engel von einem Menschen geküsst wird."

„Hölle", hauchte Vicky.

Azraels Gesicht zuckte, als hätte sie ihm einen Schlag versetzt. „Es gibt Worte, auf die ich allergisch reagiere. Zum Beispiel auf dieses. Kannst du es bitte nie wieder erwähnen?"

Gehorsam nickte Vicky.

„Ich weiß nicht, wie ich mit dieser Situation umgehen soll", seufzte Azrael. Sein Blick wanderte umher. „Es muss so gewesen sein: Da du bei meinem Sturz kurz in Lebensgefahr warst, konnte ich mich aus dem Stein lösen. Gleichzeitig aber hast du mich geküsst, was bedeutet, dass du dich mit mir verbunden hast und wir einige Eigenschaften ausgetauscht haben." Er rollte die Augen. „Seitdem kann ich reden und Grimassen schneiden. Was hast du von mir bekommen? Konntest du schon etwas an dir beobachten? Eine Veränderung?"

„Bin durch Tür gegangen. Hab mit Schlüssel gesprochen“, stieß Vicky hervor.

Als wären solche Vorgänge völlig selbstverständlich, meinte Azrael: „Ich hatte so etwas vermutet.“

Schweigen trat ein. Keiner der beiden wusste etwas zu sagen. Azrael brach die Stille als Erster.

„Ein Mensch soll sterben. In dieser Stadt. Viel zu früh. Durch die Schuld eines anderen.“

„Was? Wieso weißt du das?“

„Der Hauch des Todes weht durch ein Haus. Ich kann ihn riechen. Aber ich kann jetzt nichts mehr dagegen unternehmen. Ich bin in diesen Trümmern gefangen. Dabei müsste ich versuchen zu verhindern, dass ein Name vor der Zeit, die ihm bestimmt ist, von der Liste der Lebenden gestrichen wird.“

„Was ... was heißt das?“ Vicky zog die Knie zum Kinn und schlang die Arme darum, um ihr Zittern zu verbergen.

Azraels Blick verlor sich irgendwo zwischen den hohen Bäumen.

„Der Tod nimmt mit, wen er bekommen kann. Er wittert, wenn es so weit ist. Unauffällig hält er sich dann in der Nähe seines Opfers auf. Zu erkennen ist er an seinem Hauch, den ich wahrnehmen kann. In einem solchen Fall ist es mir erlaubt, den Menschen zu begleiten und zu versuchen, ihn zu warnen. Nur wenn er mich verstehen will, kann ich helfen. Sonst aber wächst der rechte Arm des Todes zu einer schwarzen Schwinge. Das Leben des Menschen wird auf diese Weise vertrieben wie eine Nebelschwade.“

Mit dieser Schilderung hatte Azrael es geschafft: Vicky

fror am heißesten Tag des Jahres. Ihre Schultern bebten und sie machte sich nicht einmal die Mühe, es vor ihm zu verbergen.

„Ich wollte dir keine Angst einjagen“, versicherte Azrael. „Aber du musst die Wahrheit kennen.“

Vicky sah auf die Uhr. Nur noch zehn Minuten bis Schulbeginn. Wie sollte sie das mit dem verstauchten Knöchel schaffen?

„Ich muss jetzt zur Schule!“

„Komm wieder. Bitte!“

Eine Ameise krabbelte über Azraels Wange. Vicky bückte sich und schnippte sie vorsichtig weg.

„Danke!“ Der Engel lächelte schwach. Vicky lächelte zurück. Etwas hilflos.

„Bis bald?“, fragte Azrael.

„Ja, sicher!“

Der Glanz aus Azraels Augen verschwand und seine Gesichtszüge erstarrten. Vicky blieb noch stehen und sah ihn an. Schließlich musste sie sich befehlen, zu ihrem Fahrrad zurückzuhüpfen. Der Schmerz im Knöchel war nicht unerträglich, aber stark genug, ihr Tränen in die Augen zu treiben.

Sie kam fünf Minuten zu spät. Humpelnd betrat sie die Halle, in der die Schulsekretärin bereits mit Klemmbrett und Liste lauerte. Vickys Hinken belächelte sie als billigen Trick, um dem Tadel zu entkommen.

„Da, bitte, echt!“ Vicky schwang das verletzte Bein hoch. Der Anblick ihres Knöchels erschreckte sie selbst und ließ sie schwanken. Alles, rund um ihr Fußgelenk, war angeschwollen und rot wie ein Ballon.

WILDE WAHNSINNSENGEL, BITTE KOMMEN

Die erste Schulstunde verbrachte Vicky im Büro von Dr. Schuster, dem Arzt der Schule. Er war noch ziemlich jung und hatte immer dieses „Wir verstehen uns schon“-Zwinkern drauf.

Während er ihren Knöchel abtastete, musterte sie den braun gebrannten Arzt. Sein dunkles Haar war von der Sonne stark gebleicht. Er spürte ihren Blick, wandte sich ihr zu und lächelte.

„Gibt's was?“

Ja, es gab eine Menge. Vicky fasste Mut. Der Schularzt erschien ihr wie jemand, dem sie sich anvertrauen konnte.

„Du bist so ein herrlich normales Mädchen“, begann Dr. Schuster zu schwärmen und rieb Vickys Knöchel mit einer gelblichen Salbe ein. „Manche deiner Mitschülerinnen sind schrecklich überzogen. Einige essen nichts mehr. Manche bekommen bei einem Pickel bereits die Krise, ein paar lassen sich piercen, bis sie wie Nietengürtel aussehen.“ Er seufzte. „Die Schlimmsten sind diejenigen, die behaupten, mit Geistern reden zu können.“

Das war's dann. Vicky, die den Mund schon geöffnet hatte, klappte ihn wieder zu. Sie behielt ihre seltsame Geschichte doch lieber für sich.

Gestützt auf eine Krücke betrat Vicky zur zweiten Stunde ihre Klasse. Gloria bestürmte sie mit Fragen, ob sie sich gut vom Sturz gestern Nachmittag erholt hätte. Nessa begnügte sich damit, Vicky ständig von Kopf bis Fuß prüfend zu mustern.

„Hast du schon auf das Schwarze Brett geschaut?“, fragte Gloria mit verheißungsvollem Unterton.

„Lady, sie kann kaum gehen“, erinnerte Nessa.

„Was ... was ist dort?“, fragte Vicky. Sie hörte nur mit halbem Ohr zu, weil ihre Gedanken im Kopf herumhüpften wie eine Ladung Pingpongbälle, die jemand in einen Turnsaal gekippt hatte.

Der Schulgong verkündete den Beginn der nächsten Stunde. Mrs Lexington schwebte in die Klasse wie eine ausgebleichte Fee. Sie kleidete sich in wallende Gewänder und schwärmte die meiste Zeit von „Love and Peace“.

Unter der Bank reichte Gloria Vicky einen Zettel.

Sofort beschleunigte sich Vickys Herzschlag.

Die obere Hälfte der Seite nahm ein Foto der schwarzen Engelstatue ein. In seiner schwungvollen Bewegung nach vorne wirkte sie, als wolle sie sich vom Papier lösen und entschweben.

Azrael, heil und ganz, so wie er ausgesehen hatte, bevor Vicky zu ihm hinaufgeklettert war.

„Sigfrid hat es von einem Freund am Computer machen lassen“, flüsterte Gloria, während sie einen kleinen Schaden ihres Nagellacks ausbesserte. „Ist doch der Eyecatcher, den du wolltest, oder?“

Nachdem Vicky die Augen einige Male zusammengekniffen hatte, schaffte sie es, das kleine Plakat genauer anzusehen. Sie musste Gloria recht geben: Es war genau so, wie sie es sich gestern vorgestellt hatte. Unter dem Engel prangten die großen Buchstaben einer frechen Schrift:

Es sah professionell aus.

„Wir haben gleich drei davon ans Schwarze Brett gehängt und ein paar in den Mädchengarderoben verstreut“, berichtete Gloria stolz.

Während der Stunde stahl sich Nessa unter dem Vorwand, die Toilette aufsuchen zu müssen, davon. In Wirklichkeit aber verfolgte sie ein anderes Ziel. Bei ihrer Rückkehr leuchteten ihre Wangen aufgeregt rot.

Mrs Lexington beschrieb der Klasse die weitläufigen Parks in London, ohne Interesse zu wecken. Erst als sie schwärmte, wie oft sie früher dort frisch verliebt entlanggeschlendert war, gab es ein bisschen Gekicher.

Nessa hielt Vicky und Gloria Zettel hin, auf denen etwas ausgedruckt war.

Hallo, ihr Engel,
ist das ein Witz oder so? Oder könnt ihr das wirklich? Falls ja, dann will ich wissen, ob Kevin mit mir gehen will, oder so. Ich bin in der 9. Meinen Namen sage ich nicht. Für euch bin ich „Cleopatra“. Antwortet schnell und ehrlich. Ella

Gloria runzelte mitfühlend die Stirn. „Wie süß. Zuerst ‚Cleopatra‘ und dann unterschreibt sie doch mit ihrem echten Namen.“

Ich heiße Priscilla. Ich bin total verknallt in Steven. Er ist so ein süßer Typ. Aber Natascha, meine Freundin, sagt, ich soll ihn

mir aus dem Kopf schlagen, weil er ein Proll ist und Schweißfüße hat.
Steven ist aber trotzdem der Beste für mich.
Findet ihr nicht auch?

Gloria setzte ein fachmännisches Gesicht auf. „Ziemlich aussichtsloser Fall. Liegt nicht an den Schweißfüßen. Proll ist er auch nicht. Nur ein Fußballwahnsinniger. Der hält von Mädchen höchstens was, wenn er gegen sie Fußball spielen kann."

Habe ich eine Chance?
Ich gehe in die 8b. Ich bin Edgar. Falls ihr das ausplaudert, dann seid ihr tot. Tote Engel. Ich reiße euch jede Feder einzeln aus und kitzele euch damit zu Tode.

Nessa gab ein gespieltes Angstgeräusch von sich. „Wir sollen uns wohl fürchten. Der Mister weiß nicht, dass ich mich auf ihn setze, wenn er frech wird."

Vicky und Gloria grinsten in sich hinein. Mit Nessa war in solchen Situationen nicht zu spaßen.

Edgar war scharf auf Nina Smugg und wollte wissen, ob er sie ins Kino einladen sollte. Denn eine Abfuhr wollte er sich nicht holen. Das war ja wohl klar, wie er schrieb.

„Das ist der Anfang, nur der Anfang", raunte Nessa. „Ich war am Computer. Auf unserer Website sind jede Menge Zuschriften. Ich konnte gar nicht alle ausdrucken."

Gloria wackelte unter dem Tisch mit den Fingern, um den Nagellack schneller zu trocknen. Sie deutete auf die Frage von Ella.

„Leichter Fall. Vergessen, was soll Ella sonst tun? Kevin ist zwei Nummern zu groß für sie. Sieht nicht übel aus, das muss ich zugeben. Allerdings fliegen auf den schon die Mädchen aus der zwölften Klasse. Wozu also soll er sich mit Junggemüse aus der Neunten abgeben?"

Nessa, die zwischen Vicky und Gloria saß, fuhr ihre Ellbogen nach links und rechts aus. „Ladys, das Ding rennt echt." Gloria hielt den Stift mit spitzen Fingern und kritzelte die Antwort in ihr Heft: *Hallo, Cleopatra, Kevin ist der Hammer. Klar, dass du dich in ihn verknallt hast. Du bist nicht die Einzige. Wir haben schon vierzehn weitere Anfragen. Willst du dich um ihn prügeln? Vergiss es! Such dir besser einen, der wild auf dich ist. Liebste Grüße von den Wilden Wahnsinnsengeln.*

Nessa klatschte unter der Bank lautlos Applaus zu dieser professionellen Antwort.

„Kennst du die anderen auch so in- und auswendig?", fragte Vicky flüsternd.

Gloria pustete unauffällig auf den Nagellack und schüttelte bedauernd den Kopf.

„Wie sollen wir dann rausfinden, wer in wen verknallt ist?", fragte Vicky ratlos.

Gloria spitzte die Lippen. „Ein bisschen schnüffeln, ein bisschen umhören, ein bisschen peinliche Fragen stellen, ein bisschen neugierig sein. Alles kein Problem."

Vom Lehrertisch tönte es: „Gloria, es wäre nett, wenn du dich endlich wieder auf den Unterricht konzentrieren könntest. Ich denke, dein Nagellack sollte jetzt trocken sein."

Glorias Gesicht nahm die Farbe ihres Lippenstiftes an:

tiefrot. Schnell steigerte sie sich zu Purpur, der Farbe des besagten Nagellacks.

Nach dem Unterricht stützten die Freundinnen Vicky, da sie noch immer nicht auftreten konnte.

„Lady, du gefällst mir heute gar nicht“, stellte Nessa besorgt fest.

Gloria gab ihr recht. „Du bist sonst besser geföhnt. Außerdem musst du mehr schlafen oder eine Grundierung verwenden, du siehst blass aus.“ Mit der freien Hand wühlte sie in ihrer Ledertasche und beförderte eine kleine Dose mit Schminke heraus. „Hier, nimm das, wirkt Wunder!“ Großzügig, wie es nun mal Glorias Art war, schenkte sie Vicky das Mittel.

Vicky öffnete den Mund, um Nessa und Gloria etwas zu sagen.

„Steck deinen Malkasten weg, es geht um Vickys Innenleben!“, knurrte Nessa Gloria an.

„Du könntest auch ein bisschen mehr Make-up vertragen“, giftete Gloria sofort zurück.

Über Vickys Kopf hinweg flogen die Beschimpfungen, die sich Nessa und Gloria oft und gerne entgegenschleuderten, hin und her.

In Vickys Knöchel pochte ein dumpfer, aber heftiger Schmerz. Ihr war ganz übel davon. Sie schloss den Mund wieder. So sehr sie die beiden auch mochte, es war absolut undenkbar, mit ihnen über das Gespräch mit Azrael zu reden. Sie mussten sie einfach für verrückt halten.

„Hölle“, stöhnte sie.

Ein kurzes Grollen erhob sich, verklang dann aber schnell wieder.

Gloria blickte zum Himmel hoch.

„Was war das? Kann doch kein Gewitter geben ohne Wolken!"

Vicky stöhnte leise in sich hinein. Hatte das Donnern mit ihr zu tun? Weil sie Hölle gesagt hatte?

„Ist heute Freitag?", fragte sie.

„Mittwoch", antwortete Nessa in geduldigem Tonfall.

„Wieso wartet Daddy dann auf mich?"

Vickys Vater stand neben dem praktischen Kombi, gegen den er sein heiß geliebtes Motorrad eingetauscht hatte. Isabella hatte darauf bestanden.

Als Mr Cassady bemerkte, dass mit seiner Tochter etwas nicht stimmte, kam er auf sie zu.

„Tag! Hallo! Hi!", grüßte er die drei mit einem sehr verlegenen Lächeln.

„Ist was mit Mimutschka?", fragte Vicky besorgt.

Ihr Vater zog am Kragen seines weißen Hemdes. Der Schlips schien zu eng gebunden.

„Nein, nein", druckste er verlegen herum. „Nicht, dass ich wüsste. Aber ich war gerade in der Nähe und dachte mir, ich könnte dich mal abholen."

Vicky runzelte misstrauisch die Stirn. „Daddy, dein Büro ist um die Ecke. Du bist immer in der Nähe."

Mr Cassady lachte auf. „Ich wollte sagen, ich habe gerade ein wenig Pause. Deshalb bin ich gekommen."

Riecht fischig, diese Begründung, dachte Vicky. Allerdings war sie einfach zu schlapp, um sich zu streiten. Außerdem konnte ihr Vater sie nach Hause fahren. Mit ihrem Knöchel war es für sie unmöglich zu radeln.

Im Auto roch es nach künstlicher Frische. Am Spiegel

baumelte ein Pappherz, das diesen aufdringlichen Geruch verströmte. Ebenfalls etwas, das Isabella eingeführt hatte.

„Hattest du einen schönen Tag in der Schule?“, erkundigte sich Mr Cassady, als er den Motor anließ.

„Nichts Besonderes. Zwei Prüfungen völlig verhauen und Matheschularbeit nicht geschafft. Außerdem Knöchel verstaucht und gegen eine Tür gerannt. Sonst alles absolut flockig.“

„Drei negative Noten an einem Tag? Vicky, so kann das nicht weitergehen. Isabella meint ...“

Daher wehte also der Wind. Vicky hatte es gerochen. Sie unterbrach ihren Vater mit einem beruhigenden: „Fast alles gelogen!“

Er lachte gekünstelt. „Die Noten sind besser, was?“

„Meine Nase und mein Knöchel sind dir egal, Hauptsache die Noten stimmen. Demnächst fällt mir ein Bein ab, aber solange ich in Mathe nicht durchrassle, ist die Welt in Ordnung.“

„So war das nicht gemeint“, verteidigte sich ihr Vater sofort.

Er kurvte durch die Gassen. Vicky hatte keine Ahnung, wo er hinwollte.

Außerdem nervte sie dieses Pappherz. Etwas stimmte damit nicht. Es verströmte nicht mehr diese künstliche Frische, sondern einen anderen Geruch. Er erinnerte Vicky an etwas, doch sie konnte nicht sagen, was es war.

„Ich ... ich dachte ... wir gehen Pizza essen“, erklärte Mr Cassady seinen Plan.

„Du darfst keine Pizza essen“, konnte sich Vicky nicht verkneifen. Isabella hatte ihrem Vater alles verboten, was fett, reich an Kohlehydraten oder süß war. Mit anderen Worten: Fast alles, was schmeckte, kam nicht auf den Teller, da sie wollte, dass er abnahm.

„Du wirst mich doch nicht verraten?" Mr Cassady lächelte treuherzig.

„Stinkst du so?", platzte Vicky heraus.

Ihr Vater bremste vor einer roten Ampel heftiger, als es nötig war.

„Wie bitte?"

Vicky schnupperte. Der Gestank wurde immer heftiger.

„Hier stinkt's gewaltig!", beschwerte sie sich.

Energisch lenkte Mr Cassady den Wagen an den Straßenrand. „Ich will dir jetzt einmal etwas sagen, Victoria."

Alarmstufe rot. Wenn er sie Victoria nannte, dann war höchste Vorsicht geboten.

Sie befanden sich in der Dukelane, wo sich eine schicke Villa an die andere reihte. Isabella hatte einmal erwähnt, dass sie gerne hier wohnen würde. Die Tenners, die Eltern von Gloria und Sigfrid, hatten eine Villa in einer Seitengasse. Isabella fand deshalb auch, dass Gloria ein guter Umgang für Vicky sei.

Schon donnerte Vickys Vater los: „Ich dulde nicht mehr, wie du ständig an Isabella herummäkelst. Sie ist meine Frau. Ich habe sie geheiratet. Sie tut alles, um dir eine gute zweite Mutter zu sein. Dein Dank dafür aber ist eine Frechheit nach der anderen. Hast du eine Vorstellung, wie sie das kränkt?"

„Aber hier stinkt es wirklich", jammerte Vicky, die Mühe hatte, zu atmen. Sie öffnete das Fenster, um frische Luft zu schnappen.

Ihr Vater riss an dem Pappherz.

„Gut, damit du deinen Willen bekommst. Die Lufterfrischer kannst du ja nicht ausstehen, wie du ständig betonst." Das Herz musste mit dem Aufhängefaden verschweißt sein und dieser mit der Halterung des Rückspiegels. Mr Cassady war so wütend, dass er mit aller Kraft daran zerrte – bis er schließlich den ganzen Spiegel in der Hand hielt.

Mit einem zornigen Schrei schleuderte er ihn über die Schulter hinter sich. Der Spiegel landete auf der praktischen Ladefläche des Wagens.

Vicky stellte fest, dass der Gestank nicht weniger geworden war. Außerdem fiel ihr ein, wo sie ihn schon einmal gerochen hatte.

Es war auf dem Friedhof gewesen. Als kleines Mädchen. Sie hatte aus einer Grabvase verwelkte Blumen gezogen. Die Stängel waren im Wasser verfault und hatten genauso scheußlich gerochen wie das, was ihr jetzt in die Nase stieg.

Wahre Liebe oder unter dem Pantoffel?

Zu allem Überfluss kam statt frischer Luft durch das offene Wagenfenster nur noch mehr Gestank. Vicky zog schützend den Halsausschnitt ihres T-Shirts über die Nase.

Ihr Vater schlug mit beiden Händen wütend auf das Lenkrad ein.

„Hör auf, so zu übertreiben." Bei seinem letzten Schlag traf er die Mitte des Lenkrads und damit die Hupe. Er musste ziemlich heftig zugehauen haben, denn das Teil blieb stecken.

So stand der praktische, vernünftige Kombi also in der feinen Straße und hupte aus Leibeskräften. Er erinnerte Vicky an ihre kleine Schwester Sally, wenn sie einen ihrer gefürchteten Wutanfälle bekam. Vickys Vater sprang aus dem Auto und führte mitten auf der Fahrbahn einen Tanz auf, als stünde er auf glühenden Kohlen. Bei jedem Aufstampfen schimpfte er: „Eine Verschwörung. Es ist eine Verschwörung. Zuerst meine Frau, dann meine Tochter, jetzt das Auto. Alle sind gegen mich. Ich will in eine Anstalt. Eine geschlossene Anstalt mit hohen Mauern und ohne Besuchsrecht. Sperrt mich ein."

Eine sehr beleibte Frau in einem viel zu engen T-Shirt und einem unglaublich kurzen Rock kam auf gigantisch hohen Stöckelschuhen angetrippelt, den winzigsten Hund der Welt an einer Leine, die mit Glitzersteinchen besetzt war.

„Nehmen Sie mich mit! Klingt gut, wo Sie hinmöchten!“, sagte sie mit tiefer, rauchiger Stimme und drehte sich zu dem Wattebausch auf vier Beinen um: „Avanti, Tornado!“ Der Kleine trippelte gehorsam weiter.

Die beleibte Frau mit dem Klamotten-Notstand schloss ein schwarzes schmiedeeisernes Tor auf. Zwischen die dicken Stangen eingelassen war ein Oval mit einem verschlungenen C.

Vicky beschloss, auszusteigen und sich ein Stück vom Wagen zu entfernen. Vielleicht war die Luft da ja besser.

Der lange Hupton riss ab.

„Vickylein, bleib stehen. Bitte, verzeih mir!“, rief Vickys Vater entschuldigend.

Mit jedem Meter, den Vicky davonhumpelte, konnte sie ein wenig leichter atmen. An der Straßenecke schaffte sie es sogar, sich wieder einmal richtig die Lungen zu füllen.

„Warte, ich … ich hole den Wagen. Lass uns reden wie zwei erwachsene, zivilisierte Leute!“ Mr Cassady eilte zurück.

Als ihr Vater neben ihr hielt, testete Vicky zuerst die Luft im Wagen, bevor sie einstieg. Sie schnupperte vorsichtig.

Es roch schwach nach künstlicher Frische. Das war alles.

Ihr Vater holte sogar das Pappherz von der praktischen Ladefläche und trug es zu einer Mülltonne am Straßenrand. Dort fand es seine letzte Ruhestätte.

„Isabella wird fragen, was mit dem Lufterfrischer geschehen ist“, jammerte Mr Cassady, als er wieder anfuhr.

„Magst du ihn?“, wollte Vicky wissen.

Das lange Schweigen, das folgte, war ein eindeutiges Nein.

„Vicky, wir können nicht immer nur Dinge tun, die wir mögen. Im Leben heißt es auch Rücksicht nehmen auf andere Menschen."

„Das hast du auch wirklich getan, als du dich von Mimutschka getrennt hast", gab Vicky zurück.

Mr Cassady klammerte sich mit beiden Händen am Lenkrad fest und mahlte mit den Zähnen.

Bis zur Pizzeria sprachen Vater und Tochter kein Wort.

Die Pizzeria hieß „Angelo" und hatte einen schwarzen Cherub, einen dieser geflügelten Babyengel, als Wappen.

Langsam fühlte sich Vicky von Engeln verfolgt. Sie wählte einen Tisch im Schatten des kleinen Gartens und bestellte sich ein großes Soda-Zitrone mit extra viel Zitronensaft, einen Salat mit Mozzarella und Pizzabrot. Ihr Vater starrte die Seite der Speisekarte an, auf der die Pizzen standen, als könnte er sie hypnotisieren.

„Versuchst du, ihre Kalorienanzahl zu senken?" Diese Bemerkung konnte sich Vicky nicht verkneifen.

„Mir-auch-Salat." Ihr Vater redete so langsam, als müsse er jedes Wort aus dem Mund schieben.

„Und eine Salamipizza mit extra viel Peperoni", ergänzte Vicky.

„Nein!"

„Doch!" Vicky lächelte ihn aufmunternd an.

Ihr Vater gab sich gerne geschlagen.

„Bei euch hat es gestern eine Überschwemmung gegeben. Isabella musste hinfahren!", begann er.

„Alles wieder in Ordnung, war nur die Waschmaschine!" Vicky gab sich große Mühe, so locker wie möglich zu klingen.

„Bist du die Treppe hinuntergefallen? Hast du dir dabei den Knöchel verstaucht?"

„Nein!", wehrte Vicky heftig ab. „Es ist alles in bester Ordnung bei uns. Außerdem ist es dir ohnehin egal", fügte sie leise und ein wenig bitter hinzu.

Mr Cassady lehnte sich über den Tisch zu Vicky. „Ganz im Gegenteil. Isabella hat schon öfter vorgeschlagen, dass Sally und du bei uns wohnen sollt."

„Nie!", zischte Vicky.

„Pru kann die Verantwortung nicht länger tragen. Sieh dir doch an, was bei euch los ist. Und was war das gestern mit Sally? Wie hast du sie aus der Wohnung geholt?"

Vicky verschluckte sich und musste husten. Der Anfall kam genau richtig, um Zeit zu gewinnen. Was sollte sie auf diese Frage antworten? Sie beschloss, bei dem zu bleiben, was sie Isabella schon am Telefon gesagt hatte.

„Ich habe sie ganz normal und pünktlich abgeholt. Und sag Isabella, sie soll endlich aufhören, mich ewig zu beschuldigen."

„Isabella hat Sally heute Morgen im Kindergarten besucht. Sie sagt, Sally sei verstört und behaupte, du hättest die Tür aufgezaubert."

Vicky schaffte es, sich in Bruchteilen von Sekunden wieder zu fassen. Sehr langsam sagte sie: „Ich wusste gar nicht, dass Isabella auch Privatdetektivin ist!"

Angelo, der das Essen mit seinem üblichen Überschwang servierte, verhinderte weiteren Streit.

Stumm säbelte jeder auf seinem Teller herum.

Schließlich fragte Mr Cassady kauend: „Was hat Isabella dir getan? Wieso kannst du nicht freundlich zu ihr sein?"

Ohne aufzublicken, antwortete Vicky: „Hast du drei Stunden Pause?“

„Um Himmels willen, nein, ich sollte eigentlich schon längst wieder zurück sein.“

„Gut, dann ist ohnehin nicht genug Zeit, alles aufzuzählen, was ich ätzend an ihr finde.“

Ihr Vater schnaufte niedergeschlagen. „Sie ist meine Frau! Ich habe sie geheiratet. Ich liebe sie“, murmelte er trotzig, während er sich die Salamipizza in großen Stücken in den Mund stopfte.

Vicky aß ihren Salat, ohne aufzusehen.

„Und ich stimme Isabella zu. Sally und du hättet es bei uns besser.“

„Nie!“, sagte Vicky sehr bestimmt.

Es war das letzte Wort, das sie und ihr Vater an diesem Tag miteinander redeten. Schweigend fuhr er sie nach Hause. Beim Aussteigen verabschiedete sie sich nicht einmal von ihm.

Vicky sehnte sich danach, mit Gloria und Nessa zu reden. Sie beschloss, die beiden anzurufen. Leider hatte Sally ihr Handy „gebadet“ und seither konnte Vicky nur noch die Feuerwehr anrufen. Da ihre Mutter strikt gegen Handys war und sie ihren Vater um ein neues bitten müsste, standen die Chancen zurzeit ziemlich schlecht.

Wenigstens hatten sie einen guten alten Apparat im Vorzimmer. Würde sie eben den benutzen.

Der Boden in der Diele war noch immer feucht und erinnerte an einen Sumpf. Vicky trug ihre Schulsachen in die Küche, machte sich ein großes Soda-Zitrone und füllte für ihren Knöchel Eiswürfel in ein Plastiksäckchen.

Der Telefonapparat besaß ein langes Kabel, das bis in das kleine, vollgestopfte Wohnzimmer reichte. Vicky ließ sich auf das alte Sofa sinken, das an manchen Stellen so weich war, als wolle es einen verschlucken.

Zuerst würde sie Gloria anrufen. Sie war mitfühlender als Nessa, die manchmal ziemlich kratzbürstig sein konnte. Vicky stöhnte, weil sie die Nummer nicht auswendig kannte und sie aus ihrem Zimmer holen musste.

Gerade als sie sich in die Höhe wuchten wollte, klingelte das Telefon.

Absolut großartig, dachte sie. Bei guten Freundinnen funktioniert es oft so, dass eine in dem Moment anruft, wenn die andere gerade die Nummer wählen will. Vicky riss den Hörer hoch und sagte: „Hi!"

Sie hörte nur ein Rauschen.

„Hallo?", fragte sie, unsicher geworden.

Die Stimme war sehr weit entfernt, aber verständlich.

„Bitte, komm! Komm sofort. Wir müssen weiterreden. Du weißt, wo du mich findest!"

Was sollte das? Ein Scherzanruf? Hatte sie jemand bei Azrael beobachtet? Machte er sich jetzt über sie lustig?

„Azrael?", fragte Vicky.

„Bitte, komm!", war die knappe Antwort. Danach brach der Kontakt ab.

„Absolute Hölle", entfuhr es Vicky.

Worauf es draußen donnerte.

Harte Lippen muss man küssen, oder so

Vicky erinnerte sich an etwas, das Nessa einmal über den Haushalt von Pru Cassady gesagt hatte: „Man muss nicht verrückt sein, um hier zu leben, aber es hilft ganz bestimmt."

Was aber war ein Haus im Dauerchaos mit einer Schaum speienden Waschmaschine und anderen kleinen und großen Katastrophen gegen einen steinernen Engel, der telefonieren konnte?

Aber wie hatte er das gemacht?

Azrael war zerstückelt und sein Kopf lag im Moos des alten Friedhofs.

Wie, wie, wie konnte er bei Vicky anrufen?

Sie musste zu ihm. Auf dem schnellsten Weg. Zu Fuß war es unmöglich. Mit dem Fahrrad hätte es vielleicht geklappt, doch das stand gut angekettet vor der Schule.

Kurze Zeit später ertönte ein Schuss auf der Straße. Diesen Knall gab Hopper, das Auto ihrer Mutter, immer von sich, wenn Pru es abstellte.

„Mimutschka, du musst mein rettender Engel sein!", rief Vicky aus dem Wohnzimmer.

Werd nicht Engel-hysterisch, ermahnte sie sich selbst. „Kannst du mich bitte zum alten Friedhof fahren?" Die Frisur ihrer Mutter hatte sich über den Tag wieder in ein Feuerwerk einzelner Strähnen verwandelt. Ziemlich abgekämpft schleppte sie riesige Blecheimer ins Haus. Sie enthielten Zutaten, die Pru Cassady zum Mischen ihrer Hautcremes brauchte.

„Die Cremebasis muss in den Kühlschrank, sonst verdirbt sie“, rief Pru Cassady. „Dann kann es losgehen.“

Es war nichts Ungewöhnliches, dass in ihrem Kühlschrank neben Käseresten und halb vollen Marmeladengläsern jede Menge Tiegel mit schmierigem Fett standen. Sally hatte es sich einmal aus Versehen aufs Brot gestrichen und sehr gut vertragen. Damals hatte Vicky ihrer Mutter vorgeschlagen, einen Werbeslogan zu verwenden, der ausdrückte, dass ihre Hautcremes nicht nur für das Gesicht geeignet waren, sondern auch als Brotaufstrich.

„Würde dir gerne helfen, habe mir aber den Knöchel verstaucht“, rief sie in die Diele hinaus.

Auf nur einem Bein hüpfte Vicky zu Hopper, dem uralten grünen Wagen, und zwängte sich auf den Beifahrersitz. Es gab sehr vieles, was Vicky an ihrer Mutter besonders mochte. Eine ihrer besten Eigenschaften war, Vicky zu vertrauen. Sagte Vicky, etwas sei wichtig, so zweifelte Pru Cassady das nicht an.

Beim schmalen Durchgang zum alten Friedhof kletterte Vicky aus dem Auto und hinkte los. Das Angebot ihrer Mutter, sie zu begleiten, hatte sie abgelehnt. Sie war aber froh, dass ihre Mutter Zeit hatte, auf sie zu warten.

Die hohen Häuser und die Bäume spendeten angenehmen Schatten. Vicky atmete erleichtert auf, als sie die Kühle spürte.

„Hallo!“

Mit einem unterdrückten Aufschrei sprang Vicky zur Seite und taumelte.

Aus einer Wandnische trat ein junger Mann, griff nach Vickys Arm und verhinderte so, dass sie stürzte.

Keine Ahnung, wie viel Zeit vergangen war. Vicky merkte erst nach einer Weile, dass sie ihn anstarrte.

Eigentlich war er noch kein Mann, sondern eher ein Junge. Er könnte in die elfte oder zwölfte Klasse gehen.

Noch nie zuvor hatte Vicky ein so anziehendes, schönes Gesicht gesehen. Die großen blauen Augen waren von langen gebogenen Wimpern umrahmt. Sein Lächeln hatte etwas Geheimnisvolles, unglaublich Anziehendes an sich.

Vickys Herz klopfte laut.

Und sein Duft. Er musste ein ausgezeichnetes Herrenparfum benutzen. Der Geruch war frisch, mit einer würzigen Prise.

Sein weißes Hemd war aus feinem Baumwollstoff, die Hose aus schwarzem Leinen. Er ging barfuß.

„Ha… hallo!“, schaffte es Vicky schließlich gerade so hervorzustoßen.

„Ich bin nicht gefährlich“, versicherte der Junge.

„Echt?“ Vicky verzog zweifelnd das Gesicht.

„Du solltest dein Bein schonen“, sagte er.

„Nicht so schlimm.“

„Wenn du es stark belastest, kann es nicht heilen.“

„Woher weißt du das?“

Der Junge lächelte nur.

Schweigend standen sie einander gegenüber. Noch immer hielt er Vicky am Arm. Seine Finger waren angenehm kühl.

„Kann ich dich begleiten?“, bot er an.

Doch das ging natürlich nicht. So schwer es Vicky auch

fiel, sie musste ihn loswerden. Er durfte nichts von Azrael erfahren.

„Danke … geht schon!“, versicherte sie nicht sehr überzeugend.

Fragend neigte er den Kopf zur Seite.

„Sicher?“

„Ja, ja, ganz sicher. Absolut sicher.“

Der Junge blickte den Durchgang auf und ab.

„Du musst hier hoffentlich nicht durch.“

„Wieso?“

Er zuckte mit den Schultern. „Es ist besser, vorsichtig zu sein.“

„Willst du mir Angst machen?“, gab Vicky zurück.

Lächelnd meinte er: „Sehe ich denn gefährlich aus?“

Nein!, wollte Vicky rufen. Sie verkniff es sich aber und sagte: „Man kann nie wissen.“

Darüber lachte er. „Gute Antwort. Ich kann dir versichern, dass ich ungefährlich bin. Ich musste nur kurz alleine sein. Deshalb stehe ich hier.“

„Aha …“ Mehr fiel Vicky dazu nicht ein.

„Dann gehe ich jetzt. Muss weiter. Ciao!“ Er drückte ihren Unterarm sanft und ließ ihn los. Nach ein paar Schritten rückwärts, bei denen er sie nicht aus den Augen ließ, drehte er sich um und ging davon.

Sie hatte nicht einmal gefragt, wie er hieß. Vicky hätte sich dafür ohrfeigen können.

Jetzt aber zu Azrael, befahl sie sich.

Sie war erschöpft, als sie endlich die zerbrochenen Stücke der Statue erreichte. Um sich ein wenig auszuruhen, ließ sie sich auf die Kante des Steinsockels sinken.

„Ich … ich bin da“, raunte sie. Sie fühlte sich seltsam dabei, schließlich redete sie mit einem Kopf aus schwarzem Stein, der zu ihren Füßen lag und aussah, als würde er auf einem Kissen aus Moos schlummern.

„He … hallo … ich bin's!“, begrüßte sie ihn.

Die Augen waren zwei Schlitze im Marmor, die Lippen blieben geschlossen.

„He, du hast gesagt, es wäre dringend. Leben und Tod! Jetzt rede bitte Klartext!“, zischte Vicky ungeduldig.

Noch immer kam kein Ton von dem schwarzen Engel.

Mit viel Ächzen ließ sich Vicky auf alle viere nieder und beugte den Kopf bis zum Boden.

Ihre Augen waren jetzt auf selber Höhe mit Azraels.

Starrer Blick, harte Lippen, nichts.

„Na gut, wenn es sein muss!“ Vicky streckte sich neben dem Kopf im Gras aus. Ihr Gesicht war nur Zentimeter von Azraels steinerner Nase entfernt.

Sie begann, über seine dunklen Marmorlocken, das sorgfältig gemeißelte Ohr und das kurze Stück Hals zu streicheln. Mit dem Zeigefinger liebkoste sie die Wange.

Ihre Hände fühlten die Härte und Kühle des Steins. Trotzdem behandelte Vicky Azrael so, als wäre er lebendig.

„Sprich, sprich, sprich zu mir!“, flüsterte sie liebevoll. „Sag mir endlich, was du willst.“

Noch immer nicht die allerkleinste Reaktion.

„Gut, dann hilft sicher das!“ Vicky zögerte einen Moment und drückte dann ihre Lippen auf den kühlen Stein. Sie küsste Azrael und versuchte, dabei so leidenschaftlich zu werden, wie sie es aus Filmen kannte. Prüfend schloss und öffnete sie die Augen mehrmals.

Seine ersten Worte waren: „Du musst zum Arzt!"

Vicky beugte sich zurück und musterte sein Gesicht.

„Unser Hausarzt hat Erfahrung mit Nervenzusammenbrüchen!", hörte Vicky als Nächstes.

Die Stimmen kamen von hinter ihr. Sie rollte herum und sah drei Gesichter über sich schweben. Sie gehörten Gloria, Nessa und ihrer Mutter.

„Ihr muss gestern ein Stein auf den Kopf gefallen sein", murmelte Nessa.

„Honeybunny, was ist denn nur los mit dir?", fragte Pru Cassady besorgt und hockte sich neben ihre Tochter. Honeybunny hatte sie Vicky zum letzten Mal genannt, als diese von ihrem Dreirad gefallen war und sich das Kinn blutig geschlagen hatte.

Es musste völlig verrückt und megadurchgeknallt ausgesehen haben, wie Vicky den abgetrennten Kopf eines steinernen Engels liebkoste. Vielleicht sollte sie einen Brief an die Experten einer Mädchenzeitschrift schreiben.

Liebe Dr. Spring, ich bin in einen steinernen Engel verknallt, will ihn ständig küssen und ihn streicheln. Ist es pervers, dass ich seinen Kopf im Rucksack bei mir tragen will?

Wäre mal etwas anderes.

Vicky ließ sich aufhelfen, warf aber noch einen letzten Blick zurück zu Azrael. Ein Auge hatte er geöffnet. Er rollte es auf eine Art, als wollte er sagen: Wie kann man nur so durchgeknallt sein?

Hölle, wollte sie schon sagen, konnte den Ausruf aber gerade noch unterdrücken.

Natürlich hatte Azrael nicht zu ihr gesprochen, schließlich waren Gloria und Nessa in der Nähe gewesen.

„Deine Freundinnen sind mir beim Wagen begegnet. Sie dachten, du wärst sicher hier zu finden, und haben mir erzählt, was geschehen ist ..."

Vicky machte eine lockere Geste. „Ach, gar nichts. War nichts gestern ..."

Drei besorgte Blicke trafen sie.

„Unser Hausarzt ...", setzte Gloria erneut an.

„Vergiss ihn!", fuhr Nessa dazwischen. Sie wandte sich an Vickys Mutter. „Pru, das ist ernster. Am besten, du bringst sie ins Krankenhaus."

„Bist du verrückt? Weißt du nicht, wie viele Krankheiten man sich im Krankenhaus holen kann?" Gloria stellte sich schützend vor Vicky. „Nein, sie wird Dr. Horten vorgeführt."

Vorgeführt! Vicky fühlte sich wie eine Kuh bei einer Versteigerung.

Sie wusste allerdings, dass sie verloren hatte. Aus den Klauen ihrer besten Freundinnen und dem Netz ihrer Mutter gab es kein Entkommen.

Pru Cassady ließ sich dazu überreden, Vicky tatsächlich zum Arzt der Familie Tenner zu bringen, kündigte aber an, die ganze Zeit an ihrer Seite bleiben zu wollen, um zu verhindern, dass sie mit schädlichen Medikamenten vollgepumpt würde.

„Mir geht es wirklich gut!", versicherte Vicky lahm.

Es half nichts.

Der absolute Super-Irre-Wahnsinn

Der Arzt hatte seine Praxis unweit der Villa der Tenners in der ersten Etage eines noblen, alten Hauses. Er hieß mit Vornamen übrigens Abraham.

Vicky fragte sich, wie er mit diesem Namen die Schulzeit überlebt hatte. Als sie nur zwei Minuten später von der Sprechstundenhilfe mit dem Zahnpastalächeln in das Behandlungszimmer geführt wurde, ahnte sie, was Dr. Horten für ein Kind gewesen sein musste.

„Haben Sie viel geheult?“, fragte sie unvermittelt, als er ihre Hand schüttelte.

Verwirrt wanderte der Blick des Arztes zu Vickys Mutter und Gloria, die links und rechts einen halben Schritt hinter ihr standen. Nessa wartete an der Tür.

„Wie bitte?“

Abraham Horten war klein, sehr rund und kannte Sport bestimmt nur aus dem Fernsehen oder der Zeitung. Er war die dicke Ausgabe des Pullunder-Monsters, und Vicky war felsenfest davon überzeugt, dass er in der Schule viel verspottet worden war und deshalb entweder geheult oder gepetzt hatte.

Egal.

Sie sollte sich nicht so viele Gedanken machen. Glorias geflüsterte Erklärung, Vicky habe ein Problem, seit sie einen steinernen Engel geküsst und dabei zerstört hatte, erstaunte den Arzt nicht im Geringsten. Er drückte Vicky auf eine Untersuchungsliege, stellte zahlreiche Fragen, tastete und hörte sie ab.

Die Diagnose nach einer halben Stunde lautete: „Victoria hat einen verstauchten Knöchel und ein leicht geschwollenes Nasenbein."

Vicky richtete sich auf. „Das hätte ich euch auch sagen können."

Gloria war sofort bei Dr. Horten und wisperte: „Aber sie schmust und redet mit abgebrochenen Steinköpfen."

Der Arzt kratzte sich am Hals und spielte mit seiner Brille. „Solche Phasen kommen in eurem Alter vor. Ich sehe darin nichts Besorgniserregendes."

„Ich auch nicht", pflichtete ihm Vicky bei. Sie wollte so schnell wie möglich weg.

Doch es kam anders. Völlig anders.

Auf einmal war da wieder dieser Gestank von verfaulten Blumenstängeln. Er rollte wie eine unsichtbare Welle über sie hinweg und raubte ihr den Atem. Vicky presste die Hand auf Mund und Nase. Sie konnte nicht mehr atmen.

„Alles in Ordnung, Kind?", erkundigte sich der Arzt.

Vicky würgte und hustete.

„Sie muss kotzen. Meine Katze fängt auch immer so an", stellte Gloria fachmännisch fest.

Außer ihr schien keiner den Gestank zu bemerken. Um ihm zu entkommen, flüchtete Vicky hinaus in das schmucke Wartezimmer mit den goldgerahmten Bildern an den Wänden.

Zwei Leute saßen dort: eine alte Dame, deren graue Haare einen bläulichen Stich hatten, und ein Mädchen mit frechen Zöpfchen, das sie durch eine Zahnlücke angrinste.

Im Wartezimmer war der faulige Geruch noch schlimmer. Vicky bewegte ihren Mund stumm, weil ihr Hals wie abgeschnürt war.

„Was hat sie, Granny?“, fragte das Mädchen.

„Ich weiß es nicht, Engelchen!“

Nur nicht schon wieder etwas mit Engel. Vielleicht war Vicky auch allergisch gegen dieses Wort. Sie stolperte weiter durch das Empfangszimmer, vorbei am Zahnpastalächeln der Sprechstundenhilfe, die sich wie in Zeitlupe erhob und ihr nachstarrte.

Erst im Freien konnte Vicky zum ersten Mal wieder Atem schöpfen. Blindlings humpelte sie davon, die Schmerzen im Knöchel einfach ignorierend.

Gloria, Nessa und ihre Mutter kamen ihr hinterher.

„Honeybunny, in drei Teufelsnamen, was ist denn?“

Die „drei Teufel“ versetzten Vicky einen heftigen Stich, der durch ihren ganzen Kopf zuckte.

„Heim ... nach Hause“, stieß Vicky heraus. „Schnell ... bitte ... Bett ...“

Gloria winkte ab. „Unter keinen Umständen, du könntest eine schwere Gehirnerschütterung haben. Das kann zu Verwirrung und Wahnsinn führen.“

Nessa warf ihr einen prüfenden Blick zu. „Sprichst du aus Erfahrung?“

Gloria zeterte los wie eine Kampfhenne.

Vicky mochte Nessa und Gloria von ganzem Herzen. In diesem Moment aber wünschte sie beide an einen Ort, wo der Pfeffer wächst, oder besser noch weiter weg.

„Mimutschka, bitte nach Hause, bitte, ich bin in Ordnung, ehrlich!“

Pru Cassady sah sie sehr besorgt an. „Ich habe bestimmt eine Salbe, die helfen kann …“

Die Salben und deren Namen erinnerten zum Teil an Zutaten aus Frankensteins Labor. Vicky hatte einmal etwas von Murmeltierschmalz gelesen. In diesem Moment hätte sie sich sogar mit Elchmist einreiben lassen, nur um nach Hause zu kommen.

Azrael behielt recht: Nichts war mehr so wie früher.

Früher hatte rund um Vicky der Wahnsinn getobt.

Jetzt tobte der absolute Super-irre-Wahnsinn.

Hiiiilfeeeeeeee!

Sie lag auf dem Bett und betrachtete die Risse in der Decke.

Unten klingelte das Telefon. Sally hob ab.

„Hallo, hallo, du dicker Po!“, trällerte sie in den Hörer. Sekunden später begann sie zu heulen.

Nessa musste am Apparat sein. Das mit dem dicken Po ließ sie sich nicht einmal aus Sallys Kindermund gefallen. Ihr Po war ihre empfindlichste Stelle, über die höchstens sie selbst sich lustig machen durfte.

Vielleicht hörte sie nach Sallys Ansage endlich auf, alle zehn Minuten anzurufen. Gloria tat das Gleiche. Sie traf immer genau die Mitte zwischen zwei Anrufen von Nessa.

Es klopfte und Vickys Mutter streckte den Kopf herein.

„Honeybunny, brauchst du etwas?“

„Danke nein“, versicherte Vicky.

„Hast du einen Wunsch?“

Ihre Mutter setzte sich auf die Bettkante und strich ihr über die Haare. „Du weißt, dass du mir alles sagen kannst?“

Na gut, dann wollte Vicky es wagen.

„Mimutschka, würdest du mich heute Abend … wenn es fast dunkel ist … noch einmal zu dem verwilderten Park fahren?"

Es war draußen.

Pru Cassady rieb die Handflächen über ihre Oberschenkel. „Willst du zurück zu dieser Statue?"

Wozu lügen? Vicky nickte.

„Geht es dir dann besser?"

Vicky nickte abermals. Sie war nicht sicher, aber die Chancen standen gut. „Du darfst mir aber nicht nachkommen. Auch Nessa und Gloria dürfen nichts davon erfahren. Bitte!"

„Wirst du mir irgendwann erklären, wieso du zu dieser kaputten Statue möchtest?"

Das konnte Vicky sogar versprechen. Irgendwann war ein sehr dehnbarer Begriff.

„Gut!"

Vicky drückte ihre Mutter ganz fest an sich. „Du bist die absolut Beste."

Die Luft war noch immer sehr lau. Die Hände links und rechts gegen die so eng beisammenstehenden Hausmauern gepresst, bahnte sich Vicky den Weg zum alten Friedhof. Über ihr leuchtete der Himmel in einem sehr dunklen Blau.

Aus den umstehenden Häusern kam das Gebrabbel laufender Fernseher, Musik und das elektronische Piepen und Tuten eines Computerspieles.

Suchend sah Vicky die Fassaden hinauf und hinunter. Stand jemand am Fenster? Wurde sie beobachtet?

Sie konnte niemanden ausmachen.

Die üppig wuchernden Büsche und die Stämme der alten Bäume boten außerdem guten Sichtschutz. Endlich erreichte Vicky den Platz, an dem Azrael bis vor zwei Tagen gestanden hatte.

Neben seinem Kopf ließ sie sich ins Gras sinken. Sie hatte eine Kerze mitgebracht, die sie jetzt anzündete und in der Hand hielt.

Der Boden hatte die Hitze des Tages gespeichert. Er fühlte sich angenehm warm an.

Diesmal sagte Vicky nichts, sondern wartete nur.

Gleichzeitig leuchtete das Weiß seiner beiden Augäpfel im Schein der Kerze auf. Seine Lippen öffneten sich und die Zähne blitzten.

„Es wäre hilfreich, wenn du nicht in Begleitung eines halben Damenchores kommen würdest", sagte Azrael.

„Hallo", erwiderte Vicky, ohne auf seine Bemerkung einzugehen. Danach spulte sie alle Fragen ab, die ihr in den vergangenen Stunden durch den Kopf geschossen waren. Sie begann mit „Wieso ist das alles so gekommen?" und endete mit „Wann wird alles vorbei sein?".

„Ihr Menschen haltet Engel gerne für allwissende Wesen, die magische Kräfte besitzen. Leider ist das nicht so. Wir waren einmal sterblich wie ihr. Wir haben Fehler gemacht wie ihr. Als Engel verfügen wir über Fähigkeiten, die ihr gerne hättet. Wir können unsichtbar sein und uns schwerelos durch die Luft bewegen. Doch unsere Schwächen von früher sind geblieben. Wir gehen nur anders damit um. Besser."

Vicky hätte ihn gerne berührt, hielt sich aber zurück.

„Was ... was heißt das?“, wollte sie wissen.

Azrael seufzte. Er hob die Augenbrauen.

Im Gebüsch neben Vicky raschelte es. Sie schreckte auf.

„Wer ist da?“

Stille.

Vicky bückte sich, griff nach einem kleinen Stein und schleuderte ihn in die Richtung, aus der das Geräusch gekommen war.

Eine Katze sprang aus dem Busch und rannte davon. Vicky atmete auf.

„Ich wäre dir dankbar, wenn du nicht mit meinen Fingern werfen würdest“, kam es von Azrael.

„Der Stein war ...?“

„... mein Mittelfinger! Falls ich jemals wieder zusammengesetzt werde, wäre ich gerne vollständig.“

„Entschuldige. Tut mir wirklich leid.“

Sie legte ihre Hand auf seine, die im Ganzen abgebrochen war und noch alle Finger hatte. Vicky spürte Azraels Hand weich und lebendig werden. Seine Finger fassten nach Vickys Hand, drückten sie sanft.

„Engel haben auch Angst“, gestand er leise.

„Wovor?“, fragte Vicky besorgt.

Seine Lippen zuckten kurz, schlossen sich dann aber wieder. Er wollte es nicht sagen.

„Und wieso ... wieso hast du mich anrufen können?“, wollte Vicky wissen.

„Was meinst du?“

„Das Telefon hat geklingelt und du warst dran!“

„Ach, auf diese Weise hast du meine Mitteilung bekommen.“ Azrael schien nicht sehr erstaunt. „Ich kann nie steuern, wie es abläuft. Wenn ich mich auf deine gedankliche Energie einstelle, kann ich dir Botschaften zukommen lassen. Das wird in Zukunft wichtig sein."

„Was ist, wenn meine kleine Schwester abhebt?"

„Meine Gedanken erreichen nur dich. Auf welchem Weg auch immer. Sie kommen zu dir, nur zu dir. Egal, wo du gerade bist."

Sie hielten einander an der Hand fest. Von der Berührung ging ein angenehmer, sanfter Druck aus, der Vicky guttat. Er hatte etwas Beruhigendes.

„Du musst ein paar Dinge wissen", hob Azrael an. „Ich kann dir einiges erklären und es ist wichtig, dass du es ernst nimmst."

Vicky beugte sich etwas näher zu ihm, da er leise sprach. Sie hatte das Gefühl, ein angenehmer herber Duft würde von der Statue aufsteigen.

„Braucht ein Mensch die Hilfe eines Engels, so scheinst du meine Fähigkeiten übertragen zu bekommen: Du wirst unsichtbar und körperlos. Es ist dir möglich, durch Wände zu schweben, aber unmöglich, etwas anzufassen. Deine Gedanken sind dann deine Hände."

Rückblickend erklärte das, wie Vicky es geschafft hatte, Sally aus der Wohnung zu holen.

„Ist der Mensch, der dich benötigt, von seinem Leid befreit, so wirst du sofort wieder sichtbar und aus Fleisch und Blut. Egal, wo du dich befindest."

Azrael legte eine kurze Pause ein. Langsam fuhr er fort: „Es war meine Aufgabe, Menschen, deren Name zu früh von der Liste der Lebenden gestrichen werden sollte, davor zu bewahren. Es ist mir nicht immer gelungen."

„Wieso?“, fragte Vicky.

„Weil es ...“ Azrael brach ab. „Weil er ... weil der Tod trickreich sein kann, um zu gewinnen.“

„Wie ... wie hast du es geschafft, wenn du es geschafft hast?“ Vickys Mund war trocken wie die Sahara.

„Dafür kann ich dir keine Anleitung geben. Es gilt, den betreffenden Menschen vor der Gefahr zu warnen, in der er sich befindet, oder die Gefahr abzuwenden. Wie du das machst, bleibt dir überlassen. Doch denk dran, dass du körperlos bist und ohne Stimme.“

„Klingt kompliziert!“, seufzte Vicky.

Azrael gab ihr recht. „Falls du sichtbar werden möchtest, während dein Schützling weiterhin in Gefahr schwebt, begehe eine gute Tat. Alles klar?“

Vicky wiegte den Kopf. „Wird langsam etwas viel. Sollte ich aufschreiben.“

„Was ich dir sage, kannst du nicht niederschreiben. Es wird nirgendwo sichtbar bleiben.“ Er zögerte wieder. „Noch etwas Gutes und etwas Schlechtes für dich.“

Vicky ließ die Schultern sinken. „Zuerst das Schlechte.“

„Gelingt es dir nicht, deine Aufgabe zu erfüllen, so wirst du immer mehr wie ich und ich immer mehr wie du.“

„Was bedeutet das?“

„Meine steinerne Hülle wird menschlich.“

„Sag, dass das nicht wahr ist!“ Vicky schüttelte sich. „Heißt das, irgendwann liegen hier Leichenteile?“

„Könntest du etwas Rücksicht auf mich nehmen? Ich habe auch Gefühle!“, erinnerte Azrael. „Im Übrigen wäre es für dich auch nicht besser. Du würdest eines Tages nicht mehr in deine menschliche Gestalt wechseln können.“

Rund um sie zirpten Grillen und Zikaden. Eine Mücke stach Vicky in den Arm und entkam ihrem Schlag.

Vicky fiel ein, dass er auch noch etwas Gutes angekündigt hatte, und sie erinnerte ihn daran.

„Du verfügst jetzt über Kräfte, die du in nächster Zeit ausprobieren solltest. Sie könnten sonst überraschend zum Einsatz kommen und dich in Schwierigkeiten bringen."

„Was für Kräfte?", wollte Vicky wissen. Das klang wirklich nach der ersten guten Neuigkeit an diesem Tag.

Hoch hinauf und steil hinunter

„Engel müssen schnell sein, wenn sie gebraucht werden“, fuhr Azrael fort.

Vicky fiel etwas ein, das sie grinsen ließ. „Kriege ich dafür Flügel?“

„Nein!“

„War auch nur ein Scherz von mir.“

„Flügel haben Engel nur auf Gemälden und …“, er deutete mit den Augen auf seine Trümmer, „… wenn Menschen uns in Stein hauen.“

„Und sonst?“, fragte Vicky gespannt.

„Du wirst es gleich erleben. Fällt dir ein Mensch ein, dem du gerne helfen würdest und der ein gutes Stück von hier entfernt lebt?“

„Hmmm, lass mich überlegen …“ Vicky musste an *Wilde Wahnsinnsengel* denken. Alle, die ihnen geschrieben hatten, brauchten Hilfe. Zum Beispiel Ella, die sich Cleopatra nannte. Sie war bestimmt untröstlich, weil sie der Junge, der ihr gefiel, nicht einmal ansehen würde.

Vicky lächelte in sich hinein. Sie wusste, wo Ella wohnte. Ella war ihr schon ein paar Mal begegnet, wenn sie Nessa besuchte. Sie wohnte nur ein paar Häuser entfernt und damit am anderen Ende der Stadt.

„Ich weiß jemanden“, sagte sie zu Azrael.

„Steh auf, schließ die Augen und denk an diesen Menschen. Stell dir vor, du fliegst zu ihm.“

„Fliegst?“, kicherte Vicky. Nur Azrael zum Gefallen erhob sie sich, machte die Augen zu und dachte fest an das Backsteinhaus mit den beiden Porzellankatzen auf der niedrigen Gartenmauer.

„Denk an den Menschen und den Ort, an dem du ihn antreffen kannst.“

Also stellte sich Vicky Ella und das Haus mit den Katzenfiguren genau vor.

Der Druck unter Vickys Schuhsohlen verschwand.

Ihre Zehenspitzen hingen auf einmal herab.

Frei!

In der Luft!

Sie strampelte vorsichtig und fühlte keinerlei Widerstand.

Sie stieß einen überraschten Schrei aus und öffnete ihre Augen.

„Nicht hinuntersehen!“, warnte Azrael.

Wurde Vicky gesagt, was sie nicht tun sollte, so überkam sie sofort der Drang, genau das zu machen. Sie beugte sich vor und sah hinunter.

Der Steinsockel erschien ihr aus der Luft wie eine Briefmarke. Azraels Trümmer lagen da, als hätte er sich auf dem Rücken liegend zu stark gestreckt und wäre dabei zersprungen.

Auf einmal begann Azrael, sich unter ihr wie wild zu drehen. Vicky fühlte sich schwindelig und fing an zu trudeln.

„Augen zu!“, befahl Azrael energisch.

Hilflos strampelte Vicky mit den Beinen. Hier oben aber gab es nichts zum Festhalten oder Drauftreten.

Vicky stürzte.

„Augen zu!“, schrie Azrael. „Schließ die Augen und denk an die Wiese hier!“

Die Landung war hart. Sie kam auf ihrem verstauchten Knöchel auf.

Stöhnend kauerte sie im Gras.

„Du musst deine Gedanken immer auf Mensch und Ort gerichtet lassen“, erklärte Azrael. Sanft erkundigte er sich: „Tut es sehr weh?“

„Geht schon“, stöhnte Vicky mit zusammengebissenen Zähnen und rieb sich den schmerzenden Knöchel.

„Ist alles etwas viel für dich, sehe ich das richtig?“

Vicky zog einen Mundwinkel hoch. „Ehrlich gesagt ist das für mich Pipifax. Als ich mich letzte Woche in einen Elefanten verwandelt habe, war das viel heftiger.“

Azrael verstand den Scherz nicht und runzelte fragend die Stirn.

„Sonst noch etwas? Oder kann ich nach Hause?“

„Der Todeshauch ist wieder schwächer geworden“, sagte Azrael gedämpft. „Die Gefahr scheint verschwunden zu sein.“

„Ich ... ich rieche Gestank, den die anderen nicht wahrnehmen können“, erinnerte sich Vicky.

Azraels blaue Augen wurden sehr groß.

„Was für ein Gestank?“

„Blumenwasser, das schon faul und glitschig ist.“

„Todeshauch!“, murmelte der Engelskopf. „Du erkennst ihn also auch.“

„Erkennen? Mein Magen ist mir fast in die Nase gesprungen, so hat es gestunken.“

„Wo?“

Vicky erinnerte sich an die Straße mit den Villen. „Und bei diesem Arzt im Wartezimmer."

„Du scheinst bereits an den Ort geführt worden zu sein, an dem der Tod lauert. Möglicherweise bist du der Person begegnet, auf die er es abgesehen hat."

Zweifelnd sah Vicky ihn an. „Wenn ich dir sage, dass mir das langsam alles zu viel wird, verstehst du das?"

„Was du gerochen hast, kann schon bald ein Leben retten", mahnte Azrael.

„Eine Gute-Nacht-Geschichte und eine Tasse Kakao wären mir jetzt lieber."

Der Engel zwinkerte ihr verständnisvoll zu. „Ruh dich aus. Du wirst deine Kraft brauchen." Er lächelte sie aufmunternd an. „Vertrau dir. Du schaffst Außergewöhnliches."

„Wirklich?" Vicky schluckte. Dann kniete sie sich hin und hauchte ihm einen Kuss auf die Wange. Vielleicht war es verboten, Engel zu küssen, aber ihr war einfach danach.

„Bis bald!" Azrael gab nicht zu erkennen, ob ihm der Kuss angenehm gewesen war. Vicky deutete den stärkeren Glanz in seinen Augen als gutes Zeichen und drückte auch noch schnell seine Hand.

„Bis bald!", verabschiedete sie sich leise.

AUS DEM WEG: ENGEL IM EINSATZ!

Einem Baby konnte es nicht besser gehen.

Vicky saß in ihrem Bett, ein Kissen im Rücken und eins unter der Wade. Auf ihrem Nachtkästchen standen drei verschiedene Limonaden, Kekse und eine Schüssel mit reifen Kirschen.

Pru Cassady hatte entschieden, dass Vicky unter keinen Umständen in die Schule gehen konnte. „Du hast eine Stolperphase, wahrscheinlich bedingt durch eine schlechte Konstellation der Planeten in deinem Sternzeichen." Sie fand, dass Vicky am besten im Bett aufgehoben war. Vicky hatte nicht widersprochen.

Den ganzen Vormittag verbrachte sie mit zerlesenen Mädchenzeitschriften, die ihr Gloria irgendwann geschenkt hatte. Danach las sie einen Gruselroman. Bereits um zwei Uhr am Nachmittag wurde sie quengelig und unruhig. Sie wollte aufstehen und hinaus. Bis zur Treppe schaffte sie es auch, doch dann kam ihr von unten Pru Cassady entgegen und scheuchte sie sofort wieder zurück ins Bett. Keine Krankenschwester der Welt hätte sich aufmerksamer und liebevoller um sie kümmern können.

Kurz nach drei Uhr traf Besuch ein. Nessa und Gloria stürmten in Vickys Zimmer.

Vicky schaffte es, drei Worte zu sagen, bevor Gloria losplapperte, um den gesamten Schultag inklusive aller Toilettenpausen zu schildern.

Nessa tippte ihr auf die Schulter. „He, du Klatschtante, können wir zu den Fakten kommen. Wir haben nämlich Business zu erledigen.“

„Das hätte ich fast vergessen!“, quiekte Gloria.

Nessa zog einen Stapel Papier aus ihrer Tasche. „Mittlerweile haben wir vierzig Aufträge über unsere Website bekommen.“

„Vierzig?“ Vicky glaubte, sich verhört zu haben.

Nessa nickte bekräftigend. „Allerdings ist der Großteil Quatsch, wie:

Hier Donald, steht Minnie Maus auf mich?

Bin verknallt in Madonna, habe ich Chancen?

Gloria kicherte. „Jemand hat eingetragen: Ich liebe die Frau des Hausmeisters. Was tun?“

Zum ersten Mal an diesem Tag konnte Vicky laut lachen. Tat das gut! Die Frau des Hausmeisters der Schule machte die besten Brote, erinnerte aber an eine Mischung aus Mensch und Kröte.

„Wie viele echte Aufträge waren dabei?“, wollte Vicky wissen.

Mit wichtiger Miene strich sich Nessa ihr pechschwarz gefärbtes Haar hinter die Ohren und zählte die Ausdrucke. „Mit denen von gestern sind es sieben.“

Gloria zog ein Blatt aus dem Stapel und las laut vor:

Wow, die Idee ist echt stark. Wilde Wahnsinnsengel rockt. Ich bin Kate aus der Neunten. Es geht um Gavin aus der 10a. Ich finde ihn süß. Aber er sieht mich nicht einmal an. Andere Jungs interessieren sich schon für mich. Zum Beispiel Hugo aus meiner Klasse. Doch der stinkt. Er stinkt echt. Ich kriege Keuchhusten, wenn er mir zu nahe kommt.

Wenn Hugo was von mir will, warum dann nicht auch Gavin?

Bitte, helft mir.

Love, Kate

Gloria ließ das Blatt sinken. „Die Antwort ist einfach."

„Nämlich?" Vicky nahm einen großen Schluck von einer der drei Limonaden, die Pru ihr hingestellt hatte.

„Gavin ist Mister Superschüchti!"

Nessa grinste. „Der bekommt Schweißfüße, wenn ein Mädchen ihn nur ansieht."

„Außerdem ist er Langeweile-auf-Beinen und bestimmt dankbar, wenn sich ein Mädchen für ihn interessiert", fuhr Gloria fort. „Ich habe ihm in Kates Namen eine kleine Liebesnotiz zukommen lassen."

Vicky hatte eine Vorahnung, wollte es aber genau wissen. „Was hast du geschrieben?"

Um sich besser erinnern zu können, wanderte Gloria auf dem Teppich im Kreis. „Geschrieben habe ich: Mein Horoskop sagt, dass mir heute mein Traummann begegnet. Willst du das sein? Dann warte nach der Schule an der Ecke. Das Codewort lautet: ‚He, soll ich dir deinen Rucksack tragen?'"

Nessa spielte mit verklärter Miene auf einer unsichtbaren Geige. „Wie rührend, wie rührend", säuselte sie.

„Und was hast du mit Kate gemacht?", wollte Vicky wissen.

„Sie hat von unserer Website eine Nachricht der *Wilden Wahnsinnsengel* bekommen. Der Text: Die *Wilden Wahnsinnsengel* sind für dich geflogen."

Das Wort allein genügte bereits und ließ die Erinnerung an den Vorabend wie einen heißen Stich durch Vickys Körper jagen. Sie schwitzte auf einmal.

„He, du hörst mir gar nicht zu!", beschwerte sich Gloria vorwurfsvoll.

„Doch, bin absolut bei dir!", versicherte Vicky.

Damit gab sich Gloria zufrieden und fuhr fort: „Die Engel sind also geflogen. Und sie haben einen Ort für dein Glück gefunden. Dann habe ich ihr die Ecke beschrieben, an der Gavin auf sie wartet."

„Lady, was hast du noch für verborgene Talente?" Nessa grinste anerkennend.

„Jedenfalls haben sie sich gefunden", schloss Gloria ihren Bericht ab und nickte, sehr zufrieden mit sich selbst.

Auch Nessa hatte einen Erfolg zu vermelden. „Edgar und Nina aus der 8b. Unsere dritten Kunden. Schwieriger Fall. Nina hasst Edgar. Sie hat zwar keinen Grund, aber sie hasst ihn."

Gloria fragte grinsend: „Was hast du gemacht? Sie an den Köpfen gepackt und zusammengeschlagen?"

Nessa fuhr fort, als hätte sie es nicht gehört. „Ich gebe zu, es macht richtig Spaß, was wir da anstellen. Edgar ist so ein schüchterner Gartenzwerg. Harmlos. Niedlich. Handlich. Mehr was für eine große Handtasche, aber nicht unnett. Und Nina könnte meine Schwester sein." Sie stellte mit weggestreckten Armen Ninas Fülle dar. „Die beiden nebeneinander haben was von Dick und Doof."

Vicky kicherte. „Und, was hast du wirklich gemacht? Hast du ihnen erklärt, dass sich Gegensätze anziehen?"

Nessa schüttelte mit geheimnisvoller Miene den Kopf. „Nina hat eine Freundin namens Clara, ebenfalls …" Sie pustete die Backen dick auf. „Ich bin mit ihr in dieser Diätgruppe, in die mich meine Mutter geschickt hat." Lässig zuckte sie mit den Schultern. „Habe mich im Gang an sie herangemacht. Wir haben uns über die Trainerin der Diätgruppe lustig gemacht, weil sie mit uns immer geredet hat wie mit Kindergartenkindern. Ganz einfach so nebenbei habe ich dann zu ihr gesagt: Nina ist ja wirklich total verknallt in Edgar." Nessa legte eine Spannungspause ein.

„Und?" Gloria und Vicky zitterten förmlich vor Ungeduld, weil Nessa sich mit der Fortsetzung Zeit ließ.

„Clara hat mich gefragt, ob ich Gedanken lesen kann. Außer ihr hat Nina doch niemandem davon erzählt."

„Was?", riefen Gloria und Vicky gleichzeitig.

„Aber sie hasst ihn doch!" Gloria schüttelte den Kopf.

„Es gibt Leute, die reden viel, damit ihnen die Lippen nicht zusammenwachsen", erklärte Nessa trocken und mit einem spitzen Blick auf Gloria, die sich aber nicht im Geringsten angesprochen fühlte. „Alles nur Gequatsche. Nina hat Clara ständig vorgeschwärmt, wie süß sie den Zwerg findet. Allerdings war sie überzeugt davon, dass er in diesem Jahrtausend sicher nichts von ihr wissen will. Deshalb hat sie so getan, als fände sie ihn so anziehend wie einen Mülleimer voller Fischköpfe."

Der Rest war einfach gewesen. Über die Homepage der *Wilden Wahnsinnsengel* hatte Nessa Edgar eine Nachricht zukommen lassen. Sie hatte gelautet:

Ran an die Angebetete. Sie mag Pfefferminzeis mit Schokosoße. Außerdem ist sie wild auf Ananas, fein geschnitten. Kommentare über ihr Aussehen will sie nicht hören. Sie will im Kino den neuen Action-Schinken sehen und steht auf Grusel und Horror.

„Hätte nie gedacht, dass diese dämliche Diätgruppe für irgendetwas gut sein könnte", stellte Nessa zum Abschluss zufrieden fest.

Kichernd las Gloria eine andere Zuschrift vor: „Macht, dass er sich in mich verknallt, und ich versorge euch mit allen Mathe-Hausaufgaben", bot ein Mädchen aus der neunten Klasse an.

„Klingt gut", stellte Vicky fest. „Würde mich von einigen Sorgen befreien."

Nessa nahm ihr den Zettel wieder ab. „Es gibt da ein kleines Problem. In ein paar Fällen haben wir keine Ahnung, wer, wie, wo, wann und in wen verknallt ist oder nicht."

Gloria machte eine wegwerfende Handbewegung. „Lass mich einfach raten …"

„Dann sollten wir uns aber besser ‚Madame Gloria, die Liebes-Wahrsagerin' nennen", zog Nessa sie auf.

„War ja nur ein Angebot", schmollte Gloria. Sie studierte den Ausdruck und schüttelte dann den Kopf. „Leider keine Chance ohne nähere Angaben."

Sie beschlossen, auf ihrer Homepage einen ausdrücklichen Hinweis anzubringen, dass sie ohne richtige Namen nichts unternehmen konnten.

„Liebe macht blind", verkündete Gloria fachmännisch.

„Wo ist dann dein weißer Stock und der Blindenhund?“, stichelte Nessa.

„Mangel an Liebe macht blöd“, schoss Gloria triumphierend lächelnd zurück.

Die beiden nahmen einander das Geplänkel nicht übel und klatschten die Hände in der Luft zusammen.

„1 : 1“, verkündete Nessa den Punktestand.

„Morgen bin ich wieder auf den Beinen“, meinte Vicky. „Dann kann ich auch mitmachen.“

Nessa äugte hungrig auf die Kekse neben Vickys Bett. Unauffällig langte sie zu, während sich Gloria von den Kirschen bediente.

„Bist du sicher, dass es nur der Knöchel ist?“, fragte Gloria vorsichtig.

„Falls euer Hausarzt schon eine Einlieferung in die Klapsmühle arrangiert hat, so kannst du sie wieder abblasen“, sagte Vicky entschieden.

Beide Freundinnen sahen Vicky lange an.

„Was?“, regte sich Vicky auf. „Was ist? Was steht ihr so komisch rum? Wollt ihr mir ein Liedchen singen?“

„Man hat nicht jeden Tag eine beste Freundin, die sich einer zerbrochenen Engelsstatue an den Hals wirft“, erklärte Nessa.

Gloria warf ein: „Oder besser gesagt, an den abgetrennten Kopf, denn der Hals ist noch am anderen Teil.“

Für einen Augenblick spürte Vicky den unbändigen Wunsch, ihren beiden Freundinnen alles zu erzählen. Die Erlebnisse und Entdeckungen der letzten Tage wollten raus. Dann verkniff sich Vicky diese Erleichterung aber. Sie konnte ja selbst nicht fassen, was mit ihr geschehen war.

Für Gloria wäre das Geständnis der letzte Beweis, dass Vicky dringend einen Seelenklempner benötigte. Wenn Gloria meinte, anderen helfen zu müssen, war sie nicht mehr zu bremsen. Darauf verzichtete Vicky lieber. Also machte sie nur eine vage Geste. „Jede Frau hat so ihre Geheimnisse, Mädels. Was ihr gesehen habt, war noch mein allerkleinstes."

Nessa warf einen Blick auf die Uhr. „Muss los."

Gloria schloss sich ihr an.

Vicky deutete auf die Kekskrümel, die Kirschkerne und die leeren Flaschen. „Klar, ihr habt mich arm gefressen und leer getrunken, daher ist Zeit zum Abflug."

Beide winkten zum Abschied und verschwanden unter lautem Gelächter.

Nachdem sie gegangen waren, war Vicky allein im Haus. Ihre Mutter war losgefahren, um Sally vom Kindergarten abzuholen.

Nessa hatte die Ausdrucke der *Wilden Wahnsinnsengel* auf dem Nachtkästchen liegen lassen. Vicky überflog einen nach dem anderen.

Der vorletzte Zettel war nicht in schwarz, sondern orange ausgedruckt. Die Anfrage kam von einem Mädchen namens Wendy. Sie wollte mehr über Frederic wissen, der wie sie die achte Klasse besuchte.

Wieso hatte Nessa nur diesen Eintrag in einer anderen Farbe ausgedruckt?

Der Name Wendy kam Vicky bekannt vor. Sie sah ein blasses Mädchen mit dunklen Haaren vor sich. Ihre Augen hatten immer etwas Trauriges.

Hieß Wendy mit Nachnamen nicht Close? In einer Pause

hatten sich Jungen über sie lustig gemacht und sie WC genannt.

Ja, es musste Wendy Close sein.

Vicky blickte nachdenklich auf den Zettel und blinzelte verdutzt. Die Zeilen waren auf einmal dunkelrot. Und jetzt verfärbten sie sich vor ihren Augen in ein Dottergelb.

Im ersten Schreck ließ Vicky den Zettel fallen. Er landete neben dem Bett und das Farbenspiel ging weiter.

Diese Erscheinung fiel wohl in dieselbe Kategorie wie Azraels Anruf.

Was hatte das zu bedeuten?

Vorsichtig setzte Vicky die Füße auf den Boden und humpelte zum Regal.

Sie suchte nach einem grünen Buch. Es handelte sich um das Jahrbuch der Schule, in dem alle Schüler klassenweise mit Foto, Name und Adresse aufgelistet waren. Vicky setzte sich an den Schreibtisch und begann zu blättern. Nach ein paar Seiten fand sie das Bild von Wendy und sah genau das Mädchen vor sich, das ihr in den Sinn gekommen war. Sie wohnte in der Dukelane 47.

Dukelane.

Schon wieder Dukelane.

War das ein Zufall?

Vicky blieb mindestens eine halbe Stunde, bis ihre Mutter mit Sally vom Kindergarten zurückkam. Langsam schloss sie die Augenlider, atmete tief ein und füllte ihren Brustkorb mit Luft.

Wurde sie schon leichter?

Konnte sie wiederholen, was sie gestern Nacht bei Azrael erlebt hatte?

Wie das Haus der Closes aussah, wusste Vicky nicht. Aber sie konnte sich an die Dukelane erinnern. Vor allem an das Gittertor mit dem Oval und dem verschnörkelten C. Sie stellte es sich genau vor: die dicken Stangen, der schwarze Anstrich und der Buchstabe.

Der Druck des Stuhles auf ihr Hinterteil verschwand. Der Lavendelgeruch, der in ihrem Zimmer von Pru versprüht worden war, ebenfalls. Vicky roch frische Luft. Sie war im Freien und die Sommerluft strich über sie hinweg.

Um sicher zu sein, dass es so war, spähte sie zwischen den Wimpern durch. Sofort schloss sie die Augen wieder.

Sie befand sich hoch über den Dächern der Straße.

Vicky ermahnte sich, ruhig zu atmen, und presste die Augen fest zusammen. Sie schwankte hin und her. Ihre Füße trafen auf Boden. Festen Boden.

Vicky wagte einen Blick.

Sie war am Ziel. Direkt vor dem Gittertor.

Ihr unsichtbarer Zustand hatte den Vorteil, dass ihr Knöchel nicht mehr wehtat. Vicky wippte auf und nieder und spürte rein gar nichts.

Sie hatte es geschafft.

Ohne Verletzungen.

Auf dem Messingschild neben dem schwarzen Tor stand in schwungvollen Buchstaben: Close.

Im Haus kläffte ein Hund. Es musste Tornado sein, mit dem die aufgetakelte Frau gestern Gassi gegangen war.

War sie Mrs Close, Wendys Mutter?

Vicky erinnerte sich, dass es sie schon gestern zu diesem Haus hingezogen hatte. Hier war der Gestank am stärksten gewesen.

Der Hauch des Todes umwehte das Haus der Closes.

Der Gänsehaut war es egal, in welchem Zustand sich Vicky befand. Sie kroch ihr langsam vom Nacken den Rücken und die Arme hinab.

Riechen konnte sie nichts.

Dafür aber sehen.

Die Straße entlang kam ER.

Seine Augen lächelten sie an, sein Mund wirkte ernst. Die ersten drei Knöpfe des weißen Baumwollhemds waren offen. Er hatte es nicht in die schwarze Hose gesteckt. Es flatterte um seine Taille.

„Schön, dich zu sehen", grüßte er.

Vicky schossen zwei Fragen durch den Kopf:

War sie wieder sichtbar?

Und wer war ER?

„Ha… hallo“, schaffte sie zu erwidern.

Er nickte und legte den Kopf leicht schief. „Jetzt treffen wir uns schon wieder.“

Vicky lachte überdreht auf. Im nächsten Moment ärgerte sie sich darüber. Wieso benahm sie sich wie Gloria, wenn sie einen Jungen „süüüüß“ fand?

ER war kein Junge, sondern beinahe ein Mann. Bestimmt eine Nummer zu groß für sie, auch wenn sie ihn einfach umwerfend fand.

„Ich … ich lebe hier seit meiner Geburt!“, hörte sie sich plappern.

„Und wann bist du gestorben?“

Wie bitte? Die Frage hämmerte in Vickys Kopf mit hundert Fragezeichen. Gestorben? Was meinte er damit?

Mit gespreizten Fingern strich er die dichten, langen Locken nach hinten. „Du bist eine von uns. Sonst könntest du mich nicht sehen.“

Eine von uns?

„Bist du … ein Engel?“, platzte Vicky heraus.

Wieder dieses rätselhafte Lächeln.

Ihr Blick fiel auf seine nackten Füße. Er hatte schön geformte, lange Zehen. Obwohl er schon ein ganzes Stück so gegangen sein musste, waren seine Füße völlig sauber. Ihre Augen wanderten an dem trainierten Körper nach oben zurück zu seinem Gesicht.

Das Lächeln war verschwunden.

Hatte sie etwas Falsches gesagt oder getan? Die Vorstellung, er könnte sauer sein, beunruhigte sie.

„Ich bin ... ich bin Vicky", stieß sie heraus.

Er nickte, nannte seinen Namen aber nicht. Sie traute sich nicht zu fragen.

„Ein Haus mit dunklen Geheimnissen", begann er und deutete mit den Augen auf die Villa der Familie Close.

„Wieso?", wollte Vicky wissen.

„Ich dachte, du wüsstest ...?"

Was sollte sie antworten? Sie konnte doch nicht sagen: Ach, ich bin erst seit zwei Tagen Engel und das auch nur halbtags als Nebenbeschäftigung.

„Ich bin hier, um herauszufinden, was da vor sich geht", erklärte er. An seinem Kinn hatte er eine kleine rote Narbe. Sie besaß eine gebogene Form, die an einen Sichelmond erinnerte.

„Ich ... ich auch", gestand Vicky.

„Wollen wir gemeinsam nachsehen?"

Ja, das wollte Vicky. Sie nickte zustimmend.

Er wandte sich dem Gartentor zu und bewegte sich durch die Eisenstäbe, als wären sie nicht vorhanden. Vicky folgte ihm und spürte nur einen leichten Druck.

Beide waren sie körperlos und unsichtbar.

Vickys Herz hämmerte trotzdem wie verrückt. Sie konnte es im Hals und bis unter die Schädeldecke spüren. Dazu kam dieses Kribbeln in den Sohlen.

Mit ruhigen Schritten bewegte er sich auf die dunkelbraune Eingangstür zu. Mühelos gelangten Vicky und er in das Innere des Hauses.

In der Diele lag dicker Teppich. Über ihnen hingen riesige Lampen in Laternenform. Der Spiegel an der Wand wurde von einem breiten schnörkeligen Goldrahmen eingefasst, die Kommode davor hätte in ein Schloss gepasst.

Die Tür zu ihrer Linken stand offen und führte – was leicht zu erkennen war – in eine Küche. Direkt vor ihnen befand sich eine Treppe nach oben und rechts davon zwei offene Türen. Durch eine kam ein Knistern wie von Zellophan.

Wortlos gingen sie nebeneinander weiter. Er immer einen halben Schritt voran.

Ihre Füße hinterließen keine Abdrücke im Teppich.

Hinter der vorderen Tür öffnete sich ein sehr heller Wohnsalon. Das ganze Haus von Pru Cassady war nicht so groß wie dieser Raum.

Mitten im Zimmer saß der winzige Hund und starrte genau in ihre Richtung. Die vorstehenden dunklen Augen traten noch weiter aus den Höhlen. Sein Fell sträubte sich und er ließ ein drohendes Knurren hören.

„Tornado, lass das“, kam es streng von einer Sitzgruppe, die aus riesigen gelbweißen Polstermöbeln bestand. Dort saß die alte Dame mit den blaugrauen Locken, die Vicky in dem Wartezimmer des Arztes gesehen hatte, und las in einem Buch. Ohne aufzublicken, ließ sie ihre Hand in eine offene Schachtel wandern, fischte nach einer Praline und steckte sie in ihren Mund.

Der kleine Hund wackelte mit den großen Ohren. Er sprang zu Vicky und schnappte nach ihr. Da sie körperlos war, gingen seine Bisse in die Luft und schließlich in seine Zunge. Die Folge war ein klägliches Aufjaulen.

„Aus jetzt, Tornado!“, befahl die alte Dame streng, las dabei aber weiter.

Der Hund flüchtete zu ihr, sprang auf das Sofa und in ihren Schoß. Aufgeregt hechelte er und zeigte die blutende Zunge.

„Siehst du, das kommt davon, weil du immer so viel kläffst“, mahnte ihn sein Frauchen. Sie deutete in den Raum. „Ist doch weit und breit niemand hier. Wozu also die Aufregung?“

Tornado winselte kleinlaut.

Er sah sich suchend um.

„Kann sie uns hören?“, fragte Vicky flüsternd.

„Nein“, antwortete er, ohne zu flüstern. „Nicht sehen, nicht hören. Tiere können uns aber wittern.“

„Was … was heißt dunkle Geheimnisse?“, hakte Vicky nach.

Er drehte sich zu ihr. Sein Gesicht war noch feiner als das von Azrael. Vor allem war es aus Fleisch und Blut, oder jedenfalls wirkte es so. „Hass. Hier gibt es eine Menge Hass.“

Vicky musterte die alte Dame. „Sie sieht aber nicht böse aus.“

„Das kann täuschen. Man sollte ein Buch nie nach dem Einband beurteilen“, entgegnete er.

Vicky kam sich etwas dumm vor. Als würde er das spüren, sagte er schnell: „Ich gebe dir recht. Mrs Close sieht nicht wie eine verbitterte, böse, alte Frau aus. Trotzdem liegt hier Hass in der Luft.“

„Kann dieser Hass … kann er stinken? Nach altem Blumenwasser?“

Er lächelte sie an. Vicky spürte einen heißen Schauer. „Riechen? Nach altem Blumenwasser?“, wiederholte er. „Ich weiß nicht. Ich spüre den Hass immer nur. Wie einen scharfen Eishauch auf der Haut.“ Er berührte ihre aufgestellten Haare. „Aber bei jedem von uns ist das anders. Jeder besitzt andere Eigenschaften, andere Fähigkeiten und andere Möglichkeiten.“

„Was ist deine Aufgabe hier?“, wollte Vicky wissen.

„Das weißt du doch!“ Er drehte eine Runde durch den Wohnsalon. Vicky folgte ihm.

Wusste sie das wirklich?

Ein nobler, tiefer Türgong schallte durch die Diele. Vicky drehte sich um und sah die sehr beleibte Frau in dem viel zu engen T-Shirt und dem unglaublich kurzen Rock aus der Küche trippeln. Sie hatte eine kleine Schürze umgebunden und öffnete.

Wendy kam herein. Blass und wie immer von einem Hauch Traurigkeit umgeben. An der Hand hielt sie das kleine Mädchen mit der Zahnlücke und den frechen Zöpfen, das mit der alten Dame bei Dr. Horten gewesen war.

„War's schön auf dem Spielplatz?“

„Ja!“, krähte das Mädchen.

Wendy lächelte schwach.

Das Mädchen riss sich los und stürmte durch Vicky hindurch ins Wohnzimmer. Wendy ging die Treppe nach oben.

„Irina, mein Engel“, begrüßte die Dame mit den blaugrauen Locken das Mädchen.

„Großmama, ich habe den Jungen gebissen, der mir den Ball an den Kopf geworfen hat“, berichtete Irina stolz.

„Kindchen, das darfst du nicht tun.“

„Das wird ihm eine Lehre sein“, ahmte Irina den Tonfall der Erwachsenen nach.

Die Großmutter lachte, nahm eine Praline und steckte sie der Kleinen in den Mund. Winselnd erbettelte sich Tornado auch eine.

Wieder war jemand an der Haustür. Diesmal hörte Vicky, wie sich ein Schlüssel im Schloss drehte. Ein Mann im Anzug und eine Frau in einem strengen Kostüm traten ein. Sie wirkten alles andere als fröhlich. Der Mann schloss die Tür und schlüpfte aus dem Jackett. Er riss sich den Schlips vom Hals und warf beides auf die Kommode. Die Frau stieg aus ihren hohen Stöckelschuhen und rieb sich die Wade mit den Zehen.

„Ich gehe unter die Dusche“, sagte sie erschöpft und verschwand wie Wendy nach oben. Der Mann stapfte mit energischen Schritten durch Vicky hindurch in den Salon.

„Irina, kannst du in dein Zimmer gehen, ich muss mit Großmutter sprechen!“

Das Mädchen sprang auf und lief zu dem Mann. Sie umarmte und drückte ihn. Er aber löste sich ungeduldig und sagte: „Später. Jetzt geh spielen.“

Enttäuscht verließ Irina das Zimmer. Der Mann – es war zweifellos Mr Close – schloss die Tür. Vicky stand genau auf der Türschwelle, Gesicht im Raum, Rücken in der Diele. Als sie es bemerkte, machte sie einen Schritt nach vorn.

ER befand sich unweit des Sofas. Die Augen halb geschlossen, den Kopf leicht gesenkt, stand er da, als wäre er tief in Gedanken versunken. Seine Muskeln zeichneten sich unter dem dünnen weißen Stoff des Hemds ab. Er wirkte angespannt.

Wer war er?

Was für ein Engel?

Vicky musste Azrael sofort nach ihm fragen.

Mr Close baute sich vor der alten Dame auf. Sie beugte sich wieder über ihr Buch und beachtete ihn gar nicht.

„Du willst es wirklich tun, richtig?"

Die alte Dame blätterte langsam um. „Wovon redest du, Mark?"

„Das weißt du genau!"

„Nein, das weiß ich nicht."

„Wenn wir nicht nach deiner Pfeife tanzen, dann erpresst du uns!"

„Ich erlaube dir nicht, in diesem Ton mit mir zu sprechen", sagte die alte Dame bestimmt.

Wie ein Panther ging Mr Close immer ein paar Schritte hin und ein paar her, die Arme auf dem Rücken verschränkt.

„Ich wiederhole, es ist Erpressung!", fauchte er.

„Nein, Mark, es ist mein Geld, und ich kann damit tun, was immer ich will", entgegnete die alte Dame kühl.

„Mutter, ich werde dich für verrückt erklären lassen."

„Das wirst du nicht schaffen, denn unser guter Hausarzt kennt mich lange genug, um beurteilen zu können, dass ich völlig bei Verstand bin."

Mr Close lachte auf. „Mit Geld kann man alles erreichen."

„Ich bin nicht damit einverstanden, wie du unsere Firma führst, und du bist nicht bereit, mit mir zu reden."

„Hör zu ..." Mr Close hatte die Stimme erhoben.

Seine Mutter klappte das Buch zu. „Nein, du hörst mir

zu. Ich dulde nicht, dass Leute ausgebeutet werden. Das hätte dein Vater nie gewollt. Entweder du behandelst die Leute fair, ganz egal in welchem Teil der Welt, oder aber du wirst diese Firma nicht mehr leiten. Ich habe die Möglichkeit, dich abzusetzen. Das weißt du."

„Ich weiß, ich weiß!", schnaubte ihr Sohn. „Ich weiß alles. Und in der Firma wissen es auch alle. Du hast jedem davon erzählt."

„Das Gespräch ist beendet!", erklärte die alte Dame entschieden. Als Mr Close erneut Luft holte, um weiterzureden, griff seine Mutter nach einer kleinen Klingel auf dem Tischchen und drückte dreimal kurz.

„Das lasse ich mir nicht bieten!", zischte ihr Sohn.

Die Tür öffnete sich und die Frau im engen Kleid kam hereingestöckelt.

„Maggie, bitte, bringen Sie mir eine Tasse Tee. Und mein Sohn möchte nach oben gehen."

Die Haushälterin sah zwischen den beiden hin und her. In ihrem Gesicht war zu lesen, dass sie genau wusste, wie es zwischen Mutter und Sohn stand.

„Mache ich gerne", sagte sie, nahm die bunten Schleifchen mit, in denen einige der Pralinen eingewickelt gewesen waren, und warf Mr Close im Vorbeigehen einen abschätzigen Blick zu.

Mit einem wütenden Schnauben verließ der Mann den Salon.

Vicky sah ihm nach.

ER trat neben sie.

„Hass!", sagte er.

Ja, das war auch für Vicky nicht zu übersehen.

„Was ... was können wir tun?“ Sie fragte, als wären sie Kollegen.

Vielleicht waren sie das ja wirklich?

„Ich mache das.“ Er lächelte sie überzeugend an. „Ich weiß, was zu tun ist.“

„Wieso?“, platzte Vicky heraus.

Er spitzte die Lippen und pfiff eine melancholische Melodie. Seine Hände legten sich auf ihre Hüften und er begann mit ihr zu tanzen. Vicky kam es nicht in den Sinn, sich zu wehren. Sie ließ sich führen.

Ein angenehmer Geruch ging von ihm aus. Er erinnerte entfernt an Gras und Pfeffer.

Obwohl sie beide körperlos waren, konnte Vicky ihn spüren.

Was tat sie da?

Wieso tanzte sie in einem fremden Haus mit einem Jungen, der kein echter Junge war und dessen Namen sie nicht einmal wusste?

Es ging doch um Leben und Tod. Um ein Leben oder einen Tod, der über ihr eigenes Leben und Azraels Tod entscheiden konnte.

Sie riss sich schließlich los und machte einen Schritt nach hinten. Heftig atmend schüttelte sie den Kopf.

Er hob fragend eine Augenbraue.

„Nein“, sagte Vicky. Einfach nur „Nein!“.

„Schade!“ Der Junge zuckte bedauernd die Schultern, lächelte traurig, wandte sich um und ging durch die Diele davon. Mit jedem Schritt verblasste er ein wenig mehr. Noch bevor er auf der Höhe der Tür ankam, war er verschwunden.

Noch immer keuchend stand Vicky da.

Da war wieder der Gestank. Nicht so heftig, aber trotzdem da. Das faulige Blumenwasser.

Hektisch sah sie sich um.

Im Raum war nur die alte Dame, die eingenickt war. Sie schnarchte leise.

In der Diele und im Treppenhaus konnte sie niemanden sehen. Auch die Küche war leer.

Wieso dann der Geruch?

Vicky jagte die Treppe nach oben. Im Flur eilte sie von Tür zu Tür. Sie steckte den Kopf durch das Holz der verschiedenen Türen, sah erst in ein Kleinmädchenzimmer und dann in ein Zimmer, in dem Wendy auf einem Sofa lag, die Kopfhörer eines iPods in den Ohren. Mr und Mrs Close waren in ihrem Schlafzimmer. Er lag ausgestreckt auf dem Bett und starrte zur Decke, sie trat gerade im langen Bademantel aus dem Bad.

Das war das erste Stockwerk.

Im zweiten Stock befand sich die Wohnung der Großmutter.

Nichts.

Niemand.

Noch einmal kehrte Vicky in Wendys Zimmer zurück. Die Blümchentapete, der Teppich und das Bettzeug waren alle wie Wendy selbst – blass.

Auf ihrem Schreibtisch lag ein offenes Matheheft. Zwischen den einzelnen Rechnungen stand immer wieder der Name Frederic mit kleinen Herzchen verziert. Quer über dem Heft lag ein schickes, schlankes Handy. Die Funktion des Telefonbuches war angeklickt. Frederic hatte auch hier einen Eintrag. Wendy hätte nur auf Anruf tippen müssen, um seine Nummer zu wählen.

Aber sie traute sich nicht.

Wer traute sich das schon?

Die Gefahr, eine Abfuhr zu bekommen, war viel zu groß.

Wendy summte die Musik, die sie über die Kopfhörer hörte. Natürlich war es ein Liebeslied. „Summer of love". Sie stand auf, setzte sich an den Schreibtisch und malte weitere Herzchen in ihr Heft.

Und wenn Vicky das Handy mit ihren Gedanken betätigte? Wendy brauchte eindeutig ihre Hilfe in Sachen Liebe.

Schon hatte Vicky die Augen auf die Taste mit dem grünen Hörer gerichtet und drückte sie gedanklich.

Gehorsam tat die Taste das auch.

„Nummer wird gewählt", erschien auf dem Display.

Freu dich, freu dich, freu dich, sandte Vicky ihre Botschaft an Frederic. Freu dich, freu dich, freu dich, dass sie anruft.

Er hob nach dem ersten Klingeln ab.

„Hallo?", kam es aus dem Handy auf dem Schreibtisch. Weil sich niemand meldete, fragte er erneut: „Hallo? Wer ist da?"

Wendy starrte das Handy an, als wäre es ein kleines grünes Tier. Sie riss es ans Ohr.

„Hallo?", sagte sie zögerlich.

„Hallo?", kam es zurück.

„Hallo? Wer ist da?"

„Ich! Frederic!"

Wendy blieb der Mund offen stehen.

„Wer ist da?"

„Du … hast mich doch angerufen!“, brachte Wendy stockend hervor.

„Nein, du mich.“

„Nein, ich habe mein Handy nicht angefasst. Auf einmal warst du dran.“

„Stark.“

Beide kicherten.

„Wieso ist das so?“, fragte Wendy.

„Voll stark!“

„Was … was machst du gerade?“

„Mathe! Und du?“

„Mathe!“

Wieder kicherten beide.

Na wenigstens etwas. Erstkontakt geschlossen, weitere Begegnung nicht ausgeschlossen.

Schlagartig fühlte sich Vicky entsetzlich müde. Sie hatte keinen Hinweis auf den Tod entdeckt und hielt es im Haus nicht mehr aus. Sie wollte weg. Zurück in ihr Zimmer. Eine Unruhe hatte sie befallen, die ihr Angst einjagte. Sie schwitzte am ganzen Körper und zitterte.

Oder sollte sie zu Azrael?

Ja, zu Azrael! Sie musste mit ihm reden.

Die Augen fest geschlossen stellte sie sich den kleinen Park vor, der früher einmal ein Friedhof gewesen war. Sie dachte an die Trümmer der Statue und besonders an Azraels Kopf.

Was hatte sie getan?

Gestern noch hatte sie ihn gestreichelt und geküsst, und heute tanzte sie mit einem Fremden.

Sie fühlte sich schmutzig und schlecht.

Wenn der Junge doch nur nicht so viel Herzklopfen bei ihr hervorrufen würde!

Azrael war eher ein Freund. Ein guter Freund. Ein Freund, bei dem sie sich wohlfühlte. Ein Freund, wie sie ihn sich heimlich immer gewünscht hatte. Jemand, mit dem sie sitzen und reden konnte. Einer, den sie gerne anfasste und an den sie sich gerne lehnte. Das war Azrael.

Bis zu dem Augenblick, als der Junge aufgetaucht war, hatte Azrael ihr mehr bedeutet. Doch der geheimnisvolle Junge war ihr nahegekommen, aber gleichzeitig war er ihr völlig fremd.

Vicky blieb im Haus der Closes. Sie versuchte alles, stellte sich den Sockel des Denkmals vor, die Mauer des Parks, aber ohne Wirkung. Kein Schweben, keine Bewegung.

Dagegen genügte ein einziger Gedanke an die orangefarbenen Wände ihres Zimmers, um sie fortzureißen. Der Wind, der sie umwehte, fühlte sich an wie ein Sturm.

ER IST DEIN FEIND!

„Sie ist nicht da!“, rief jemand aus der Diele.

Gloria öffnete die Tür und sah sich um. Dann meldete sie mit dem Gesicht Richtung Treppe: „Leer. Ihr Zimmer ist leer.“

„Sie muss oben sein, Gloria. Vicky kann doch kaum einen Schritt gehen“, rief Pru Cassady von unten.

„Dann komm bitte rauf und sieh selbst nach.“

Türen wurden geöffnet und geschlossen. Nessa meldete: „Im Bad ist sie nicht. In Prus Schlafzimmer auch nicht und in Sallys Zimmer auch nicht.“

„Und hier auch nicht!“, beharrte Gloria und deutete, ohne sich umzudrehen, in Vickys Zimmer.

In diesem Moment hatte die Schwerkraft wieder Macht über Vicky, die auf dem Bett gelandet war.

Neben Gloria tauchte Nessa auf. Sie blickte auf das Bett, stieß Gloria mit dem Ellbogen in die Seite, und dann starrten beide Vicky an.

„Wo kommst du her?“

Vicky fühlte sich noch schwindlig von dem Flug und den Ereignissen bei den Closes. Um Zeit zu gewinnen, schluckte sie ein paar Mal trocken.

„Vicky?“ Gloria kam langsam auf sie zu.

Einfach war es nicht, aber sie schaffte es. „Hi, ist bei euch zu Hause das Wetter schlechter als hier?“, fragte Vicky ganz locker.

„Es gibt nur zwei Möglichkeiten: Entweder bist du gerade zum Fenster hereingeflogen oder ich spinne“, erklärte Gloria.

„Was für eine Frage“, brummte Nessa. „Ist die Antwort nicht klar?“

Gloria fauchte: „Nein, ist sie nicht.“

Vicky kämpfte mit sich. Sollte sie etwas verraten? Musste sie das nicht sogar? Nessa und Gloria waren ihre besten Freundinnen.

Aber sie würden ihr nicht glauben. Niemals.

„Was habt ihr? Ich habe doch nur geschlafen!“, sagte sie. Zum Beweis gähnte sie herzhaft. „Hab unter der Decke gelegen.“

Gloria fächelte sich mit beiden Händen Luft zu. „Hier ist es zum Ersticken. Unter der Decke muss es wie in der Sauna sein.“

„Habe sehr geschwitzt!“, gab Vicky zu und es entsprach der Wahrheit.

Gloria und Nessa stellten sich nebeneinander und starrten sie an.

In Glorias Blick lag große Sorge. Nessa hingegen bezweifelte eindeutig, was Vicky behauptete, sprach es aber nicht laut aus.

Zwischen den beiden und Vicky tat sich auf einmal ein unsichtbarer Spalt auf.

Pru Cassady kam ins Zimmer. Sie sah Vicky an und dann die beiden Mädchen. „Da ist sie doch. Wo hätte sie auch sein sollen? Alles in Ordnung, Honeybunny?“

„Absolut!“, erwiderte Vicky.

Absolut nicht!, schrie ihre innere Stimme. Nichts war

mehr in Ordnung und es wurde von Stunde zu Stunde schlimmer.

„Warum seid ihr eigentlich hergekommen?“, wollte Vicky von den Freundinnen wissen.

„Ich lasse euch besser allein!“ Pru machte eine Geste, dass sie nicht stören wollte, und ging wieder.

Gloria druckste verlegen herum. „Erzähl du“, sagte sie und deutete auf Nessa.

„Das mit unserer Homepage könnte kritisch werden“, begann Nessa düster. „Die Leute verstehen das mit den Engeln irgendwie falsch. Die halten uns für irgendwelche durchgeknallten Typen, die Stimmen hören, oder so.“

„Wieso?“

„Ein Mädchen hat eine Nachricht geschickt.“ Nessa zog den Ausdruck aus der Tasche. „Von Wendy Close“, las sie vor. „Sie schreibt: Ihr müsst echte Engel sein.“

„Weil das Handy von allein angerufen hat“, setzte Vicky fort. Sofort, nachdem es ihr entschlüpft war, bereute sie es.

Mit zwei tiefen Falten auf der Stirn sah Nessa sie prüfend an.

„Lady, wieso weißt du das?“

Vicky kramte verzweifelt in den hintersten Winkeln ihres Gehirns nach einer Erklärung, ohne Erfolg.

Gloria schlug die Hand vor den Mund. „Meine Güte, sie kann hellsehen. Sie hat Visionen. Deshalb ist sie so verwirrt. Vicky hört Stimmen. Wahrscheinlich kommuniziert sie auch mit dem Jenseits. Wird von Toten verfolgt und als Sprachrohr in die Welt der Lebenden benutzt.“

Nessa wedelte mit der flachen Hand vor ihrem Gesicht und rollte genervt mit den Augen.

„Still!“

Sofort verstummte Gloria.

„Hast du uns etwas zu sagen?“, forschte Nessa und fixierte Vicky, ohne dabei zu blinzeln.

Sollte sie? Oder nicht? In Vicky tobte ein Kampf.

„Ich ... ich war das. Ich habe das Handy Frederic anrufen lassen“, hörte sie sich selbst sagen.

„Und weiter?“ Nessa redete mit tiefer, ruhiger Stimme fast wie eine Hypnotiseurin.

„Sie haben gekichert und jeder der beiden dachte, der andere hätte angerufen.“

Wortlos hielt Nessa Gloria das Papier hin. Murmelnd las Gloria: „Er sagt, ich hätte ihn angerufen, dabei habe ich mein Handy nicht einmal berührt. Er muss mich angerufen haben und ich habe das Klingeln überhört. Er will es nur nicht zugeben. Auf jeden Fall hat er mich auf eine Eisschokolade eingeladen.“

„Wieder ein Erfolg“, sagte Vicky etwas piepsig.

„Aber ... aber wieso? Wie hast du das gemacht?“ Gloria fuchtelte ständig mit den Armen herum.

Es gab nur eine Möglichkeit, die zwei zu überzeugen.

„Noch eine neue Anfrage?“, erkundigte sie sich. „Jemand, den ich kenne?“

„Dein eigener Stiefbruder“, kam es von Nessa. „Hat von einem Kumpel von uns gehört. Fragt an, ob wir ihm helfen könnten. Es geht um eine Eleonor.“

Gilbert und Eleonor – das neue Traumpaar, dachte Vicky spöttisch. Wenn er wüsste, dass er diese Homepage gemacht hatte!

Wenn Gilbert sie brauchte, dann konnte sie auch zu ihm

gelangen. Ihr fiel es nicht schwer, sich sein Zimmer vorzustellen. Sie war schon oft genug drin gewesen. So schloss sie die Augen und konzentrierte sich auf seinen Computer mit den vielen Zetteln am Rand des Bildschirms. Sie dachte an Gilberts Pullunder, die so schrecklich altmodisch waren, und an seine dickrandige Brille.

Im nächsten Moment hatte die Schwerkraft keine Macht mehr über Vicky. Sie spürte den Gegenwind und hörte noch Glorias Aufschrei. Es hatte also geklappt. Sie war verschwunden. Vor den Augen ihrer Freundinnen. Vicky stellte sich ihr Bett vor und kehrte sofort zurück in ihr Zimmer.

„Bist du in den Farbeimer gefallen?“, versuchte Vicky einen Scherz. Gloria umklammerte den Pfosten des Bettes. Ihr Gesicht war schneeweiß.

„Sie war immer schon tot“, hauchte sie.

Nessa starrte nur, den Mund halb offen.

„Vicky hat nie gelebt. Sie war nur die körperliche Erscheinung einer Toten. Ein lebender Geist, der nun zurückgerufen wird.“

„Red keinen Scheiß!“, kam es knurrend von Nessa.

„Oder sie hat einen Pakt mit dem Teufel geschlossen und darf nur dreizehn Jahre leben.“

„Gloria, reg dich ab!“, beschwichtigte Vicky.

„Was ... was geht ab?“ Nessa wollte endlich eine Erklärung.

„Ich bin ein Engel. Zumindest ein Halbengel!“

Vicky schwang die Beine aus dem Bett. Gloria kauerte sich auf den Schreibtischstuhl und zog die Knie zum Kinn hoch. Nessa lehnte am Schrank. Die Freundinnen wandten den Blick nicht einmal für eine halbe Sekunde von Vicky ab.

„Ich glaub, ich falle gleich in Ohnmacht!“, kündigte Gloria an.

„Lass es bleiben“, kam es ungerührt von Nessa.

„Ich habe das gerade getan, damit ihr mir glaubt. Ich muss euch nämlich wirklich was erzählen“, begann Vicky. Es folgte ein langer Bericht über die vergangenen beiden Tage. Gloria zupfte an ihren Haarspitzen. Nessa kaute auf der Unterlippe herum.

„Lady, das ist Wahnsinn“, lautete Nessas Kommentar.

Gloria atmete stoßweise und brachte kein Wort heraus.

Pru Cassady klopfte an die Zimmertür. Ohne zu öffnen rief sie: „Nessa, deine Mum hat angerufen. Du sollst bitte nach Hause kommen.“

Das passte Nessa im Augenblick ganz und gar nicht. Aber ihr blieb nichts anderes übrig.

Gloria meldete sich zögernd zu Wort:„Kann ich heute bei dir übernachten?“

Nessa und Vicky ahnten den Grund für den Wunsch. „Hast du wieder Hochspannung zu Hause?“

Seufzend nickte Gloria. Ihre Eltern lieferten sich zeitweise Auseinandersetzungen, gegen die ein Unwetter mit Hagel und Wind in Orkanstärke wie eine Schönwetterfront wirkte.

„Mimutschka hat sicher nichts dagegen“, meinte Vicky.

„Kann unser Engel mir nicht eine Eingebung zaubern, die mich aus der Englischhölle rettet?“, fragte Nessa an der Tür.

„Kannst du dieses eine Wort in meiner Gegenwart bitte vermeiden?“, bat Vicky.

„Ach, zur Hölle!“, wiederholte Nessa, verzog dann aber

entschuldigend das Gesicht. „Ist alles völlig unglaublich. Vielleicht war ja irgendwas in Prus Limonade? Irgendwas, das uns spinnen lässt? Manche mehr als sonst?“ Sie sah aus den Augenwinkeln zu Gloria.

Vicky räusperte sich. Sie schwieg einfach. Was sollte sie auch sagen?

Gloria piepste hilflos. „Ich begreife es nicht. Es übersteigt mein Fassungsvermögen.“

Nessa verkniff sich jede spitze Bemerkung.

„Hast du schon eine Idee für deine Kurzgeschichte?“ Vicky versuchte, wieder zum Alltag zurückzukehren.

Nessa lacht hohl.

„Schon was geschrieben?“

Diesmal bekam Nessa fast einen Lachkrampf. Er klang aber nicht lustig, sondern verzweifelt. Und niemand konnte ihr helfen, da Mrs Shakespeare den Stil ihrer Schülerinnen und Schüler ganz genau kannte.

„Wünscht mir Glück“, meinte Nessa und ging.

Gloria ließ sich von Sigfrid frische Sachen für den nächsten Tag und ein paar Unterlagen für die Schule bringen.

„Könntest du mich kurz wohin fahren?“, bat Vicky Sigfrid.

„Zu Diensten!“ Sigfrid tippte seine gestreckte Hand an die Stirn. Er war um jede Fahrt froh, die er mit seinem Flitzer unternehmen konnte.

„Ich komme mit!“, sagte Gloria.

„Nein, bleib bitte hier.“ Vicky wollte allein gehen.

Auf der Fahrt war Sigfrid ungewohnt still. Als sie an einer roten Ampel warten mussten, sagte er nur: „Wozu heiraten Menschen, wenn sie sich dann nur streiten? Für mich ist es nicht so schlimm wie für Gloria. Sie heult manchmal halbe Nächte, wenn sich unsere Eltern wieder einmal den Krieg erklärt haben. Hoffentlich habe ich bald meine eigene Wohnung. Dann kann Gloria zu mir ziehen."

Er war wirklich ein guter großer Bruder. Vicky hätte ihn gerne gegen Gilbert eingetauscht. Vielleicht konnte sie mit ihren neuen Fähigkeiten helfen. Vorher aber gab es andere Sachen zu regeln.

Sie ließ sich von Sigfrid zum Durchgang bringen, durchquerte ihn und hockte sich neben Azraels Kopf.

Es war ein lauer Abend und es dämmerte bereits.

Eines seiner Augen begann zu glänzen und öffnete sich.

„Ich habe es ihnen gesagt. Meinen beiden besten Freundinnen. War das falsch?"

„Haben sie dir geglaubt?", stellte er die Gegenfrage.

„Sie haben es gesehen. Ich habe es ihnen vorgeführt. War das schlecht?", wiederholte Vicky ihre Frage.

„Weiß ich nicht. So etwas wie dich gab es noch nie."

„Ich möchte Gloria gerne helfen. Ihre Eltern streiten sich immer. So wie meine Mum und mein Dad, bevor sie sich getrennt haben."

Es dauerte, bis Azrael sprach. „Du bist ein Halbengel, kein Zauberer. Engel können Menschen nicht ändern, sondern höchstens kleine Wunder rund um sie bewirken. Aber ihr Leben müssen die Menschen selbst verändern."

„Klingt nicht so, dass ich das große Kribbeln kriege."

Die blauen Augen des Engels bekamen zum ersten Mal einen weichen, fast liebevollen Ausdruck. „Dafür, dass du erst so kurz als Engel unterwegs bist, machst du es wirklich gut."

„Findest du echt?“

„Auch wenn mein Herz irgendwo dort vorne zwischen den Gänseblümchen liegt, herzlichst: Ja!“

Die Grillen zirpten träge. Der Duft von gebratenen Würsten schwebte durch die Luft.

„Wie viele Engel gibt es sonst noch in der Stadt?“, wollte Vicky wissen.

Azrael musterte sie verwundert. „Wie meinst du das?“

„Ich bin einem begegnet. Hier schon einmal und heute im Haus der Closes. Er weiß auch, dass dort etwas nicht stimmt. Er meint, es sei der Hass.“

„Wie sah er aus?“, fragte Azrael argwöhnisch.

Vicky hielt sich zurück. Sie durfte nicht ins Schwärmen geraten. Vielleicht verletzte das Azrael. So nüchtern, wie sie es nur schaffte, beschrieb sie den Jungen.

„Kennst du ihn?“

„Ja!“, lautete die knappe Antwort.

„Wer ist er? Wie heißt er?“

Schweigen.

„Sag es mir.“

„Das kann ich nicht.“

„Wieso?“ Vicky war auf einmal beunruhigt. „Wieso kannst du das nicht?“

„Halte dich von ihm fern.“

„Ist er … ein … ein schlechter Engel?“

Azrael kämpfte sichtlich und wusste nicht, was er ihr verraten konnte und was nicht.

„Er ist nicht dein Freund!“

Diese Aussage traf Vicky schlimmer, als sie vermutet hatte.

„Nicht-mein-Freund?“, wiederholte sie Wort für Wort fragend.

„Er ist dein Feind!“

Wieso sagte Azrael so etwas? War er vielleicht eifersüchtig? Ahnte er, was Vicky für den Jungen empfand? Und wieso sollte er nicht ihr Freund sein, wenn er doch auch bei den Closes gewesen war und helfen wollte?

„Hat er mit dir getanzt?“ Die Frage klang scharf, fast wütend.

Was sollte sie antworten? So, wie Azrael fragte, wollte er ein Nein als Antwort.

„Also ja!“

„Aber wieso … wieso regst du dich so darüber auf?“

Der Engel schloss die Augen und die Lippen. Sein Gesicht versteinerte in zweierlei Hinsicht: Erstens war es auf einmal abweisend, fast böse, und zweitens wurde es wieder zu dunklem Marmor.

Bitten und Streicheln nützte nichts. Azrael war an diesem Abend nicht mehr bereit, mit Vicky zu sprechen.

Als sie wieder zu Sigfrid ins Auto stieg, sah er sie prüfend an. „Du musst mir nichts sagen, aber etwas Unerfreuliches ist geschehen, nicht wahr?“

„Ich wäre dir absolut dankbar, wenn du keine Antwort erwarten würdest“, sagte Vicky und sah nach vorn durch die Windschutzscheibe.

Sigfrid akzeptierte es.

Hoffnungslose und andere Fälle

Neuer Tag, neues Glück, hatte Pru Cassady am Morgen als Tagesmotto ausgegeben.

Das konnte Vicky gut brauchen, hatte sie doch fast gar nicht geschlafen. Aber wie sollte sie auch schlafen, wenn sich in ihrem Kopf die Gedanken jagten wie Hunde und Katzen.

Azraels plötzliche Ablehnung löste in Vicky eine Unruhe aus, die ihr Angst machte. Große Angst.

Und die Ungewissheit über diesen anderen Jungen machte sie rasend.

Eigentlich war sie nicht so leicht aus der Ruhe zu bringen – höchstens von Isabella –, aber diese Ereignisse schafften es total.

War es bei Azrael nur Eifersucht?

Was bedeutete „Feind"? Wie konnte ein anderer Engel ein „Feind" sein? Gab es so etwas wie Feindschaft zwischen Engeln?

Und wieso sollte jemand, der so gut und sanft aussah, böse sein? Das durfte einfach nicht wahr sein.

Letzte Nacht war Vicky mit diesen Fragen im Kopf eingenickt, um bald darauf immer und immer wieder aufzuschrecken. Jedes Mal hatte es lange gedauert, bis sie erneut einschlafen konnte. Und wenn sie ausnahmsweise nicht von ihren Grübeleien wachgehalten wurde, hatte sie Glorias Schnarchen genervt. Ihre blond gelockte Freundin schnarchte in einer Lautstärke, die jede Motorsäge vor Neid erblassen ließ.

Vicky fühlte sich, als hätte sie in einem Fass übernachtet, das einen Hang hinuntergerollt worden war.

Immerhin ging es ihrem Knöchel besser. Sie konnte wieder halbwegs auftreten. Nur noch leicht humpelnd bewegte sie sich auf das Schultor zu. Gloria trippelte neben ihr und fragte alle paar Meter, ob Vicky sich nicht doch auf sie stützen wolle. Vickys unwilliges Knurren quittierte sie mit einem schmollenden „Man wird sich doch noch um die beste Freundin sorgen dürfen. Vor allem jetzt, wo sie etwas ist, das man sonst nur in den schlimmsten Schmuddelsendungen im Fernsehen findet“.

Vicky fand, dass es wirklich eine Spitzenleistung war, Gloria wegen dieser Kommentare nicht zu erwürgen. Sie verlieh sich im Geist einen Orden.

Alles schien sich gegen Vicky verschworen zu haben. Denn es war Freitag. Nach der letzten Schulstunde würde Isabella sie zusammen mit Sally erwarten. Das Vater-Wochenende begann. Dabei sehnte sie sich nach einem Kuscheltag auf dem Sofa ihrer Mutter vor dem Fernseher mit Schokokeksen und Milch-Shakes.

Nessa kam auf ihrem Fahrrad angerast und winkte ihnen, beide Arme schwenkend, zu. Das bedeutete, sie hatte etwas zu erzählen. Nachdem sie ihr Rad im Hof abgestellt und verschlossen hatte, eilte sie Vicky und Gloria hinterher. Die drei trafen sich in der Halle, wo es vor Schulbeginn immer zuging wie in einem Ameisenhaufen.

„Habt ihr heute schon auf unsere Internetseite geschaut?“, raunte sie aufgeregt.

Dazu war wirklich keine Zeit gewesen. Gloria hatte am Morgen das Badezimmer länger als eine halbe Stunde besetzt und die anderen drei Bewohner des Hauses zu einem neuen Rekord im Sich-schnell-Waschen-und-Zähneputzen gezwungen.

„Mike Katz aus der neunten Klasse will, dass wir für ihn etwas über Cindy herausfinden."

„Cindy? Du meinst Quietschie-Cindy?", fragte Gloria.

Nessa nickte. „Genau die."

„Aber die redet doch nur mit ihren drei Kletten."

Die Kletten waren die Mädchen, die Cindy zu ihren Freundinnen auserkoren hatte. Es galt als große Ehre, mit Cindy befreundet zu sein, und die drei, die ihr am nächsten sein durften, hatten ausschließlich die Aufgabe, Cindy, ihre ständig wechselnden Frisuren, die Farbe von Nagellack und Lippenstift und ihre Kleidung zu bewundern. Interessanterweise fanden sich immer wieder Mädchen, die dazu bereit waren.

„Als Bezahlung bietet Mike eine Englischarbeit an!", ließ Nessa endlich begeistert heraus.

„Das könnte eine Kurzgeschichte sein", spann Gloria den Gedanken weiter.

„Haarscharf erraten, Schwester. Mike schreibt für die Schülerzeitung. Klingt wirklich sehr schlau und so, dass Mrs Shakespeare bestimmt das freudige Zittern bekommt, wenn sie es liest. Sie unterrichtet ihn aber nicht. Das bedeutet, sie kann auch nicht herausfinden, dass er mein Ghostwriter ist."

„Er wäre deine Rettung!", verkündete Gloria strahlend und stolz auf diese Erkenntnis.

„Du musst mit Miss Marple verwandt sein“, lobte Nessa spitz. „Niemand sonst hätte das herausgefunden.“

Als es zu läuten begann, trabten die Mädchen los.

Vicky bemerkte auf einmal, dass ihre Freundinnen zwei Schritte hinter ihr gingen. Sie drehte den Kopf leicht und richtete ein Ohr auf Nessa und Gloria.

„Es kann nicht sein.“

„Sie kann natürlich nicht wirklich verschwinden und erscheinen“, raunte Nessa.

„Sie hat doch immer schon so für diesen schwarzen Engel geschwärmt. Sigfrid sagt, er kann sich an den Skandal erinnern, als Vicky im Kindergarten schwarze Engel gezeichnet hat.“

„Wir sollten ihr diese Flausen austreiben!“ Nessa war immer mehr für die harte Tour.

Gloria sah das anders. „Nein, nein, nein, das kann zu einem Schock und zu einem dauerhaften geistigen Schaden führen.“

Wie bei dir, sagte sich Vicky im Stillen.

„Wir tun so, als fänden wir alles ganz normal, was Vicky erzählt. Wir zeigen ihr, dass wir ihre Freundinnen sind und zu ihr stehen, egal, was kommt. Vielleicht sucht sie die Liebe, die sie von ihrem Vater nicht bekommen hat, bei der kaputten Steinfigur. Wahrscheinlich hat es auch mit Schuldgefühlen zu tun, weil Pru und der Doofkopf sich haben scheiden lassen.“

Vicky hielt es nicht länger aus. Sie drehte sich mit einem energischen Ruck um.

„Soll ich euch was sagen“, zischte sie. „Ich bin in Wirklichkeit ein Vampir und ich sauge euch bis auf den letzten

Tropfen Blut aus, wenn ihr nicht auf der Stelle mit diesem unfassbar dämlichen Gequatsche aufhört!"

Die beiden Mädchen sahen sie betroffen an.

„Hast du uns gehört?“, fragte Gloria mit großen Kuhaugen.

„Nein!“, antwortete Vicky giftig. „Ich kann Gedanken lesen.“ Sie spreizte die Finger und bewegte sie wie lange Krallen, dazu schnitt sie eine Grimasse, die bei Sally bestimmt hohes Kreischen ausgelöst hätte.

Nessa und Gloria wechselten einen wissenden Blick: Die Sache war klar. Ihre beste Freundin war wahnsinnig geworden.

„Komm in die Klasse“, sagte Gloria betont ruhig, als würde sie mit einem Kleinkind sprechen, das gerade einen Tobsuchtsanfall hinter sich hatte und knapp vor dem nächsten stand. Da Vicky sich schwach fühlte, ließ sie Glorias Bemutterung über sich ergehen. Es entspannte sie. Warum also nicht. Gloria bekam ihren Willen und Vicky ging, auf Glorias Schulter gestützt, in die Klasse.

In der Pause zeigte Nessa den anderen, welche Auskunft sich Mike wünschte: Er wollte erfahren, ob Cindy ihn immer wieder so komisch ansah, weil sie ihn dämlich fand oder weil sie ihn mochte. Weiter wollte er wissen, ob sie seine Einladung zur Party am nächsten Samstag annehmen würde. Falls die *Wilden Wahnsinnsengel* das für ihn herausfinden konnten und ein Date zustande kam, würde er jeden gewünschten Aufsatz verfassen.

Eine Stunde später, in der Pause, beobachteten Vicky, Gloria und Nessa auf der anderen Seite des Schulhofes

Cindy und ihre drei Kletten. Die Kletten bildeten eine Mauer um ihre Herrin und verwandelten sich in kleine Kläffer, wenn sich jemand näherte. Grimmig trieben sie jeden in die Flucht, egal ob Junge oder Mädchen.

Cindy selbst bewegte sich wie eine Königin. Ihr fehlten nur Mantel, Krone, Zepter und Reichsapfel.

„Wirklich nett von ihr, dass die Kletten neben ihr gehen dürfen und nicht auf den Knien rutschen müssen“, ätzte Nessa.

„Über Cindy was zu erfahren, ist ziemlich unmöglich“, befürchtete Gloria.

Nessa seufzte niedergeschlagen. „Kurzgeschichte adios. Ich bin verloren.“

Gloria versuchte einen Scherz, um Nessa aufzuheitern. „Für unseren Engel ist es sicher kein Problem.“ Sie stieß Nessa mit dem Ellenbogen in die Seite.

„Willst du es gleich über Lautsprecher durchsagen?“, zischte Vicky.

„Was?“

„Das mit dem Engel!“

Nessa grinste. „Lady Angela – ist dir diese Anrede lieber? Klingt total unauffällig.“

Vicky kniff die Augen zusammen und schnaubte drohend.

„Nicht aufregen. War unvorsichtig von mir, wir dürfen sie nicht aufregen. Sie ist zu gereizt!“, tuschelte Gloria Nessa zu.

Vicky fühlte sich müde. Obwohl ihre Freundinnen es mit eigenen Augen gesehen hatten, wollten sie Vicky nicht glauben. Sie drei hatten niemals Geheimnisse voreinander.

Vicky wünschte sich die alte Vertrautheit mit Nessa und Gloria zurück.

Aber würde das jemals geschehen?

Wie sollte es mit ihr weitergehen?

Auf der einen Seite waren die Engelskräfte wunderbar – im wahrsten Sinne des Wortes. Auf der anderen Seite aber zerstörten sie, was Vicky wichtig war. Sie fühlte sich allein.

Mit Nessa und Gloria konnte sie nicht so reden, wie sie sich das wünschte. Azrael redete nicht mehr mit ihr, und der andere Engel, dieser Junge, der ihr so ein angenehmes Gefühl gab, war verschwunden.

Außerdem mochte Azrael ihn nicht, aus welchem Grund auch immer.

Vicky sah wieder zu Cindy, die mit den Kletten tuschelte und dabei wild gestikulierte.

„Wieso will er mit dieser Vogelscheuche auf die Party gehen?“, überlegte sie halblaut.

„Wo die Liebe hinfällt“, meinte Gloria.

„Wenn die Liebe auf den Kopf fällt“, verbesserte Nessa grinsend.

In diesem Moment kam eine Gruppe von Jungen aus dem Tor. Sie redeten leise miteinander, als ginge es um eine Verschwörung.

Nessa deutete auf den größten der Jungen. Er hatte rötliches Haar, Sommersprossen und ein abstehendes Ohr. „Das muss Mike sein.“

„Puuuuh!“, machte Gloria. „Damit Cindy mit dem auf die Party geht, sind einige Zaubersprüche nötig.“

„Mister Supersex ist er nicht gerade“, gab Vicky ihr recht.

Mike trug schwarze Jeans zu einem weißen T-Shirt, eine langweilige Brille und vernünftige Schnürschuhe.

„Ich möchte wetten, dass er keine Lachmuskeln besitzt", sagte Gloria fachmännisch.

Die Jungen gingen langsam an den Mädchen vorbei.

„Es geht um eine zusätzliche Komponente, die dem Raketentreibstoff 17,5 Prozent mehr Schubkraft verleiht und damit die Trägerrakete achtundzwanzig Sekunden früher in die Umlaufbahn bringt", hörten sie Mike dozieren.

„Aber gerade die 0,5 Prozent sind es, die zu viel sein könnten und das Risiko einer Explosion tangential zum Faktor der Beschleunigung erhöhen", antwortete ein anderer der Jungen.

„Wird eine spannende Party, wenn Cindy und Mike zusammen hingehen", prophezeite Vicky.

„Viel gemeinsam haben die zwei nicht", pflichtete ihr Nessa bei. Sie seufzte niedergeschlagen. Die Chancen auf die Kurzgeschichte standen mittlerweile bei Null.

Gloria kicherte kleinmädchenhaft. „Ich finde es sexy, wenn ein Junge über Dinge redet, von denen ich keine Ahnung habe."

Vicky versetzte Nessa gerade noch rechtzeitig einen Ellbogenstoß, sodass sich Nessa an dem Satz verschluckte, der ihr schon auf der Zunge gelegen hatte. Sie hatte sagen wollen, dass Gloria unter solchen Umständen ja jeden Jungen sexy finden musste, weil sie eigentlich von nichts eine Ahnung hatte, außer von Klamotten, Musik, Schminken und Ratten. Sie hatte vier als Haustiere und zeigte Fotos von ihnen wie stolze Eltern von ihren Babys.

Cindy befahl gerade zwei Kletten, beiseitezugehen und

die Sicht freizugeben. Sie deutete genau in die Richtung von Mike und seinen Freunden. Es war nicht zu übersehen, wie sie sich über ihn und die anderen lustig machte und ihre ernsten Mienen nachäffte.

„‚Vergiss es', werde ich ihm schreiben!", sagte Nessa niedergeschlagen.

Ein kühler Kuss

„Hmmm, was ist in diesem Gemüseeintopf drin?", wollte Vicky wissen. Es war Samstagabend und sie saß mit der zweiten Hälfte ihrer Familie beim Essen.

Isabella blickte dünnlippig wie immer zu ihr hinüber. „Wenn es dir nicht schmeckt, musst du es nicht essen. Bleibt uns mehr."

Vicky verdrehte die Augen zur Zimmerdecke, die, wie alles in der Wohnung, fleckenfrei, ohne Risse und selbstverständlich ohne Spinnweben war.

„Ich habe doch nur gefragt ...", seufzte Vicky und warf ihrem Vater einen flehenden Blick zu. Er musste endlich etwas sagen und ihr helfen. Isabella litt unter Verfolgungswahn.

„Mir schmeckt es ganz ausgezeichnet, Liebling", beeilte sich Mr Cassady zu versichern. „Du bist ein ausgezeichneter Koch."

„Köchin", verbesserte Isabella ihn, die das Kompliment mit einem huldvollen Nicken entgegennahm.

Hoffentlich ist dieses Abendessen bald zu Ende, dachte Vicky. Sie wollte in ihr Zimmer, die Tür hinter sich zumachen, Kopfhörer aufsetzen und Musik hören. Vielleicht half das gegen den üblichen Wochenendfrust mit Isabella.

Natürlich ahnte sie, dass es anders kommen würde. Isabella bestand auf „Familienabende". „Wir wollen uns als Familie spüren", hatte sie einmal erklärt. Sie verstand darunter Verhöre und dämliche Brettspiele, bei denen sogar Sally einschlief.

Gilbert löffelte stumm den Eintopf. Von ihm war keine Hilfe zu erwarten. Dabei war er Isabellas Liebling und hatte einen Freibrief für fast alles.

Vicky war beleidigt. Sie hatte nur freundlich zu Isabella sein wollen. In Wirklichkeit hätte es sie nicht gewundert, im Gemüsematsch menschliche Körperteile zu finden. Sie traute Isabella durchaus zu, sich auf diese Weise von lästigen Nachbarn zu befreien.

„Sallylein, wie ist es im Kindergarten?“, versuchte Mr Cassady, ein Gespräch in Gang zu bringen.

„Saublöd“, tönte die kleine Schwester.

Isabellas spitze Nase zitterte. „Lernst du solche Antworten dort?“

„Nein“, antwortete Sally artig.

Ihr Vater, der am runden Tisch neben ihr saß, tätschelte ihr die Hand. „Sally, du lernst sicher nur schöne Sachen im Kindergarten, nicht wahr?“

Seine kleine Tochter nickte dreimal.

„Sag mir etwas, was du gelernt hast, meine Große.“

Strahlend verkündete Sally: „Busen, Schmusen, Zungenkuss.“

Isabella beugte sich halb über den Tisch. „Das ist gelogen. So etwas lernt man nicht im Kindergarten. Du weißt ja nicht einmal, was diese Wörter bedeuten.“

Das hätte sie besser nicht sagen sollen. Empört sprang Sally vom Stuhl und baute sich vor Isabella auf. Sie tippte ihr auf die Brüste und sagte dazu energisch: „Busen!“ Dann lief sie weiter zu Gilbert, stellte sich auf die Zehenspitzen und begann, ihm feuchte Küsse ins Gesicht zu schmatzen. „Schmusen!“, sagte sie keuchend. Um besser an ihren Stiefbruder heranzukommen, versuchte sie, auf den Stuhl zu klettern, und streckte dabei die rosa Zunge heraus wie eine kleine Schlange.

„Hau ab!“ Gilbert schob sie empört von sich.

Isabella war anzusehen, wie viel Kraft es sie kostete, die Beherrschung zu wahren. Sehr deutlich sagte sie: „Solche Wörter lernt man trotzdem nicht im Kindergarten. Die hast du sicherlich zu Hause aufgeschnappt, nicht wahr?“

„Nein!“, antwortete Vicky an Sallys Stelle. „Nein, hat sie nicht.“

Isabella wechselte mit ihrem Mann einen Blick, der ausdrückte: Ich habe es dir ja gesagt ...

„Will ins Bett“, quengelte Sally.

Es war erst sieben Uhr. So früh ging sie sonst nie schlafen. Vicky vermutete, dass Sally die Spannung im Esszimmer spürte und keine Lust darauf hatte. Da spielte sie lieber mit ihrem Frankensteinteddy und erzählte ihm haarsträubende Geschichten.

„Ich will noch zu Roberto gehen“, verkündete Gilbert. Jetzt, da seine Mutter den üblichen Groll auf Vicky und Sally hegte, schien ihm die beste Gelegenheit zu fragen.

„Nein“, sagte Isabella scharf. „Heute ist Familienabend.“

Vicky kam Gilbert zu Hilfe. „Ich bin auch hundemüde. Heute mag ich nicht spielen, oder so.“

„Ich habe eine DVD gekauft. Ein sehr guter Film für uns alle“, pries Isabella an.

„Danke nein“, erwiderte Vicky.

„Für mich auch nicht!“, schloss sich Gilbert an.

Isabella erhob sich und räumte geräuschvoll die Teller ab. „Gut, dann bleibt ihr eben in euren Zimmern, während Chris und ich es uns gemütlich machen.“

„Mama, bitte, Roberto will mir etwas zeigen. Es ist wichtig. Für die Schule.“

Selbst das Flehen ihres Lieblings konnte Isabella an diesem Abend nicht erweichen. „Du willst mit ihm nur wieder dieses entsetzliche Spiel in dieser Fantasywelt im Internet spielen. Nein.“

Und dabei blieb es.

Vickys Vater hockte da wie ein Häuflein Elend und schwieg. Um Isabella ein wenig milde zu stimmen, half Vicky freiwillig beim Tischabräumen und dem Beladen des Geschirrspülers.

Die Wohnung hatte früher Isabellas Eltern gehört und war ziemlich groß. Gilbert, Vicky und Sally hatten jeder ein eigenes Zimmer.

Sally hatte es ernst gemeint mit ihrem Wunsch, ins Bett zu gehen. Vicky half ihr im Bad, setzte sich danach zu ihr und las ihr aus ihrem Lieblingsbilderbuch mit dem zottigen Ungeheuer vor. Nachdem Sally eingeschlafen war, klappte Vicky das Buch zu und zog die Decke ein bisschen höher. Mit ihren hellen Locken und dem völlig entspannten Gesicht erinnerte Sally an einen kleinen Engel. Einen schmusenden Engel, der wusste, was ein Busen war und sich beim Zungenkuss auskannte – woher und wieso auch immer.

Vicky trat auf den Flur und ging zu ihrem Zimmer, das schräg gegenüber lag. Im Wohnzimmer hörte sie ihren Vater und Isabella sprechen.

„Was soll ich sonst noch tun? Ich bemühe mich wirklich, eine gute Mutter für die beiden zu sein. Aber deine Tochter will mich unbedingt zur bösen Stiefmutter abstempeln“, beklagte sich Isabella.

„Du machst das ausgezeichnet, Liebling. Sie braucht einfach Zeit, sich daran zu gewöhnen. Glaub mir.“

„Zeit? Wie viel Zeit noch?“

Vicky war versucht, ins Wohnzimmer zu gehen und Isabella zu erklären, wie sie es besser machen könnte. Es wäre so einfach. Sie musste nur damit aufhören, so zu tun, als wäre sie das Mutter-Genie und Pru Cassady eine Versagerin, aus deren unfähigen Klauen zwei arme, wehrlose Kinder gerettet werden mussten.

Doch Vicky fühlte sich zu müde für eine Auseinandersetzung. Bestimmt würde es nur wieder Krach geben.

Lieber ging sie in ihr Zimmer und schloss die Tür hinter sich. Was fand ihr Vater nur an Isabella? Wieso hatten er und Pru nicht mehr miteinander leben können?

Vickys Blick schweifte durch das Zimmer. Es sah aus, als sollte es für den Katalog eines Möbelhauses aufgenommen werden. Isabella hatte viel Zeit und Energie in die Gestaltung gesteckt, wie sie nicht müde wurde zu betonen.

Hättest mich einmal fragen können, ob ich es so mag, dachte Vicky. Sie fühlte sich in diesem Zimmer jedes Mal wie in einem Krankenhaus. Alles praktisch und sauber. Noch nie hatte sie hier eine Fliege brummen oder gegen die Scheibe schlagen hören.

Angezogen warf sich Vicky auf das Bett. Sie hatte große Lust, mit Gloria oder Nessa zu telefonieren, doch Nessa war übers Wochenende mit ihren Eltern und dem kleinen

Bruder Nico zu Verwandten aufs Land gefahren und Gloria schaute sich einen Film im Kino an.

Mit einem tiefen Seufzer ließ sich Vicky auf die mintgrüne Tagesdecke des Bettes sinken. Sie griff in ihre Tasche, die neben dem Bett stand, und fischte ihren iPod heraus. Tief drückte sie die Kopfhörer in die Ohren und suchte nach ihren Lieblingsliedern. Als sie auf Play drückte, kam aber nichts. Vicky kontrollierte das Gerät. Die Anzeige leuchtete und der Akku war voll aufgeladen. Ließ sie jetzt alles im Stich?

„Abend", hörte sie jemanden.

Sie erkannte die Stimme sofort und richtete sich auf. Suchend sah sie sich im Halbdunkel des Zimmers um.

„Ganz ruhig, ganz ruhig, nichts kann dir geschehen. Ich bin bei dir!"

Sie hörte ihn, konnte ihn aber nicht sehen. Seine Stimme kam aus den Kopfhörern!

„Ich bin heute nur in Gedanken bei dir", erklärte er. „aber ich bin da, du fühlst mich, weil du mich brauchst."

Eine kühle Hand griff nach Vicky. Sie spürte einen angenehmen Druck, ein zärtliches Streicheln. Seine Finger glitten über ihren Unterarm.

Dann setzte er sich neben sie, so wie Vicky es vorhin bei Sally getan hatte. Sein ganzer Körper war ihrem nahe, lehnte sich leicht gegen sie. Er legte seinen Arm um Vickys Schultern und sie fand es verlockend, sich hineinsinken zu lassen.

Das täte gut.

Sich einfach geborgen fühlen. Beschützt in diesem Wahnsinn, der rund um sie tobte.

„Lass alles los, alles“, hauchte er liebevoll. „Ich bin bei dir. Du kannst ganz beruhigt sein.“

Wie gerne würde Vicky das glauben.

Irgendetwas in ihr warnte sie aber davor, dem Wunsch nachzugeben. Sie wandte sich von ihm ab.

„Wer … wer bist du? Ich kenne nicht einmal deinen Namen!“, sagte sie in seine Richtung.

„Ich bin für dich da. Das musst du einfach nur glauben.“

„Du bist ein Feind, sagt Azrael. Er spricht nicht mehr mit mir. Nur deinetwegen.“

Der andere lächelte. Auch wenn sie es nicht sehen konnte, so war es doch zu spüren. Ein mitfühlendes, aufmunterndes Lächeln.

„Lass ihn. Er wird bald anders denken.“

Vicky konnte den Jungen sehen. Nicht wirklich mit den Augen, sondern in ihrem Kopf.

Auch wenn es nur ihre Einbildung oder Fantasie war, so konnte sie ihn trotzdem sprechen hören: „Ich bin dein Freund. Vertrau mir.“ Eine Hand streckte sich ihr entgegen. „Wollen wir tanzen? Das tut dir gut.“ Die kühlen, trockenen Finger umfassten ihr Handgelenk und zogen vorsichtig. Sie gab nach und stand vom Bett auf.

Auf dem runden blauen Teppich mit dem weißen Stern begannen sie, sich zu wiegen. Er hielt sie wieder an den Hüften, fast nicht spürbar, und sie legte ihm die Arme um den Hals. Es war kein enger Tanz, zwischen ihnen war Platz. Trotzdem fühlte sie sich mit ihm verbunden.

Musik war jetzt auch zu hören. Die langsame, romantische Nummer, die sie gerne am Abend hörte. Dabei lag der iPod auf dem Bett. Die Kopfhörer baumelten lose herab.

Die Melodie summend drehte er sie ein wenig schneller. Dann wieder langsamer.

Er beugte sich zu ihr. Sie roch wieder die Gewürze und das Gras, die den feinen Duft bildeten, der ihn umgab. Sein Atem war ruhig. Ihre Wangen berührten sich.

Nichts davon sah sie. Sie fühlte es aber umso stärker.

Seine Lippen hauchten einen kühlen Kuss auf ihr Ohr, dann einen auf ihre Stirn. Sie bewegten sich zu ihrer Nase.

Er will mich auf den Mund küssen, dröhnte es in Vickys Kopf.

Auf den Mund küssen.

Ein echter Kuss.

„Ich bin dein Freund“, flüsterte er einschmeichelnd, verführerisch.

„Nein!“ Vicky wich zurück, stolperte und fing sich gerade noch an der Kante des Schreibtisches ab.

„Was denn?“

„Nein! Nein!“ Mehr brachte sie nicht heraus.

„Schade. So schade!“, sagte er leise. Eine tiefe Traurigkeit schwang mit. „Wirklich, wirklich schade.“

Die Musik riss ab, und im nächsten Augenblick war er verschwunden. Vicky fröstelte und humpelte zum Lichtschalter. Sie schaltete alle Lichter im Zimmer an.

Vorhin war es merklich kühler geworden. Nun stieg die Temperatur wieder.

Hatte sie etwas Falsches getan?

Hätte sie … hätte sie Ja sagen sollen?

Völlig verwirrt setzte sie sich auf die Bettkante.

Wenn sie nur mit jemandem darüber reden könnte.

Unglücksengel

Unruhig wanderte Vicky im Zimmer auf und ab. Sie konnte weder sitzen noch liegen. Am liebsten wollte sie aus dem Zimmer und aus dem Haus.

Mike und Cindy fielen ihr ein. Die zwei zusammenzubringen, erschien ihr etwa so leicht, wie Blei und Wasser zu einem Brei zu verrühren. Dann kam ihr eine Idee.

Möglicherweise fand sie etwas Nützliches heraus, wenn sie den beiden einen Engelsbesuch abstattete. Bei der Vorstellung, in Cindys Nähe zu kommen, bekam sie Gänsehaut. Doch zum Glück war Mike ihr Auftraggeber, und somit war er es, der „Hilfe" benötigte.

Nessa hatte bei ihren Nachforschungen herausgefunden, dass er genau gegenüber der Schule wohnte und von seinem Zimmer direkt auf das Schulgebäude blickte. Es war bestimmt nicht schwierig, ihn zu finden.

Langsam schloss Vicky die Augen. Sie rief sich Mikes Bild ins Gedächtnis. Dazu mischte sie alle Häuser, die ihr rund um die Schule so einfielen. Ihre neuen Kräfte würden es schon schaffen, sie zur richtigen Adresse zu bringen.

Die Leichtigkeit ergriff sie wieder. Vicky hatte ein flaues Gefühl im Bauch, als hätte sie seit gestern nichts gegessen, aber es bereitete ihr keine Angst mehr.

Wie von einer sanften Brise gelenkt, erreichte Vicky ein modernes Wohnhaus. Im dritten Stockwerk wurde sie in ein Zimmer gezogen.

Mike saß am Computer. Der bläuliche Schein des Bildschirms fiel auf sein Gesicht und seine Hände.

Wieso wollte Mike überhaupt mit Cindy zur Schulparty?

Sein Zimmer hatte die Nüchternheit einer Zelle. Auffallend waren nur die Poster an der Wand, die alle Orange June zeigten, eine blond gelockte Sängerin, die seit einiger Zeit die Hitparaden unsicher machte. Gloria gab immer wieder damit an, der Sängerin ähnlich zu sehen. Sie hatte nicht einmal so unrecht.

Da Mike nur unendliche Zahlenreihen eintippte, beschloss Vicky, sich ein bisschen in der Wohnung umzusehen. Sie sprang durch die Wand in das Wohnzimmer.

Die Leute am Tisch mussten Mikes Eltern sein. Sein Vater war breitschultrig, seine Mutter wirkte schüchtern. Den linken Unterarm quer auf dem Tisch abgestützt, aß Mikes Vater sein Abendbrot. Eine solche Haltung hätte Isabella nie geduldet.

Mike kam herein und schnappte sich ein Stück Brot aus dem Korb. Eilig belegte er es mit Käse, der auf einer Platte angerichtet war, und malte mit Senf aus der Tube Kringel darüber.

Sein Vater sah ihm kopfschüttelnd zu. „Musst du immer vor dem Computer hocken?"

Mikes Mutter machte eine beschwichtigende Geste. „Lass ihn doch, George."

„Ich hätte an einem solchen Abend die Stadt unsicher gemacht. Die Mädchen hätten vor mir auf die Bäume flüchten müssen", tönte Mikes Vater.

Die Mutter lachte und es klang etwas gekünstelt. „Ja, ja, du warst schon ein schlimmer Finger."

Mike schien das alles nicht zu hören. Oder auch nicht hören zu wollen.

„Und? Schon ein Mädchen für die Schulparty?“, erkundigte sich der Vater.

„Ich geh nicht“, sagte Mike.

„Was heißt, du gehst nicht? Jeder muss auf die Schulparty gehen. Hör mal, meine Kollegen im Büro erzählen jeden Tag, wie ihre Söhne andauernd neue Freundinnen mit nach Hause bringen. Ich will nach dem Wochenende nicht hören, dass mein Sohn vielleicht von Mädchen gar nichts wissen will.“

Mike biss in sein Brot und kaute langsam. Er schien zu überlegen, was er antworten sollte, sagte dann aber gar nichts und kehrte in sein Zimmer zurück.

Vicky wollte ihm folgen, kam aber nicht einmal bis zur Wand. Sie wurde auf einmal gepackt. Eine große Kraft schien sich wie ein dichtes Netz um sie gelegt zu haben und zerrte unerbittlich an ihr. Strampelnd versuchte sie, Widerstand zu leisten, doch es nützte nichts. Sie wurde fortgerissen wie von einem starken Wasserstrudel. Häuser, Bäume, Autos und Straßen verschwammen zu einem Wirbel aus Farben.

Nach Sekunden, oder waren es Minuten, fand Vicky sich wieder im Gras vor dem Steinsockel, auf dem Azrael früher gestanden hatte. Als sie unter sich blickte, erfasste sie ein unbehagliches Gefühl. Die Grashalme durchlöcherten sie wie Nägel. Sie musste also noch körperlos und unsichtbar sein.

Azraels Gesicht war lebendig.

„Das ist die letzte Warnung!“, zischte er.

„Was habe ich getan?" Vicky versuchte, sich ahnungslos zu stellen, und hoffte, damit durchzukommen. Das schlechte Gewissen nagte nicht an ihr, es biss regelrecht. Andererseits war sie erleichtert, dass Azrael wieder mit ihr redete.

„Das weißt du genau!"

Vicky gab sich zerknirscht.

„Bist du ... bist du jetzt irgendwie sauer?", wollte sie wissen.

„Ich bin nicht mehr der, der ich war. Ich kann mich nicht mehr aus dem Stein lösen und muss hier liegen. Untätig. Ich habe eine Aufgabe, die du jetzt erfüllen musst, aber du verstehst noch immer nicht, wie ernst die Lage ist."

„Doch, ich verstehe alles. Aber ... aber ich darf doch auch helfen, wenn ich kann. Ein bisschen wenigstens. Das tun Engel doch. Oder nicht?"

Azrael stieß die Luft zischend aus.

„Du hast nicht unrecht. Aber ich habe Angst."

„Deinetwegen? Dass du zum Menschen wirst?"

Er schwieg.

Dann stieß er hervor: „Nein. Das ist es nicht."

„Sondern?"

Wieder sagte er nichts.

„Was hast du auf einmal? Wieso bist du so komisch? Meinst du, für mich ist das alles einfach? Ich habe schon genug mit meiner Familie zu tun, mit Isabella, mit Daddy, mit der Schule, meinen Freundinnen, die nicht mehr so richtig meine Freundinnen sind. Ich fühle mich absolut allein."

Vicky war immer lauter und heftiger geworden.

Die steinerne Hand wurde lebendig und griff nach Vickys Arm. Azraels Händedruck war anders als der des Jungen: wärmer, fester. Nicht unangenehm, aber auch nicht so … so …

Vicky fand kein Wort dafür. Sie konnte nicht beschreiben, was an dem anderen Engel so besonders war. Vielleicht das Kribbeln, das er in ihr auslöste. Von Azrael hingegen ging etwas Beruhigendes aus.

„Azrael … bitte, hilf mir … was soll ich machen?“

„Leben!“, lautete die unerwartete Antwort.

„Was sonst?“ Vicky schüttelte verständnislos den Kopf.

„Leben. Und das Leben lieben. Mit all seinen Sorgen, wenn sie auftauchen.“

„Kann es kein Leben ohne Probleme geben? Wäre wesentlich einfacher.“

„Aber kein Leben, sondern ewige Langeweile.“

Ob das stimmte?

„Du musst zurück nach Hause!“, ermahnte Azrael sie. „Nütze deine Kräfte nur dafür, einen Lebenden zu retten, der noch nicht sterben soll, über dem aber trotzdem der Hauch des Todes weht.“

„Ja!“, sagte Vicky kleinlaut. Sie ließ seine Hand los, die im Gras wieder zu Stein wurde. Vicky spürte erneut, wie sie fortgerissen wurde. Sie ließ es einfach mit sich geschehen. Als sie die Augen öffnete, befand sie sich nicht in ihrem Zimmer, sondern im Wohnzimmer ihres Vaters.

„So ist sie, genau so!“, zeterte Isabella. „Deine Tochter tut nur, was sie will, und führt uns alle an der Nase herum. So war es mit dem Kindergeburtstag und so ist es immer. Du wirst sehen, wo das endet.“

Ihr Vater kauerte auf dem Sofa. „Bitte, Süße, sei nicht so streng."

„Haben wir ihr verboten, auszugehen oder nicht?"

Tiefer Seufzer. „Ja."

„Gilbert ist in seinem Zimmer, wie ich es verlangt habe. Deine Tochter aber ist fort."

Mist, Mist, Mist, dachte Vicky. Das macht aber gar kein schlankes Bein.

Sie war noch unsichtbar und körperlos. Es musste so sein, sonst würden ihr Vater und Isabella sie sehen. Das bedeutete aber auch, sie könnte einfach in ihr Zimmer schweben, sichtbar werden und dann seelenruhig heraustreten, als wäre nichts geschehen. Isabella musste erst einmal beweisen, dass Vicky wirklich weg gewesen war.

Natürlich würde es wieder jede Menge Fragen hageln, aber das hielt sie schon aus.

Mit ein paar Sprüngen war Vicky in ihrem Zimmer. Sie schüttelte sich wie ein nasser Hund und klatschte in die Hände.

Allerdings lautlos.

Prüfend fasste sie nach den Henkeln ihrer Tasche, in der sie die Sachen für das Wochenende mitgebracht hatte. Ihre Finger bekamen nichts zu greifen. Sie war noch immer unsichtbar und ohne Körper.

Sie musste sichtbar werden.

SOFORT!

Auf dem Flur sagte ihr Vater: „Wir hätten doch hören müssen, wenn sie weggegangen wäre. Unsere Eingangstür ist laut."

„Ich traue ihr zu, dass sie aus dem Fenster geklettert ist."

„Schatz, wir sind im vierten Stock."

„Bei den Nobelmans ist sie auch eingebrochen. Wie oft muss ich dir das noch sagen?"

Die Tür von Vickys Zimmer wurde energisch geöffnet und ihr Vater trat ein. Er wirkte sehr beunruhigt. „Vicky, falls du dich versteckt hast, komm jetzt heraus. Du bist für solche Spiele zu alt. Hörst du?"

Ja, Vicky hörte ihn laut und deutlich. Aus Leibeskräften brüllte sie: „Ich bin hier!" Doch er hörte sie nicht.

Mit betont festen Schritten durchquerte er den Raum, direkt durch sie hindurch.

„Wann wirst du endlich den Mumm aufbringen, dich gegen deine Ex zur Wehr zu setzen. Diese Frau begeht ein Verbrechen an den Kindern. Sie hat keine Ahnung von Erziehung. Es wäre wirklich besser, wenn die Mädchen bei uns wären und weniger Kontakt zu Pru hätten."

Nein, nein, nein, schrie Vicky. Aber nur sie hörte es. Isabella wollte doch nur, dass auch Vickys Vater weniger Kontakt zu seiner Ex-Frau hatte. Nach Glorias und Nessas Überzeugung war Isabella glühend eifersüchtig auf Pru Cassady. Vicky teilte diese Ansicht mittlerweile.

Mr Cassady schüttelte sehr langsam den Kopf. „Ich verstehe sie nicht. Sie entgleitet mir völlig. Sie war immer so ein liebes Mädchen, früher, als sie so klein war wie Sally."

„Aber sie werden größer, und dann brauchen sie eine starke Hand", entgegnete Isabella eindringlich. „Du musst dich gegen Pru durchsetzen und die Kinder zu uns holen. So geht das nicht weiter."

Vickys Vater sagte nichts, aber ihm war anzusehen, dass er Isabella zustimmte.

Die beiden verließen das Zimmer.

„Vielleicht ist sie ja doch bei Sally“, sagte Mr Cassady schwach.

„Wir haben dreimal nachgesehen und sie war nicht dort.“

Die Tür wurde von außen geschlossen.

Unsichtbarkeit bewahrte Vicky nicht vor großer Übelkeit. Sie hatte das Gefühl, sich übergeben zu müssen. Verzweifelt ließ sie sich auf der Bettkante nieder.

Alles ihre Schuld.

Isabella würde durchsetzen, was sie wollte.

Am allermeisten tat Vicky ihre Mutter leid. Sie gab sich so viel Mühe, Sally und ihr ein gutes Zuhause zu bieten. Bestimmt würde sie ohne ihre Kinder verzweifeln.

Vicky hatte alles verbockt.

Ein ganz schön blöder Engel bin ich, schimpfte sie sich. Ein Unglücksengel.

Aber auch ein Engel hat irgendwann keine Kraft mehr, wie sie nun merkte. Nur ein paar Minuten wollte sie sich ausruhen. Sie legte sich zurück auf das Bett und schloss die Augen.

Wieso war sie unsichtbar geblieben? Wieso? Wieso? Wieso?

ENGEL IN NOT

Als sie wieder aufwachte, war es heller Tag.

Schnell hintereinander stellte Vicky einiges fest:

Sie war angezogen.

Ihre Hände bekamen noch immer nichts zu fassen und glitten selbst durch die steinharte Mauer, als wäre sie aus Wasser.

Sally heulte irgendwo in der Wohnung und wollte zu ihrer großen Schwester.

Isabella war so etwas wie Dr. Jekyll und Mr. Hyde. Sie zwitscherte wie eine Vogelmutter auf die flennende Sally ein und schimpfte nur eine halbe Sekunde später mit Vickys Vater, er solle endlich etwas unternehmen.

Ihre Zimmertür öffnete sich und Mr Cassady warf einen Blick herein. Er schlüpfte in das Zimmer und schloss leise die Tür.

Vicky richtete sich auf.

Konnte ihr Vater sie wirklich nicht sehen?

„Daddy!“, rief sie. In ihren eigenen Ohren klang ihre Stimme laut, klar und völlig normal. Ihr Vater aber reagierte nicht. Er hatte sie also nicht gehört. Alles war wie am Abend zuvor.

Mr Cassady trat ans Fenster und warf einen Blick zum Himmel hinauf. Dort schwebten nur ein paar weiße Wölkchen träge dahin.

Als sich ihr Vater umdrehte, ging er genau auf das Bett

zu. Vicky begann, mit den Armen zu winken, ließ sie dann aber schnell sinken. Es hatte keinen Sinn.

Leise murmelte Mr Cassady vor sich hin. „Ach Vicky, Vicky, Vicky …“ Er kauerte sich auf die Bettkante und strich über das unbenutzte Kissen und die glatte Decke.

Auf einmal sprang er auf und lief zur Tür. Er öffnete sie nur einen winzigen Spalt und spähte in den Flur. Schnell drückte er sie wieder zu und lehnte sich von innen dagegen. Seine Finger rutschten zweimal ab, bevor er beim dritten Versuch endlich das Handy aus der Hosentasche zog. Das Ohr am Holz der Tür hämmerte er auf den Tasten herum, als wären Verfolger hinter ihm her. Seine Hand zitterte, als er das Telefon an das freie Ohr presste.

„Ich bin es, hallo!“, flüsterte er gehetzt.

Mit wem telefonierte er?

„Äh … nur eine kleine Frage … sag, ist Vicky vielleicht noch bei dir?“

Noch bei dir? Was sollte das bedeuten?

„Ach … äh … sie wollte was holen … oder so …“

Vicky stand auf und schwebte zu ihrem Vater. Sie hielt ihren Kopf dicht an das Handy. Die Stimme aus dem Hörer war unverkennbar ihre Mimutschka.

„Sie war nicht hier. Aber wieso fragst du so komisch?“ Mrs Cassady witterte den Braten.

„Ach … dann ist sie bestimmt gleich zurück! Schönen Sonntag noch!“ Mr Cassady legte auf.

Im gleichen Moment wurde die Tür von außen aufgestoßen und knallte heftig gegen seinen Rücken. Er unterdrückte ein Aufstöhnen und ließ das Handy blitzschnell in der Hosentasche verschwinden.

Isabella rüttelte an der Tür, die er noch immer blockierte.

„Was tust du da drinnen? Sie ist nicht da, sieh das doch endlich ein!"

„Das weiß ich auch, Süße, ich ... ich überlege, wo sie sein könnte."

„Du alarmierst jetzt auf der Stelle die Polizei."

Vickys Vater schluckte heftig. „Meinst du ... meinst du, ihr ist etwas zugestoßen?"

„Nein, das glaube ich nicht. Aber wir müssen eine Vermisstenanzeige aufgeben. Die Polizei muss eingeschaltet werden."

„Zuerst ... zuerst fahre ich noch einmal los", sagte Mr Cassady ausweichend.

Isabellas Lippen waren wie immer, wenn sie unzufrieden oder zutiefst empört war, nur noch ein dünner Strich.

Fluchtartig verließ Vickys Vater die Wohnung.

Sofort lief Vicky ihm hinterher. Ihr Vater ging nicht, sondern rannte die Treppe hinunter zu seinem ach so vernünftigen Kombi. Vicky glitt durch die Beifahrertür und ließ sich auf dem Sitz neben ihm nieder.

Mr Cassady vergrub das Gesicht in den Händen und schüttelte niedergeschlagen den Kopf. Er rubbelte über seine Nase und klatschte sich auf die Wangen. Halblaut seufzte er vor sich hin: „Vicky, wieso tust du mir das an? Wieso?"

Auf diese Frage fielen Vicky jede Menge Antworten ein. Allerdings war es nutzlos, sie auszusprechen, wenn er sie ohnehin nicht mitbekam.

Ihr Vater startete den Wagen. Er rutschte vom Gaspedal, worauf das Auto einen Sprung machte wie ein Ziegenbock, dem jemand eine glühende Nadel ins Hinterteil gestochen hatte.

Zuerst kurvte Mr Cassady scheinbar planlos durch die Gassen. Prüfend musterte er jeden Fußgänger, an dem er vorbeikam.

Bald aber kamen Vicky die Häuser und Läden immer bekannter vor. Sie hatten eine Gegend erreicht, in der sie schon öfter gewesen war.

Klar!

Hier lebte Nessa.

Natürlich wusste ihr Vater das. Er hatte Vicky schon öfter zu Nessa gefahren oder sie dort abgeholt.

Die kleine Uhr über der Stelle, an der normalerweise der Rückspiegel hing, zeigte halb neun Uhr am Vormittag. Falls ihr Vater sie bei Nessa suchen wollte, würde er kein Glück haben. Die Familie war übers Wochenende fortgefahren.

Oder etwa nicht?

Vor dem gelben Reihenhaus parkte ein quietschorangefarbener alter Wagen. An der Antenne war ein peinlicher Fuchsschwanz befestigt, der dem Vorbesitzer gehört hatte und sich nicht abnehmen ließ.

War Nessa vielleicht doch da?

Mr Cassady rollte im Schritttempo an dem Haus vorbei. Vicky sprang kurzerhand aus dem rollenden Wagen.

„O du fröhliche, o du selige …“, begann Vicky zu summen. Weihnachtslieder beruhigten sie. Oder machten sie sie eher munter? Sie hatte keine Ahnung mehr. Irgendwie erschien ihr alles, was länger als zwei Tage zurücklag, wie aus einem anderen Leben.

Sie bewegte sich auf die weiße Tür des Hauses zu. Mühelos gelangte sie in die enge Diele. Sie schwebte über den abgetretenen Teppich der Treppe nach oben in den ersten Stock, wo Nessas Zimmer lag.

Im Haus war es unheimlich still. Vicky steuerte Nessas Zimmer an, zögerte einen Moment und glitt dann durch die Tür.

Unter der dünnen Bettdecke zeichnete sich Nessas rundlicher Körper ab.

Angestrengt starrte Vicky auf das Ohr ihrer Freundin und dachte ständig: Wach auf! Wach auf! Wach auf!

Nessa schnarchte leise vor sich hin und grunzte ungehalten. Doch sie schlief seelenruhig weiter.

Aufwachen, aufwachen, aufwachen!, schickte Vicky ihr weiter in Gedanken.

Sehr langsam öffnete Nessa erst ein Auge und dann das andere.

Großartig. Vielleicht hatte Vicky doch Kontakt zu ihr.

Gähnend ließ Nessa die Beine aus dem Bett gleiten. Sie trug eine gestreifte Pyjamajacke und eine karierte Hose. Beide Muster zusammen taten in den Augen weh.

Im Halbschlaf tappte sie hinaus auf den Flur. Vicky konnte sich denken, wohin sie wollte, und wartete im Zimmer. Nachdem die Toilettenspülung gerauscht hatte, schlappte Nessa zurück.

Nein, nicht wieder ins Bett, dachte Vicky. Sie schickte der Freundin ihren Namen als Botschaft. Vicky, Vicky, Vicky! Sie kam sich vor wie das Blinklicht eines Leuchtturms.

Keine Reaktion. Wie eine Schlafwandlerin kehrte Nessa zum Bett zurück. Sie durfte aber nicht weiterschlafen!

Vicky brauchte dringend ihre Hilfe. Als sich die rundliche Nessa auf die Matratze sinken ließ, sprang Vicky zu ihr und griff nach ihrem Arm. Sie bekam natürlich nichts zu fassen, versuchte es aber trotzdem immer wieder.

Obwohl es warm im Zimmer war, schauderte Nessa. Es musste an Vicky liegen.

Ich stehe neben dir, dachte Vicky fest.

Als einzige Reaktion kam unwilliges Schmatzen. Schon hatte Nessa die dünne Decke angehoben, um wieder darunterzuschlüpfen.

Hektisch sah sich Vicky nach einem Gegenstand um, den sie vielleicht mit der Kraft ihrer Gedanken bewegen und zu Boden fallen lassen konnte. Auf Nessas Schreibtisch türmten sich Bücher. Ein Heft lag aufgeschlagen, daneben Füller, Kugelschreiber und Bleistifte. Vicky starrte sie an und befahl ihnen: Rollt, rollt, rollt, rollt …

Nach einer Weile gehorchten die Schreibgeräte. Hintereinander fielen sie zu Boden und erzeugten ein Klack-klack-klack.

Diesmal blieb die Wirkung nicht aus. Nessa stöhnte. Zitternd dackelte sie Richtung Schreibtisch und blätterte hektisch in dem offenen Heft. Auf der ersten Seite standen genau zwei Zeilen. Die erste lautete: „Es war an einem Sommertag.“ Die zweite: „Hilfe, Hilfe, Hilfe, Hiiiiilllll-feeeeeee!“

Als Erstes legte Nessa einen dicken Bleistift zurück auf den Schreibtisch. Vicky befahl ihm mit ihrem Blick, sich aufzurichten. Artig tat ihr der Bleistift den Gefallen. Und nicht nur das: Er ließ sich sogar von Vicky über die fast leere Heftseite lenken. Dort befahl Vicky ihm zu schreiben.

Etwas ungelenk, aber lesbar, kritzelte der Stift:

Nessa, halt die Klappe. Ich bin hier. Unsichtbar. V

Ihre Freundin, die gerade die letzten Stifte aufhob, bemerkte den schwebenden Bleistift. Wie eine prüde Jungfer in einem dieser alten Filme zog Nessa den Ausschnitt der Pyjamajacke oben zusammen. Mit unsicherem Blick sah sie sich suchend um.

„Vicky?“, flüsterte sie, ein panischer Unterton schwang in ihrer Stimme mit.

Der Bleistift schrieb weiter:

Bin neben dir. Habe Problem. Kann nicht sichtbar werden. Ruf Daddy an. Bitte. Sag, ich sei bei dir. Will nicht mit ihm reden und nicht heim. Lebe aber.

Der Schreibtischstuhl krachte gequält, als Nessa ihr – wie sie es selbst nannte – Nilpferdhinterteil darauf fallen ließ. Sie schüttelte den Kopf. „Nein, Vicky … geht nicht. Tut mir leid.“

Mit riesigen Buchstaben kam Vickys Hilferuf:

BITTE! Mach es. BITTE!!!!!!!!!!!

Beim letzten Ausrufezeichen brach die Mine ab und das Holz schabte mit einem schaurigen Geräusch über das Papier.

Nessa stieß einen sehr tiefen und sehr langen Seufzer aus. Es war unglaublich! Vicky schaffte es, einen anderen

Stift zu hypnotisieren und zu bewegen. Nessa schlug nach ihm wie nach einer Fliege und beförderte ihn zu Boden. Sie bückte sich, um ihn aufzuheben. Aus dem Mundwinkel knurrte sie: „Ich mach's ja … du Wahnsinnsengel."

Sie holte ihr Handy. Vicky ließ den Kugelschreiber die Handynummer ihres Vaters kritzeln. Nessa wählte.

Mr Cassady meldete sich nach dem ersten Freizeichen.

„Hier spricht Nessa …"

Mehr bekam Vicky von dem Telefonat nicht mit. Schlagartig war der Raum erfüllt von dem entsetzlichen Verwesungsgestank, diesem Geruch nach abgestandenem Blumenwasser, der ihr den Atem raubte. So heftig war er noch nie gewesen.

Keuchend beugte sie sich zum Fenster hinaus, doch hier war es auch nicht besser.

Die Closes fielen ihr ein.

Bereits der kurze Gedanke versetzte ihr einen Stoß, der sie aus Nessas Wohnung katapultierte.

Einem Engel bleibt die Luft weg

Diesmal war es kein Flug, kein Gleiten über die Dächer der Stadt, sondern ein Schuss. Vicky wurde wie eine Kanonenkugel mit unbeschreiblich hoher Geschwindigkeit durch die Luft befördert. Am Ziel angekommen, spürte sie trotz Unsichtbarkeit einen sanften Schlag von unten, der sie nach vorne stolpern ließ, um den Aufprall abzufangen.

Sie stand im Wohnsalon der Closes.

Vicky war allein im Salon. Wahrscheinlich schliefen alle noch. Es war erst kurz vor neun Uhr am Vormittag.

War der Gestank nach fauligem Blumenwasser gerade noch unerträglich gewesen, so hatte er hier in der Villa eine Stärke, die Vicky fast benommen machte.

Kein Wunder, dass Engel helfen, dachte sie. Tun sie es nicht, erstinken sie. Sie zog den Halsausschnitt ihres T-Shirts hinauf und über Mund und Nase, aber es nützte nichts. Im Haus war ganz eindeutig jemand in Lebensgefahr. Sie musste unbedingt eingreifen. Sonst würde Azrael menschlich und sie selbst zu Stein.

Kein Bedarf.

Und jetzt Schluss mit lustig. An die Arbeit, Vicky!, kommandierte sie sich. Mit energischen Schritten stapfte sie in die Halle und blieb am Fuße der Treppe stehen.

Von oben kamen die Geräusche und Quietschstimmen eines Zeichentrickfilms. Irina hockte wohl vor der Flimmerkiste.

Wahrscheinlich waren auch die anderen oben. Vicky erklomm die ersten Stufen der Treppe. Auf dem Absatz, an dem die Treppe einen Knick machte, blieb sie stehen.

Der Gestank wurde etwas schwächer.

Eine Gefahr bestand dann wohl eher unten. Aber wo?

Im Wohnsalon?

Vicky stieg die Treppe wieder hinunter.

In der Küche wurde eine Schublade heftig zugeschoben. Vicky erinnerte sich an die dralle Haushälterin. Maggie.

Mit einem Tablett kam sie aus der Küche und ging auf ein Zimmer neben dem Eingang zu. Es war das Esszimmer, möbliert mit einem ovalen Tisch und acht altmodischen, geschwungenen Holzstühlen mit Blümchenbezug.

Maggie ging mit dem Geschirr nicht gerade sanft um. Die Tassen sprangen auf den Tellern, so heftig stellte sie eine nach der anderen ab, als sie den Tisch für das Sonntagsfrühstück der Familie deckte.

Vorsichtig, als könnte in der Küche eine Bestie lauern, ging Vicky näher.

Sie war sich ziemlich sicher: Die heftigsten Gestankschwaden kamen von dort.

Wo aber in der Küche sollte der Tod lauern? Suchend sah sie sich um. Weiße Schränke und Regale, ein Herd, ein Arbeitstisch in der Mitte des Raumes, auf dem ein frisch gebackener Kuchen auskühlte. Zischend tropfte heißes Wasser in den Filter der Kaffeemaschine. Der Kühlschrank war nicht ordentlich geschlossen.

In der hinteren Ecke der Küche befanden sich zwei weitere Türen. Eine stand halb offen. Dahinter schimmerten im Halbdunkel Möbel: ein Bett, ein kleiner Tisch, ein

Schrank. Das Bett war nicht gemacht, über dem Stuhl lag eine weiße Arbeitsschürze, wie Maggie jetzt auch eine trug. Wahrscheinlich wohnte sie dort.

Vicky streckte den Kopf durch die andere Tür und erkannte in der Dunkelheit eine Treppe, die steil nach unten ging.

Es bestand kein Zweifel. Hier war der Gestank am allerschlimmsten, so stark, dass sie das Gefühl hatte, ihr Hals würde abgeschnürt.

„Halt dich fern!“, sagte ER neben ihr.

Vicky zuckte erschrocken zusammen.

Er war gerade dabei, die Ärmel seines weißen Hemdes aufzukrempeln, als wolle er sich an die Arbeit machen.

„Riechst du das auch?“, wollte sie wissen.

„Azrael nennt es bestimmt den ‚Hauch des Todes‘, nicht wahr?“

„Ja, woher weißt du das?“

Der Junge lächelte undeutbar. „In Wirklichkeit ist es aber der Atem des Bösen“, erklärte er. „Der Atem, der den Tod bedeuten kann.“

„Was hast du vor?“, fragte Vicky.

„Du kannst hier nichts tun. Halte dich besser fern.“

„Azrael hätte etwas tun können. Deshalb bin ich hier. Ich habe seine Kräfte.“

„Er hat oft versagt.“ Der Junge lächelte wieder, diesmal lag Triumph darin.

„Ich muss in den Keller!“ Vicky schob sich an dem Jungen vorbei. Er fasste nach ihrer Schulter und hielt sie fest.

„Bleib. Bleib hier.“

„Lass mich los!“, verlangte sie.

„Bleib bei mir. Du magst mich doch. Gib es zu."

Vicky atmete heftig ein und aus, denn sie mochte ihn wirklich. Und konnte nicht dagegen ankämpfen.

„Du machst mir Angst", platzte sie heraus.

„Das will ich nicht. Ich bin dein Freund. Kein gewöhnlicher Freund. Jemand, der dich …", er zögerte kurz und fuhr sehr leise fort, „… dich liebt!"

Noch nie zuvor hatte ein Junge das zu Vicky gesagt. Und sie hatte es auch noch zu keinem gesagt. Schon gar nicht zu einem Engel, der von einem anderen Engel als Feind bezeichnet wurde.

Vicky wusste nicht mehr weiter und stürzte einfach los. Sie lief die Treppe hinunter.

Der Keller bildete einen starken Kontrast zum Rest der Villa: niedrige Räume, grau, kahl und kühl. Es gab zwei Lagerräume, einen Vorratsraum für Lebensmittel und ein Zimmer für die Skiausrüstung und die Winterkleidung. Außerdem fand Vicky eine geräumige Waschküche, in der gleich zwei Waschmaschinen und ein Trockner standen. Quer durch den Raum waren Schnüre gespannt, auf denen Wäsche zum Trocknen hing. Der letzte Raum besaß knapp unter der Decke ein schmales Fenster. Eine ausgetretene Treppe endete an einer Metalltür, die wahrscheinlich in den Garten führte.

Der Junge war ihr nicht nachgekommen.

Vicky hatte es ein wenig gehofft. Andererseits aber auch gefürchtet. Sie war erleichtert und bekümmert zugleich.

Mit aller Macht zwang sie sich, die ganze Aufmerksamkeit auf das zu richten, was sie zu tun hatte. Was auch immer es war.

Der Gestank betäubte Vicky fast. Sie musste sich überwinden, überhaupt einzuatmen.

Wenn ich schon ein Engel bin, dann muss ich doch wenigstens herausfinden können, was hier nicht stimmt, schimpfte sie innerlich und sah sich weiter um.

An einer Wand lehnten Säcke mit Erde, auf einem Regal reihte sich Blumentopf an Blumentopf. Es gab Rechen und Schaufeln, jede Menge Sandspielzeug und kleine Gartengeräte. Auf dem obersten Brett lagerten ein paar Beutel.

Vicky las die Beschriftungen.

Pflanzennahrung
Unkrautsalz
Wühlmaus-Tod
Rattengift

Ein grellgelber Totenkopf warnte vor dem Gift, das – laut Aufschrift – Strychnin enthielt.

Und deshalb die ganze Aufregung?

Wegen ein bisschen Rattengift?

Es war doch an einem Ort aufbewahrt, an dem Irina es niemals erreichen konnte. Doch der Todeshauch kam eindeutig von hier. Irgendetwas stimmte damit nicht. Vicky starrte das graue Säckchen mit der blauen Aufschrift an. Am besten, sie ließ es verschwinden, dann war jede Gefahr gebannt.

Schwebe, schwebe, schwebe, befahl sie dem Säckchen in Gedanken.

Gehorsam erhob es sich. Das Plastik knisterte ein wenig. Der leere obere Teil kippte zur Seite, der halb volle untere Teil bewegte sich – genau wie Vicky es wollte – durch die Luft.

Jetzt noch die Treppe hinauf und in der Küche in den Mülleimer. Dann musste der Fall doch gelöst sein.

Vicky schnaubte ärgerlich. War es wirklich die Aufgabe eines Engels, Rattengift zu entsorgen?

Nur mit ihren Gedanken dirigierte Vicky das Rattengift durch den Kellergang. Über die Decke zogen sich die verschiedenen Elektroleitungen und Wasserrohre. In einem rauschte und gurgelte es heftig. Wahrscheinlich das Abwasserrohr. Oben wurde geduscht.

Zu sehr mit allem anderen beschäftigt, bemerkte Vicky nicht, was vor ihr geschah. Erst als sie einen entsetzten Schrei hörte, sah sie Maggie.

Die Haushälterin stand am Fuß der Treppe. Nur zwei Schritte von ihrem Gesicht entfernt schwebte das Rattengiftsäckchen in der Luft.

Panisch stolperte Maggie zur Seite, kippte und knallte mit dem Kopf gegen die raue Wand.

Das Geräusch von Knochen gegen Stein tat Vicky in den Ohren weh.

Kraftlos sackte die Haushälterin zu Boden. Auf dem Rücken liegend, Arme und Beine weggestreckt, bot sie ein grauenhaftes Bild.

War sie tot?

War die Gefahr am Ende die ganze Zeit von ihr, Vicky, ausgegangen?

Vicky verlor die Kontrolle über das Säckchen, und das Rattengift landete auf dem vollen Busen der Haushälterin. Grellviolette Körner rieselten in ihren üppigen Ausschnitt.

Elefantenkacke war noch untertrieben! Da lag die arme Frau, garniert mit Rattengift. Vicky eilte um sie herum und suchte nach Verletzungen. Auf den ersten Blick konnte sie nichts sehen. Allerdings gab Maggie keinen Ton von sich. Und der Blumenwassergestank war noch immer nicht verschwunden.

Vicky jagte die steile Treppe hinauf, durch die Küche in die Diele. Panik ergriff sie. Von oben kam Irina heruntergehopst, in jeder Hand ein riesiges Kuscheltier mit schlenkernden Armen und Beinen.

„Keller, du gehst jetzt in den Keller“, versuchte Vicky hektisch, die Kleine zu beeinflussen.

Doch ohne ausreichende Konzentration zeigten ihre Worte überhaupt keine Wirkung. Irina sprang übermütig weiter in den Wohnsalon.

Von oben rief Mrs Close: „Irina, komm sofort wieder hoch, anziehen!“

Vicky zweifelte immer mehr an sich selbst. Ihr war nicht einmal aufgefallen, dass Irina nackt war.

Die Kleine machte artig kehrt und trippelte die Treppe wieder nach oben.

Ein klein wenig, aber nur eine Spur, ließ die Intensität des Gestanks nach. Hilflos japste Vicky.

„Willst du noch mehr Unheil anrichten?“

ER stand wieder neben ihr. Das Strahlende, das Vicky so fesselnd und faszinierend gefunden hatte, war aus seinem Gesicht verschwunden. Die sichelförmige Narbe an seinem Kinn war auf einmal schwarz. Zwischen seinen Augenbrauen lagen zwei tiefe Falten.

„Ich habe kein Unheil angerichtet. Es ist bestimmt das Rattengift. Das kleine Mädchen könnte es sich in den Mund stecken.“

Stumm schüttelte er den Kopf. „Du kannst es wohl nicht lassen. Jetzt ist die Zeit gekommen. Was muss ich noch tun, um dich zu überzeugen?“

„Mir sagen, wer du bist! Deinen Namen!“

„Nenn mich, wie du willst. Gib mir einen Namen, mir ist jeder recht und jeder passt.“

Er wandte sich ab und ließ Vicky einfach stehen.

„Und wieso bin ich immer noch unsichtbar? Warum werde ich nicht sichtbar? Du bist doch auch ein Engel. Du musst es wissen!“

Er ging davon Richtung Wohnsalon. Vicky lief ihm hinterher.

„He, warte, sag mir endlich, was mit dir los ist.“

Er blieb stehen und drehte sich dann langsam um.

„Du willst gute Taten vollbringen, nicht wahr?“, fragte er hämisch mit einem bösen Grinsen.

„Ja!“ Vicky sagte es mit trotzigem Unterton.

„Hast du in letzter Zeit eine solche gute Tat begonnen?“

„Nein.“ Sie überlegte. „Doch!“ Mike. Sie hatte doch Mike helfen wollen.

„Hast du sie vollbracht. Ist sie gelungen?“

Nein, Mike und Cindy waren nicht zusammengekommen. Dabei wollte Mike seinen Vater mit Cindy beeindrucken. Das war sein Plan.

Ihr Schweigen war ihm Antwort genug. „Nicht vollendet bedeutet, du bleibst unsichtbar.“

Vicky dachte über das Problem nach. Vor allem beschäftigte sie die Frage, ob Cindy die richtige Hilfe für Mike war. Cindy war hübsch und würde Mikes Vater sicher gefallen. Allerdings war Cindy auch eine schreckliche

Sumpfziege und Mike machte einen durchaus brauchbaren Eindruck.

Gab es kein anderes Mädchen, das ebenfalls hübsch war und ihn vielleicht sogar noch mochte?

Vicky musste an die Poster in Mikes Zimmer denken. Hatte er sie aufgehängt, um seinen Vater zu beeindrucken, oder gefiel ihm Orange June?

Von da war es nur ein kleiner Schritt zum nächsten Gedanken: Gloria verglich sich doch gerne mit Orange June. Beide waren sie blond, und wenn Gloria frisch vom Friseur kam, hatte sie die gleichen Korkenzieherlocken.

Egal, ob für seinen Vater oder für sich: Gloria könnte Cindy ersetzen. Und hatte Gloria nicht geschwärmt, wie aufregend sie es fand, wenn Mike seine Raketentreibstoff-Theorien von sich gab?

Gloria!

Gloria hieß die Lösung und die Hilfe und die Rettung.

Zuerst aber musste sie das Leben retten, das in Gefahr war. Vicky blickte zu der Stelle, an der der Junge gestanden hatte.

Er war verschwunden.

Spitzenhöschen und spitze Spritzen

Energisch wurde in Kaffeetassen gerührt.

Mit grimmig zusammengebissenen Zähnen säbelte Mrs Close Kuchenstücke ab.

„Diese Maggie wird gefeuert“, sagte sie zischend wie eine Kobra kurz vor dem Biss.

Die Großmutter der Familie nahm ihr das Messer ab. „Lass mich. Du zerbröselst den Kuchen sonst nur.“

Mr Close und seine Frau wechselten einen wütenden Blick. Danach richteten sich beide Augenpaare auf die Großmutter. Wenn Blicke töten könnten, so hätte die alte Dame ein Problem gehabt – da war sich Vicky sicher.

Sie stand in der Tür zum Esszimmer und beobachtete das Frühstück. Irina kniete auf ihrem Stuhl und stopfte sich Kuchenkrümel in den Mund. Wendy kauerte zusammengesunken da. Ihr war die Spannung im Raum sichtlich unangenehm.

„Was erlaubt sich diese Person? Wieso bleibt sie heute einfach fort? Ihr freier Tag ist der Dienstag“, empörte sich die junge Mrs Close weiter.

„Maggie ist eine Perle. Etwas schrill, das gebe ich zu, aber höchst verlässlich“, entgegnete die Großmutter kühl. „Ich habe sie immer geschätzt. Aus diesem Grund …“ Sie bedeutete ihrem Sohn und seiner Frau näher zu kommen, was auch Vicky tat, und fuhr flüsternd fort: „… habe ich ihr auch alles vermacht, was ich besitze.“

Mr Close bekam einen knallroten Kopf.

„Das ist hoffentlich einer deiner üblichen Scherze“, zischte seine Frau.

„Man sollte dich entmündigen lassen. Du bist nicht mehr bei Trost!“, stieß Mr Close fassungslos hervor.

Wendy machte den Eindruck, als würde sie am liebsten unter den Tisch kriechen. Irina nahm ihre Kakaotasse mit beiden Händen, führte sie an den Mund und kippte den gesamten Inhalt über das weiße Kleidchen und den Stuhl.

„Kannst du nicht aufpassen“, schimpfte ihre Mutter.

Wirklich eine nette Familie, dachte Vicky.

Die arme Maggie lag noch immer im Keller. Sie atmete und ihr Herz schlug, was Vicky sehr beruhigt hatte. Doch sie konnte nicht einschätzen, welche Verletzungen die Haushälterin sich bei dem Sturz zugezogen hatte.

Sie verließ ihren Posten und bewegte sich durch die Küche. Die Kellertür war nur angelehnt. Vielleicht konnte sie sie mit ihren Gedanken bewegen, damit sie knarrte. Das würde die Familie doch sicher alarmieren.

Aber die Tür knarrte nicht!

Auch die Tür zu Maggies Zimmer war geschlossen. Vicky glitt mühelos hindurch.

Seit ihrem ersten Besuch vor einer halben Stunde hatte sich hier nichts verändert. So ordentlich der Rest der Villa geputzt und aufgeräumt war, so chaotisch war es im Zimmer der Haushälterin. In den Ecken lagen Wollmäuse und das Bettzeug wirkte auch nicht gerade frisch.

An den stechenden Geruch hatte sich Vicky fast gewöhnt.

Kam er von Maggie? Hatte der Sturz damit zu tun?

Atmete sie vielleicht das Rattengift ein?

Oder kullerten die kleinen Stückchen in ihren Mund?

„Ich kann einfach nicht glauben, dass sie fortgegangen ist, ohne uns etwas zu sagen“, hörte Vicky in der Diele die alte Mrs Close sagen. Ihre Schritte kamen näher.

Instinktiv flüchtete Vicky in den großen alten Holzschrank, obwohl sie unsichtbar war. Sie fand sich zwischen Miniröcken mit Leopardenmuster und engen Tops mit Zebrastreifen wieder.

Die Großmutter betrat das Zimmer.

Der faulige Gestank war im Schrank noch ein wenig intensiver. Vicky hatte das Gefühl, dass sie ihn direkt einatmete.

Von ihrer Position aus hatte sie einen guten Blick hinter die Unterwäschestücke. Zwischen den BHs und Höschen und der Schrankhinterwand war ein wenig Platz.

Und dort lag eine Spritze.

Eine Injektionsspritze, wie Ärzte sie verwenden. Samt Nadel. An der Spitze hing ein winziger rötlicher Tropfen.

Das stank – im wahrsten Sinne des Wortes.

Es bestand kein Zweifel, der Hauch des Todes hatte etwas mit der Spritze zu tun. Was sollte sie tun?

Sie war ein normales Mädchen, das irrtümlich eine Portion Engelenergie abbekommen hatte und jetzt ein Leben retten musste.

Aber welches Leben? Wovor?

Sie hörte die Zimmertür ins Schloss fallen. Vicky schoss durch das Holz und taumelte durch den Raum. Vielleicht gelang es ihr, der Großmutter gedanklich einzureden, in den Keller zu gehen. Sie jagte ihr hinterher in die Diele.

Keller, Keller, Keller, feuerte Vicky die Gedanken auf den blaugrau gelockten Kopf ab.

Ohne irgendeinen Erfolg.

Nichts.

Die alte Dame in ihrem schlichten, aber trotzdem schicken Kostüm steuerte den Wohnsalon an. Vicky folgte ihr. Sie musste zu ihr durchdringen. Musste, musste, musste.

Mr Close kam aus dem Esszimmer gestürzt. Als sich seine Mutter im Salon auf dem Sofa niederließ, baute er sich vor ihr auf. Wie Isabella, wenn sie mit Sally schimpfte, schwang er den erhobenen Zeigefinger.

„Mutter, ich lasse mir das nicht gefallen. Hörst du? Ich lasse mir das nicht länger gefallen."

Mrs Close griff nach der Schachtel mit ihren Pralinen. „Da haben wir etwas gemeinsam. Ich lasse mir nämlich auch nichts mehr von dir gefallen. Ich bin alt, aber weder senil noch geistig umnachtet. Daher werde ich auch weiter in der Firma mitbestimmen, die dein Vater und ich gegründet haben."

„Das mit dem Testament, das machst du rückgängig! Du kannst dieser aufgetakelten Person nicht alles vermachen."

„Die ‚aufgetakelte Person' freut sich – im Gegensatz zu dir und deiner Frau –, wenn ich ihr ein Geschenk mache. Als mir einmal entschlüpft ist, dass ich ihr am liebsten alles vermachen möchte, ist mir klar geworden, dass ich das kann. Natürlich gehen meine Enkelinnen nicht leer aus. Das ist selbstverständlich."

Sie öffnete den mit Rosen bedruckten Pappdeckel und entschied sich für eine helle Nougatpraline.

Vicky wurde übel.

Nicht wegen des Nougats, sondern weil ihr eine neue Welle des Todesgestanks entgegenschwappte.

Kam er aus der Schachtel? Aus der Pralinenschachtel?

Das konnte nicht sein. Völlig ausgeschlossen.

Die Familie musste sich um Maggie kümmern. Sie mussten sie finden.

Nessa fiel ihr ein.

Vicky konnte doch mit ihr mit Hilfe eines Stiftes kommunizieren. Sie würde ihr auftragen, bei den Closes anzurufen, mit Wendy zu sprechen und sie unter irgendeinem Vorwand in den Keller zu schicken.

Ja, so würde sie es machen. Ihr fiel einfach keine andere Lösung ein.

Also, auf zu Nessa.

Augen zu. Vicky presste sie fest zusammen. Sie stellte sich ihre rundliche Freundin vor und wünschte sich in ihre Nähe. Vorsichtshalber versprach sie keine Hilfe, sondern versuchte es einfach auf diese Weise. Das musste doch auch klappen, wenn sie, Vicky, etwas brauchte.

Die Schwerelosigkeit und das Fluggefühl dauerten nur sehr kurz.

Und da war Nessa auch schon.

Vicky stand neben ihr, wie gewünscht.

Großartig.

Es hatte geklappt.

Erst auf den zweiten Blick erkannte sie, dass Nessa nicht zu Hause war.

Sondern in der Wohnung von Isabella.

Sie stand vor einer Mauer, die aus Vickys Vater, Isabella, Pru und Nessas Mutter bestand. Und alle vier redeten gleichzeitig auf die arme Nessa ein. Sie feuerten Frage auf Frage ab. In jeder kam das Wort Vicky vor.

„Wenn sie aber nicht in deinem Zimmer ist, wo ist Vicky dann?“ Mr Cassady.

„Darling, ich weiß, ihr Mädchen habt immer eure Geheimnisse, aber es geht um Vicky, die vielleicht in Gefahr ist. Ich kenne sie, wenn sie sich etwas in den Kopf setzt.“ Pru Cassady.

„Du wirst uns endlich die Wahrheit sagen, verstanden! Wo ist Vicky?“ Isabella.

„Bitte, Nessa, sei nicht so verstockt. Wir alle haben Angst um Vicky. Rede endlich!“ Nessas Mutter.

Von Nessa war keine Hilfe zu erwarten. Sie brauchte selbst welche.

Vicky sah das verzweifelte Gesicht ihrer Mutter, die ihr unendlich leid tat. Sie wollte ihr wirklich keinen Kummer und schon gar keine Probleme bereiten.

Mimutschka, mir geht es gut. Es ist Isabellas Schuld. Sie nervt tierisch. Ich halte das nicht aus, dachte Vicky.

Die Augen ihrer Mutter wurden groß. Sie wandte sich an die neue Frau ihres Mannes. „Wirf mir nie wieder vor, ich könne nicht auf meine Kinder aufpassen“, sagte sie energisch.

Alle anderen verstummten. Nessa hatte eine kleine Verschnaufpause.

„Du bist schuld, dass Vicky fort ist. Sie hat es hier nicht mehr ausgehalten.“

Isabella machte ausnahmsweise keinen verkniffenen Bleistiftstrichmund, sondern öffnete die Lippen zu einem fassungslosen O.

Bravo, Mimutschka, gib's ihr, feuerte Vicky sie in Gedanken an.

Vickys Vater hob entschlossen die Arme. „Nessa, kannst du uns schwören, dass Vicky nicht in Gefahr ist?", fragte er die Freundin seiner Tochter.

Sag Ja! Sie ist sicher, dachte Vicky fest, den Blick auf Nessas Stirn geheftet.

Deren Augen wurden größer. Sie schien Vickys Gedankenbotschaft aufgefangen zu haben.

„Ja, ja kann ich!", versicherte Nessa.

Pru Cassady atmete auf. „Auf dich kann man sich verlassen, das weiß ich. Aber wann wird Vicky aus ihrem Versteck kommen?"

Isabella hatte die Arme vor der Brust verschränkt und tat, als ginge sie das alles nichts mehr an.

Sicher bald, schickte Vicky Nessa als Nachricht.

„Sicher bald", wiederholte Nessa. Danach sagte sie: „Jetzt brauche ich Wasser und Schokolade. Dringend."

„Haben wir so etwas, Honey?", fragte Mr Cassady Isabella.

„Natürlich haben wir Wasser", giftete sie ihn an.

„Schokolade besorge ich!", versprach Pru und machte sich sofort auf den Weg.

Nessa ließ sich erschöpft auf einen Stuhl sinken und rieb sich das Gesicht mit beiden Händen. Dahinter murmelte sie immer wieder: „Vicky, du Wahnsinnsengel, du machst mich verrückt. Tauch endlich wieder auf."

Bald, dachte Vicky. Bald.

Doch bei den Closes war noch immer nicht alles in Ordnung. Sie musste zurück.

Er holt, was er bekommt

Ein kurzer Gedanke an die Closes genügte, um zu ihnen zurückzukehren.

Die Villa hatte sich in einen Bienenstock verwandelt. Einige Bienen waren weiß gekleidet, andere blau. Vor dem Haus standen der Notarzt, ein Rettungswagen und ein Polizeiauto, alle mit aufgeregt blinkendem Blaulicht.

Vicky war erleichtert: Maggie war gefunden worden. Sanitäter brachten sie auf einer Trage aus dem Keller. Ihnen folgte ein Mann mittleren Alters mit Arzttasche unter dem Arm, der auf einem Minicomputer herumtippte.

„Fremdverschulden, Doktor?“, wollte ein Polizist von ihm wissen.

Der Arzt blickte verwirrt auf. Er ließ einige unverständliche Begriffe vom Stapel, die in den Ohren wehtaten.

„Was bedeutet das im Klartext?“, hakte der Polizist nach.

„Schwere Gehirnerschütterung. Schock.“

„Ausgelöst wodurch?“

„Sie ist gestürzt und mit dem Kopf gegen die Mauer geschlagen.“

„Was da auf ihr lag …?“ Der Polizist hatte einen Notizblock gezückt.

„Strychnin. Rattengift.“

„Wieso hat es auf ihr gelegen?“

Der Arzt boxte den Polizisten an den Oberarm. „Das

herauszufinden ist wohl eher Ihr Gebiet, nicht?" Danach eilte er der Trage hinterher.

Die Haushälterin murmelte leise etwas vor sich hin. Vicky war froh, dass sie wieder bei Bewusstsein war. Sie machte sich Vorwürfe und gab sich die Schuld an dem Unfall.

Maggies Rettung hatte allerdings nichts geändert. Absolut nichts. Vicky fühlte sich, als hätte sie in fauligem Blumenwasser gebadet. Der Gestank machte sie völlig verrückt.

Die alte Mrs Close beugte sich über die Haushälterin. „Es wird alles wieder gut", versicherte sie ihr und drückte die bleiche Hand.

„Aaaaaaa!", schrie Maggie. Sie riss die Augen auf und starrte die freundliche, alte Dame an, als hätte sie einen grünen Monsterkopf.

„Beruhigen Sie sich", redete Mrs Close auf sie ein.

Die Schreie wurden noch lauter und spitzer. „Nein. Nein. Es tut mir leid. Es war falsch. Nicht verfolgen. Nicht mich jagen. Nein."

Mrs Close richtete sich auf und sah den herbeigeeilten Notarzt fragend an.

„Genaueres kann ich erst nach weiteren Untersuchungen sagen", erklärte der.

„Ich will Ihr Geld nicht. Ich will es nicht!", keuchte Maggie, die sich auf der Bahre halb aufgerichtet hatte. Die Sanitäter drückten sie sanft zurück und schnallten sie fest, damit sie nicht hinunterfallen konnte.

„Welches Geld?" Mrs Close schüttelte ratlos den Kopf. Ihr Sohn Mark trat neben sie.

„Er war es. Er ist schuld. Er hasst sie."

Mrs Close griff nach Marks Arm und hielt sich daran fest. „Die arme Frau muss verrückt geworden sein."

„Willst du ihr noch immer alles vermachen?", fragte er bitter.

„Ach." Seine Mutter straffte den Rücken, der ein wenig verkrümmt war. „Wir könnten es alle so schön haben."

„Was hält uns davon ab?"

Sie sah zu ihm hoch. „Ist es denn so schwierig, mich ein wenig mehr zu respektieren?"

Mark Closes Mund zuckte, aber er blieb eine Antwort schuldig.

Seine Mutter drehte sich um und ging Richtung Wohnsalon. In der Tür stand Wendy, die Irina an der Hand hielt. Die Kleine verfolgte alles mit größter Neugier. Die Versuche ihrer Schwester, sie ins Haus zurückzuziehen, blieben erfolglos.

Durch die offene Eingangstür drangen kurze Schreie von Maggie.

„Der alten Dame geht es gut. Sie lebt", versicherte ein Sanitäter der Haushälterin immer wieder.

„Lebt? Lebt? Sie ist nicht tot?"

„Nein. Sie ist gesund. Machen Sie sich keine Sorgen."

Die Haushälterin zerrte an den Gurten, die sie auf der Trage hielten. „Nicht … nicht essen! Wegnehmen …"

Die Bahre wurde in den Krankenwagen geschoben und die Rufe waren nur noch gedämpft zu hören.

Verwirrt ging Vicky ins Haus.

Dem Gestank nach zu urteilen, war immer noch jemand in Gefahr.

Die alte Dame.

Sie musste es sein. Wer sonst?

Vicky erinnerte sich an das Gift aus dem Keller und die Spritze im Schrank.

Gift und Spritze.

Mit einer Spritze konnte man Gift mühelos in irgendetwas injizieren.

Maggie hatte die alte Mrs Close für tot gehalten.

Vicky setzte sich in Bewegung. Sie durchquerte die Diele und schoss in den Wohnsalon. Wendy und ihre Großmutter standen draußen auf der Terrasse. Die alte Mrs Close versicherte Wendy, wie sehr sie sie und Irina liebte. „Erwachsene sind auch nur Menschen“, erklärte sie seufzend.

Irina hatte den unbeobachteten Moment genutzt und die Konfektschachtel geöffnet. Ihre kleinen Finger kreisten wie Falken auf der Suche nach Beute über den Schokoladenköstlichkeiten.

Aus dem Karton wallte eine Woge Gestank.

Gift und Spritze und Konfekt.

Endlich setzten sich für Vicky die Teile zusammen: Mit Hilfe einer Injektionsnadel hatte jemand Gift in eine Praline gespritzt.

Die alte Mrs Close sollte vergiftet werden. Ihre Leidenschaft für Schokoladenkonfekt sollte ihr zum Verhängnis werden. Maggie war die Täterin. Sie dachte, sie würde alles erben. Natürlich hätte Mark Close unter Verdacht gestanden, nachdem er in aller Öffentlichkeit Streit mit seiner Mutter gehabt hatte.

Doch jetzt schwebte Irina in höchster Gefahr.

Die Kleine stopfte eine dunkle gerippte Kuppel in ihren

kleinen Mund und zerbiss sie genüsslich. Die rosafarbene Zuckerfüllung rann ihr seitlich über das Kinn.

Das Gift! War es das Gift?

Noch sah Irina gesund aus, aber das Gift wirkte bestimmt auch nicht sofort.

Vicky hechtete auf den niedrigen Couchtisch zu und wollte die Konfektschachtel wegziehen. Ihre Hände aber glitten durch Karton und Glasplatte.

Über ihr angelte sich Irina die nächste Praline. Es war eine Kugel mit Veilchen in Zuckerguss. Schnell, bevor ihre Großmutter und ihre Schwester zurückkehrten, schob sie die Kugel der Kuppel hinterher.

Nein, nein, nein, hör auf!, schrie Vicky. Doch ihre Panik war zu groß, die Botschaft kam nicht an.

Hatte sie das Konfekt mit dem Rattengift schon auf der Zunge? Vicky hätte sie am liebsten an den Füßen in die Höhe gezogen und geschüttelt, bis die Schokolade wieder aus ihrem Mund fiel.

Aber wie, wie, wie? Sie konnte nicht.

Irina, dieses gierige kleine Ungeheuer, bekam nicht genug. Schon griffen die Händchen nach dem nächsten Stück. Die Kleine hatte dabei ständig die Tüllgardine im Blick, hinter der Wendy und ihre Großmutter zu erkennen waren. Irina wollte so viele Pralinen wie möglich in ihrem Bauch verschwinden lassen, bevor sie zurückkamen.

Es war ein dunkles Konfektstück mit einer aufreizend roten kleinen Marzipankirsche als Dekoration. Einladend und verlockend thronte das Teil in der goldfarbenen Inneneinteilung der Schachtel. Vicky konnte die gefährlichen Dämpfe aus der Süßigkeit richtiggehend aufsteigen sehen.

Die kleinen Finger schnappten den Würfel, der gleich daneben lag. Schichtnougat, weich und zart schmelzend, wie die Werbung anpries. Das bedeutete leider auch, dass Irina das Ding in Rekordgeschwindigkeit vertilgt hatte.

Tu was, befahl sich Vicky.

Aber was?

Vicky starrte die halb leere Packung an. Was mit dem Rattengift funktioniert hatte, musste doch auch damit möglich sein. Sie konzentrierte sich und setzte ihren Blick wie lange Greifarme ein.

Die Schachtel erhob sich. Zuerst nur ein paar Millimeter, dann einige Zentimeter und schließlich schwebte sie einen halben Meter über der Tischplatte. Irina war so mit „Schwester-und-Oma-im-Auge-behalten" beschäftigt, dass sie nicht mitbekam, was neben ihr ablief. Erst als sie Nachschub einwerfen wollte, fasste sie ins Leere. Suchend blickte sie auf dem Tisch umher und entdeckte dann die offene Verpackung, die bereits außer Reichweite über ihr schaukelte.

Irina wunderte sich nicht einmal darüber, dass die Kiste fliegen konnte, sondern kletterte auf das Sofa und versuchte, sich von dort auf die Schachtel zu werfen. Vicky schaffte es gerade noch, sie zur Seite ausweichen zu lassen, sodass Irinas Händchen knapp daran vorbeisausten.

Aufgeben war nicht ihre Sache. Sie holte einen Stuhl, den sie kaum schleppen konnte, und schob ihn unter die schwebende Schachtel.

Vicky taten vom Starren die Augen bereits höllisch weh. Sie brannten wie zwei glühende Kohlenstücke.

Aber wo sollte sie mit dem Ding nur hin? Mittlerweile

bewegte es sich knapp unter der Zimmerdecke, was Irina aber keineswegs davon abhielt, danach zu angeln.

Aus! Vickys Augenmuskeln erlahmten und außerdem schaffte sie es nicht länger, die Lider offen zu halten. Sie verlor die Kontrolle über die Pralinenpackung. Die Schachtel kippte und die übrig gebliebenen Stücke verteilten sich auf dem Teppichboden.

Irina sprang schnell wie der Wind vom Stuhl und stürzte sich auf die Reste des Konfekts. Auf allen vieren krabbelte sie über den Boden und raffte zusammen, was sie erwischen konnte.

Die Praline mit der Marzipankirsche war neben einen Polstersessel gerollt. Auf ihrem Beutezug rückte ihr Irina näher und näher.

Vor Vicky, die auf dem Teppich kauerte, erschienen zwei nackte Füße und zwei schwarze Hosenbeine. Sie blickte hoch in sein Gesicht. Es war ernst, entschlossen und wirkte wie eine weiße Maske. Seine Haare waren sehr glatt nach hinten frisiert und lagen fest am Kopf an. Er wirkte nicht mehr anziehend, sondern hart. Seine Augen hatten ein eisiges Blau angenommen.

„Verschwinde“, sagte ER. Nicht böse oder scharf, sondern nur sehr bestimmt. „Es ist zu spät. Du bist zu spät.“

In dieser Sekunde wusste Vicky, wer der Junge war.

„Nein, das kannst du nicht tun!“, rief sie.

„Ich tue nichts. Niemals. Ich nehme mir nur, was ich bekomme.“ Er redete mit seiner tiefen, beruhigenden Stimme.

Aus den Augenwinkeln beobachtete Vicky Irina, die noch immer auf der Jagd nach den verstreuten Pralinen war und sich dabei dem vergifteten Stück näherte.

„Nicht die Kleine, nein!“ Vicky schüttelte den Kopf und sprang auf. „Sie ist noch so jung. Sie darf nicht sterben.“

„Das Alter spielt keine Rolle.“

Verzweifelt suchte Vicky nach einer Lösung. Sie hastete zur vergifteten Praline, neben der ein heller Sonnenstreifen auf den Boden traf. Sonne und Schokolade. Diese Kombination weckte in Vicky Erinnerungen an eine völlig verschmierte Sally, die eine Tafel Schokolade in der prallen Sonne gegessen hatte.

Doch Irina war bestimmt schneller als das wandernde Sonnenlicht.

So musste Vicky eben versuchen, Sonne zu spielen. Sie beugte sich zu der Praline hinunter und starrte sie hypnotisierend an, bis ihr die Tränen über das Gesicht liefen. Egal. Nur nicht blinzeln.

Doch die Schokolade war hartnäckig. Nur sehr langsam bekam sie diesen Glanz, der verriet, dass sie schmolz.

Ein kleines Loch entstand.

Neben der unsichtbaren Vicky tauchte Irina auf. Das Konfektstück schien das letzte zu sein, das ihr noch entgangen war. Sie streckte ihre kleine Hand danach aus.

Noch war die Praline nicht richtig weich.

Starr, Vicky, starr weiter!

Irina patschte mit den Fingern auf die Schokolade.

Oh, nein! Nur nicht ablecken!

„Irina!“, tönte es. „Was machst du denn da?“

Von oben näherten sich zwei Arme. Wendy zog ihre kleine Schwester in die Höhe.

Die Kirschpraline war bis auf einen Fingerabdruck in der weichen Schokolade unversehrt.

„Nicht die Möbel anfassen, nicht anfassen“, befahl die Großmutter. „Wir gehen gleich ins Bad Hände waschen.“

Ja, ja, ja, macht das, jubelte Vicky innerlich.

Damit aber auch sonst niemand das Gift schluckte, fuhr sie damit fort, die Schokolade zu schmelzen. Auf dem hellen langfaserigen Teppich breitete sich eine kleine Schokoladenpfütze aus, in der eine eingelegte Kirsche und ein paar Tropfen von etwas Purpurrotem glänzten.

Die praktische Wendy lief in die Küche und kam mit einem feuchten Lappen wieder. Sorgfältig begann sie, die Schokolade wegzuwischen. Vicky behielt sie im Auge, bis sie das Tuch dreimal ausgewaschen und den Fleck fast vollständig entfernt hatte.

Erleichterung überflutete Vicky. Sie stand auf. Sie fühlte sich nicht sehr sicher auf den Beinen. Aber der Gestank, der war fort. Völlig verschwunden. Die Luft roch frisch und aus dem Garten kamen die verschiedenen Düfte der Rosen und anderen Blumen in den Beeten.

„Ich liebe dich trotzdem und auch du wirst mich nie vergessen!“, sagte ER.

Erschrocken drehte sich Vicky in die Richtung, aus der seine Stimme gekommen war.

Er schlüpfte in die schwarze Anzugsjacke. Sie war zerdrückt. Mit den Fingern fuhr er sich kurz durch die Haare und lockerte sie. Er hauchte ihr einen Kuss zu. „Wir sehen uns bestimmt wieder. Und vielleicht geht es ja dann anders aus.“ Danach drehte er sich um und ging davon.

Er war der Tod. Er war Azraels Gegenspieler, über den dieser anscheinend nicht sprechen durfte. Menschen zu retten, deren Zeit noch nicht gekommen war, erschien Vicky wie ein Wettlauf zwischen Azrael und dem Todesengel. Und sie hatte Azraels Platz eingenommen. Und gewonnen.

Dieses Mal.

Ihre Freude und der Triumph waren nicht groß. Die Enttäuschung über den Jungen überwog. Es tat weh. Es tat weh zu wissen, dass sie niemals Freunde sein konnten.

Auch wenn sie sich noch immer zu ihm hingezogen fühlte. Auch wenn er der interessanteste Junge war, der ihr jemals begegnet war. Auch wenn sie bestimmt oft an ihn denken würde.

Vicky fühlte sich hundemüde.

Der Wind wehte herein und hob den Rand der hellen Gardine, die einfach durch seinen durchscheinenden Körper flatterte.

Er winkte grüßend.

Die Gardine wallte hoch, dann war er verschwunden.

ZICK NICHT RUM!

„Nein!"

ZICK NICHT RUM

„Ich zicke nicht!"

DOCH

„Nein, tue ich nicht."

Sie saßen in Glorias Zimmer, in dem alles an eine Prinzessin erinnerte und wo immer noch ein Hauch von Pink schwebte – Glorias früherer Lieblingsfarbe.

Vicky benutzte Glorias Lippenstift als Schreibgerät und schmierte alles, was sie Gloria zu sagen hatte, auf den Spiegel. Die ordentliche Gloria wischte es sofort wieder weg, sodass Vicky der Platz nicht ausging.

Zum Glück hatte Nessa Gloria angerufen und ihr von Vickys unsichtbarem Auftauchen erzählt.

Gloria hatte vor dem hohen Spiegel an der altmodischen Schminkkommode gesessen und neue Lidschatten ausprobiert. Als Vicky zuerst mit einem blauen Schminkstift zu schreiben begann, war ein hohes Quietschen dank der Vorwarnung die einzige Reaktion gewesen.

Fast ein wenig beleidigt hatte Vicky feststellen müssen, dass Gloria weniger wegen der geisterhaften Schrift auf dem Spiegel quiekte als aus Angst um ihren blauen Schminkstift, ein besonders wertvolles Stück. Zum Schreiben stellte sie Vicky einen alten Lippenstift zur Verfügung, dessen Farbe aus der Mode gekommen war.

Vickys Auftrag an Gloria war einfach: Ruf Mike an und sag, dass du mit ihm zur Schulparty gehst.

Für Vicky bedeutete das, dass sie Mike geholfen hatte und endlich wieder sichtbar werden konnte.

Gloria aber weigerte sich.

„Das tut man nicht. Der Junge muss das Mädchen fragen. Außerdem kennt er mich ja gar nicht. Was, wenn ich mir eine Abfuhr hole?"

So kompliziert konnte nur Gloria sein.

SETZ DICH AN DEN COMPUTER, befahl Vicky auf dem Spiegel in dicken großen Buchstaben.

Gehorsam tat Gloria, was sie verlangte.

Vicky schrieb weiter mit dem Lippenstift, aber auf einem Blatt Papier, das Gloria zurechtgelegt hatte. Sie trug Gloria auf, sich in die Homepage der *Wilden Wahnsinnsengel* einzuwählen und zu Mikes Eintrag zu gehen. Als Antwort an ihn diktierte sie ihr:

Vergiss Cindy. Gloria aus der 9a ist viel besser und geht gerne mit dir auf die Schulparty.

Darunter kam Glorias Handynummer. Zum Abschluss der Hinweis:

Ruf schnell an, sonst kommt dir ein anderer zuvor.

Obwohl Vicky so müde war, dass sie sich kaum noch auf den Beinen halten konnte, flog sie zu Mike.

Es war immer noch Sonntag, mittlerweile früher Nachmittag. Sie musste endlich sichtbar werden und zu ihrem Vater zurückkehren.

Mike hockte, wie üblich, am Computer. Vicky flüsterte ihm ein, doch einmal auf die Seite der *Wilden Wahnsinnsengel* zu gehen und nach deren Antwort zu sehen. Aber

Mike war hartnäckig. Das Fantasyspiel, in das er vertieft war, schien ihm wichtiger zu sein. Nach einer ganzen Weile beendete er es schließlich doch und las die Nachricht der *Wilden Wahnsinnsengel*.

Danach sprang er auf und lief wie ein Panther in seinem Zimmer auf und ab. Er nagte an seiner Faust, eilte sogar ins Bad und frisierte sich mit einem nassen Kamm.

Vicky rollte die Augen. Typisch Junge. Dabei würde Gloria ihn ja gar nicht sehen, sondern nur hören.

Gezählte elf Mal nahm er sein Handy, um es dann wieder wegzulegen, als stünde es unter Strom. Beim zwölften Anlauf tippte er endlich Glorias Nummer ein.

Leider hob sie nicht ab.

Es klingelte und klingelte.

Mike legte schon den Finger auf die Taste mit dem roten Hörer, um die Verbindung wieder zu unterbrechen.

„Gloria hier", trällerte es plötzlich aus dem Hörer.

„Hm … äm … ich … hier … nein …"

Mister Super-Raketentreibstoff-17,5-Prozent-Beschleunigung schaffte es nicht einmal, Hallo zu sagen und seinen Namen zu nennen.

Für das, was Gloria als Nächstes tat, hätte Vicky sie umarmen können.

„Mike?", fragte sie mit ihrer schüchternen Kleinmädchenstimme, die jeden männlichen Lehrer erweichte.

„Ja-a-a!", lautete die zittrige Antwort.

„Wie aufregend. Ich habe eine Nachricht bekommen. Von den *Wilden Wahnsinnsengeln*. Sie haben mir angekündigt, dass du dich melden wirst."

„Äh … ach … so?"

„Was tust du gerade?“

„Mit dir telefonieren.“

„Wie süß!“

„Äh … ah … und du?“

„Mit dir telefonieren.“ Gloria kicherte.

Mike lachte einmal. „Äh … ah … ja … klar.“

„Was machst du heute noch?“

„Äh … Computer und so …“ Mike brach ab. Er schien Gloria nicht abschrecken zu wollen.

Vicky schickte Stoßgebete zum Himmel, dass er endlich auf die Schulparty zu sprechen kommen würde.

„Ich sehe mir heute was im Fernsehen an. Diese Liebesgeschichte“, plapperte Gloria weiter.

„Äh … ja … aha …“

„Und du brütest bestimmt über Berechnungen von Raketentreibstoff und so …?“

„Äh … nicht nur. Aber ich interessiere mich dafür. Schulprojekt.“

„Erzähl mal.“

„Äh … willst du das wirklich wissen?“

„Klar. Erzähl. Und möglichst kompliziert. Ich mag es, wenn es so klug klingt.“

Das ließ sich Mike nicht zweimal sagen. Er legte los und hielt Gloria einen Vortrag, bei dem auch Vicky nur jedes dritte Wort verstand.

Mikes Mutter rief ihn zum Abendessen.

„Muss dann Schluss machen“, entschuldigte er sich.

„Hast du … hast du nächste Woche was vor … am Samstag?“, fragte Gloria schnell.

„Schulparty!“, fiel Mike ein.

„Ja, Schulparty ...“ Sie wartete gespannt.

„Du hast bestimmt schon jemanden, mit dem du hingehst.“

„Ja“, antwortete Gloria.

Vicky rang die Hände. Was tat sie da?

„Äh ... wusste ich ...“

„Meine Freundinnen. Aber noch keinen Jungen“, sagte Gloria lockend.

„Äh ... ah ... ja ... also gehst du mit mir, hm?“

Gloria ließ sich Zeit. Dann gurrte sie: „Aber nur, wenn du mir noch mehr über deine Projekte erzählst.“

„Gern ... gerne ...!“

Sie verabschiedeten sich und verabredeten sich für Mittwoch im Eiscafé.

Die Zimmertür wurde energisch geöffnet und Mikes Vater trat einen Schritt herein.

„Essen, hast du nicht gehört?“

Mike drehte sich um. Seine Wangen waren aufgeregt rot.

„Ich gehe auf die Schulparty“, verkündete er.

„Sicher allein“, meinte sein Vater.

„Mit Gloria.“

„Ach was? Woher kennst du sie?“

„Aus der Schule.“

„Ist hoffentlich ein flotter Käfer!“ Sein Vater zwinkerte ihm zu, wie das Männer gerne taten, wenn sie sich über Frauen unterhielten.

„Gloria ist nett. Sie interessiert sich auch für Raketen.“

„Ach!“ Sein Vater schien enttäuscht.

Mike deutete auf das Poster. „Und sie sieht Orange June ähnlich.“

„Echt?“

Mike zuckte mit den Schultern. „Jedenfalls ist sie nett. Freue mich schon.“

„Na dann, viel Spaß!“, meinte sein Vater.

Gemeinsam verließen sie das Zimmer.

Vicky atmete durch und lehnte sich gegen die Wand. Sie spürte etwas. Prüfend tastete sie nach dem Türgriff. Sie bekam ihn zu fassen und konnte ihn drehen.

Sie war wieder die Alte.

Auf Zehenspitzen huschte Vicky durch die Diele zur Haustür. Wenigstens war nicht abgesperrt. Sie schlüpfte hinaus ins Treppenhaus.

Gerettet.

Die Vorstellung, jetzt zu Fuß nach Hause zu gehen, machte Vicky so müde, dass sie sich auf die unterste Stufe setzen musste. Ein paar Schritte entfernt wurde eine Tür geöffnet und ein Mann verließ seine Wohnung. An der Leine führte er einen aufgeregt springenden weißen Hund. Der Hund bemerkte Vicky und bellte los.

„Alles unter Kontrolle?“, fragte der Mann.

Vicky schüttelte den Kopf. Sie sah zu dem Mann hoch. „Könnten Sie ein Engel sein und jemanden für mich anrufen? Bitte!“

„Gerne“, antwortete der Mann freundlich.

Es war die Handynummer ihres Vaters, die Vicky ihm nannte.

Als der Mann sein Telefon zückte und zu wählen begann, murmelte er leise: „Na, dann wollen wir mal Engel spielen.“

Wenn der wüsste, dachte Vicky.

Wahnsinnsengel im Dauereinsatz

„Es ist Wahnsinn!“

„Oder himmlisch!“

„Oder beides!“

Es war Mittwochabend. Vicky zog den Reißverschluss ihrer Sweatjacke zu. Die Hitze der vergangenen Tage war abgeflaut. Ein kühler Wind fegte durch die Stadt. Sie hockte im Gras neben Azraels Kopf.

„Aber wird es immer so weitergehen?“ Bei dieser Vorstellung standen Vicky die Haare zu Berge.

„Du möchtest gerne etwas Tröstliches hören, nicht wahr?“ Mitgefühl schwang in seiner Stimme mit.

Vicky seufzte. „So kann nur ein echter Engel reden ...“

Azrael stimmte mit den Augen zu. „Leider habe ich dir aber nichts Tröstliches zu sagen.“

„Echt?“ Vicky stülpte sich die Kapuze der roten Sweatjacke über den Kopf. Sie fröstelte.

„Manche Ereignisse verändern alles. Du hast es erlebt.“ Nach einer kleinen Pause ergänzte er leise: „Und ich auch.“

Was Isabella anging, so war etwas Ruhe eingekehrt. Prus Vorwurf, Vicky wäre nur ihretwegen abgehauen, hatte sogar die Betonsäule Isabella etwas angeknackst. Wie Vicky Isabella aber kannte, würde sie den Riss schnell kitten.

Der Vorfall bei den Closes hatte auch in der Zeitung gestanden. Man hatte die Spritze gefunden. Jetzt stand die

Haushälterin unter Verdacht, ein Giftattentat geplant zu haben. Wendy war in der Schule fröhlicher als sonst. Vielleicht entspannte sich die Lage bei ihr zu Hause ein wenig.

„Azrael", begann Vicky.

„Ja, Vicky?" Er nannte sie zum ersten Mal beim Namen.

„Kann man in jemanden verliebt sein, der ganz anderes ist als man selbst?"

Die blauen Augen fixierten sie.

„Hast du ihn erkannt?"

Sie nickte kurz. „Er ... er ist der Tod."

„Es ist uns verboten, seinen Namen auszusprechen. Wir können ihn nicht bekämpfen, nur dafür sorgen, dass er nicht zu früh zum Zuge kommt."

„Er ... hat mit mir getanzt."

Dazu gab Azrael keinen Kommentar ab.

„Er wollte mich sogar küssen!"

„In deiner Engelsgestalt?"

„Nein. Als Mensch!"

„Du hast es nicht getan!"

„Woher weißt du das?"

Wieder nur Schweigen von Azrael.

Doch Vicky konnte es sich selbst denken. Ein Kuss des Todesengels bedeutete den Tod. Er hatte versucht, sie zu sich zu holen.

„Wird er ... wird er mir wieder begegnen?" Vicky wusste nicht, ob sie sich davor fürchten sollte oder nicht.

Der Engelskopf hob eine Augenbraue. „Du wirst ihn wiedersehen", kündigte Azrael an.

„Muss ich? Muss das sein?"

Azrael schlug mit den Augenlidern, antwortete aber nicht.

„Bist du wirklich nicht böse?“, fragte Vicky nach.

„Weshalb?“

„Ach … weil … nur so …“ Sie machte eine hilflose Geste.

„Keine Sorge.“

Vicky sah auf die Uhr.

„Ich muss los!“

„Wohin gehst du?“, wollte Azrael wissen.

„Wir treffen uns bei Gloria. *Wilde Wahnsinnsengel* unter sich.“

„Wahnsinnsengel?“ Azrael wiederholte das Wort, als hätte er ein Nadelkissen im Mund.

„Erkläre ich dir ein anderes Mal.“

Weil sie ihn nicht so von oben anstarren wollte, ging Vicky noch einmal in die Hocke.

Der Engelkopf auf dem Mooskissen sah sie an. Es war ein freundlicher Blick.

„Bis demnächst, ja?“, verabschiedete sich Vicky.

„Ich erwarte dich!“

Vicky küsste ihre Fingerspitzen und drückte sie auf Azraels Stirn. Dann stand sie auf und ging davon.

Die blauen Augen des Engelskopfes versteinerten nicht, sondern sahen ihr lange hinterher.

Glorias Zimmer war vorbereitet wie zu einer Party mit zehn Personen: jede Menge Limonaden, kleine Häppchen, Spieße mit Käse, Wurst, Huhn und Früchten sowie Schalen mit Knabbereien.

Vicky traf ihre Freundinnen am Computer an. Sie hatten die Seite der *Wilden Wahnsinnsengel* aufgerufen und lasen die neuesten Einträge.

„Neuer Rekord an Witzigkeit“, kündigte Nessa an.

„Was’n?“, fragte Vicky.

„Romeo hat geschrieben, er möchte wissen, ob er Chancen bei Julia hat! Ich lache mir einen Ast.“

„Gefährliche Geschichte. Liebe, die tötet“, hauchte Gloria dramatisch.

Neben dem Computer hatte sie ein gerahmtes Foto von Mike stehen. Vicky nahm es hoch und betrachtete es staunend.

„Äh … wie kommt das hierher?“

Gloria zuckte mit den Schultern und legte einen Finger auf die Lippen. „Ach … wir haben uns schon mal vor der Party getroffen. War wirklich nett mit ihm. Ich habe ihn auf ein Eis eingeladen und er hat mir erklärt, wie das Ende unseres Universums sein wird. Zum Glück haben wir noch ein paar Milliarden Jahre Zeit, aber man muss trotzdem informiert sein.“

Nessa und Vicky warfen sich über Glorias Kopf hinweg höchst verwunderte Blicke zu.

„Ladys, wir stoßen langsam an unsere Grenzen“, begann Nessa. „Unsere Erfolge sprechen sich herum und neben den ganzen Scherzkeksen haben wir jede Menge echte Anfragen im Kummerkasten.“

„Das schaffen wir alles“, meinte Gloria.

Nessa deutete auf Vicky: „Wenn unsere Lady Harfenklang nicht wieder im Sondereinsatz ist.“

„Mit wem geht ihr eigentlich auf die Schulparty?“, wollte Gloria wissen.

Gute Frage. Nessa tat, als wäre es ihr egal. Vicky meinte auch nur, dass sich schon „was finden würde“.

„Vielleicht ist da auch schon was", meinte Gloria verheißungsvoll und tippte mit dem rosa lackierten Fingernagel auf die Scheibe des Bildschirms.

Ronaldo aus der 10c interessierte sich für Vicky.

Fachmännisch erklärte Gloria: „Du hättest es schlechter treffen können." Sie ließ die Zeigefinger über der Tastatur kreisen. „Was soll ich ihm antworten?"

Gute Frage!

„O du fröhliche", begann Vicky zu summen. Ronaldo war nicht zu verachten, aber trotzdem …

„Wir können *Wilde Wahnsinnsengel* unter keinen Umständen für das Schulprojekt nehmen, Ladys!", mahnte Nessa. „Sonst weiß jeder, dass wir dahinterstecken."

Gloria und Vicky stimmten zu. Ihnen blieb nichts anderes übrig, als ein neues Projekt zu erfinden.

Wilde Wahnsinnsengel wollten sie auf jeden Fall weiterführen.

Gloria streichelte das Bild von Mike.

„Ich gehe mit ihm auf die Schulparty", sagte sie bestimmt schon zum zehnten Mal, seit sich die drei getroffen hatten.

Vicky sah durch das Fenster in den großen Garten der Villa. Es würde sich schon ein Junge für die Party finden. Einer könnte bestimmt auftauchen …

Nein, wie konnte sie an ihn denken? ER durfte auf gar keinen Fall mit ihr auf die Party gehen. Das wäre Wahnsinn.

„Der Wahnsinn hört nie auf", stellte Nessa fest.

Wie recht sie doch hatte!

ENGEL LACHEN IMMER LÄNGER

NUR NICHT ROT WERDEN

„Ich muss nach Hause. Sonst krieg ich Ärger." Vicky seufzte bedauernd. „Ich würde viel lieber bei dir bleiben."

„Wieso?" Er musterte sie mit seinen strahlend blauen Augen.

„Weil ich …" Vicky stockte und spürte, wie ihre Wangen zu glühen anfingen. Bestimmt wurde sie gerade knallrot, und das war fast noch peinlicher, als seine Frage zu beantworten.

War ihre Röte nicht schon Antwort genug?

Um von ihrem Gesicht abzulenken, tat sie, als müsse sie ihre Frisur bändigen und spielte mit den kurzen Haaren, die wild vom Kopf abstanden.

„Möchtest du nicht zu deinen Freundinnen?", fragte er sie. Seine Stimme konnte so wunderbar sanft klingen.

„Nessa und Gloria habe ich heute ohnehin schon dreimal gesehen: In der Schule, dann beim Treffen für den Schulball und später waren sie noch bei mir. Wegen den *Wilden Wahnsinnsengeln.*"

„Mit wem wird Gloria auf den Schulball gehen?"

Vicky lachte. „Mit Mike, Mister Einstein Junior. Er redet ständig über Physik, Matheformeln und Computer. Gloria findet das aufregend, obwohl sie kein Wort versteht."

Er lächelte. Gloria hatte er noch nicht oft gesehen, aber von Anfang an gemocht. Sie war immer so unbefangen und fröhlich.

„Und Nessa?"

„Ach, Nessa ..." Vicky, die mit verschlungenen Beinen im Gras saß, streckte sich. „Nessa macht es den Jungen nicht gerade leicht. Ich glaube, sie wirkt ein bisschen abschreckend auf die meisten."

Das lag weniger an Nessas molliger Fülle als an ihrer Art. Sie nahm kein Blatt vor den Mund und sagte jedem, was sie gerade dachte. Besonders schonungslos konnte sie sein, wenn sie mal wieder wegen einer Diät nur an Karotten- und Gurkensticks knabberte.

Sein Blick bekam etwas Prüfendes. „Und du?"

Zum zweiten Mal wurde Vicky rot.

Gute Frage. Mit wem würde sie den Schulball am Samstag besuchen? Da gab es Ronaldo aus der 10 c, der sich für Vicky interessierte. Er hatte sich bei den *Wilden Wahnsinnsengeln* nach ihr erkundigt, aber sie hatte keine rechte Lust.

Der Grund war ER. Vicky konnte nicht anders. Sie musste an ihn denken. Immer wenn sie die Augen schloss, sah sie ihn: das gewellte dunkle Haar, die leicht gebräunte Haut, das offene weiße Baumwollhemd und das schwarze Jackett, das er über der Schulter trug, lässig an einem Finger aufgehängt. Sie glaubte, seinen feinen Duft noch immer in der Nase zu haben: frisch und würzig wie eine Meeresprise.

„Hallo, ich bin noch da", brachte sich Vickys Gesprächspartner in Erinnerung.

Vicky riss sich aus der Tagträumerei. „Ja? Ja, was?"

„Sag schon! Mit wem gehst du zum Schulball?"

„Ich habe mich noch nicht entschieden."

„Gibt es so viele Bewerber?"

Vicky lachte auf. Bewerber! Wie das klang. In Wahrheit gab es keinen Einzigen, der wirklich in Betracht kam. Das war ihr größtes Problem. Der, an den sie gerade hatte denken müssen, war vielleicht sogar ganz nah und trotzdem unerreichbar.

Sie fühlte sich so schäbig, weil sie an einen Jungen dachte, mit einem zweiten redete und nach einem dritten suchte.

„Vicky? Verheimlichst du mir etwas?“

„Nein“, sagte sie schnell. Sie schrie es fast, als hätte er sie irgendwie ertappt. Jetzt nur nicht schon wieder erröten!

„Es ist verführerisch, mit dem Feuer zu spielen“, fuhr er warnend fort. „Und es ist so leicht, sich zu verbrennen.“

Stärker als je zuvor fühlte Vicky, wie zerrissen sie war. Denn im Augenblick hatte sie wirklich nur den Wunsch, hier im Moos neben ihm liegen zu bleiben, seine kühle Wange zu berühren, über sein Haar zu streichen. Aber nur heimlich und ganz leicht.

In seiner Nähe fühlte sie sich sicher. Nach all den Veränderungen und Entwicklungen in letzter Zeit sehnte sie sich nach Sicherheit und Ruhe. Sie war dreizehn und schon mehr als genug mit ihrem eigenen Leben beschäftigt. Was kürzlich dazugekommen war, überforderte sie einfach.

„Was hast du heute noch vor?“, wollte er wissen.

„Nichts Spezielles. Nur nach Hause gehen und vielleicht ein bisschen mit Mimutschka reden. Sie hat einen Großauftrag für Wassermelonengesichtscreme und ihre selbst gemachte Seife bekommen. Seitdem riecht es in unserem Haus überall nach Wassermelone, und in der Küche stehen große Töpfe, in denen Seife kocht.“

Eine Weile schwiegen sie beide. In den Baumkronen über ihnen gaben ein paar Vögel ein entspanntes kleines Nachtkonzert.

„Es ist Zeit, für dich aufzubrechen!"

„Schickst du mich fort?"

„Du musst heim. Es ist fast neun Uhr."

Die Sommernacht war nicht nur warm, sondern auch hell. Sie hatte Vicky die Zeit vergessen lassen.

Vicky küsste ihre Fingerspitzen und berührte mit ihnen sanft seine Stirn. Nachdem sie aufgestanden war und die Beine ausgeschüttelt hatte, sah sie noch einmal zu ihm. Er zwinkerte ihr zu und lächelte auf seine stille Art. Sie erwiderte sein Lächeln, drehte sich dann mit einem Ruck um und verließ den kleinen Park, der früher einmal ein Friedhof gewesen war.

Er blieb zurück.

Sein Kopf ruhte auf einem Kissen aus Moos. Der Körper lag einen ganzen Schritt entfernt, gestützt auf einen Flügel, der aus dem Schulterblatt wuchs. Der andere Flügel war wie der Kopf abgebrochen. Verstreut auf dem Boden lagen auch die Arme und Beine in Trümmern.

Das jungenhafte Gesicht der Statue, das weich und lebendig war, solange Vicky sich in der Nähe befand, wurde zu einer harten, matt glänzenden Oberfläche. Die vor wenigen Momenten noch so lebhaften Züge erstarrten. Die dunklen Lider hatten sich über den blauen Augen geschlossen.

Er war die gestürzte und zerbrochene schwarze Marmorstatue von Azrael, dem Engel, der das Lebensbuch hütete. Oft wurde er als Engel des Todes bezeichnet, doch diese Bezeichnung tat ihm unrecht.

Im schwarzen Stein hatte sich ein echter Engel versteckt. Azrael persönlich. Sein überirdisches Wesen befand sich noch immer in den zerbrochenen Teilen der Skulptur. Seine Engelskraft aber hatte er verloren.

An jemand anderen.

Neue und alte Bekannte

Fest in die Pedale tretend, radelte Vicky die Hauptstraße hinauf. Es war nicht sehr weit bis zu dem kleinen Haus in der Gartensiedlung, in dem sie mit ihrer Mutter und ihrer kleinen Schwester Sally wohnte.

Auf den Straßen waren noch viele Fußgänger und Autos unterwegs. Der laue Sommerabend versetzte die Menschen in eine fröhliche, beschwingte Stimmung. Vor den Cafés saßen viele Leute mit kühlen Getränken in der Hand. Es wurde gelacht und geredet, und da und dort küssten sich die Frischverliebten, die erst im Frühling zusammengefunden hatten.

Bin ich in ihn verliebt? Bin ich in Azrael verliebt?, überlegte Vicky.

Nein! Sie wollte unbedingt, dass die Antwort ein klares und ausdrückliches Nein war. Alles andere machte keinen Sinn. Es wäre eine völlig unmögliche Liebe.

Vicky reckte das Gesicht in den Fahrtwind, der es angenehm kühlte.

Zwischen den Gästen der *Bar Italia* mit der rot-grün-weißen Neonschrift über dem Eingang war ein junger Mann aufgetaucht.

Er war weder aus dem Lokal noch von der Straße gekommen. Ein hohes Glas Tonicwasser in der Hand, schob er sich zwischen zwei Frauen durch.

Die in den hochhackigen Sandalen stieß ihre Freundin, eine wilde Rotblonde, an.

„Was sagst du zu dem Typ?"

Die Rotblonde schüttelte ihre Mähne.

„Noch nie hier gesehen. Süß."

„Eingebildet."

„Könnte auch schüchtern sein." Der Rotblonden gefiel es, wie er mit den Fingern sein gewelltes Haar nach hinten strich.

„Dieses Lächeln ist gefährlich." Sehr gekonnt machte es die Frau in den hohen Schuhen nach. „Es sagt: Komm mir nicht zu nahe. Aber genau das will man auf einmal. Man wird ganz verrückt auf solche Typen. Das wissen sie und genießen es."

„Du solltest ein Lexikon über Männer verfassen", riet ihre Freundin.

Übermütig lachten die beiden.

Der Mann schlenderte die Straße hinauf zur Seitengasse, in die Vicky eingebogen war. Sein weißes Baumwollhemd trug er locker über der schwarzen Hose. Das Jackett schwang er in einer Hand. Er pfiff eine wehmütige Melodie vor sich hin.

Tadelnd schüttelte er den Kopf. Ein Jogger, der mit seinem braun gefleckten Terrier eine große Runde um den Block drehte, hörte ihn leise vor sich hin sagen: „Vicky, Vicky … du hättest mich nicht zurückweisen sollen. Oh nein."

Es roch nach frisch gegossenen Gärten und gegrillten Würstchen. Der Weg hier war leicht abschüssig. Vicky ließ ihr Fahrrad das letzte Stück zum Haus einfach ausrollen.

Vor dem Gartentor des Nachbarhauses parkte noch immer der Möbeltransporter, den Vicky schon mittags dort gesehen hatte. Das Haus war erst vor zwei Wochen verkauft worden, und die neuen Nachbarn zogen bereits ein.

Eine sehr dünne, fast weißhaarige Frau hob mit überraschender Kraft ein Nachtschränkchen von der Ladefläche.

„Abend!“, rief Vicky ihr zu und winkte.

„Hallo, guten Abend!“ Die Frau lächelte freundlich und winkte zurück.

Aus dem Inneren des Möbelwagens tauchte ein Hüne von Mann auf, bekleidet mit blauen Arbeitslatzhosen, ohne T-Shirt darunter. Er kratzte seine haarige Brust und warf Vicky einen prüfenden Blick zu.

Vicky bremste und stieg ab. Sie schob das Rad zu dem großen Auto.

„Ich bin Vicky! Vicky Cassady.“ Sie deutete mit dem Kopf auf das Backsteinhaus mit den bunten Fensterrahmen. Jeder war in einer anderen Farbe gestrichen. Ihre Mutter wollte damit Farbe auch in graue Tage bringen. „Wir sind Nachbarn.“

Die Frau wischte eine Hand an den Hosenbeinen des Mannes ab und reichte sie Vicky zur Begrüßung. „Freut mich. Nancy! Nancy Sayer und das ist mein Mann Bill.“

Der Hüne nickte grüßend und säuberte seine Rechte auf die gleiche Art wie seine Frau.

„Dann bist du die Tochter der Giftmischerin?“, platzte es aus Mr Sayer heraus.

Seine Frau warf die Arme in die Luft. „Was habe ich nur für einen Rüpel als Mann?“ Zu Vicky sagte sie: „Entschuldige, Bill ist nicht immer so. Aber oft.“

„Ist doch wahr! Hat sogar der Makler gesagt, der uns das Haus verkauft hat", verteidigte sich Mr Sayer.

Vicky grinste schief und nickte dann mit ernster Miene. „Sie haben schon recht. Wenn Sie in der Nacht Schreie aus unserem Haus hören, kümmern Sie sich nicht darum. Nur wenn am Morgen grünes Wasser aus Ihrem Hahn fließt, sollten Sie es besser nicht trinken. Dann ist bei Mimutschka wieder einmal etwas schiefgegangen. Aber es sind keine richtigen Gifte."

Mrs Sayer kratzte sich ratlos am Kopf, während ihr Mann mit offenem Mund zuhörte.

„Richtige Gifte töten. Mimutschkas Gifte verursachen nur Veränderungen. Sie können zum Beispiel gelbe Augen bekommen. Oder ein Finger fällt Ihnen ab. Ganz selten auch mal ein Ohr."

„Du machst einen Scherz?", fragte Mrs Sayer vorsichtig. So ganz sicher schien sie sich aber nicht zu sein.

Vicky lachte los. „Natürlich ist das ein Scherz. Mimutschka macht Kosmetika. Sehr edel. Alles nur natürliche Zutaten und nicht an Tieren getestet. Riecht gut und macht wunderschön."

Die neue Nachbarin tastete ihr Gesicht ab. „Ich werde sie um ein paar Proben bitten. Nach dem Umzug kann ich so was gebrauchen."

„Für mich bist du immer meine Königin!" Ihr Mann schmatzte ihr einen herzhaften Kuss auf die Wange. Beide lachten.

„Jetzt aber weiter!", trieb er seine Frau an.

„Haben Sie Hunger? Bei uns ist bestimmt was übrig geblieben", bot Vicky an.

„Du bist ein Engel“, rief Mrs Sayer begeistert.

Vicky lächelte betreten. Das war ihr wunder Punkt. Obwohl Mrs Sayer absolut nichts wissen konnte. Trotzdem.

Hastig verabschiedete sie sich und schob das Fahrrad in den Garten. Als sie die Haustür öffnete, schlug ihr schon ein starker Wassermelonenduft entgegen. Sie fand ihre Mutter in der Küche, wo sie pinkfarbene Hautcreme mit einem Spachtel in kleine Tiegel abfüllte.

„Hallo Mimutschka. Haben wir etwas Essbares für die neuen Nachbarn?“

Pru Cassady deutete mit einem Löffel, von dem rosa Creme tropfte, auf drei Schüsseln. In einer waren leicht angetrocknete Spaghetti, in der zweiten ein köstliches Ragout aus Tomaten und Auberginen und in der dritten war Salat. Die Nudeln hatten einen Spritzer Melonengesichtscreme abbekommen, der aber sofort verschwand, als Vicky Nudeln und Soße zusammenmischte.

„Ich bring das nur schnell zu den Sayers“, rief sie. Ihre Mutter hatte nichts dagegen.

Das Ehepaar war nicht mehr zu sehen, aber die Eingangstür stand offen.

„Hallo, ich bin’s, Vicky!“, rief sie in die noch kahle Diele.

Von oben kam jemand heruntergetrampelt. Es war ein Junge in Vickys Alter, nicht ganz schlank, die Shorts auf Halbmast und den Oberkörper in einem ausgeleierten T-Shirt. Als er Vicky gegenüberstand, wirkte er verlegen.

„Für euch!“, sagte sie und streckte ihm die beiden Schüsseln entgegen.

„Hi!“, grüßte er, lehnte sich gegen das Treppengeländer, rutschte aber ab und stürzte nach vorne. Vicky wollte ihn auffangen und vergaß dabei die Schüsseln in ihren Händen. So schwappte einen gute Portion Spaghetti mit Soße auf das Shirt des Jungen.

Vicky musste lachen. Sie konnte nicht anders.

Der Junge blickte an sich herunter und dann zu Vicky.

„Ich … ich bin so ein Tollpatsch“, sagte er entschuldigend.

„Kann doch jedem passieren“, meinte Vicky locker. „Wie heißt du?“

„Marco!“

„Ich bin Vicky!“

Insgeheim dachte Vicky, dass sich Marco ein bisschen wie die Marionette bewegte, die ihre kleine Schwester Sally geschenkt bekommen hatte. Bei der machten die Arme und Beine auch immer, was sie wollten. Vickys Blick fiel in die halb leere Schüssel mit den Nudeln.

„Das wird nicht mehr für alle reichen. Was werdet ihr jetzt essen?“

Marco machte eine wegwerfende Handbewegung. „Ach. Die Mikrowelle funktioniert schon. Ich mach uns schnell irgendwas.“

„Du kannst kochen?“

„Ich koche fast jeden Tag für Mam, Dad und mich.“

„Für mich auch einmal?“

Marco sah schüchtern auf seine Schuhe, die ein paar rote Tomatenspritzer abbekommen hatten.

„Wenn du möchtest. Dauert aber noch, bis wir halbwegs eingerichtet sind.“

„Ich wohne noch länger nebenan.“

Sie lachten beide.

Völlig unvermittelt fragte Vicky: „Suchst du vielleicht ein Mädchen?“

Marco verschluckte sich und hustete heftig. Vicky wurde schnell klar, warum. Er musste denken, dass sie ihn anbaggern wollte.

Himmel, war das peinlich!

„He, nein. Ich ... ich bin versorgt“, sagte sie lachend. „Ich habe einen Freund.“ Das war zwar gelogen, aber das musste sie ihm ja nicht auf die Nase binden.

Nachdem der Hustenanfall überstanden war, fragte Marco: „Wieso ... wieso wolltest du das dann wissen?“

Vicky versuchte, so arglos wie möglich zu klingen. „Ach, nur weil ... nur weil es da in unserer Stadt diese Website gibt: *www.wildewahnsinnsengel.com*. Die finden heraus, wer in wen verliebt ist oder nicht. Man muss nur eine E-Mail schicken.“

Marco verzog das Gesicht. „Klingt schräg. Eigentlich bescheuert. Ich würde dort nie hinschreiben.“

Damit hatte er den ersten Minuspunkt bei Vicky gesammelt. Weniger, weil er sich nicht an die *Wilden Wahnsinnsengel* wenden würde, als wegen der Bezeichnung „bescheuert“. Damit traf er – ohne es zu wissen – Vicky ganz persönlich.

Die Idee zu den *Wilden Wahnsinnsengeln* war von Gloria, Nessa und ihr, und sie waren auch die *Wilden Wahnsinnsengel.*

„Nicht so wichtig, vergiss es. Vicky winkte ab. „Ich muss dann mal ...“

Von oben kam Mrs Sayer herunter. „Unser Engel“, sagte sie lachend. „Ich habe Hunger wie ein Rudel Wölfe.“

Mrs Sayer nahm Vicky die Schüsseln ab und begann, mit den Fingern einzelne Nudeln herauszuangeln. Sie legte den Kopf nach hinten und ließ die baumelnden Spaghetti in ihrem weit geöffneten Mund verschwinden.

„Besonders gut“, lobte Mrs Sayer kauend. „Schmecken ein bisschen nach Wassermelone. Ungewöhnlich, aber echt lecker.“

Liebes- und andere Angelegenheiten

Vicky konnte nicht einschlafen. In ihrem Kopf sprangen die Gedanken herum wie ein Eimer Pingpongbälle, den jemand in eine leere Turnhalle geleert hatte. Nachdem sie sich erfolglos eine halbe Stunde von einer Seite auf die andere gewälzt hatte, stand sie wieder auf.

Durch das Fenster strich eine warme Sommernachtsbrise, die die himmelblauen Vorhänge sanft bewegte. Der kupferfarbene Lichtschimmer der Straßenbeleuchtung fiel auf Vickys Schreibtisch direkt unter dem Fenster. Dort lagen schon die Bücher und Hefte für den nächsten Schultag und daneben ein paar lose Seiten. Vicky nahm sie in die Hand und blätterte sie durch. Gähnend ließ sie sich auf ihren Stuhl aus Naturholz sinken, der herrlich knarrte und ächzte. Sie las, was auf der ersten Seite stand.

Hallo Wahnsinnsengel, ich habe schon von euch gehört. Ihr habt meiner Freundin Lou geholfen. Sie wollte immer mit Paul gehen. Aber sie dachte, er wollte lieber mit Angela gehen. Wie habt ihr herausgefunden, dass er doch mit Lou gehen will? Und wie habt ihr es geschafft, dass er sie sogar zum Schulball eingeladen hat? Wie macht ihr das? Das würde mich schon interessieren.

Ich habe nämlich ein Problem, das noch viel schlimmer ist. Vielleicht könnt ihr mir helfen. Aber zuerst muss ich mehr über euch wissen. Ich kann doch nicht einfach nur an jemanden schreiben, der sich „Wilde Wahnsinnsengel“ nennt. Schließlich geht es um etwas, das mir echt wichtig ist und mein Herz richtig wehtun lässt. Also schreibt mir was über euch. Dann erfahrt ihr mehr über mich und mein Problem.

Die Nachricht war nicht unterschrieben, und die E-Mail-Adresse des Absenders enthielt keinen Namen.

Vicky wedelte mit dem Blatt. Irgendetwas gefiel ihr an dieser Zuschrift nicht. Sie fand es besser, nicht zu antworten. Gloria war anderer Meinung. Nessa hatte die Absenderin kurzerhand als „Wichtigtuerin“ und „Klugscheißerin“ abgestempelt.

Niemand an der Schule durfte je erfahren, dass hinter den *Wilden Wahnsinnsengeln* Vicky und ihre Freundinnen steckten. Sonst war es ihnen nicht mehr möglich, heimlich Nachforschungen zu betreiben, wer gerade in wen verliebt war. Die *Wilden Wahnsinnsengel* waren eine Art Detektivagentur in Liebesangelegenheiten. Schließlich war nichts peinlicher, als einen Jungen oder ein Mädchen anzuquatschen und sich eine herbe Abfuhr abzuholen.

Dank der *Wilden Wahnsinnsengel* gehörten solche schrecklichen Situationen der Vergangenheit an.

Vicky, die leider keinen eigenen Computer besaß, sortierte das oberste Blatt nach unten. Die Mails bekam sie immer ausgedruckt von Gloria, denn in der Villa der Familie Tenner gab es mindestens sieben topmoderne Computer mit

Druckern und allem, was dazugehörte. Vicky nahm sich die nächste Seite vor und begann zu lesen.

Hallo Wahnsinnsengel,
bei mir geht es um etwas anderes. Seit dem Sandkasten ist Laureen aus der siebten meine beste Freundin. Seit zehn Tagen redet sie nicht mehr mit mir. Rufe ich sie an, legt sie auf. Spreche ich sie in der Klasse oder auf dem Gang an, tut sie, als wäre ich Luft. Ich habe ihr drei E-Mails geschickt. Sie hat sie alle unbeantwortet zurückgeschickt. Dann habe ich ihr einen Brief geschrieben. Der lag ungeöffnet wieder auf meinem Platz. Wieso tut sie das? Mich macht es krank, dass sie mich so behandelt. Es ist so unfair und gemein.
Bitte findet heraus, warum sie mich auf einmal hasst.
Natty

Natty tat Vicky leid. Wenn die beste Freundin auf einmal nichts mehr von einem wissen wollte, war das so schlimm wie Mückenstiche auf dem Rücken, wo man sich nicht kratzen konnte. Aber wie sollte Vicky den Grund herausfinden?

Sie musste herzhaft gähnen. Mit einem Mal überkam sie eine Müdigkeit, die ihre Augenlider schwer werden ließ. Vicky legte sich auf ihr Bett und die dünne Decke über ihre nackten Füße. Auf dem Rücken liegend, schloss sie die Augen. Rund um sie herum herrschte Dunkelheit. Sie atmete ruhig ein und aus.

Aus dem tiefen Grau kam ER ihr auf einmal entgegen. Er bewegte sich wie in Zeitlupe. Sein Gang war entschlossen und trotzdem locker. In seinen dunklen Augen lag etwas Siegessicheres, als wollte er sagen: Wehr dich nicht! Es hat keinen Sinn.

Mit einem unterdrückten Aufschrei richtete sich Vicky auf. Sie starrte in das nächtliche Zimmer, aus dem langsam die Umrisse der Möbelstücke auftauchten. Erst jetzt bemerkte Vicky, dass sie keuchte wie nach einem 100-Meter-Lauf.

Sie war nur kurz eingenickt. Vielleicht hatte sie ein paar Minuten geschlafen, aber bestimmt nicht mehr. Noch immer außer Atem, nahm sie ihre Armbanduhr vom Nachtschrank. Die Zeiger und Stundenstriche leuchteten im Dunklen.

Verwundert legte Vicky die Uhr zurück. Es war bereits vier am Morgen.

Was konnte sie tun? Mit wem sollte sie über ihn sprechen? Sie fühlte sich so zerrissen. Auf der einen Seite wollte sie ihn unbedingt wiedersehen. Auf der anderen schrie alles in ihr: Tu es nicht! Es kann dein Ende sein.

Er war ihr Feind! Gewann er, verlor sie. Bekam er die Oberhand, würde sie für immer bleiben, was sie bis jetzt nur zur Hälfte war: ein Engel.

ES LIEGT WAS IN DER LUFT

„Morgen, Lady Schlafrock!“, rief Nessa Vicky entgegen, die daraufhin ihr Fahrrad direkt vor Nessas Füßen zum Stehen brachte.

„Morgen“, wünschte Vicky und gähnte ausgiebig. Ihre Augen brannten und wollten unbedingt wieder zufallen. Nach dem Aufwachen hatten sich Vickys Arme und Beine angefühlt, als wären sie aus Beton. Sie war kaum hochgekommen. Immer noch gähnend, schob sie ihr Fahrrad zu den dafür vorgesehenen Ständern und schloss es ab.

Rund um sie herum herrschte das übliche morgendliche Getümmel vor der Schule. Vicky zog ihre Tasche vom Gepäckträger und klemmte sie unter den Arm. Wie sollte sie die nächsten Stunden halbwegs wach überstehen?

Nessa riss sie mit verstellter, schnarrender Stimme aus den trüben Gedanken: „Hier spricht dein Albtraum. Gestehe, du träumst von Paul! Sprich die Wahrheit, sonst jage ich dich Nacht für Nacht.“ Sie ließ ein tiefes, schauriges „Hohoho“ folgen, das an einen Grusel-Weihnachtsmann erinnerte.

Mit gespielter Besorgnis musterte Vicky sie von der Seite. „Machst du irgendeine gefährliche Diät?“

Nessa warf den Kopf in den Nacken und lachte.

„Was war das gerade?“, hakte Vicky nach. Sie redete mit tiefer Stimme wie Nessa eben: „‚Ich bin dein Albtraum‘ und so weiter.“

Nessa kramte einen Zettel aus dem schlabbrigen Beutel, in dem sie ihre Schulsachen transportierte.

„Geht um Diana, neunte Klasse. So eine Kleine, die immer verschreckt guckt wie ein Spatz mit gebrochenem Flügel."

„Was ist mit ihr?"

„Paul aus ihrer Klasse steht auf sie. Auch bekannt als Fatty Flintstone."

Dieser Spitzname ließ bei Vicky etwas klingeln. Paul war der Fußball-King, der begehrteste Torhüter der Schule. Reden war allerdings nicht gerade seine Sache. Als das Lokalfernsehen vergangenes Jahr beim Abschlussfest gefilmt hatte, war Paul vor die Kamera geholt worden. Die Reporterin, eine nervöse Bohnenstange, hatte ihm das Mikrofon hingehalten und gefragt: „Was sind eigentlich deine Pläne für die Ferien?"

Paul hatte den Mund gezählte neun Mal geöffnet und wieder geschlossen, ohne ein Wort herauszubringen.

Es war also nicht weiter erstaunlich, dass er sich an die *Wilden Wahnsinnsengel* wandte. Auf anderem Weg hätte er niemals herausgefunden, ob er bei Diana irgendwelche Chancen hatte.

„Diana ist auch nicht gerade ein Wörterbuch", fuhr Nessa fort. „Aber ziemlich abergläubisch, wie ich rausgefunden habe." Stolz rieb sie sich die Hände. „Also hat sie gestern den Anruf", wieder senkte sie die Stimme zu einem heiseren Flüstern, „ihres Albtraums bekommen."

„Clever", musste Vicky zugeben. „Und das Ergebnis?"

Nessa atmete geräuschvoll aus. „Leider gar nicht so gut. Paul ist für sie der wahre Albtraum. Denn sie schwärmt nur für irgendeinen Heini aus der zwölften Klasse, der ihr sieben Schuhnummern zu groß ist. Dummes Huhn, diese Diana.“

Paul hatte Vickys Mitgefühl. Was für eine Enttäuschung. Der Countdown zum Schulball lief.

„Juhu!“, rief jemand hinter den beiden.

Ein kirschroter offener Sportwagen hatte am Straßenrand angehalten. Am Steuer saß Sigfrid Tenner und winkte ihnen zu. Vom Beifahrersitz kletterte seine Schwester Gloria über die niedrige Autotür, bei der die Scheibe heruntergelassen war.

„He, nicht auf die frisch geputzten Sitze!“, jaulte Sigfrid.

Gloria landete mit beiden Füßen auf dem Asphalt, drehte sich um und flötete: „Du bist ein echter Schatz, Bruderherz!“ Dann hauchte sie einen Kuss auf ihre Handfläche und pustete ihn Sigfrid zu.

Sigfrid warf Nessa und Vicky einen Blick zu, der ausdrücken sollte, dass er gegen Gloria völlig wehrlos war. Er vergötterte seine kleine Schwester.

„Hallo, meine Süßen!“, trällerte Gloria und stöckelte in Sandalen mit hohen Absätzen auf ihre Freundinnen zu.

Nessa warf einen Blick auf die Schuhe, die nur aus dünnen Lederschnüren und einer gebogenen Sohle bestanden. Die Stöckel waren nicht einmal so dick wie ein Bleistift.

„Was ist das? Ein Papierlocher?“, wollte Nessa wissen.

Gloria lachte vergnügt und hakte sich bei ihr und Vicky ein. „Liebe macht schön“, verkündete sie.

Nessa und Vicky sahen sich an und grinsten. Ihre Freundin Gloria war voll und ganz in ihrem Element.

„Ach, Mike ist echt sooo was von süß!“ Gloria schwärmte die ganzen drei Stockwerke hinauf bis zum Klassenzimmer.

„Gestern hat er mir erklärt, welche Auswirkung Explosionen auf der Sonne auf die Erde haben."

„Hat es was mit deinem Gehirn zu tun?", ätzte Nessa.

Gloria schnitt ihr eine Grimasse.

Vicky hatte noch eine Frage an Nessa. „Wollte Diana eigentlich nicht wissen, wer am Apparat ist?"

„Nö." Nessa lehrte den Inhalt ihres Umhängebeutels auf dem Tisch aus und kramte nach der Mappe und Schreibzeug für Mathematik. „Außerdem geht sie doch mit Fatty Flintstone zum Schulball."

Da kam Vicky nicht mehr mit. „Sie kann ihn doch nicht ausstehen."

„Das hat nichts zu bedeuten. Man muss der Liebe eben auf die Sprünge helfen."

Der Schulgong tönte aus dem kleinen Lautsprecher oben in der Zimmerecke.

„Kannst du bitte deutlicher werden", bat Vicky. „Klartext, meine ich."

Nessa zog die Augenbrauen hoch. „Der Albtraumanrufer hat Diana gedroht, dass sich das Unglück an ihre Fersen heftet, wenn sie nicht mit Fatty auf den Schulball geht."

„Das ist Erpressung!", flüsterte Gloria. Sie sah sich schnell nach allen Seiten um, ob sie auch nicht belauscht wurden.

„Manchmal muss man die Leute zu ihrem Glück zwingen", erklärte Nessa. „Statt für einen zu schwärmen, der nichts von ihr wissen will, habe ich Diana einen echten Verehrer verschafft. Fatty wird sie auf Händen tragen."

„Nessa, ich finde nicht, dass wir Schicksal spielen dürfen", sagte Gloria leise, aber sehr ernst.

Ihr Mathematiklehrer Mr Springsteen kam zehn Minuten zu spät. Mr Springsteen sah aus, als wäre er schon alt auf die Welt gekommen. Die Schüler kannten ihn nur in den immer gleichen ausgebeulten graubraunen Leinenhosen und der Jacke mit den Lederflicken an den Ellbogen.

In seinem leicht gebeugten Gang betrat er die Klasse und schloss die Tür energisch hinter sich. Der Knall sollte die Mädchen und Jungen auf sein Kommen aufmerksam machen und für Ruhe sorgen. Er verfehlte seine Wirkung nie.

„Morgen. Tut mir leid. Neuer Schüler. Musste die Direktorin vertreten. Schüler einweisen. Administrationskram. Elend. Unnötige Zeit. Aber ihr seid ausnahmsweise unschuldig." Vor sich hin murmelnd schritt er zum Lehrertisch und ließ dort Bücher, Hefte und eine Mappe mit Stiften und Folien fallen. Über den Rand der Brille, die immer leicht schief auf seiner Nase saß, musterte er kurz die Gesichter, die ihm entgegenblickten.

„Scheinen alle da zu sein, fangen wir an."

Der Projektor wurde eingeschaltet und eine Folie nach der anderen aufgelegt. Mr Springsteen hatte die Angewohnheit, in einem fort zu reden, die Arbeitsblätter in schneller Folge wieder wegzuziehen und sich nicht im Geringsten darum zu kümmern, ob seine Schüler auch nur ein Wort verstanden.

Immer wieder rieb sich Vicky über die Nase. Gloria warf ihr von der Seite einen tadelnden Blick zu.

„Brauchst du ein Taschentuch?", fragte sie leise.

Dankend lehnte Vicky das Angebot ab. Ihre Nase lief nicht. Es war etwas anderes, aber davon wollte sie Gloria und Nessa nichts sagen. Schon gar nicht hier in der Schule.

Außerdem versuchte Vicky mit aller Kraft, den Verdacht zu verdrängen, der in ihr aufstieg.

Nein, nein, nein, es durfte nicht wahr sein.

Nein, nein, nein, bitte nicht!

Und wieso Mr Springsteen? Er war doch nur die Langeweile auf Beinen. Bei Prüfungen konnte er ziemlich hart sein, und seine Klassenarbeiten waren jedes Mal ein echter Nervenkitzel. Trotzdem war er eigentlich harmlos.

Was ihn aber nicht davor bewahrte, in Lebensgefahr zu schweben.

Oder war es gar nicht er, der in Gefahr war?

Prüfend sog Vicky eine größere Portion Luft ein.

Der Gestank war nicht so intensiv, wie sie ihn schon einmal gerochen hatte. Ein schwacher Geruch von fauligem Blumenwasser schwebte durch die Klasse. Suchend sah sich Vicky um. Von wem konnte er kommen? Sie war ziemlich sicher, dass es erst mit dem Eintreten von Mr Springsteen zu stinken begonnen hatte.

„Nicht hochziehen", rügte Gloria. „Wo hast du dich erkältet? Es ist Sommer."

„Alles in Ordnung", versicherte Vicky.

War es das wirklich?

STRESS

Am Nachmittag fand das Treffen zur Organisation des Schulballs statt. Eigentlich machte nur Gloria mit, aber sie hatte Nessa und Vicky dazu verdonnert, sie jedes Mal zu begleiten.

„Es ist für mich eine Riesenehre, dass ich in das Schulballkomitee bestellt worden bin“, schwärmte Gloria immer wieder verzückt.

Vicky und Nessa hatten einen Verdacht, was der Grund für diese Ehre sein könnte, aber sie verkniffen sich weise jeden Kommentar.

Die Tenners waren bestimmt die reichste Familie der ganzen Schule. Glorias Großvater war bereits ein edler Spender gewesen, und der Sportplatz trug sogar seinen Namen: Charles-Tenner-der-Dritte-Sportplatz. Die Messingplatte am Eingang wurde vom Hausmeister jede Woche auf Hochglanz poliert.

Aber auch Glorias Vater hatte sich spendabel gezeigt und die Einrichtung eines Computerraumes unterstützt. Die anderen Schüler des Organisationskomitees hatten wahrscheinlich den Hintergedanken, dass die Tenners das große Fest sponsern könnten. Ganz besonders, da doch die eigene Tochter beteiligt war.

Auf einen solchen Gedanken wäre Gloria niemals gekommen. Begeistert schleppte sie einen großen Stapel Modeblättchen an, in denen zahlreiche Seiten mit Eselsohren markiert waren. Die Zeitschriften breitete sie auf dem großen Eichentisch im „Beichtstuhl“ aus.

Der „Beichtstuhl“ war das Sprechzimmer, in dem Lehrer und Eltern ungestört miteinander über ihre hoffnungslosen Schüler beziehungsweise Kinder reden konnten. Dem Schulballkomitee diente er als Besprechungsraum.

„Ich stelle mir den Ballsaal in Rot, Weiß und Dunkelblau vor, den Farben unserer Flagge“, erläuterte Gloria. „Mit riesigen Luftballontrauben in diesen Farben. Die Decke wird blau angeleuchtet, die Wände weiß und der Boden rot.“ Sie zupfte mit den Fingerspitzen an ihren Wangen. „Rot schmeichelt dem Teint und macht schöner.“ Dabei kicherte sie wie ein kleines Mädchen.

Der Rest des Organisationsteams bestand aus Schülern der zehnten Klasse. Sie kauerten auf der Tischkante oder lehnten an der Wand und wirkten restlos gelangweilt von Glorias Vortrag, die erwartungsvoll in die Runde blickte.

„Ich hätte jetzt gerne Jubel“, erklärte Gloria selbstbewusst.

Cindy, die Nessa insgeheim Quietsche-Cindy oder Lady Nasenvase nannte, weil sie so unausstehlich arrogant war, stieß sich mit der Schulter vom Türrahmen ab und kam, die Arme vor der Brust verschränkt, an den Tisch. Die „Kletten“, ihre Anhängerinnen, wieselten hinterher. Sie hatten die Aufgabe, alles an Cindy zu bewundern und jeden wegzukläffen, der sich ihr uneingeladen näherte. „Unser Budget für die Deko beträgt sagenhafte 250 Pfund. Was du da vorschlägst, übersteigt unsere Möglichkeiten, Darling“, erklärte Cindy in einem Tonfall, als würde sie mit einem kleinen Kind reden.

„Ach, wenn es das ist!“ Gloria raffte ihre Zeitschriften wieder zusammen. „Meine Mam hat einen Dekorateur, der ihre Feste ausstattet. Bei dem bekommen wir bestimmt alles sehr günstig. Mach dir keine Sorgen. Also, was haltet ihr von meinem Vorschlag?“

„Ach, wenn das so ist.“ Schlagartig war Cindys Interesse erwacht. „Na gut, aber so viele Luftballons aufzupumpen ist auch keine Kleinigkeit.“

Natürlich hatte Gloria auch dafür eine Lösung und versprach, sich darum zu kümmern. Eine automatische Pumpe wäre kein Problem.

Nessa stieß Vicky mit dem Ellbogen an und hob die Augenbraue bis zum Scheitel, was heißen sollte: Die nehmen unsere liebe Gloria aus wie eine Weihnachtsgans.

Cindy wandte sich an ihre Anhängerinnen.

„Ist das nicht toll von Gloria, dass sie uns so eine nette Deko verschafft?“

Die Kletten warteten auf ein geheimes Zeichen, ob sie nun jubeln sollten oder nicht. Auffordernd nickte ihnen Cindy zu. Sofort begannen die drei Mädchen, aufgeregt und zustimmend zu schnattern. Sie legten ihre Hände auf Glorias Schultern und beteuerten mit viel Heuchelei, wie unfassbar nett es von ihr wäre, so etwas Tolles auf die Beine zu stellen.

„Na ja, wir hatten auch schon bessere Dekorationen. Zum Beispiel vergangenes Jahr, erinnert ihr euch? Die war mein Vorschlag“, bremste Cindy ihre Fans. Sofort waren sie wieder an ihrer Seite und schleuderten Gloria Blicke zu, die klarstellen sollten, dass es keinen Grund gab, sich irgendetwas einzubilden.

Die Tür ging auf, und Alexandra kam hektisch herein. Nessa nannte sie Lady Proper, denn an Alexandra war alles immer sauber und ordentlich.

„Tut mir leid, ihr wisst, ich bin immer pünktlich. Aber Mr Springsteen hat mir eine Aufgabe übertragen, die ich noch erledigen musste."

Alexandra war der mütterliche Typ mit schlichter Frisur und praktischen flachen Schuhen.

„Seid ihr schon weiter, was das Essen angeht?", fragte sie und zückte eine Ringmappe. Sie enthielt Checklisten mit kleinen Kästchen neben jeder Zeile, in die ein Haken gesetzt werden konnte.

Vicky schauderte.

Da war er schon wieder: dieser entsetzliche Gestank. Es war auf dem Friedhof gewesen. Als kleines Mädchen hatte sie verwelkte Blumen aus einer Grabvase gezogen. Das faulige grünbraune Wasser hatte denselben widerlichen Geruch gehabt.

Aber im Beichtstuhl gab es keine Blumen. Und auch keine Vase. Für den Verwesungsgestank kam damit nur ein Grund infrage, und den kannte Vicky allein.

„Du frierst aber nicht in dieser Hitze?" Nessa lächelte belustigt über Vickys Zittern.

„Nein, kein Frieren", murmelte Vicky abwesend.

Eine heftige Diskussion entbrannte über die Bar und welche Cocktails dort gemixt werden sollten. Alkohol war strengstens verboten, und die Direktorin wachte persönlich darüber, dass das Verbot auch eingehalten wurde. Einige wollten nur Cola und Säfte ausschenken, andere fanden Mixgetränke besser und origineller.

Vicky konnte nicht länger zuhören. Sie musste weg. So schnell wie möglich.

„Ich ... muss noch was ... holen“, flüsterte Vicky Nessa zu. Bevor Nessa Fragen stellen konnte, war Vicky auch schon auf den Gang geschlüpft.

Vor dem Schulhaus wehte eine angenehme Brise. Gegen einen Baumstamm gelehnt, stand ein groß gewachsener Junge, den Vicky noch nie zuvor an der Schule gesehen hatte. Er war sehr schlank und sein Haar pechschwarz. Von ihm ging etwas Ungewöhnliches aus, das Vicky gefiel.

Sie bemerkte, dass sie ihn angestarrt hatte, und hob schnell grüßend die Hand. Der Junge war einen Moment verwundert und schien zu überlegen, ob er sie kannte. Schließlich winkte er zurück, ging dann aber sofort davon.

Los jetzt, Vicky!, trieb sie sich selbst an.

Sie schwang sich auf ihr Fahrrad. Ihr Ziel war ein schmaler Weg, der zwischen niedrigen Häuserblöcken hindurchführte. Endlich erreichte sie den verwilderten Park, einen ehemaligen Friedhof, der von einer alten, niedrigen Backsteinmauer eingefasst war. Von den Grabsteinen ragten nur noch wenige wie schiefe Zähne aus dem Gras. Das Herzstück des kleinen Stadtparks war die schwarze Steinskulptur von Azrael gewesen. Als sie noch stand.

An ihrem Absturz und Zerbrechen war Vicky schuld. Davor hatte Azrael, aus schwarzem Marmor gehauen und bis auf ein locker fallendes Tuch um die schmalen Hüften nackt, auf einem Podest gestanden.

Richtig erwachsen hatte die Statue nicht ausgesehen, eher wie ein Teenager. Den rechten Arm erhoben wie ein Balletttänzer, das linke Bein leicht nach hinten abgewinkelt, als hätte er loslaufen wollen. Aus seinen Schulterblättern waren die kräftigen Schwingen gewachsen, leicht gespreizt wie zum Abflug. Früher musste Vicky immer lächeln, weil sie das knackige Hinterteil frei ließen.

„Dieser Po macht froh“, hatte Nessa einmal gereimt.

Seit sie fünf Jahre alt war und zum ersten Mal den Park betreten hatte, war Vicky fasziniert von der Steinfigur. Sie hatte, damals im Kindergarten, ein halbes Jahr lang nur noch schwarze Engel gemalt. Ihre Eltern waren noch verheiratet gewesen und von der Leiterin des Kindergartens zu einem Gespräch bestellt worden. Sogar zu einem Seelenklempner wurde Vicky geschleift, der den Eltern schließlich mitteilte, dass Vicky keinen Pakt mit der Hölle geschlossen hatte, sondern schlicht und einfach die Statue im Park verehrte wie andere Mädchen Ponys.

Die brütende Hitze des Nachmittags schien alle Geräusche in den umliegenden Häusern zu dämpfen. Verschwitzt und außer Atem, ließ sich Vicky neben Azraels abgebrochenem Kopf ins Gras sinken.

„Hi“, keuchte sie.

Diesmal dauerte es länger als sonst, bis Azrael seine strahlend blauen Augen öffnete.

Vicky seufzte tief.

„Wie geht’s?“, fragte er sanft.

„Schlecht, wenn ich dich hier so liegen sehe. Tut mir so leid, dass ich dich … dass ich …“

„… dass du mich vom Podest gestoßen hast.“ Azrael wirkte nicht besonders verärgert. „Ich habe mich geehrt gefühlt, dass ihr mich als Symbol für eure *Wilden Wahnsinnsengel* nehmen wolltet.“

„Aber ich hätte dich nie küssen dürfen! Dabei muss es passiert sein."

Rot konnte der dunkelgraue Steinkopf nicht werden, aber verlegen schon.

„Hast du vorher gewusst, dass deine Engelsenergie auf mich überspringen kann, wenn du zerbrichst?" Genau das war nämlich geschehen.

„Nein, ich kenne keinen ähnlichen Fall." Azrael grinste breit. „‚Fall' im wahrsten Sinne des Wortes."

Vicky seufzte noch einmal hörbar auf: „Das alles ist schon heftig für jemanden wie mich."

Dazu gab nun auch der steinerne Engel einen mitfühlenden Laut von sich.

„Hör zu! Bitte konzentrier dich! Du musst weiterhin Leben retten, die noch nicht zu Ende gehen sollen. Du kannst die Gefahr doch bestimmt wittern. Wie letztes Mal." Vicky wischte sich den Schweiß vom Gesicht.

„Ist das schon geschehen?"

„Ich glaube, dass etwas passieren kann. Du hast doch gesagt, dass ich den Tod immer riechen kann."

„So ist es. Du nimmst ihn als einen Gestank wahr, den außer dir keiner bemerkt."

„Es ist bei mir in der Schule. Zuerst mein Mathelehrer, dann Alexandra."

Azraels Augen weiteten sich. „Jemand läuft also bereits Gefahr, frühzeitig aus dem Buch des Lebens gestrichen zu werden."

Vor seinem Sturz hatte Azrael diese Bedrohung wahrgenommen. Es war seine Aufgabe gewesen, den Menschen, an die sich der Tod viel zu früh heranschlich, zu helfen.

„Einmal habe ich ja schon gegen den Tod gewonnen", sagte Vicky gedehnt. Das wäre ihr allerdings fast zum Verhängnis geworden.

Trotzdem. Sie musste ihre Engelspflicht erfüllen. Erstens ging es um ein Leben, das noch nicht ausgelebt war. Zweitens um Vickys eigenes.

Gelang es ihr nicht, die drohende Gefahr abzuwenden, verlor sie ein Stück ihrer Menschlichkeit, die so auf Azrael überging. Im schlimmsten Fall würde sie ganz zum Engel werden und Azrael als zerstückelter Toter im Gras des Parks enden.

„Was soll ich machen? Ich habe keine Ahnung, wer in der Schule es sein könnte."

„Du kannst nur wachsam sein, Victoria."

So hatte sie schon lange niemand genannt.

„Können es auch mehrere sein?", wollte Vicky wissen.

„Das ist möglich. Der Tod kommt in Gestalt eines Engels. Er ist der Engel der Vergänglichkeit, der nehmen will, der siegessicher ist und nicht genug bekommt. Er versteht es, sein wahres Gesicht hinter einer Maske zu verbergen, die nicht leicht zu durchschauen ist."

O ja, davon konnte Vicky ein Lied singen.

Wie eine Maske war ihr sein Gesicht aber nicht vorgekommen. Vielmehr hatte es etwas, das es ihr unmöglich machte, vernünftig zu denken. Ihr war noch nie – nicht einmal in diesen Kitschfilmen, die sie manchmal mit Gloria ansehen musste – ein Junge untergekommen, der anziehender gewesen wäre. An ihm schien einfach alles zu stimmen. Am schlimmsten war, dass sie sogar das Gefühl hatte, bei ihm sicher und beschützt zu sein. Ihre Lippen waren nur noch Millimeter voneinander entfernt gewesen. Sie hätte ihn beinahe geküsst, und sogar jetzt noch sehnte sie sich nach diesem Kuss. Dabei wusste sie, es wäre ihr letzter als Lebende. Wen der Tod küsste, der gehörte ihm.

„Hölle“, murmelte Vicky.

Tiefer Donner grollte, obwohl keine Wolke am Himmel zu sehen war.

Von Azrael kam ein demonstratives Räuspern. „Könntest du solche Bemerkungen bitte bleiben lassen?“

„Ja, entschuldige“, sagte Vicky hastig.

Ihre Gedanken gingen zurück zur Schule. Sie versuchte, sich an jede Kleinigkeit des Tages zu erinnern. War ihr etwas entgangen? Hatte es irgendeinen wichtigen Hinweis gegeben? Hatte sie ihn übersehen?

Isabella, die neue Frau ihres Vaters redete oft von Stress. Ständig gab es etwas, das sie stresste. Allein deswegen verwendete Vicky dieses Wort nie.

Bei der Aussicht, wieder Engel sein und Leben retten zu müssen, fühlte aber auch sie sich gestresst.

TU WAS, VICKY!

Auf dem Heimweg machte Vicky einen Abstecher zur Bäckerei ihres Onkels Anthony. Er war der große Bruder ihrer Mutter und verlangte, dass Vicky sich täglich vor der Schule eine Frühstückstüte bei ihm abholte. An diesem Morgen hatte sie es nicht mehr geschafft, weil sie wie so oft zu spät dran gewesen war.

Onkel Anthony und seine Frau Margret hielten es für pures Glück, dass Vicky und Sally in der Obhut ihrer Mutter so lange überlebt hatten. Onkel Anthony pflegte zu sagen: „Meine Schwester lässt sogar das Wasser beim Kochen anbrennen."

Vicky fand das erstens gemein, zweitens ungerecht und drittens war es auch nicht wahr. Damit Onkel Anthony die Ruhe bewahrte und sich gegenüber seiner Schwester nicht wie das schlimmste Große-Bruder-Ekel aufspielte, tat Vicky ihm den Gefallen und holte sich täglich ein paar frische Brötchen ab.

Als sie in den Laden eintrat, war nichts los. Ihr Onkel stand hinter der Theke und blätterte in einer Zeitung. Tante Margret schichtete Kuchenstücke in die Glasvitrine.

„Schau, schau, Margret, wer da kommt. Spät, aber doch", sagte Onkel Anthony, als er Vicky bemerkte.

Die Tante musterte Vicky vom Kopf bis zu den Zehen. Nicht der beste Scanner der Welt war so unerbittlich und entdeckte jede Kleinigkeit.

„Hast du zu wenig Schlaf? Macht dir etwas Kummer, oder sitzt du zu lange vor dem Fernseher?“, eröffnete sie das Fragenfeuerwerk. „Du siehst wirklich müde aus. Pru muss dafür sorgen, dass du ausreichend Schlaf bekommst. Das ist für Mädchen deines Alters wichtig.“

„Du trinkst doch nicht? Oder hast du begonnen zu rauchen?“, setzte Onkel Anthony das Verhör fort.

„Oder nimmst du Drogen? In der Zeitung stand heute wieder etwas über diese neue Droge, die ihr Teenager nehmt, um euch glücklicher zu fühlen. Gefährliches Zeug, an dem man sterben kann. Gibt es das an deiner Schule auch? Hast du davon probiert? Bist du deshalb so blass?“ Die Tante nahm ihrem Mann die Zeitung aus der Hand und blätterte darin. Sie hielt eine Seite hoch und deutete auf ein Foto, auf dem violette Tabletten in Rautenform abgebildet waren.

Vicky drehte sich wortlos um, weil sie wieder gehen wollte. Solche Fragen musste sie sich wirklich nicht gefallen lassen. Was hielten die beiden von ihr?

„Wir haben frische Erdbeerbaiser!“, rief ihr Tante Margret nach.

Sofort blieb Vicky stehen. Wenn es etwas gab, dem sie absolut nicht widerstehen konnte, dann waren das Erdbeeren mit Schlagsahne und knusprigem Zuckerschaum. Als sie sich umdrehte, reichte ihr die Tante schon die weiß-rote Köstlichkeit auf einem Pappteller über die Theke. Vicky griff zu und biss genussvoll hinein. Die schmelzende Süße auf der Zunge, vermischt mit dem säuerlichen Erdbeergeschmack, waren genau das, was ihr in diesem Moment gefehlt hatte. Da konnten die zwei meckern, so viel sie wollten.

Onkel Anthony hielt die aufgeschlagene Zeitung in die Höhe. Er deutete auf die Fotos zweier junger Frauen. Die eine hatte eine wilde feuerrote Mähne. Das Gesicht der anderen war sehr weiß geschminkt. Sie lächelte unnahbar wie ein Modell auf dem Laufsteg.

„Unsere Kundinnen." Onkel Anthony trommelte auf die Bilder. „Die eine immer in diesen hohen Stöckelschuhen, mit denen man sich doch nur die Knöchel brechen kann."

Seine Frau stieß ihn mit dem Ellbogen. „Anthony, red kein Blech. Du hast keine Ahnung von Mode."

Entschuldigend sagte sie in Vickys Richtung. „Was erwartest du von einem Mann, der am liebsten jeden Tag dieselbe Hose anziehen möchte und nur weiße T-Shirts im Schrank hat."

Anthony überging den Einwurf. „Die waren Stammgäste in der *Bar Italia* an der Hauptstraße. Dorthin liefern wir Salzstangen und Gebäck. Gestern haben die zwei wohl zu viel getrunken. Auf der Heimfahrt überfuhren sie einen Jogger, der seinen Hund retten wollte. Für Hund und Herrchen kam jede Hilfe zu spät. Der Wagen der Frauen kam ins Schleudern und prallte frontal gegen einen Baukran."

Mit gesenkter Stimme sagte Tante Margret: „Alle beide sofort tot."

Das Wort allein verursachte bei Vicky einen kalten Schauer, der ihr wie ein dünnes Rinnsal die Wirbelsäule hinunterkroch.

Warnend schwenkte die Tante den erhobenen Zeigefinger. „Deshalb halt dich fern vom Alkohol! Und Zigaretten! Und diesen ganzen Drogen, die es da so gibt! Hast du verstanden, Vicky?"

Mit der freien Hand deutete Vicky auf ihre Ohren. Das halbe Baiser noch im Mund, antwortete sie: „Ich habe zwei voll funktionstüchtige Hörorgane."

„Sei nicht frech", ermahnte sie Onkel Anthony.

Tante Margret packte noch drei Kuchenstücke und ein langes, französisches Brot in eine Tüte. „Lasst es euch gut schmecken. Und drück mein Schätzchen Sally. Bring sie mal wieder mit. Sie darf dann auch in die Backstube."

„Mach ich", versprach Vicky. Die Erdbeerbaiserköstlichkeit war aufgegessen, und sie hatte vorgeführt, dass sie noch lebte und immer noch alle Finger an den Händen hatte. Also Zeit zu gehen.

Die Fahrt nach Hause war nicht gerade kurz, da Pru Cassady mit ihren Kindern am anderen Ende der Stadt wohnte. Vicky mochte die Strecke aber und genoss es, den Fahrtwind im Gesicht zu spüren. Außerdem war es ein gutes Fitnesstraining.

Das Haus der Cassadys war leer, als sie eintrat. Schnell überprüfte Vicky ihr Gedächtnis: Hätte sie vielleicht Sally vom Kindergarten abholen sollen? Sie konnte sich nicht erinnern, dass ihre Mutter etwas in dieser Richtung gesagt hatte. Allerdings war Pru gerade sehr vertieft in die Zubereitung ihrer Wassermelonengesichtscreme. Sie musste zehntausend Tiegel liefern und schien die ganze Arbeit allein machen zu wollen.

Aus Gewohnheit brachte Vicky ihre Schulsachen sofort nach oben in ihr Zimmer. Das hatte weniger mit Ordnungsliebe zu tun als damit, das Zeug aus den Augen zu haben. So bekam sie kein schlechtes Gewissen, wenn sie trödelte und nicht lernte.

Sie nahm sich ein großes Glas Holunderlimo aus dem Kühlschrank – natürlich auch von Pru selbst zubereitet und ohne künstliche Zusatzstoffe – und zog sich damit in den Garten zurück. Sie liebte den frischen Geruch der feuchten Erde. Ihre Mutter goss mindestens einmal am Tag die vielen Blumen in den Töpfen und Trögen.

Vicky setzte sich auf die Holzschaukel, die an dicken Seilen von einem starken Ast des Apfelbaumes hing. Ihr Vater hatte sie dort angebracht, kurz bevor er und ihre Mutter sich getrennt hatten. Stundenlang hatte er Vicky hier zu erklären versucht, wieso er nicht mehr mit Pru zusammenleben konnte. Es hatte oft Streit gegeben, weil ihr Vater fand, dass sie nicht länger so unorganisiert in den Tag hinein leben konnten wie früher, als sie noch mit Rucksack und Gitarre durch die Welt getrampt waren.

Vickys Mutter warf ihm dafür vor, genauso spießig geworden zu sein wie die Leute, die sie immer verabscheut hatten. Sie wollte ein freies Leben führen und unter keinen Umständen so sein wie alle anderen.

Das hatte sie auch eisern durchgehalten.

Manchmal wünschte sich Vicky eine Mutter, die ein bisschen besser organisiert war. Dachte sie dann aber an Isabella, die Neue ihres Vaters, fühlte sie sich sofort schuldig, weil sie nur einen Moment an Pru gezweifelt hatte.

Im Haus läutete das Telefon, ein altmodischer Tastenapparat mit Kabel und einem durchdringenden Klingeln. Vicky hatte keine Lust abzuheben.

Das Klingeln ging weiter.

Ring.

Ring.

Egal. Sie brauchte jetzt ein bisschen Zeit für sich. Das Schaukeln hatte ihr schon gut getan, als sie ein kleines Mädchen gewesen war.

Ring.

Ring.

Dann verstummte das Läuten. Endlich.

Zwei Schwalben jagten über den Himmel. Hoch über ihnen hinterließ ein Flugzeug einen schmalen weißen Kondensstreifen, der sich schnell wieder auflöste. Irgendwo summte eine Biene.

Ring.

Ring.

Ring.

Der zweite Versuch des Anrufers. Vielleicht ging es um Sally. Sie konnte sehr eigenwillig sein. Wieder meldete sich in Vicky dieses dumpfe Gefühl, etwas vergessen zu haben. Deshalb nutzte sie den Schwung der Schaukel und sprang mit ihm ins Gras. Sie lief ins Haus zu dem grünen Telefon, das in der Diele auf einem geschnitzten Hocker aus Afrika stand.

„Hallo?“, meldete sich Vicky atemlos.

„Ich wusste doch, dass du da bist. Wieso hebst du nicht ab, Lady?“, fragte Nessa am anderen Ende der Leitung.

„Hi!“ Selbst auf Nessa hatte Vicky im Augenblick wenig Lust.

„Du hast das Beste versäumt. Dieser Neue hat sich blicken lassen. Abgefahrener Kerl.“

„Aha.“ Vicky hoffte, dass, wenn sie sich einsilbig gab, das Gespräch schnell zu Ende war. Allerdings war es schon überraschend, dass Nessa über einen Jungen redete.

„Ist so ein Mister Immer-gut-drauf, ohne zu nerven."

„Aha."

„Wenn er loslegt, ist alles ein Volltreffer." Sie lachte laut. Vicky hielt den Hörer ein Stück vom Ohr weg.

„Hat mich angesehen und gefragt: Aus welcher Gruft bist du geschlüpft?" Wieder lachte Nessa. „Ich hab ihn gewarnt, dass ich solche wie ihn zum Frühstück fresse."

Diese Begeisterung und dann auch noch für einen Jungen war total ungewöhnlich für sie.

„Er heißt Lanzelot!"

„Wie?" Vicky glaubte, *Lanzelot* gehört zu haben.

„Lan-ze-lot. Wie der Ritter von König Artus."

Sie hatte sich nicht verhört.

„Nennt ihn irgendjemand so?"

„Kein Schwein. Das heißt, seine Großtante schon. Sonst ist er Lance", erklärte Nessa.

„Aha."

„He, Lady Aha, ist das alles?"

„Äh ... was hättest du denn gern?"

„Begeisterung. Jubel. Buhrufe. Was auch immer."

„Grandios! Jubel! Buuuuuh! Und so weiter", sagte Vicky. Nach der kleinen Pause, die eintrat, fragte sie: „Zufrieden?"

„Lassen wir das." Nessa hörte sich eingeschnappt an. „Könntest du dich wenigstens um diese Natty kümmern. Du hast ihre Anfrage übernommen. Schon vergessen, Lady Loch-im-Kopf?"

Natürlich! Natty und ihre ehemals beste Freundin Laureen.

„Ist aber nicht wirklich etwas für die *Wilden Wahnsinnsengel*", versuchte sich Vicky zu verteidigen.

„Du kannst ihr das gerne antworten. Sie hat nämlich seit gestern drei weitere Nachrichten auf die Homepage geschickt. Ist völlig verzweifelt und redet von letzter Rettung und alles sinnlos und so."

„In welche Klasse geht sie noch einmal?"

„Siebte! Sieben c!"

„Weißt du, wo sie wohnt?"

„Nein."

„Und wie sie mit Nachnamen heißt?"

„Warte." Nessa rumorte herum und hantierte mit irgendwelchen Büchern. Sie blätterte und summte dazu die Kennmelodie einer Fernsehserie.

„Im Schuljahrbuch gibt es eine Nathalie Coolage."

„Natty und Nathalie! Das könnte sie sein." Vicky bedankte sich.

„Tu was, Lady!", sagte Nessa im Befehlston und legte geräuschvoll auf.

TOTAL VERBLÖDETE SPAGHETTI

Vicky atmete tief ein, blies die Backen dick auf und stieß die Luft zischend wieder aus. Sie zupfte an ihren Stachelhaaren, verschränkte die Hände hinter dem Kopf und drehte sich ein paar Mal in der Diele im Kreis.

Danach bückte sie sich und zog hinter dem Holzhocker das dicke Telefonbuch heraus. Sie schlug bei C auf und suchte nach *Coolage*. Es gab nur eine einzige Eintragung. Das war praktisch.

Die Familie wohnte an der Spring Gardens. Die kleine Straße war Vicky bekannt. Sie befand sich nicht weit von der Schule entfernt.

Dann aber fiel ihr etwas ein: Sie musste nicht zu Natty, sondern zu Laureen. Was war mit ihr geschehen? Wieso wollte sie von Natty nichts mehr wissen? Vicky tippte Nessas Telefonnummer ein, die sie auswendig kannte.

„Wer stört?“, meldete sich Nessa.

„Ich bin es. Bitte, schau nach, wie Laureen mit vollem Namen heißt!“

Brummelnd blätterte Nessa wieder im Schuljahrbuch.

„McLeish.“

„Hast du eine Ahnung, wo sie wohnt?“

Nessa lachte trocken. „Lady, ich habe nicht einmal eine Ahnung, wer Laureen ist.“

„Danke!“ Manchmal konnte Nessa nerven. Vicky legte auf und nahm sich wieder das Telefonbuch vor.

Laureen und Natty waren Nachbarn.

Vicky schlug sich mit der flachen Hand auf die Stirn. Sie hatte doch selbst ein Jahrbuch oben in ihrem Zimmer. Drei Stufen auf einmal nehmend, rannte sie hinauf. Sie kramte in ihrem Regal, bis sie den blauen Band mit dem weißen Wappen vorne drauf gefunden hatte. Es gab von jedem, der seinen Fuß regelmäßig über die Schwelle der Schule setzte, ein Foto.

Auch von Laureen McLeish. Sie erinnerte Vicky an ein Reh, das in der Nacht auf die Fahrbahn lief und erschrocken in die Scheinwerfer starrte.

Die Adresse und Laureens Gesicht sollten ausreichen. Vicky ließ sich auf die Bettkante sinken und schloss die Augen. Sie stellte sich Laureens ovales Gesicht mit dem dicken Pferdeschwanz, der über ihrer Schulter lag, genau vor. Dazu dachte Vicky an Spring Gardens.

Für keinen Menschen war es gut, mit einer ehemals besten Freundin in Unfrieden zu leben

Laureen braucht meine Hilfe!

Es wirkte. Vicky fühlte, wie ihr Körper schwerelos wurde. Schon konnte sie die harte Bettkante nicht mehr spüren. Auch standen ihre Füße nicht mehr auf dem Boden, sondern hingen locker herab.

Sie schwebte.

Aber das war erst der Anfang. Alle ihre Gedanken waren fest auf Laureen und die Adresse gerichtet. Nichts durfte sie jetzt ablenken, wenn sie ans Ziel kommen wollte.

Sie spähte prüfend durch die Wimpern. Vicky bewegte sich durch den Raum auf das Fenster zu. Die untere Hälfte war in die Höhe geschoben, aber Vicky musste diese kleine

Öffnung nicht nehmen. Sie konnte einfach durch das doppelte Glas der Scheiben ins Freie fliegen, da sie jetzt körperlos war.

Ein echter Engel eben. Glas und Rahmen fühlte sie nur als sanftes Kitzeln, das durch sie ging.

Sie war umgeben von einem Brausen und Toben, das sie fast zu zerreißen schien, konnte aber nichts dagegen tun.

Ihr Flug war schnell und wurde sogar noch schneller. Vor ihr leuchtete ein greller Blitz auf, der sie kurz einhüllte und blendete. Ein Hitzestoß schoss durch ihren Kopf, ihre Brust, die Arme und die Beine. Dann beruhigte sich der tobende Strudel wieder.

Langsam konnte Vicky etwas sehen und erkennen. Es war gekommen wie erwartet. Sie befand sich in einem fremden Haus. Wenn alles geklappt hatte, musste es das Haus von Laureens Eltern sein.

„Laureen!", rief eine Frau wie zur Bestätigung.

„Kann jetzt nicht." Laureens Stimme klang nicht weit entfernt.

Vicky sah sich um. Sie stand in einem kleinen Wohnzimmer mit offenem Kamin.

Eine sehr große Frau trat vom Garten durch die offene Schiebetür. Um sich nicht den Kopf anzustoßen, musste sich die Frau bücken. Sie hatte das gleiche ovale Gesicht wie Laureen. Sie musste ihre Mutter sein.

„Laureen, komm bitte her!"

In der Diele wurde eine Tür geöffnet und schlurfende Schritte näherten sich. Die Ähnlichkeit von Mutter und Tochter bestätigte sich auch in der Größe. Laureen war höchstens einen Kopf kleiner. Jetzt erinnerte sich Vicky, sie schon öfter in der Schule gesehen zu haben. Jemand wie Laureen fiel auf.

„Mary hat mich gerade über den Zaun angesprochen."

Laureen kniff die Lippen zusammen.

„Redet ihr zwei noch immer nicht miteinander? Du und Nathalie?"

Keine Antwort.

„Kannst du bitte etwas sagen?"

„Nein."

„Nein, was?"

„Lass mich in Ruhe!"

Sie drehte sich schnell weg und wollte gehen.

„Bleib hier!", sagte Mrs McLeish betont ruhig. Laureen drehte ihr den Rücken zu, blieb aber stehen.

„Was ist zwischen euch geschehen?"

Stille.

„Du wirst mir das jetzt endlich sagen."

Vicky bewegte sich an Laureen vorbei. Als Engel konnte sie nicht nur durch Laureen durchschweben, sondern auch durch die Mauer, die das Wohnzimmer und die Diele trennte. Sie stellte sich vor Laureen, um ihr ins Gesicht zu sehen. Vielleicht gab es da etwas abzulesen.

Laureens Miene war wie aus Stein. Azraels Marmorgesicht war dagegen lebendig.

„Ich will es wissen!", beharrte ihre Mutter.

Laureen presste die Lippen noch fester zusammen und lief rot an. Sie wirkte weniger bockig als eher in die Enge getrieben und ertappt. Schließlich rannte sie einfach zurück in ihr Zimmer, das sich gleich neben der Eingangstür befand. Sie knallte die Tür zu und sperrte von innen ab.

Mrs McLeish kam ihr nach und klopfte energisch an.

„Mach auf der Stelle auf! Sonst hat das Folgen, hörst du? Der Schulball ist keine Pflichtveranstaltung."

„Dann geh ich eben nicht!", schrie Laureen von drinnen.

Mit zwei Schritten war Vicky bei ihr im Zimmer. Es war recht nüchtern und praktisch eingerichtet, ein paar Pferdeposter, Popstars und das Bild einer Südseeinsel an den Wänden waren die einzige Verschönerung.

Laureen lag auf dem Bett, das Gesicht tief im Kissen versteckt.

Es tat Vicky weh zu sehen, wie Laureen weinte. Sie schluchzte und trommelte mit der Faust auf die Matratze.

Alles sehr dramatisch, aber nicht im Geringsten aufschlussreich. Was war zwischen den Mädchen vorgefallen?

Noch immer verlangte Mrs McLeish, eingelassen zu werden. Laureen tat, als würde sie es nicht hören. Sie richtete sich auf und wischte sich mit dem Unterarm die Tränen ab. Dann griff sie unter das Bett und zog ein kleines Büchlein heraus. Das Buch war mit einem Gummiband verschlossen, an dem ein Kugelschreiber hing. Laureen setzte sich im Bett zurecht, die Knie angezogen.

Es handelte sich um ein Notizbuch, das schon zu einem großen Teil vollgeschrieben war. In dicken Buchstaben trug Laureen ein: *Ich hasse alles. Ich hasse Mam. Ich hasse Natty. Ich hasse mich. Ich hasse die Schule. Ich hasse alle Jungen. Ich hasse dieses Mistbuch. Du bist schuld, Mistbuch! Du bist schuld an allem. Du und alle anderen Mistbücher. Ich hasse euch, ich hasse euch, ich hasse euch!!!!!* Sie setzte so viele Satzzeichen dahinter, bis kein Platz mehr auf der Seite war. Keuchend lehnte sie sich gegen die Wand.

Aber warum hasst sie alles und jeden?

Vicky beschloss, einen Abstecher zu Natty zu machen. Vielleicht erfuhr sie dort mehr.

Als sie den Kopf durch die Wand steckte, wusste sie sofort, sie war richtig. Direkt an die Diele der McLeishs grenzte Nattys Zimmer an. Natty musste eine große Vorliebe für Sticker haben, da die Schranktüren, die Zimmertür und die halbe Tischplatte mit allen möglichen und unmöglichen Aufklebern verziert waren.

Natty selbst saß am Schreibtisch, sah durch das offene Fenster auf die Straße und kaute an ihrem Kugelschreiber. Das schien eine Angewohnheit von ihr zu sein. Der Becher, in dem sie ihre Stifte aufbewahrte, lieferte den Beweis. Jeder Stift war am hinteren Ende angenagt.

Auch Natty trug etwas in ein Notizbuch ein. Es war das gleiche wie das von Laureen. Vicky warf einen Blick über Nattys Schulter.

Diese Wilden Wahnsinnsengel taugen nichts. Ich bekomme keine Antwort. Dabei habe ich so oft geschrieben, begann ihre Eintragung. *Manchmal denke ich, dass ich Laureen vergessen sollte. Sie ist vielleicht einfach eine blöde Kuh. Es hat nur lange gedauert, bis ich das herausgefunden habe. Aber besser spät als nie, sagt Dad. Also: Vergiss mich, Laureen! Ich vergesse dich auch. Ich finde dich nur blöd. Du blöde Zaunlatte! Du Bohnenstange! Du stehender Gartenschlauch! Du Spargel mit Rock! Du Laternenmast, bei dem eine Glühbirne durchgebrannt ist! Ich würde dir das alles gerne ins Gesicht sagen. Das tut dir nämlich weh. Ich weiß es. Aber du hast es verdient. Du total verblödete Spaghetti!*

Gerade fein war Natty nicht. Sie musste sehr gekränkt und wütend sein und ließ ihrer Wut freien Lauf.

Aber noch immer gab es keinen Hinweis, warum Laureen von Natty nichts mehr wissen wollte.

Also ging Vicky durch die Hausmauer zurück zu den McLeishs.

Laureen kauerte noch immer auf dem Bett. Sie blätterte in dem Tagebuch. Um mitlesen zu können, stellte sich Vicky hinter sie. Natürlich wusste sie, dass man so etwas nicht tat, aber schließlich war das ein Engelseinsatz, und der erforderte ungewöhnliche Maßnahmen.

Es schien, als würde Laureen das ganze Büchlein noch einmal von vorn nach hinten durchlesen wollen.

Auf den ersten Seiten waren Schwärmereien für einen Jungen namens Ramon, der in die Nachbarklasse ging. Dann gab es einige Eintragungen, in denen sich Laureen über ihre Eltern beklagte, die zu streng waren und nur an ihr herummeckerten. Als sie weiterblätterte, sprangen Vicky die Buchstaben mit einem Mal förmlich entgegen. Laureen hatte dreimal so groß geschrieben wie zuvor und dazu einen dicken Filzstift verwendet.

Sie schrieb: ***Ich hasse Natty! Sie ist eine falsche Schlange, eine Viper, eine Assel!***

Waren Asseln Schlangen? Wenn sie sich in Biologie nicht verhört hatte, waren Asseln doch kleine Krabbeltiere, überlegte Vicky. Egal, sie korrigierte hier schließlich keine Biologiearbeit.

Erst ein paar Tage später hatte Laureen eingetragen, was sie so sehr aufgeregt hatte: *Ich war bei ihr, und wir haben neue Frisuren für mich ausprobiert. Sie ist hinauf in das*

Schlafzimmer ihrer Eltern gegangen, um ein Haarband zu holen. Auf ihrem Schreibtisch lag ihr Tagebuch. Das Buch, das ich ihr zum Geburtstag geschenkt habe. Ich konnte nicht anders. Ich hasse mich dafür! Ich habe es aufmachen und darin lesen müssen. Ich bin so schrecklich. Aber Natty hat etwas so Gemeines eingetragen. Das werde ich ihr nie verzeihen. Nie, nie, nie, ich schwöre es! Ich bin einfach gegangen und habe die Haustür zugeknallt. Ich werde ihr nie sagen, dass ich weiß, was sie über mich denkt und wie widerlich ich sie finde. Natty macht es verrückt, wenn ich nicht mit ihr rede. Das hat sie jetzt davon.

Ein wenig konnte Vicky Laureens Zorn verstehen. Dafür aber eine so lange Freundschaft aufzugeben, war auch übertrieben.

Trotzdem. Laureen hatte sich dafür entschieden und gab Natty keine Chance. Bestand eine Möglichkeit, das zu ändern?

Während Vicky überlegte, machte sie ein paar Schritte ins Freie. Sie war noch immer körperlos.

Der Grund dafür war klar: Sie hatte den Auftrag, den sie als Engel begonnen hatte, noch nicht zu Ende gebracht. Erst wenn ihr das gelang, würde sie wieder sichtbar werden. Daran hätte sie früher denken sollen.

„Hallo“, grüßte sie jemand.

Nein, sie konnte nicht gemeint sein, denn sie war für niemanden zu sehen.

„Hallo, Vicky.“

VERTRAU MIR!

Ein heißer Stoß fuhr ihr durch den ganzen Körper. Vicky schloss die Augen, als ob das etwas ändern könnte.

„Erkennst du mich nicht mehr? So lange ist es nicht her, dass wir uns das letzte Mal gesehen haben."

Vicky brauchte sich nicht umzudrehen. Sie kannte diese Stimme.

Was sollte sie jetzt tun? Weglaufen? Oder wegfliegen? Würde er ihr nachkommen? Veranstalteten Engel Verfolgungsjagden?

Was für ein dummer Gedanke. Wenn Vicky besonders tief in der Klemme steckte, kamen ihr manchmal die verrücktesten und unmöglichsten Ideen. Sie konnte nicht anders, als sich vorzustellen, wie sie über die Stadt dahinrasten, er im flatternden weißen Hemd, das schwarze Jackett schwingend.

„Du lächelst. Das ist schon mal was", sagte er belustigt.

„Nein, ich muss weg", sagte sie ausweichend und vermied es dabei noch immer, ihn anzusehen.

„Du hast deine gute Tat aber noch nicht zu Ende gebracht", erinnerte er sie.

„Spionierst du mir nach?" Vicky war ehrlich empört.

„Engel können kaum etwas voreinander verheimlichen."

„Ich erledige das später."

Im Stillen verwünschte sich Vicky. Wieso rechtfertigte sie sich? Das alles ging ihn nichts an.

„Hast du eigentlich einen Namen?“, platzte sie heraus. Die Frage war wie eine Leuchtkugel in ihren Kopf geschossen.

„White. Einfach nur White.“

„Weiß? Wieso Weiß? Wieso nicht Black? Du bist der …“ Sie brach ab.

„Ich bin die Erlösung. Ich bringe Erleichterung. Ich schaffe Raum für Neues. Ich bin wie ein weißes Blatt Papier, eine weiße Wand, eine weiße Seite in einem Buch: unberührt. Bereit, etwas entstehen zu lassen.

„Du zerstörst, und du bringst Unglück!“, brauste Vicky wütend auf.

Mit langsamen Schritten kam er auf sie zu. Vicky beobachtete ihn aus den Augenwinkeln. Sein Gang strahlte Gelassenheit und Überlegenheit aus.

„Sieh mich an.“ Er sprach jetzt sehr leise, verführerisch und sanft.

Sie musste ihm widerstehen! Musste ihn widerlich und schrecklich finden!

Er trat vor sie und hob sacht, nur mit dem Zeigefinger, Vickys Kinn an.

Ihr Blick verlor sich in seinem Gesicht, das in ihr für den Moment das gleiche Gefühl auslöste wie der Ausblick auf eine weite, unendliche Landschaft. Friede, wohin das Auge reichte. Er lächelte aufmunternd.

Was war es nur? Was machte ihn so fürchterlich anziehend? Vicky musste sich mit aller Kraft daran hindern, sich nach vorn zu beugen und ihn zu küssen. Wenigstens umarmen würde sie ihn gerne. Aber auch das durfte sie nicht.

„Keine Angst, dir kann nichts geschehen“, flüsterte er. Sein Duft stieg ihr in die Nase, frisch wie die Gischt des

Meeres. „Du bist wahrscheinlich gewarnt worden. Man hat dir eingehämmert, wie gefährlich ich bin."

Stumm nickte Vicky zweimal.

„Du bist genauso unsterblich wie ich. Was soll dir also geschehen?"

„Aber ... aber ich bin kein echter Engel. Ich ... ich werde immer wieder zum Menschen", stammelte Vicky. Sie war so durcheinander, dass sie kaum sprechen konnte.

„Du bist immer ein Engel. Und schön." Er sprach so leise, dass seine Stimme nur noch ein Hauch war. Vorsichtig legte er seine Hände auf Vickys Schulter. Durch den Stoff ihres T-Shirts fühlte sie die Wärme seiner Haut.

Sie hatte ihn sich kalt vorgestellt. Tot eben. Aber seine Hände waren weich, sein Griff angenehm.

„Vergiss alles, was du gehört hast. Vertrau mir. Bitte!"

Wie gern Vicky das täte. Sie sah ihn verzweifelt und ratlos an und seufzte tief.

Er löste die rechte Hand von ihrer Schulter und strich ihr über Wange und Stirn. Dann drehte er sich weg und ging davon. Ohne sich ein einziges Mal nach ihr umzudrehen. Sie hörte ihn eine Melodie summen, die ihr bekannt vorkam. Trotzdem fiel ihr der Titel des Songs nicht ein.

„Warte!", rief sie. Entweder hörte er sie nicht oder er wollte sie nicht hören. Jedenfalls reagierte er nicht. Sein schlanker, trainierter Körper zeichnete sich unter dem Stoff seiner Kleidung ab. Er umschmeichelte seine Arme und Beine und den breiten Rücken. Er trug keine Schuhe. Seine Fußsohlen leuchteten weiß bei jedem Schritt.

Je weiter er sich entfernte, desto blasser wurde seine Gestalt. Schließlich war er verschwunden.

Vicky stützte sich mit den Händen auf die Knie. Immer wieder schüttelte sie den Kopf. Sie atmete tief durch und richtete sich wieder auf.

Ihr Herz schlug noch immer bis zum Hals. Wenn sie nur mit jemandem darüber reden könnte! Azrael war dafür nicht sehr gut geeignet. Nessa auch nicht. Und Gloria würde es nicht glauben oder sofort ausplaudern. Auf beides konnte Vicky verzichten.

Trotzdem musste sie zu ihr, denn Gloria konnte Natty an ihrem Computer eine Antwort schreiben. Sodass Vickys Auftrag als Engel erfüllt war und sie wieder menschliche Gestalt annehmen würde.

Schnell konzentrierte sie sich auf Glorias Zimmer, was nicht besonders schwierig war. Dort schwebte ein Hauch von vergangenem Pink in der Luft – Glorias früherer Lieblingsfarbe.

Aus Glorias Prinzessinnenphase vor vielen Jahren war ein weißes Plüscheinhorn, groß wie ein ausgewachsener Schäferhund, übrig geblieben. Vicky musste schmunzeln, als sie daran dachte.

Gloria saß gerade am Computer, als Vicky neben ihr auftauchte. Unsichtbar natürlich. Das Kinn malerisch auf die Faust gestützt, seufzte ihre Freundin genüsslich. Ihr Blick lag auf dem gerahmten Foto, das neben dem Monitor auf dem Schreibtisch stand.

Es zeigte den rothaarigen Mike mit der ernsten Professormiene. Ihren Mike, mit dem sie zum Schulball gehen würde. Gloria lächelte glücklich, küsste ihre Fingerspitzen und drückte sie auf Mikes Mund. Mit einem verzückten Seufzer drehte sie sich zum Bildschirm ihres supermodernen

Computers, auf dem eben eine neue Anfrage an die *Wilden Wahnsinnsengel* aufpoppte.

Vicky war erleichtert, denn jetzt hatte sie die Möglichkeit, auf sich aufmerksam zu machen. Wenn Vicky sich in ihrer jetzigen Gestalt sehr konzentrierte, konnte sie Sachen mit ihren Gedanken bewegen. Zum Beispiel die Tasten eines Laptops.

Sie starrte auf die ultraflache Tastatur und schaltete zuerst auf Großbuchstaben um. Dann schickte sie Buchstabentaste für Buchstabentaste den Befehl, sich zu senken. Sie taten es gehorsam.

Im ersten Moment quiekte Gloria auf und sprang zurück. Deshalb hatte Vicky auch für den Anfang die Worte gewählt:

KLAPPE ZU! ICH BIN ES!

Wild mit den Händen gestikulierend, ließ sich Gloria wieder auf den Stuhl sinken.

„Bist du wieder … Vicky … bist du wieder … bist du?“, stotterte sie.

JA!

Ein weiteres hohes Quieken entfuhr Gloria. Schuldbewusst schlug sie sich die Hand vor den Mund. „’tschuldige. Ich tu es bestimmt nicht wieder“, murmelte sie durch die Finger.

GUT SO! ANTWORTE JETZT NATTY! KEINE FRAGEN! MACHEN!

Gloria nickte gehorsam und suchte unter den Einträgen Nattys Mails heraus. Sie klickte auf den Antwortbutton. Dann übernahm Vicky wieder. Sie löste die Großstelltaste und schrieb:

Hallo Natty,

ein Tagebuch ist ein guter Freund, der kein Geheimnis weitererzählt. Auch wenn es ein gemeines ist.

So ein Tagebuch sollte man deshalb nie herumliegen lassen. Es ist zu verlockend, darin zu lesen. Und genau das hat Laureen getan. Sie hat gelesen, was du über sie geschrieben hast: *Mir tut Laureen leid. Eine solche Spaghetti wie sie ist der totale Horror für jeden Jungen. Männer wollen keine Frauen, die größer sind als sie. Und Ramon ist mindestens zwei Köpfe kleiner. Sie hat keine Chance bei ihm.*

Laureen ist gekränkt und beleidigt.

Vielleicht kannst du ihr einen Brief schreiben und dich entschuldigen. Sie muss ja nicht erfahren, woher du weißt, warum sie nicht mehr mit dir spricht.

Viel Glück!

Die Unterschrift Deine Wilden Wahnsinnsengel tippte Gloria persönlich. Sie konnte sich nicht verkneifen, als Nachsatz hinzuzufügen: Und die Liebe siegt immer.

Sofort klickte sie auf *Absenden*, damit Vicky nichts mehr verändern konnte.

Erleichtert atmete Vicky auf. Nicht wegen Glorias Zusatz, sondern wegen des Gefühls, das sich unter ihren Schuhsohlen bemerkbar machte. Sie spürte wieder die Fasern des Teppichs, die Anziehung der Schwerkraft.

Gloria quiekte noch einmal, als sie Vicky plötzlich neben sich stehen sah.

„Ganz ruhig. Du spinnst nicht. Ich bin es. War nur wieder ein …“ Vicky formte mit den Lippen das Wort „Engel“.

Mit großen, wissenden Augen und begeistert, ein Geheimnis mit Vicky teilen zu können, nickte Gloria heftig.

„Nessa ist verknallt“, platzte sie heraus.

„Wirklich?“ Vicky ließ sich auf Glorias breites Bett sinken, auf das das Hausmädchen eine schneeweiße Seidendecke gebreitet hatte.

„Dieser Neue, der hat es ihr angetan. Glaub mir, ich sehe so was!“

Natürlich fiel Vicky sofort wieder das Telefonat mit Nessa ein. So hatte sie Nessa noch nie von einem Jungen schwärmen gehört.

Trotzdem, so schnell verliebte sich eine Nessa nicht.

„Wir können gerne wetten“, schlug Gloria vor, als Vicky ihre Zweifel äußerte. Danach brach Gloria erneut in aufgeregtes Quieken aus und fuchtelte mit den Händen. „Ich finde es so aufregend, dass du plötzlich …“

„Kein Wort!“, unterbrach Vicky sie warnend. Sie schnappte sich eines der fünfzig Plüschtiere, die noch immer mit Gloria das Bett teilten. Es war ein hellblauer Teddybär mit rotem Herz. „Kein Wort, sonst büßt der Teddy dafür.“

„Ich schweige wie ein Grab“, versicherte Gloria kichernd. Diesen Vergleich hörte Vicky nicht so gerne.

Das Melonenkleid

„Engelchen!“

Vicky zuckte ertappt zusammen. Das Wort entwickelte sich im täglichen Leben langsam zum Schreckgespenst für sie.

Pru Cassady musterte ihre Tochter belustigt.

„Was hast du denn? Wieso zuckst du so?“

„Äh … nichts.“ Vicky lachte, um zu zeigen, dass alles in Ordnung war. Sie saß mit ihrer Mutter auf der Holzterrasse hinter dem Haus. Pru hatte einen großen Krug „Sommercocktail“ gemacht: ein Saft aus verschiedenen Früchten nach ihrem eigenen Rezept. Vicky mochte ihn, weil er genau wie das Tutti-Frutti-Eis schmeckte, nach dem sie total verrückt war.

Vor Pru auf dem Gartentisch lagen ein Paar Ohren, Arme, Beine, Augen, ein brauner Körper und eine Knopfnase. Alles Teile von Stofftieren. Wie ein Chirurg setzte Pru sie zusammen.

In ihrem eigenen Beet, das mit einem grünen Holzzaun eingefasst war, stand Sally – Vickys kleine Schwester – und goss begeistert die Blumen und Kräuter mit einer Blechgießkanne.

„Sally, also wirklich“, schimpfte Pru vor sich hin.

Sofort ließ Sally die Gießkanne fallen und sprang über den Zaun, der ihr nur bis zu den Knien reichte. Sie trug ein Kleid, dessen einer Träger von ihrer Schulter baumelte. Das

Kleid war aus dünnem Leder und am Saum ausgefranst. Sally hatte ein Kleid wie dieses in einem Buch über die Steinzeit entdeckt und unbedingt haben wollen. Ihre Mutter hatte ihr den Wunsch erfüllt und es genäht.

„Mammi!“, krähte Sally vergnügt und streckte ihre Hände vor. Sie waren braun und mit Erde verklebt, genau wie ihre Füße, mit denen sie durch das aufgeweichte Beet gestapft war.

Sally liebte Überschwemmungen.

„Ich hole nachher den Gartenschlauch, dann sparen wir uns heute die Badewanne“, erklärte Pru praktisch, ohne sich auch nur einen Funken über den Dreck aufzuregen. Sie deutete auf die Stofftierteile. „Es ist sehr gut, dass du alles erforschst und untersuchst“, lobte sie, um dann tadelnd hinzuzufügen: „Doch es ist nicht nötig, dass du deinen Frankie-Bär alle zwei Wochen völlig zerlegst.“

Schuldbewusst senkte Sally den Kopf.

Frankie war der einzige Frankenstein-Teddybär der Welt. Sein Körper war echt Teddybär, sein Kopf aber stammte von einem Plüschelefanten, dem ein fehlendes Tellerohr durch einen Hasenlöffel ersetzt worden war. Das linke Bein kam von einem Schlenkerschaf, der Schwanz von einem Kuschelkrokodil, und die Augen waren unterschiedlich groß. Sally liebte Frankie, den ihre Mutter aus den Resten zu Tode geliebter Stofftiere genäht hatte.

Und heute wieder einmal von Neuem zusammenflickte.

„Ist nicht Schulball am Samstag?“, wollte Pru wissen.

Vicky, die gerade versuchte, Mathematikformeln in ihr Gehirn einzubrennen, sah vom Heft auf. „Ja, habe ich dir doch gesagt.“

„Verzeih mir, Liebes, aber diese zehntausend Tiegel Wassermelonencreme haben aus meinem Kopf eine Melone gemacht." Sie sah Vicky prüfend an. „Und was wirst du anziehen? Du musst auf so einem Ball strahlen, von innen und außen."

Darüber hatte sich Vicky noch gar keine Gedanken gemacht. Gloria redete seit drei Wochen über nichts anderes mehr. Jeden dritten Tag kam sie mit einem neuen Foto, das sie aus einer Modezeitschrift gerissen hatte und hielt es den Freundinnen auffordernd unter die Nase.

„Mir schwebt da etwas ganz Besonderes vor", murmelte Pru Cassady, die Augen halb geschlossen, den Blick irgendwo in die Ferne gerichtet.

Vicky schämte sich ein bisschen, denn ihr erster Gedanke war: Hilfe! Wie kann ich das verhindern?

In Sachen Mode war ihre Mutter nicht unbedingt ein leuchtendes Vorbild. Sie hatte ihre ganz eigenen Vorstellungen, was Kleidung betraf. So boykottierte sie die Modeindustrie seit vielen Jahren und kaufte nur in Secondhandläden ein, die Geld für Entwicklungsländer sammelten. Oder noch schlimmer: Nähte sich aus drei alten Sachen zwei neue.

„Zu deinem dunklen Haar würde eine kräftige Farbe passen. Wassermelonenrot zum Beispiel!" Sie drehte sich zu Vicky, die Augen noch immer halb geschlossen. „Wassermelonenrot mit kleinen schwarzen Knöpfen wie Kerne einer Melone. Würde dir das gefallen?"

Das klang doch wesentlich besser, als Vicky vermutet hatte. Nun ging es nur noch um Dinge wie Material, Länge und Schnitt. Pru selbst liebte Röcke, die wallten und fast bis zum Boden reichten. Dazu trug sie gerne Blusen aus Kreppseide und Bolerojacken aus buntem Filz. Hoffentlich dachte sie bei Vickys Kleid nicht auch an solche extravaganten Modelle.

„Mit deiner Figur kannst du dir etwas Enges leisten“, fuhr Pru langsam fort. „Ein kurzer Rock. Vielleicht noch ein zweiter, längerer aus hauchdünnem Tüll, durch den man deine Beine erkennen kann. Das Oberteil eng anliegend und schulterfrei.“

„Wow“, entfuhr es Vicky.

„Hättest du gerne so ein Kleid?“

„Ja.“

„Dann besorge ich morgen gleich den Stoff und mach mich an die Arbeit.“

Ohne Vorwarnung umarmte Sally ihre Mutter.

„Du bist die beste Mammi der ganzen Welt“, schwärmte sie und wischte dabei ihre Erdhändchen an Prus weißem T-Shirt ab. Ein unterdrücktes, leises Aufstöhnen war zu hören.

Im Haus klingelte das Telefon. Sofort startete Sally durch, denn sie liebte es, Anrufe entgegenzunehmen. Vicky hörte, wie sie sich meldete: „Halli-hallo, wer sitzt am Klo? Ist das Dr. Froh mit dem Holzpopo?“

Danach trat Stille ein.

Sally kam aus dem Haus, deutete auf Vicky und sagte: „Die Hexe für dich.“

„Pssst, so was darfst du nicht sagen!“, zischte Pru.

Vicky stand auf und wusste nicht, ob sie lachen oder besorgt sein sollte. Mit „Hexe“ war Isabella gemeint, die neue Frau ihres Vaters.

„Abend", meldete sich Vicky und gab sich Mühe, so gelangweilt wie möglich zu klingen.

Sie konnte Isabella nicht ausstehen. Mehrere Male schon hatte Isabella versucht, Pru das Sorgerecht für Vicky und Sally entziehen zu lassen.

„Guten Abend, Vicky, hallo!" Isabella war anzuhören, wie sehr sie sich bemühte, besonders freundlich und herzlich zu klingen. Da sie sonst einen eher frostigen Ton hatte, kostete sie das bestimmt eine Menge Überwindung.

„Hallo!", sagte Vicky wenig begeistert.

„Wie geht es dir?"

„Gut."

Pause.

„Fein!"

Pause.

„Vicky, ich dachte, es wäre doch nett, wenn wir zwei morgen, wenn dein Unterricht vorbei ist, ein Kleid für den Schulball kaufen gehen."

„Kein Bedarf, danke."

„Was?" Isabella schrie fast. „Was heißt ‚kein Bedarf'? Findest du das nicht ziemlich frech?"

„Danke, nein", verbesserte sich Vicky artig.

„Ich habe dir angeboten, ein Kleid zu kaufen. Ich will für dich Geld ausgeben und du sagst einfach Nein?"

„Ja."

Isabella holte hörbar Luft. Sie redete leise mit jemandem, der sich neben ihr befand. Vicky konnte sich denken, dass es sich um ihren Vater handelte.

Es knisterte im Hörer.

„Vicky, hallo, ich bin es, Dad."

„Abend, Dad!“ Sofort war Vicky fröhlicher, auch wenn sie ahnte, was jetzt kommen würde.

„Isabella sagt mir gerade, dass du kein Kleid mit ihr kaufen möchtest. Was wirst du dann zum Schulball anziehen?“

„Das Kleid, das mir Mimutschka näht. Es hat was von einer Wassermelone.“

Pause.

„Pru näht dir ein Kleid?“

„Ja. Wieso? Das ist billiger. Außerdem gibt es bestimmt Stoff, den sie wieder verwenden kann, und so muss nicht was Neues gekauft werden. Das schont die Umwelt.“

„Das schont die Umwelt“, wiederholte ihr Vater wie ein Echo.

„Kann ich jetzt weiteressen?“ Die Frage war eine Lüge, weil sie längst mit dem Essen fertig waren, aber sie würde von ihrem Vater am ehesten akzeptiert werden. Er selbst aß gerne, was man ihm auch ansah.

„Natürlich. Ja. Und am Freitag kommt ihr wieder zu uns. Für das Wochenende. Das GANZE Wochenende.“

Vicky wollte schon sagen: „Wenn es sich nicht vermeiden lässt“, verkniff es sich dann aber.

Beim Auflegen war ihr klar, dass sie sich soeben Probleme eingehandelt hatte. Isabella würde ihre Ablehnung als weitere Niederlage auffassen und auf Rache sinnen. Vicky kannte sie mittlerweile recht gut. Trotzdem hatte sie keine Lust, mit Isabella ein Kleid auszusuchen. Prus Geschmack war vielleicht etwas Hippie, aber Isabellas fiel in die Kategorie Biedermops. Bestimmt würde sie auf etwas Hochgeschlossenes bestehen, bodenlang mit Puffärmeln. Oder noch besser, Nonnentracht.

Danke, darauf konnte Vicky wirklich verzichten.

„Was gibt es denn bei Chris und ...“, Pru räusperte sich, „Isabella?“

„Nichts. Nur wegen des Wochenendes.“

Pru Cassady nickte wissend. Wissend, dass es etwas anders gewesen war und Vicky nicht darüber sprechen wollte. Sie konnte das akzeptieren, ohne weiter zu bohren. Schon allein dafür liebte Vicky ihre Mutter.

Atemberaubend

„Hast du einen Clown verschluckt?“ Nessa schüttelte den Kopf über Gloria.

„Wieso?“ Schon wieder musste Gloria kichern.

„Lady Lachsack, krieg dich ein!“

„Ist doch alles bestens!“ Gloria versuchte, das Gesicht hinter der Verpackung ihres Veggie-Burgers zu verstecken, den sie als Pausensnack verdrückte. Vicky, die neben ihr stand, konnte sehen, wie Gloria weiter in sich hineingrinste.

Nessa sah Vicky fragend an. „Was ist mit der?“

Obwohl Vicky einen bestimmten Verdacht hatte, zuckte sie mit den Schultern. „Hab keine Ahnung. Einfach nur fröhlich.“

„Aha“, gab Nessa von sich. Lustlos knabberte sie an den Radieschen, die Teil ihrer neuen Diät waren.

Die drei Freundinnen drehten eine Runde im Schulhof. Es war große Pause und herrlich warm. In den Klassenzimmern war es hingegen kaum auszuhalten, so drückend und schwül war die Luft dort.

Gloria wandte sich an Nessa und fragte sie sehr vorsichtig: „Ääh … hast du … hast du … den Neuen … wiedergesehen?“

Nessa schrie fast. „Was soll’n das heißen?“

Erschrocken wich Gloria zurück.

„Ich habe doch nur gefragt“, verteidigte sich ihre Freundin piepsend.

Vicky blickte zwischen den beiden hin und her. Wieso war Nessa so gereizt?

„Wie sieht dieser Lance überhaupt aus?“, wollte sie wissen.

„Na wie schon? Kopf, zwei Augen, zwei Ohren, Nase, Mund. Aber ohne Nilpferdhintern“, stellte Nessa klar und klopfte auf ihr breites Hinterteil. Knackend biss sie wieder in das Radieschen und kaute energisch darauf herum.

„Wir sehen uns in der Klasse“, beendete sie das Gespräch und stapfte davon.

An ihr war einiges anders als sonst, das war Vicky schon am Morgen aufgefallen. Nessa hatte sich zum Beispiel völlig untypisch angezogen. Sie trug schwarze Stiefeletten mit kleinen dünnen Absätzen. Um den Hals hatte sie sich eine Kette aus dicken schweren Eisengliedern gelegt. Den engen Rock und das schwarze Shirt mit dem silbernen Totenkopf auf einem Ärmel glaubte Vicky auch noch nie an ihr gesehen zu haben.

Kaum war Nessa außer Hörweite, sagte Gloria mit einem Seufzer: „Ja ja ... die Liebe ...“

„Was, Liebe?“

„Es gibt so einen Test, wie doll verknallt jemand ist“, erklärte Gloria. „Ich hab ihn aus dem Internet. Meiner Einschätzung nach bekommt Nessa neun Punkte von zehn.“

Vicky hob die Hände. „Gloria, sie hat diesen Lanzelot erst ein einziges Mal gesehen.“

Verschmitzt zuckte Gloria mit den Schultern. „Schon mal was von Telefon und Chat gehört? Vielleicht haben die zwei dort gestern Abend heftig miteinander geflirtet.“

Das konnte Vicky sich nicht vorstellen. Nessa würde so was doch nicht machen. Oder doch?

Flüsternd fragte Gloria: „Kannst du nicht ... du weißt schon ... so unsichtbar ...?"

Warnend zischte Vicky: „Kannst du jetzt bitte die Klappe halten!"

Schmollend murmelte Gloria: „Friss mich doch! War nur eine Frage."

Quer über den Schulhof kam Cindy wie auf einem Laufsteg geschritten. Ihre Anhängerinnen wieselten natürlich neben und hinter ihr her. Schon aus einiger Entfernung rief Cindy: „He, Tenner, geht alles klar mit der Dekoration? Und klappt das mit der Cocktailbar?"

Die anderen Mädchen verzogen kritisch die Gesichter, bereit, sofort aufzustöhnen, zu zetern, zu schimpfen und zu meckern, falls Gloria ihre Versprechen nicht einlöste.

„Läuft alles wie geschmiert", versicherte Gloria und schenkte Cindy ein strahlendes Zahnpastalächeln.

Cindy lächelte säuerlich zurück. „Da bin ich aber erleichtert. Ich habe mir nämlich Sorgen gemacht, dass du nur heiße Luft verpustest."

Nur der Umstand, dass sie schließlich ein Halbengel war, hinderte Vicky daran, Cindy eine giftige Bemerkung ins Gesicht zu schleudern. Oder noch besser, ihr mit beiden Händen das aufwendige Make-up quer über das Gesicht zu verschmieren und ihre gestylten Haare mit den hellen Strähnchen ordentlich zu verstrubbeln.

Mit wichtiger Miene setzte Cindy ihren stöckeligen Laufsteggang fort.

Alexandra ging ebenfalls an den beiden Freundinnen vorbei und hob grüßend die Hand. „Du hast alles im Griff, Gloria? Oder brauchst du Unterstützung?"

„Keine Sorge, mir geht es gut“, versicherte Gloria.

„Dann hast du es besser als ich.“ Alexandra blieb bei ihnen stehen. Sie hatte eine leidende Miene aufgesetzt. „Wieso wählen die Lehrer und die Direktorin immer mich aus, wenn es irgendwo brennt?“

„Brennt?“ Gloria sah sie fragend an.

„Kommt ein Neuer, muss ich ihm die Schule zeigen. Tut sich hier etwas, das den Lehrern nicht recht ist, wollen sie, dass ich mich dahinterklemme.“ Sie machte eine wegwerfende Handbewegung. „Ich kann euch sagen, man hat es nicht leicht. Als ob der ganze Schulstoff nicht schon genug wäre.“

„Wieso? Was musst du machen?“, wollte Vicky wissen.

„Ich soll“, Alexandra brach ab. „Ach, ich erzähle es euch ein andermal. Mrs Hasselmann will nicht, dass ich darüber rede.“

„Dann behalte so was doch einfach für dich“, gab Vicky zurück.

Gloria und Vicky sahen ihr nach, als sie mit entschlossenen Schritten auf das Schultor zusteuerte. Vicky konnte nicht widerstehen und äffte Alexandras wichtigtuerisches Gehabe hinter ihrem Rücken nach.

Fachmännisch erklärte Gloria: „Irgendjemand hat ihr irgendwo einen Schlauch reingesteckt und sie aufgeblasen. Irgendwann platzt sie.“

Über diese Bemerkung war Vicky mehr als überrascht. So einen Kommentar hätte sie eher von Nessa erwartet, aber nicht von der sonnigen und dauerkichernden Gloria. Wie man sich doch irren konnte.

Im Schulhaus war er dann wieder da. Der süße, faulige Geruch des Todes hing wie ein dünner Hauch in der Luft, nur für sie bemerkbar. Sie hielt die Nase in die Höhe und drehte sich suchend.

Von wo, aus welcher Richtung und vor allem von wem wehte dieser grässliche Gestank zu ihr? Wer war in Gefahr, schon bald sterben zu müssen? Allein die Vorstellung, es könnte ein Mitschüler sein, war für Vicky unerträglich.

Sie waren doch alle noch so jung! Es wäre nicht nur zu früh, sondern auch grauenhaft und unfair.

Wie konnte ER, wie konnte White so etwas nur tun? Er war doch selbst noch so jung. Jedenfalls sah er jung aus.

Rund um Vicky liefen die Mädchen und Jungen der verschiedenen Klassen mal schneller, mal langsamer über den Gang. Manche trugen ihre Schulsachen unter dem Arm, andere ihre Sporttaschen. Einige lernten noch schnell, andere lachten oder alberten herum.

Der Atem des Todes hing über der Schule. Er hätte sich keinen schlimmeren Ort aussuchen können. Vicky hatte Azraels eindringliche Bitte im Ohr, unter allen Umständen das Leben zu retten, das noch nicht wirklich zu Ende sein sollte.

Aber wie sollte sie das schaffen, wenn sie nicht den geringsten Verdacht hatte, auf wen sie achten musste?

Am Ende des Ganges sah sie Nessas schwarzen Pagenkopf auftauchen. Sie lachte lauthals und warf den Kopf dabei weit nach hinten.

Nessa gegenüber stand ein Junge. Er war unglaublich dünn, was seine eng anliegende schwarze Hose noch betonte. Wie Nessa hatte auch er die Haare schwarz gefärbt. Der Junge lachte mit ihr. Es war derselbe, den Vicky vor der Schule gesehen und interessant gefunden hatte.

War das Lance?

Der Schulgong verkündete laut den Beginn der nächsten Stunde.

Vicky kämpfte sich durch das Gedränge. Ihr kamen viele Schüler entgegen, und sie hatte das Gefühl, gegen eine starke Strömung anschwimmen zu müssen.

Eine graue Metalltür stand offen in den Gang hinein und bildete ein weiteres Hindernis. Das Ende einer Leiter tauchte daraus auf und wurde wie eine Schranke quer über den Gang geschoben. Der muskulöse Hausmeister, der jede freie Minute mit Bodybuilding verbrachte, schleppte die Leiter zum Dachboden der Schule.

Direktorin, Lehrer und Hausmeister waren der festen Überzeugung, die Tür zum Dachboden sei immer versperrt. Da irrten sie allerdings gewaltig. Es genügte nämlich eine geschickt eingesetzte Haarnadel, um sie aufzuschließen. Der Raum unter den Schrägen des Daches und der flache Teil des Daches selbst, auf den man durch eine große Luke klettern konnte, waren beliebte Rückzugsorte der Schüler.

Eine Ecke trug den Spitznamen „Der Schlot“, nach dem stetigen Rauch, der von dort aufstieg, und leicht zu erkennen an den unzähligen Zigarettenkippen, die auf dem Boden zurückblieben.

Der faulige Gestank wurde eindeutig stärker. Vicky presste die Hand vor die Nase und atmete nur noch flach, weil ihr sonst übel werden würde.

Nessa und vermutlich Lance kümmerten sich nicht um das Läuten und lachten weiter.

Der Junge hatte eine lange Haarsträhne tief ins Gesicht und über einem Auge hängen.

War das möglich? Vicky flehte im Stillen, es möge nicht so sein. Es durfte nicht so sein! Es wäre einfach entsetzlich. Leider wurde ihr Verdacht stärker und stärker.

Der Gestank nahm ihr den Atem. Er steigerte sich, je näher sie dem Ende des Ganges und damit den beiden kam.

Was bedeutete das? War der Junge in Gefahr? Oder ... nein, nein, nein, nur das bitte nicht! Vicky spürte, wie sie am ganzen Körper zu zittern begann und ihr eiskalt wurde.

Es konnte doch nicht um Nessa gehen!

Nessa hatte Vicky bemerkt und starrte sie abweisend an.

„Hast du Angst, dass du deine Nase verlierst, Lady?“, rief sie ihr entgegen.

Vicky nahm verlegen die Hand herunter. Der faulige Gestank war unerträglich. Sie rang nach Luft.

Der Junge verzog das Gesicht. „Was hat sie?“

„Lady, spinnst du?“ Nessa stemmte die Hände in die speckige Hüfte. Sie wirkte ernsthaft sauer.

Noch immer konnte Vicky nicht atmen. Was ihr da in die Nase stieg, machte es völlig unmöglich. Sie musste weg und das schnell!

Ihr wurde klar, wie lächerlich sie wahrscheinlich aussah. Mit weit aufgerissenen Augen und offenem Mund, verzweifelt versuchend, nicht in Ohnmacht zu fallen.

„Sehr witzig, Lady! Nächstes Jahr habe ich einen Termin frei. Da lache ich“, zischte Nessa jetzt mit der Gefährlichkeit einer Kobra vor dem Zubeißen.

Weil sie es nicht aushielt und sie keine andere Möglichkeit sah, drehte sich Vicky um und stürzte davon. Ihr war schwindlig und übel, und ihre Beine knickten beim Laufen ein. Je weiter sie von Nessa und dem Jungen wegkam, desto schwächer wurde der Gestank. Am Geländer der Treppe blieb Vicky stehen und rang nach Luft. Sie atmete stoßweise und hatte trotzdem noch das Gefühl, die Schule drehe sich wie ein Karussell.

„Cassady? Bist du krank?“ Mr Springsteen kam die Treppe herauf und musterte Vicky von unten.

„Es ist … nein … alles …“

Sie musste sich setzen. Vicky ließ sich einfach auf die oberste Stufe sinken und beugte den Kopf weit nach vorne.

„Das gefällt mir gar nicht, du musst ins Krankenzimmer“, entschied der Lehrer. „Kannst du gehen, wenn du dich auf mich stützt?“

„Ich bin in Ordnung“, japste Vicky. Ihre Stimme war dünn und piepsig.

„Sieht aber nicht danach aus. Du musst zum Schularzt.“

„Nein, wirklich …“

Vicky wurde schwarz vor Augen. Sie spürte noch, wie sie zur Seite kippte und jemand sie auffing.

KEINE FEINDE

Sie lag auf dem Rücken. So viel konnte Vicky feststellen, als sie wieder zu sich kam. Es war wie das Erwachen aus einem sehr tiefen Schlaf.

„Bitte, wie konnte das geschehen, Dr. Schuster?“, fragte jemand vorwurfsvoll.

„Frau Direktorin, ich habe dafür auch keine Erklärung. Ich war nur kurz draußen.“

Eine Armlänge von Vicky entfernt stand der junge Doktor. Unter seinem weißen Kittel trug er modische ausgewaschene Jeans. Vicky konnte die einzelnen gebleichten Fasern erkennen. Sein „Wir verstehen uns schon“-Zwinkern, das er normalerweise aufgelegt hatte, war nicht zu sehen. Bei dem Gespräch mit Mrs Hasselmann wirkte er sehr ernst, fast verärgert.

Die Direktorin und Dr. Schuster sprachen über Vicky, als wäre sie nicht da. Dabei lag sie doch auf der harten Liege mit dem grässlichen Plastikbezug. Praktisch und abwaschbar und einfach nur grausig.

„An dieser Schule herrschen Zustände, die ich nicht mehr tolerieren will“, erklärte die Direktorin. „Es ist wirklich eine Schande, aber ich werde da durchgreifen. Zuerst einmal rufe ich jetzt die Eltern von Cassady an, um sie über ihre unverschämte Tochter zu informieren.“

Vicky richtete sich auf und rief: „Nein, nicht. Ich … ich bin doch hier … mir ist nur … so schlecht gewesen.“

Gut fühlte sie sich noch immer nicht. In ihrer Nase kratzten die Reste des Gestanks, und die weißen Wände schienen Wellen zu werfen.

Im Hinausgehen redete die Direktorin weiter: „Dieser Unsinn von diesen Wahnsinnsengeln muss auch beendet werden. Mädchen dieser Schule spionieren andere aus. Es ist wirklich unfassbar, auf welche Ideen diese Kinder kommen, um Geld zu machen."

Vicky sah an sich hinab und griff nach ihren Beinen, die in hellen Leinenhosen steckten. Sie konnte sich selbst fühlen, aber es war nicht die übliche Festigkeit ihrer Beine. Ihre Finger glitten durch den Stoff der Hose.

Sie hatte ihre Engelsgestalt, körper- und schwerelos.

Aber wieso? Sie hatte doch gar nichts unternommen. Sie hatte an niemanden gedacht, dem sie helfen wollte. Warum also war sie so geworden?

Langsam verstand sie, worüber die Direktorin und der Schularzt gesprochen hatten: Vicky musste – noch sichtbar und in ihrem menschlichen Körper – ins Krankenzimmer gelegt worden sein. Als Dr. Schuster kurz im Vorraum war, wo sich der Arzneischrank befand, war Vickys Gestalt in den Engelszustand gewechselt.

Vorsichtig unternahm Vicky einen Versuch aufzustehen. Es gelang ihr, und sie ging auf die geschlossene graublaue Tür zu.

Sie machte sich nicht einmal die Mühe, nach dem Türknauf zu greifen. Vicky trat einfach hindurch, durchquerte den Vorraum mit dem hohen Glasschrank und kam in den nächsten Raum, wo die Schulsekretärin ihren Schreibtisch hatte.

Mrs Rosebud war eine ältliche Frau mit kleinen Löckchen, die jeden Schüler gütig ansah.

Nun stand die Direktorin neben ihr und trommelte mit einem Bleistift in die offene Hand. Die Sekretärin las etwas vom Computerbildschirm ab und tippte eine Nummer in das Telefon.

Vicky sauste durch das Holz des Schreibtisches und die vielen herumliegenden Blätter und Stifte und sprang hinter Mrs Rosebud. Ein Blick genügte und ihre schlimmste Befürchtung wurde bestätigt.

Ihr Vater wurde gerade angerufen, noch dazu zu Hause. Zu dieser Zeit war er aber im Büro. Doch Isabella würde da sein und abheben.

Hölle, dachte Vicky.

Oder besser nicht.

Himmel hilf, war ihr nächster Gedanke.

Moment. Sie konnte doch mit der Kraft ihrer Gedanken Dinge bewegen, wenn sie sich nur stark genug konzentrierte. Vicky starrte die Telefongabel an und verengte die Augen zu schmalen Schlitzen. Sie starrte und starrte und befahl eindringlich: „Geh runter, geh runter, geh runter!"

Aus dem Hörer kam das Tuut-tuut des Freizeichens.

„Runtergehen, runtergehen!"

Ein Teil der Gabel folgte und senkte sich.

Die Leitung brach ab, und ein durchgehender Brummton war zu hören.

Verwundert sah Mrs Rosebud auf den Hörer.

„Das ist aber seltsam", murmelte sie.

„Hebt keiner ab?", fragte die Direktorin ungeduldig. „Versuchen Sie es noch mal!"

Drei Jungen aus einer unteren Klasse waren Vickys Rettung. Schuldbewusst traten sie in das Vorzimmer der Direktion, um ihre Schandtat zu beichten. Gleichzeitig läutete das Telefon, und Mrs Rosebud musste abheben.

Für einige Augenblicke waren beide beschäftigt.

Vicky lief unruhig hin und her. Was sollte sie machen?

Auf dem Computerbildschirm war ihr Datenblatt, in dem alles eingetragen war: Name, Adresse, Eltern, Telefonnummern, Alter, Schulnoten, Bemerkungen der Lehrer und so weiter. Darunter gab es zwei Felder: *Speichern* und *Löschen*.

Das war die Lösung! Vicky nahm sich jetzt den kleinen Pfeil der Maus vor. Er war ein sehr williger Partner und glitt, ohne dass sie sich allzu sehr konzentrieren musste, über das Feld *Löschen*. Jetzt noch ein kleiner Klick. Der war etwas schwieriger und anstrengender. Vicky war mit den Augen ganz nahe über der linken Maustaste und schickte alle Kraft, die sie aufbringen konnte.

Mrs Rosebud verabschiedete sich überschwänglich von der Anruferin und drehte sich wieder zum Computer.

Sie hob die Hände über die Tastatur, ließ sie wieder sinken und studierte die Telefonnummern.

Dr. Schuster kam in das Büro.

„Das ist wirklich sehr ungewöhnlich“, sagte er. „ Dass Vicky Cassady verschwunden ist, meine ich. Merkwürdig.“ Nachdenklich schüttelte er den Kopf.

„Ich rufe den Vater an“, erklärte die Sekretärin.

Noch immer hatte es Vicky nicht geschafft, die Taste auszulösen. Jetzt griff Mrs Rosebud selbst danach und …

… löschte Vickys Datenblatt.

„Meine Güte, nein!“ Sie schlug die Hand vor den Mund und begann, hektisch zu tippen. Doch die Daten war weg.

Gut, die Gefahr, dass Isabella informiert wurde, war gebannt. Wenigstens ein Lichtblick. Aber was sollte Vicky jetzt machen? Sie würde sich viele Fragen gefallen lassen müssen, wenn sie wieder sichtbar wurde. *Wenn* sie wieder sichtbar wurde ...

Wahrscheinlich musste sie zu Azrael. Er hatte vielleicht eine Erklärung für ihre plötzliche und völlig ungewollte Verwandlung.

„Du bist so aufgeregt.“

„Geh weg!“, entfuhr es Vicky. ER stand ihr gegenüber, ausnahmsweise ohne Jackett, nur in einem weißen T-Shirt. Der dünne Baumwollstoff lag wie eine zweite Haut über seinem muskulösen Oberkörper.

„Mach dir doch dein Sein nicht so kompliziert“, erklärte er freundlich.

„Du hast etwas vor. Hier an meiner Schule. Sag es mir! Wen willst du holen?“

White zeigte seine strahlenden, völlig regelmäßigen Zähne. Nur eine kleine Ecke eines Schneidezahnes war ausgebrochen, was sein Lächeln nur noch attraktiver machte.

„Ich bin kein Mörder“, sagte er eindringlich. So, wie ihr Vater Vicky damals erklärt hatte, wie sehr er sie liebe und dass er sie immer lieben werde, auch wenn er nicht mehr bei Pru leben würde. „Ihr Menschen habt einen freien Willen. Niemand zwingt euch zu sein, zu handeln und zu leben, wie ihr es tut. Es ist eure Entscheidung.“

„Ich kann es riechen! Jemand soll hier sterben. Es kann dieser Neue sein. Oder ...“ Vicky stockte, weil sie es nicht schaffte, Nessas Namen in diesem Zusammenhang auszusprechen.

White trat neben sie und nahm sie fest an der Schulter. Er zog sie sanft mit sich und zwang sie, ein paar Schritte zu machen.

„Ich komme nicht, um zu zerstören, ich werde nur angezogen, wenn Menschen ein riskantes Spiel wagen. Pokern sie zu hoch, so ist der Einsatz ihr Leben. Verlieren sie, nehme ich es mir, und Azrael muss den Namen aus dem Buch der Lebenden streichen."

„Wer ist es? Sag es mir!" Vicky atmete heftig. Seine Berührung war beides: angenehm und schmerzvoll.

„Du schätzt mich völlig falsch ein. Ich weiß es nicht." Er beugte sich zu ihr und roch an Vickys Haar. „Du duftest wunderbar."

„Hör auf damit! Kapierst du nicht, was das hier alles für mich bedeutet? Kapierst du nicht, dass ich Angst habe? Um meine Freundin! Und um den Neuen! Ich kenne ihn überhaupt nicht, aber trotzdem. Du tust so, als wäre das alles ein Spiel."

Er ließ sie los und entfernte sich von ihr. Über die Schulter sagte er: „Das Leben ist ein Spiel. Und meine Aufgabe ist es, darin mitzumischen. Leider wollen das viele nicht wahrhaben."

Vicky wusste nicht mehr, was sie noch sagen oder tun konnte, und hob flehend die Hände: „Bitte, geh! Bitte, verschwinde! Bitte, tu hier keinem etwas! Was muss ich machen, damit du uns in Frieden lässt?"

Mit tiefer Traurigkeit in den Augen sah er sie lange an. „Vicky, verstehst du noch immer nicht? Was hier geschieht, liegt allein in der Hand von euch Menschen. Selbst wenn ich fort bin, wird es geschehen, weil ein oder mehrere Menschen schlecht spielen und verlieren. Und dann bin ich zur Stelle, küsse oder umarme sie und bin ihr Fährmann in eine andere Welt."

Er machte einen fast niedergeschlagenen Eindruck. Als hätte er Vicky gerne etwas anderes gesagt.

„Du weißt, dass ich dich mag."

Vicky holte tief Luft und atmete nicht aus. Sie überlegte fieberhaft, was sie antworten sollte. Alles war falsch. Egal, was sie sagte.

„Auch jemand wie ich kann einen anderen mögen oder noch mehr."

Jetzt nur kein Wort über die Lippen lassen, das ihr zum Verhängnis werden könnte.

„Du brauchst nichts zu sagen. Entspann dich! Du hast hier etwas zu tun. Du bist ein Engel des Lebens. Du kannst beschützen und bewahren, wenn der Mensch, dem du zur Seite stehst, es annimmt. Das ist nicht immer der Fall."

„Und dann gewinnst DU!"

Er schüttelte den Kopf.

„Gewinnen? Was für ein Wort! Nein, so sehe ich es überhaupt nicht."

Wieder trat er vor sie hin. Seine Handflächen berührten nur ganz sanft Vickys Arme. „Wir sind weder Gegner noch Feinde. Was wir empfinden, ist eine Macht, die nicht vernichtet werden kann. Je stärker du dagegen ankämpfst, desto größer und mächtiger wird sie." Er zog sie näher. „Deshalb lass dich einfach sinken." Die letzten Worte hauchte er und beugte sich über sie.

Konnte sie ihm trauen?

Oder war er falsch? Log er?

Mit einem plötzlichen Ruck entfernte er sich wieder von ihr. „Ich will dir keine Angst machen. Du bist vor mir sicher, solange wir beide in diesem Zustand sind. Doch wenn du mir nicht vertraust, ist es besser, wir gehen jeder unseren Weg.“ Aus seiner Stimme war das Sanfte und Beruhigende verschwunden. Er klang bestimmt und abweisend.

„Warte …“ Vicky wollte zu ihm, aber an der Stelle, an der er eben noch gestanden hatte, war niemand mehr.

BÖSE BLICKE

Bis Vicky sich wieder halbwegs gefasst hatte, vergingen ein paar Minuten. Sie wollte zu ihren Freundinnen. Auch wenn sie sie nicht sehen konnten, fühlte sie sich in deren Nähe besser als hier allein im Schulbüro.

Vicky lief die Treppe nach oben und in den Seitengang. Sie trat durch die geschlossene Tür in das Klassenzimmer.

Alle Köpfe waren gesenkt. Mr Springsteen stand an der Tafel und blickte langsam hin und her. Er ließ einen kleinen, unangekündigten Zwischentest schreiben. Vicky war froh, nicht mitschreiben zu müssen, da sie ihn ziemlich sicher nicht geschafft hätte. Mrs Hasselmann konnte ihr keinen Vorwurf machen und ihr unterstellen, sie wollte sich nur drücken. Niemand hatte von dem Test gewusst.

Vicky bewegte sich durch Tische und Mitschüler, bis sie zwischen Nessa und Gloria stand. Ihr Platz war leer, und sie ließ sich auf den Stuhl sinken.

Gloria sah vom Zettel auf und runzelte die Stirn.

Hatte sie etwas bemerkt? Konnte sie Vicky fühlen?

Im nächsten Augenblick sprang Vicky wieder auf. Sie wich nach hinten zurück, bis an die Rückwand des Raumes.

Der Gestank war wieder da! So schlimm wie vorhin auf dem Gang. Diesmal gab es keinen Zweifel mehr, von wem er ausging: von Nessa.

Vickys Herz pochte laut und heftig. Sie konnte nicht still stehen, lief auf und ab und schwang die Arme. Um sich zu beruhigen, fasste sie sich an die Stachelhaare und massierte verschiedene Punkte ihres Kopfes.

Nichts wirkte.

Nessa war in Lebensgefahr! Sie hatte es geahnt, jetzt aber war es sicher.

Der Neue.

Dieser Lance. Es könnte mit ihm zusammenhängen.

Das war natürlich nur eine Annahme, für die sie keinen Beweis hatte. Und es war auch irgendwie lächerlich. Dieser dünne Bursche sah nicht gerade aus, als wäre er gewalttätig. Außerdem war Nessa mindestens doppelt so schwer und kräftig wie er. Wenn jemand Angst haben musste, dann Lance.

Trotzdem brauchte Nessa ihre Hilfe. Sie war ihre beste Freundin, gemeinsam mit Gloria. Wahrscheinlich war Vicky deshalb in den Engelszustand gefallen. Sie hatte es einfach gespürt, und ihr Gehirn hatte automatisch begonnen, sich auf Nessa zu konzentrieren.

Was sollte sie nun machen?

Sie musste sich diesen Lance ansehen. Falls der Bursche nicht astrein war, wusste sie, was sie unternehmen würde! Sie würde Nessa warnen. Auf welche Weise auch immer, aber Vicky würde ihr klarmachen, dass sie um Lance einen Bogen machen musste. Sie würde ihr helfen!

„Ah, Vicky! Wieder auf den Beinen!“, sagte Mr Springsteen.

Vicky sah an sich herab und dann zu ihm. Der Lehrer blickte sie ernst an. „Wenn du dich stark genug fühlst, kannst du die Arbeit mitschreiben. Sonst musst du sie morgen nachholen.“

Nein, Vicky fühlte sich nicht stark genug. Also schüttelte sie stumm den Kopf. Nessa und Gloria sahen zu ihr. Gloria formte lautlos mit den Lippen: *Tu es nicht!* Dabei deutete sie mit den Augen auf das Papier, verdrehte sie dann nach oben, um zu zeigen, wie schrecklich die Aufgaben waren.

Damit sie die anderen nicht störte, musste Vicky sich an den Lehrertisch setzen. Noch immer stieg ihr der Geruch von fauligem Blumenwasser in die Nase, aber durch das offene Fenster kam genügend frische Luft, um ihn etwas erträglicher zu machen.

In der Pause rang Vicky mit sich, was sie ihren Freundinnen sagen sollte. Sie musste Nessa warnen. Der Umstand, dass Vicky wieder sichtbar geworden war, war ein klarer Beweis: Nessa war in Gefahr. Durch Vickys Erkenntnis, dass sie ihr helfen musste, hatte sich der erste Teil ihrer Engelsaufgabe erfüllt, und sie war wieder sichtbar geworden.

„Du bist nicht durch die Tür gekommen“, flüsterte Gloria, als sie auf dem Gang standen.

Vicky nickte kurz. Es war ein Wunder, dass Mr Springsteen das nicht bemerkt hatte.

Nessa ging wortlos an Vicky vorbei in die Pause. Ihr Gesicht trug eine Härte, wie sie sie selten an den Tag legte.

„Gloria, hör mir zu! Nessa ist in Schwierigkeiten“, erklärte Vicky aufgeregt.

„Sie sagt, du hättest dich über Lance lustig gemacht, weil er so anders ist als Nessa.“

„Nein, nein, stimmt nicht. Gloria, ich kann dir das nicht erklären, aber du musst mir glauben!“ Vicky sah sich nach links und rechts um, ob jemand zu nahe stand und mithören konnte. Sie beugte sich zu Gloria und flüsterte: „Ich war wieder – du weißt schon was – und ich habe es gerochen! Mit Nessa stimmt etwas nicht. Vielleicht auch mit diesem Lance."

„Sie ist stocksauer!", erwiderte Gloria völlig ungerührt.

„Kapierst du nicht, was ich sage?" Vicky hätte sie am liebsten an den Schultern gepackt und geschüttelt.

„Vicky, Nessa will einen Freund haben wie wir alle. Aber für sie ist das nicht so einfach wie für mich zum Beispiel. Sie mag diesen Lance wirklich und ist echt sauer, dass du dich darüber lustig machst."

Vicky warf die Arme dramatisch in die Luft und drehte sich im Kreis. Dann ließ sie die Arme wieder sinken und atmete zischend aus.

„Hi Vicky!", grüßte jemand schüchtern. Vicky wollte sich umdrehen und sagen, dass sie nicht gestört werden wollte.

Hinter ihr stand Marco. Er zog seine Jeans mit einer Hand etwas höher und grinste schief. „Wir sind also in derselben Schule."

Gloria hob kritisch eine Augenbraue.

„Wer-ist-DAS?"

Marco fuhr sich verlegen durch den blonden Schopf. Er schwitzte, und sein T-Shirt klebte an seiner Haut. Auf seiner Brust prangte ein Wal. Darüber stand: *Save the whales!*

„Hallo Marco", grüßte Vicky zurück.

„Äh … bin wohl in einer anderen Klasse." Er wippte auf den Zehen auf und nieder.

„Sieht so aus." Vicky wollte sich wieder zu Gloria drehen, wusste aber, dass sie Marco nicht einfach so stehen lassen sollte.

„Ich bin heute bis vier Uhr hier. Du auch? Ich meine, vielleicht können wir gemeinsam nach Hause fahren?"

Vicky schnupperte auffällig in seine Richtung.

„Vicky!", zischte Gloria mahnend.

Marco wurde noch verlegener und zog jetzt die andere Seite seiner hängenden Hose in die Höhe.

Für Vicky gab es keinen Zweifel. Himmel, was war hier eigentlich los?

Marco war es sehr peinlich, dass Vicky ihn nur regungslos anstarrte. Im Weggehen sagte er: „Äh … ich bin dann mal weg. Wir sehen uns. Ich koch was, wenn du möchtest." Sein Gesicht war knallrot.

Vicky starrte ihm fassungslos hinterher. Auch von Marco ging der schreckliche Gestank aus. Und daran war nicht sein verschwitztes T-Shirt schuld. Er war in Gefahr!

Vicky fühlte ihre Beine schon wieder schwach werden.

Mit energischen Schritten kam Mrs Hasselmann auf sie zu.

„Cassady", sie richtete ihren Zeigefinger mit dem wohlgefeilten Nagel auf sie, „du kommst jetzt mit! Du hast mir einiges zu erklären."

Was blieb Vicky anderes übrig?

„Äh, das geht jetzt nicht. Wir müssen …", versuchte Gloria Vicky zu retten.

„Ihr müsst gar nichts. Ich werde jetzt mit Cassady reden. Und du gehst zurück in eure Klasse, Tenner!"

Gloria drehte sich zu Vicky, hob die Schultern und ließ sie seufzend wieder fallen. Immerhin hatte sie es versucht.

Eine halbe Stunde später war das Verhör der Direktorin vorüber. Vicky hatte die Ahnungslose gespielt und behauptet, oben auf dem Gang wieder zu sich gekommen zu sein.

Mrs Hasselmann hatte ihr zugehört und dabei ständig mit einem Bleistift gespielt. Ihr war nicht anzusehen, ob sie Vicky glaubte oder nicht.

Nach dem Unterricht wurde Vicky allerdings sofort klar, dass ihr die Direktorin die Sache nicht abgekauft hatte. Vor der Schule warteten Isabella und ihr Vater auf sie. Beide machten ernste, besorgte Gesichter.

„Was war denn los?“, fragte ihr Vater und seufzte tief.

Isabella zog die Stirn kraus. „Auf jeden Fall muss sie einem Arzt vorgeführt werden.“

Vorgeführt? War sie eine Gefangene?

Im Wagen sagte ihr Vater: „Mrs Hasselmann hat bei uns angerufen und gemeint, du hättest eine Art Gedächtnisstörung. Sie sei ernsthaft besorgt. Erst warst du bewusstlos und dann bist du auch noch schlafgewandelt.“

Isabella drehte sich im Vordersitz nach hinten zu Vicky.

„Oder hast du das alles nur vorgespielt, um dem Mathematiktest zu entkommen? Es wäre besser, wenn du es gleich zugibst, weil wir uns dann die Fahrt zum Arzt ersparen können.“

Was war jetzt das Beste zu sagen?

Vicky senkte schuldbewusst den Kopf. „Ach ... ich hätte nicht gedacht, dass es so hohe Wellen schlägt“, sagte sie.

Isabella wandte sich Vickys Vater zu. „Habe ich es dir nicht gleich gesagt, Chris? Sie hat simuliert. Was denn sonst? Aber damit kannst du sie nicht durchkommen lassen!“ Sie drehte sich wieder zu Vicky. „Der Schulball ist für dich gestrichen.“

„Nein!“, brauste Vicky auf. Erstens hatte sie sich schon darauf gefreut und zweitens musste sie einfach dabei sein.

Sie wurde gebraucht! Hier waren Leute in Gefahr und nur sie konnte helfen.

„Chris, lass dich nicht von ihr weichklopfen", sagte Isabella warnend.

Vickys Vater wand sich hinter dem Lenkrad. „Findest du nicht, wir sollten uns das noch mal überlegen?"

„Es geht nicht, dass sie Ohnmachten simuliert, um sich vor Prüfungen zu drücken. Ihre Direktorin hat genau das vermutet."

Vicky rückte in die Mitte der Sitzbank und beugte sich nach vorn.

„Du verbietest mir den Schulball nur, weil ich kein Kleid von dir haben möchte. Und das ist die Wahrheit."

Isabella presste die Lippen zusammen. Sie schloss die Augen und rang um Fassung.

„Ich lasse mich nicht einsperren. Ich gehe zum Ball!", erklärte Vicky trotzig.

„Chris, sag etwas", zischte Isabella.

„Also Vicky, hör zu ... so kannst du wirklich nicht mit Isabella reden!"

„Aber SIE darf mir alles verbieten. Sie ist nicht meine Mutter!" Vicky schrie jetzt fast.

„Beherrsche dich! Ich bin die Frau deines Vaters und das wirst du endlich einmal zur Kenntnis nehmen müssen." Isabella funkelte sie zornig an.

Im nächsten Moment sank sie in sich zusammen. Sie verbarg ihr Gesicht mit den Händen und begann zu schluchzen. „Was habe ich dir nur getan? Wieso muss ich mir ständig deine Gemeinheiten gefallen lassen? Womit habe ich das verdient?"

Mr Cassady legte die Hand auf Isabellas Schulter. „Darling, ich bitte dich, nimm das nicht so schwer. Vicky hat es sicher nicht so gemeint."

Aber Isabella weinte weiter und drehte das Gesicht von ihm weg. Schluchzend starrte sie zum Seitenfenster hinaus.

Vicky ließ sich erschöpft nach hinten sinken. Himmel, war das kompliziert.

VERZWEIFELTE DROHUNG

„Unsere Tochter ist ein Kind der Liebe! Ich will nicht, dass Isabella sie als Verbrecherin hinstellt!“ Die sonst so sanfte Pru Cassady, die immer mit gesenkter Stimme redete, schrie. Wie Kampfhähne standen sich Vickys Vater, Isabella und Pru in der Diele gegenüber.

„Kind der Liebe“, höhnte Isabella. „Pru, bitte, die Hippiezeit ist vorbei, komm auf den Boden der Realität.“

Vickys Mutter griff nach dem Anhänger ihrer Kette, einem großen silbernen Engel, und umschloss ihn fest. So beherrscht, wie sie nur konnte, sagte sie: „Das ist MEIN Haus und ich will nicht, dass in MEINEM Haus MEINE Prinzipien und MEINE Erziehung von dir in den Schmutz gezogen werden.“

Chris Cassady schob sich zwischen die beiden Kampfhennen. „Bitte, hört auf“, sagte er flehend.

„Jetzt stell du dich auch noch auf ihre Seite!“ Isabella schnaubte verächtlich.

„Ich stelle mich auf keine Seite, ich möchte nur, dass dieser Streit beendet wird!“, verteidigte sich Vickys Vater.

„Das ist kein Streit, das ist eine Grundsatzdiskussion über Kindererziehung.“ Isabellas Stimme war eine Oktave höher und schriller als sonst. „Gilbert ist auf jeden Fall anders geraten als Vicky“, fügte sie spitz hinzu.

„Geraten? Was ist das für ein Unwort?“ Pru legte die Fingerspitzen aneinander, schloss die Augen und machte eine Yoga-Atemübung. Vicky, die die drei von der Küchentür aus beobachtete, erkannte das sofort. Ihre Mutter hatte sie ihr beigebracht. Die Technik sollte beruhigen und Klarheit schaffen.

„Ich schlage vor, wir legen eine Pause ein“, sagte Chris Cassady.

„Nein!“ Isabella stieß ihn zur Seite. „Nein, wir regeln das jetzt und auf der Stelle.“

Jemand klingelte an der Haustür. Chris, der näher stand, öffnete.

„Juhu!“ Gloria winkte in die Diele, eine dicke Mappe unter dem Arm.

„Hallo Gloria“, grüßte Pru lächelnd.

„Gloria?“ Vicky hob die Hand, um sich bemerkbar zu machen.

Eine Eigenschaft von Gloria war es, nicht mitzubekommen, wenn irgendwo dicke Luft herrschte. Die Nase fröhlich in die Höhe gereckt, trat sie ein und nickte Chris und Isabella zu. „Familientreffen? Ich möchte nicht stören.“ Sie klopfte auf die Mappe. „Aber Vicky und ich müssen lernen und Hausaufgaben machen.“

„Was?“, entfuhr es Vicky, die davon nichts wusste.

„Gehen wir nach oben?“ Gloria strahlte sie an und zwinkerte ihr gleichzeitig zu.

„Ja, gehen wir hinauf.“

„Wunderbar!“

Vicky war froh wegzukommen. Gleichzeitig beunruhigte es sie sehr, was ihre Eltern und Isabella nun ohne sie besprechen und beschließen würden. Als Vicky an ihr vorbeiging, hielt Pru sie am Arm fest und zog sie an sich.

Sie flüsterte Vicky ins Ohr: „Die Liebe und die Vernunft sind immer stärker. Ich werde ihnen zum wohlverdienten Sieg verhelfen."

„Was flüstert sie da?", platzte Isabella heraus.

Bevor der Streit in die nächste Runde ging, lief Vicky mit Gloria die Treppe nach oben in ihr Zimmer und schloss die Tür hinter sich.

„Kann es nicht einen Knopf geben, mit dem man streitende Eltern ausschaltet?", murmelte sie vor sich hin. Im nächsten Moment bedauerte sie die Bemerkung. Gloria sah sie mit großen, traurigen Augen an.

Wenn jemand einen solchen Knopf nötig hatte, dann Gloria. Es war schon öfter vorgekommen, dass sie bei Vicky übernachtet hatte, weil ihre Mutter und ihr Vater sich zu Hause heftige Kriege geliefert hatten.

Vicky lachte ein bisschen, um die Spannung abzubauen. Zum Glück ließ sich Gloria anstecken.

„Schwamm drüber", sagte sie mit einer lockeren Handbewegung.

„Was willst du mit mir lernen? Mathe?" Vicky deutete auf die dünne Tasche.

Gloria öffnete die Ledermappe, die teuer aussah, und zog einen ultraflachen Laptop heraus. „Wir müssen dringend auf unsere Website gehen und weitermachen. Ich schaffe das alles nicht allein. Nessa schmollt immer noch."

„Gloria, wie kann ich ihr klarmachen, dass ich es gut mit ihr meine? Ich habe nicht über sie oder Lance gelacht", beteuerte Vicky.

Gloria klappte ihren Computer auf und steckte an der Seite ein kleines Gerät an.

„Mobiles Internet, bringt das 21. Jahrhundert in eure Steinzeit“, erklärte sie verschmitzt.

„Weißt du, woher dieser Lance kommt? An welcher Schule war er früher? Wieso taucht er so knapp vor Schuljahresschluss hier bei uns auf?“

Konzentriert tippte Gloria auf den Tasten herum. Was ihr Schwierigkeiten bereitete, da ihre Nägel frisch verlängert und lackiert waren und sie keinen abbrechen wollte.

„Das finden wir später heraus, zuerst zu den neuesten Anfragen.“ Sie bedeutete Vicky, sich zu ihr zu stellen. „Wir müssen verlässlich sein, sonst verlieren wir unsere Kunden.“

„Wo hast du das denn her?“

„Sagt mein Vater immer. Der nächste Satz ist dann meistens: Oder wie glaubst du, habe ich unsere Millionen verdient?“ Sie rollte mit den Augen. „Manchmal kommt es mir so vor, als ob er da oben keinen Kopf, sondern ein Sparschwein hat.“

Sie öffnete eine Eintragung. „Hör dir das an:

Hallo Wilde Wahnsinnsengel,
ich bin völlig am Ende. Was Jungen angeht, habe ich einfach keine Erfahrung und große Angst vor dem Schulball. Meine Mutter ist ganz sauer, weil ich noch keinen habe, mit dem ich auf den Ball gehe. Aber ich mache bestimmt nur alles falsch. Das Schreiben fällt mir so schwer. Ich muss mit jemandem reden. Wenn ihr wüsstet, wie schrecklich es mir geht. Bitte, bitte, sagt mir, wo ich euch treffen kann. Ich weiß nicht, was ich machen soll, wenn ich mit niemandem reden kann.

Ich traue mich nicht zu sagen, wer ich bin. Aber bitte, antwortet und helft mir. Ihr seid meine allerletzte Hoffung. Die Cousine meiner Mutter hat sich vor einen Zug geworfen.

Eure Coralina (das ist nicht mein echter Name)

Gloria drehte sich zu Vicky. „Was für eine arme Maus!"

Vickys Mund zuckte hin und her. Vielleicht war es ja auch dieses Mädchen, das gerettet werden musste. Möglich war es. Das Mädchen könnte in der Nähe von Nessa und Lance gestanden und den Geruch so intensiv verbreitet haben. Möglicherweise war an Nessa nur etwas davon hängengeblieben.

Das gab Vicky Hoffnung. Sie flehte, es möge so sein.

„Was machen wir mit der Maus?", wollte Gloria wissen.

Vicky beugte sich zu ihr herunter und überflog die Zeilen noch einmal. Sie zeigte auf das Coralina.

„Ist nicht ihr richtiger Name. Gibt es viele, die einen falschen Namen benutzen, wenn sie uns schreiben?"

Gloria legte den Zeigefinger an den Mundwinkel. Ein Zeichen, dass sie angestrengt überlegte.

„Die, die wirklich was von uns wollen, nennen eigentlich immer ihren Namen. Die Scherzkekse schreiben Micky Maus, Tarzan, Fred Feuerstein oder Bart Simpson."

Vicky fiel die Eintragung ein, die sie in der Nacht am Schreibtisch gelesen hatte. Sie war auch von einem Mädchen gewesen, das seinen Namen nicht nennen wollte und sich ein Treffen mit den Wahnsinnsengeln wünschte.

Ob es die Gleiche war?

„Sag was!", drängte Gloria.

Vicky ging hinter ihr auf und ab und diktierte. Gehorsam tippte Gloria mit zwei Fingern.

Hallo Coralina, du erschreckst uns mit deiner E-Mail. Ein Schulball und ein Junge sind kein Grund, an so etwas Schreckliches zu denken, wie es die Cousine deiner Mutter getan hat. Wir wollen unerkannt bleiben, da wir sonst nicht weiter unsere Dienste anbieten können. In deinem Fall machen wir eine Ausnahme. Gib uns deine Telefonnummer, wir rufen dich an.
Deine Wilden Wahnsinnsengel

Gloria nickte zustimmend. „Das gefällt mir. Das bringt es auf den Punkt, Vicky."

Gloria schickte die Mail ab und lehnte sich zurück.

„Noch zwanzig weitere Zusendungen", stöhnte sie.

„Lies vor!" Vicky war in Fahrt gekommen. Außerdem lenkte sie das Beantworten ein wenig von dem Kummer ab, der sich während des Tages aufgebaut hatte.

Glorias Computer ließ wenig später ein *Pling* ertönen. Sie fuchtelte mit den Händen, als müsse sie ihren Nagellack trocknen.

„Coralina hat schon geantwortet!"

Vicky war sofort hinter ihr. Gleichzeitig lasen sie, was das unbekannte Mädchen schrieb.

Danke, ich danke euch so sehr. Ihr seid wirklich meine letzte Hoffnung. Ich halte es nicht mehr aus. Meine Eltern sind so gemein zu mir. Ständig sagen sie, dass ich zu hässlich und zu dumm für alles bin. Telefonieren ist gut. Aber wenn ich euch sehen könnte, wäre das noch viel besser. Bitte, erfüllt mir den Wunsch! Ich weiß wirklich nicht mehr weiter.

„Was machen wir mit ihr?" Gloria drehte sich mit dem Schreibtischstuhl herum.

In Vicky tobten zwei völlig widersprüchliche Gefühle. Auf der einen Seite wollte sie dem Mädchen helfen und herausfinden, ob sie es war, die Vicky retten konnte. Auf der anderen Seite meldete sich eine warnende Stimme in ihr: Tu es nicht! Nein.

Worauf sollte sie hören?

Gloria begann, von allein zu tippen. Sie schrieb:

Coralina, sei um sechs am Burgbrunnen. Halte etwas Gelbes in der Hand. Muss keine Blume sein.
Wir kommen!

Vicky sah auf die Uhr. Es war bereits halb sechs.

„Wie willst du das schaffen?"

Der Burgbrunnen lag am Stadtrand und war eine bekannte Sehenswürdigkeit. Er war das Einzige, das von einer Burg übriggeblieben war, die dort vor ein paar Hundert Jahren gestanden hatte. Das Besondere an ihm war seine siebeneckige Form und das Echo, das aus der Tiefe hallte, wenn man hineinrief.

„Wir brauchen länger als eine halbe Stunde."

Pling! Sofort kam Coralinas Antwort:

Ich schaffe nur halb sieben. Geht das auch? Bitte!

Großzügig antwortete Gloria mit einem Ja.

„Sigfrid ist in der Nähe. Ich muss ihn nur anrufen, und er spielt den Chauffeur für uns“, erklärte Gloria.

Von unten kam kein Gezänk mehr. Vicky trat ans Fenster und sah auf die Straße. Der Wagen ihres Vaters war fort. Sie hatte nicht mitbekommen, dass er weggefahren war.

„Ich habe ein ungutes Gefühl dabei. Wenn diese Coralina nicht dichthält, dann weiß es morgen die ganze Schule“, gab Vicky zu bedenken.

Gloria bewies wieder einmal, dass sie wesentlich klüger war, als manch andere von ihr annahmen.

„Wir geben uns nicht zu erkennen. Wir sehen erst einmal nach, wer am Stadtbrunnen auf uns wartet. Sigfrid fährt uns in seinem kleinen Flitzer vorbei.“ Sie sah sich suchend im Zimmer um. „Wir brauchen Kopftücher und Sonnenbrillen.“

Mit Tüchern konnte Vicky dienen. Ihre Mutter trug gerne bunte Seidentücher um die Hüfte geschlungen. Vicky holte zwei davon aus Prus Schrank und schwenkte sie wie Trophäen.

„Hervorragend“, lobte Gloria. „Und wie steht es mit Sonnenbrillen?“

Vicky besaß eine Sonnenbrille, und Gloria schlug sich Sekunden später auf die Stirn. „Meine liegt doch bei Sigfrid im Wagen.“

FALSCHHEIT

Pru Cassady stand in der Küche und klatschte energisch die fertige Gesichtscreme in die Tiegel, die sie in einer langen Reihe auf der Anrichte aufgestellt hatte.

„Alles in Ordnung?“, erkundigte sich Vicky vorsichtig.

Ein Schnauben war die Antwort. An der großen Anzahl einzelner Haarsträhnen, die ihrer Mutter ins Gesicht hingen, konnte Vicky ablesen, wie aufgebracht sie war. Mit einer Entschlossenheit, die sie sonst so nicht von ihr kannte, sah ihre Mutter Vicky in die Augen. „Und du gehst doch zum Schulball!“ Sie unterstrich jedes Wort mit einem entschiedenen Schwingen des Zeigefingers.

„Du bist die beste Mimutschka“, sagte Vicky strahlend. „Ich muss aber noch mal kurz weg. Sigfrid holt uns ab. Ist das in Ordnung?“

„Sei bitte um acht wieder zu Hause. Chris will nämlich anrufen und mit dir reden. Ich möchte ihm nicht sagen, dass du nicht da bist.“

Vicky küsste ihre Mutter auf die Wange und folgte Gloria, die schon vorgegangen war.

Nachdem sie sich die Tücher wie alte Filmstars um den Kopf und den Hals geschlungen und die Sonnenbrillen aufgesetzt hatten, waren Vicky und Gloria wirklich nicht mehr zu erkennen.

Sigfrid tippte sich, nachdem Gloria ihm seinen Auftrag erteilt hatte, wie ein echter Fahrer an die Schläfe und sagte:

„Selbstverständlich, Madame, wird erledigt, wie es Madame wünscht."

Vicky und Gloria teilten sich die schmale Rückbank, was feiner aussah, als wenn eine von ihnen vorne gesessen hätte. Das Cabriodach war geöffnet, und der Fahrtwind war angenehm.

Der Burgbrunnen war von der Straße aus gut zu sehen. Gloria bat Sigfrid, langsamer zu fahren und so zu tun, als wären sie Touristen, die den Brunnen besichtigen wollten.

Sigfrid drosselte die Geschwindigkeit.

Auf der Steinstufe der Brunneneinfassung stand ein Mädchen, ungefähr im Alter von Vicky und Gloria. Sie kehrte ihnen den Rücken zu.

Vicky zog hinter der Sonnenbrille die Augenbrauen hoch.

Hatte sie diesen Pagenkopf und die blaue, schlichte Bluse heute nicht schon mal gesehen?

Das Mädchen drehte sich um und bestätigte, was Vicky gerade durch den Kopf geschossen war. In der Hand hielt sie eine gelbe Bonbontüte.

Gloria hatte sie auch erkannt.

„Alexandra!"

„Kannst wegfahren", sagte Gloria zu Sigfrid, der gehorsam auf das Gaspedal drückte.

Die Freundinnen blickten zurück zu Alexandra, die nicht mitbekommen hatte, dass sie beobachtet und erkannt worden war. Noch immer stand sie da und blickte erwartungsvoll die Straße auf und ab.

„Wieso lügt sie?" Gloria war ehrlich entrüstet. „Sie hat doch einen Freund. Diese Schlaftablette George, oder wie der heißt."

Vicky erinnerte sich daran, was Alexandra in der Pause erzählt hatte: Die Lehrer und die Direktorin würden immer sie zu Rate ziehen, wenn es irgendwo brannte.

Und hatte Mrs Hasselmann im Krankenzimmer nicht zu Dr. Schuster gesagt, sie werde „den Unsinn der Wahnsinnsengel“ beenden? Dazu musste sie aber erst einmal wissen, wer sich hinter diesem Namen versteckte. Das herauszufinden, hatte sie wahrscheinlich Lady Proper aufgetragen.

„Falscher Fünfziger“, murmelte Vicky empört.

Wirklich übel nahm sie Alexandra ihre leichtfertige Drohung, sich eventuell etwas anzutun. Es war einfach unglaublich gemein, widerlich, falsch und einfach nur abscheulich, so etwas zu behaupten, um andere aus ihrer Deckung zu locken. Wie konnte man nur so eine Heuchlerin sein?

„Was tun wir weiter?“, fragte Gloria.

„Nichts. Wir melden uns nicht mehr. Falls noch mal jemand verlangt, uns zu sehen, antworten wir erst gar nicht.“

„Wo darf ich die Damen hinbringen?“, fragte Sigfrid von vorne.

Vicky sehnte sich nach Azrael. Er war der Einzige, mit dem sie wirklich reden konnte.

„Du kannst mich an der Hauptstraße aussteigen lassen. Bei der *Bar Italia*“, rief Vicky.

„Wir bringen dich gern nach Hause“, bot Gloria an.

Vicky lehnte lächelnd ab. „Danke, ist mir lieber so.“

„Ah, ich weiß, wieso“, rief Gloria laut.

„Ja, und du behältst es für dich!“, sagte Vicky scharf, mit einem Blick, der wahrscheinlich Wasser zu Eis gefrieren lassen konnte.

Gloria schlug die Hände vor den Mund wie ein kleines, ertapptes Mädchen.

Als Sigfrid anhielt und Vicky aus dem Auto kletterte, fragte er: „Soll ich warten, bis du fertig bist?"

„Echt, würdest du das machen?"

„Ich füttere mein Schwesterchen mit einem großen Eisbecher und gönn mir auch einen."

„Ja, bitte, wartet. Das wäre echt nett."

Sigfrid streckte den Daumen in die Höhe, um zu zeigen, dass das Angebot stand. Vicky winkte Gloria und ihm kurz zu und entfernte sich dann die Hauptstraße hinunter.

Auf dem Weg zum versteckten kleinen Park durchquerte sie den schmalen Durchgang, der von zwei Brandmauern gebildet wurde. Hier roch es nie sehr angenehm und Vicky beschleunigte ihren Schritt. Sie sah sich mehrere Male um, weil sie das Gefühl hatte, es könnte ihr jemand folgen. Aber da war niemand.

Der alte Friedhof wirkte ganz friedlich und unter den Bäumen empfing sie eine angenehme Schattenkühle. Es duftete nach der Frische des jungen Sommers.

Um ganz sicherzustellen, unbeobachtet zu sein, lief Vicky einmal an der verfallenen Mauer entlang. Zwischen den nächsten Häusern und dem Park lag ein breiter, vertrockneter Grasstreifen.

Die Fenster der meisten Wohnungen standen weit offen, auf einigen Balkonen saßen Leute und genossen den späten Nachmittag.

Sie waren zu weit entfernt, um Vicky hören zu können. Die verwilderten Büsche an der alten Mauer versperrten die Sicht auf den gestürzten Azrael.

Vicky setzte sich neben seinen Kopf ins Gras.

„Ich brauch dich“, sagte sie ohne Begrüßung.

Der schwarze steinerne Kopf mit dem halblangen, gelockten Haar blieb still und starr. Die blauen Augen öffneten sich nicht.

War doch jemand in der Nähe? Vicky sprang auf und sah sich um. Aber sie konnte niemanden entdecken. Mit einem Seufzer kniete sie sich ins Gras und legte ihren Kopf auf den Boden, das Gesicht genau vor Azraels Gesicht.

„Bitte, bitte, sprich mit mir“, flehte sie leise.

Der Engelskopf blieb still. Seine Miene hätte nicht unbeteiligter und desinteressierter sein können.

Für einen Moment verlor Vicky die Beherrschung und schlug ihn mit der Hand.

„He, ich bin es. Und ich bin nicht schuld an diesem ganzen Wahnsinn. DU bist umgestürzt. Jetzt lass mich nicht im Stich! Ich raste sonst noch völlig aus. Hörst du? Hast du mich gehört?“ Sie klopfte mit dem Fingerknöchel auf Azraels Schädel. Der Stein war hart und ihr Finger begann wehzutun. Der zerbrochene Engel blieb regungslos.

Was konnte nur der Grund dafür sein? Vicky sprang wieder auf die Füße und ging in der Wiese ein paar Schritte auf und ab. Leise redete sie auf Azrael ein, in der Hoffnung, er würde sich doch noch erweichen lassen – im wahrsten Sinne des Wortes.

„Weißt du mehr? Ist Nessa wirklich in Gefahr? Bitte, gib mir einen Rat, wie ich sie retten kann. Sie ist eine meiner zwei besten Freundinnen. Azrael, ich kann mir doch niemals verzeihen, wenn ihr etwas zustößt. Ich glaube, dann möchte ich wirklich kein Mensch mehr sein. Dann ist mir alles egal. Dann werde ich lieber ein Engel. Diese Traurigkeit würde ich sonst nie aushalten."

Flehend starrte sie auf den Kopf der Statue. Wie schlafend ruhte er weiter bewegungslos auf dem Mooskissen. Vicky machte eine ungeduldige Bewegung mit den Händen, faltete sie wie zum Gebet, murmelte immer wieder: „Bitte, bitte, bitte!", aber nichts passierte.

Schließlich ließ sie die Arme sinken. Mit hängenden Schultern und sehr verzweifelt stand sie da und wünschte sich nichts mehr, als ein stinknormales Mädchen zu sein.

Ihre Verzweiflung schlug in Wut um, und Vicky trat gegen den Rest eines Grabsteines, der schief aus dem Boden ragte. Natürlich nützte das auch nichts, und zu den schmerzenden Fingerknöcheln kam jetzt auch noch ein blauer Zeh.

Mit einer Mischung aus Zorn und Kummer im Bauch stapfte Vicky davon. Wie konnte Azrael ihr das nur antun? Wieso ließ er sie so im Stich? Sie hatte sich ihm anvertraut, war offener gewesen als gegenüber jedem anderen. Er wusste sogar mehr von ihr als Gloria oder Nessa.

Sie hatte ihn immer als ihren Freund gesehen. Einen ganz besonderen Freund, dem sie sich sehr, sehr nahe fühlte. Manchmal vielleicht sogar zu nahe. Immer wenn sie bei ihm gewesen war und sich mit ihm unterhalten hatte, hatte sie diese ganz spezielle Wärme gespürt.

Einige Schritte von der Stelle entfernt, wo der Rumpf des Engels auf einem Flügel gestützt ruhte, wuchsen verwilderte Thujen. Die säulenförmigen Pflanzen waren im Lauf der Jahre zu einer kleinen, immergrünen Mauer geworden.

Hinter ihnen saß jemand gegen einen zerbrochenen Grabstein gelehnt. Das Kinn schwer auf der Brust, war sie vor Erschöpfung in der Hitze des Sommertages eingeschlafen. Dabei hatte sie auf Vicky gewartet, um sie zu beobachten und, noch wichtiger, zu belauschen.

Vicky hatte nichts davon bemerkt. Die Thujen bildeten einen zu guten Sichtschutz.

Die Hände in den Taschen ihrer hellen Leinenhose steuerte Vicky durch die enge Gasse wieder zurück auf die Hauptstraße. Alles, was sie beschäftigte und belastete, musste sie für sich behalten. Sie konnte es mit niemandem teilen.

„Hallo!"

Vicky hob den Kopf. Vor ihr stand White.

„Wieso kann ich dich sehen?", platzte sie heraus.

„Weil das immer so ist, wenn du bist wie ich."

Vicky tastete an sich herab. Hatte sie ihre Engelsgestalt?

„Bin ich ... bin ich unsichtbar?"

„Für mich nicht", erklärte er und lächelte.

„Aber für Menschen bin ich es, nicht wahr?"

White nickte.

„Aber warum? Warum habe ich wieder meine Engelsgestalt angenommen? Wie ist das möglich?"

„Ich kann dir auf viele Fragen eine Antwort geben, aber diese gehört nicht dazu."

„Gloria und Sigfrid warten auf mich. Was soll ich jetzt machen?"

Bedauernd drehte White die Handflächen nach oben.

„Du bist auch keine Hilfe", schimpfte Vicky und wollte an ihm vorbei. Er griff nach ihrem Handgelenk und hielt sie fest. Sein Hemd verströmte diesen frischen Geruch von Strand und Meer, den Vicky so sehr mochte.

Ihr Herz hämmerte, und sie spürte, wie sie vor Aufregung zu zittern begann. White hielt sie nicht sehr fest, sie hätte sich ganz leicht befreien können, aber sie wollte es gar nicht.

„Wir können Freunde sein. Vertrau mir!"

„Dir vertrauen?"

Er nickte.

„Das ist Blödsinn. Du willst doch das genaue Gegenteil von mir. Du willst, dass Menschen sterben. Ich will, dass sie leben!"

Seine langen Wimpern senkten sich langsam und er sagte nichts.

Vicky hielt das Schweigen nicht aus. „Du bist Azraels Feind und damit auch meiner."

Seine Lippen blieben geschlossen. Das heißt, nicht ganz. Seine weißen Zähne blitzten durch den schmalen Schlitz, den sein Mund offen ließ.

„Es ist Nessa, meine Freundin, um die du herumschleichst. Gib es zu!"

Noch immer standen sie einander gegenüber und er hielt ihren Arm am Gelenk in die Höhe. Sie waren keine Handbreit mehr voneinander entfernt.

„Wenn ich dir dazu etwas sage, wirst du mir dann in Zukunft nicht so aus dem Weg gehen?" Er legte den Kopf leicht zur Seite und sah sie gespannt an.

„Sagen? Über Nessa? Über die Gefahr, in der sie schwebt?"

„Jedenfalls über das, was ich weiß."

„Du kannst mich doch auch anlügen!" Jetzt war es Vicky, die ihn herausfordernd fixierte.

„Ich lüge nie."

„Ach ja? Und welchen Beweis hast du dafür?"

Er zog sie das letzte Stück an sich heran und legte vorsichtig seine Arme um sie. Er berührte sie kaum.

Sie musste es sich eingestehen. Vicky wollte sich nicht befreien. Vielmehr hatte sie den drängenden Wunsch, nachzugeben und sich in seine Arme zu legen. Sie neigte sich ihm leicht entgegen, fühlte die Wärme seiner Haut durch den Stoff des Hemdes.

Er strich ihr mit einer Hand über den Kopf.

Es war ein himmlisches Gefühl. Wie ein Schmelzen, ein Weichwerden, ein Vergehen aller Sorgen. Die Zeit schien stillzustehen. Der Lärm der Stadt war verstummt.

So standen sie da.

Vielleicht ein paar Sekunden.

Oder waren es Minuten?

Oder länger?

Vicky hörte ihren eigenen Atem. Er ging sehr ruhig und gleichmäßig.

White summte eine Melodie, die sie noch nie gehört hatte. Er wippte sanft nach links und rechts, ohne sie dabei loszulassen. Als er einen kleinen Tanzschritt machte, folgte Vicky seiner Bewegung.

Ihre Füße berührten den Boden nicht mehr. Sie wollte den Kopf heben und hinuntersehen, aber White hielt ihn mit sanftem Druck an seiner Brust.

So tanzten sie.

Er flüsterte ihr ins Ohr: „Ist das so schlimm?"

„Mh-m!", machte Vicky verneinend.

Er lachte leise und zufrieden in sich hinein.

„Wirst du auch ein anderes Mal mit mir tanzen? Auf dem Ball vielleicht?"

„Nein. Du bist doch unsichtbar."

„Nicht immer. Ich kann auch gesehen werden."

„Von allen?"

„Nein, nur von einigen."

„Von wem?"

White blieb ihr die Antwort schuldig.

„Rede weiter!", verlangte Vicky.

„Jetzt nicht", hauchte er.

„Wenn man dich sieht, heißt das, man stirbt?" Da er nicht reagierte, wiederholte Vicky die Frage. „Stirbt man dann? Sag es mir!"

„Wozu fragst du, wenn du glaubst, es schon zu wissen?", gab er zurück.

War das ein Ja?

Der Zauber zwischen ihnen war zerbrochen. Vicky merkte, wie sie wieder zu Boden sank. Ihr fiel noch etwas auf: White atmete nicht und hatte auch keinen Herzschlag.

Vickys Zerrissenheit war so groß wie noch nie. Sie konnte nicht weitermachen. Sie wusste es. Es war falsch.

Mit beiden Händen stieß sie ihn von sich. Er ließ sofort los und hob die Arme zum Zeichen, dass sie nichts zu befürchten hatte.

„Wir dürfen das nicht. Bitte, lass mich in Frieden. Bitte!"

White nickte ernst. „Ich will dir keine Angst einjagen und wenn du mir nicht vertraust, kann ich nichts tun." Er wirkte ehrlich bekümmert. Nach kurzem Überlegen fuhr er fort: „Es ist nicht nur Nessa. Es hat mit mehreren an deiner Schule zu tun. Der Schatten hat sie alle nur gestreift, ist aber noch nicht auf sie gefallen. Der Atem des Bösen weht bisher nur sanft."

„Was bedeutet das?"

„Ich weiß es selbst nicht. Das musst du mir glauben."

„Kann ich Nessa helfen?"

„Vielleicht."

„Den anderen auch?"

„Vielleicht."

Seine Gestalt löste sich langsam auf und er verschwand schließlich ganz.

„White?", rief Vicky.

„Vicky?", rief jemand hinter ihr.

DINNER MIT MARCO

Gloria stöckelte in den Durchgang. Sie achtete genau darauf, wo sie hintrat, als bestünde der Boden aus lebenden Schlangen.

„Vicky!“, rief sie noch einmal. „Vicky, du … du warst wieder …“

„Ich weiß!“, sagte Vicky heftig.

„Aber wieso wirst du immer unsichtbar?“, fragte Gloria.

„Keine Ahnung. Diesmal weiß ich es wirklich nicht. Sei jetzt still!“

Schmollend spitzte Gloria die Lippen.

„Tut mir leid!“ Vicky kam ihr entgegen und schüttelte niedergeschlagen den Kopf. „Tut mir echt leid, ich wollte nicht so … so gemein sein.“

„Bitte, vergiss nicht, dass es für jemanden wie mich wirklich schwer zu begreifen ist, dass die eigene Freundin …“ Gloria brach ab und legte den Finger auf die Lippen. „Ich rede kein Wort mehr darüber.“

„Auf dich kann ich mich immer verlassen“, lobte Vicky und überlegte, ob es sehr schlimm war, als Halbengel zu lügen. Gloria war die geborene Tratschtante und Plaudertasche. Wenn man ein Gerücht streuen wollte, dann musste man es nur ihr erzählen. Spätestens drei Tage später redeten alle darüber.

„Sweety, du bist ganz blass!“ Gloria legte die Hände an die Wangen. „Du siehst wirklich schlimm aus.“

„Gloria, ganz ehrlich, es geht mir ...“ Vicky atmete tief durch und sprach nicht weiter.

„Ich übernachte heute bei dir. Alleine lasse ich dich in dem Zustand nicht.“

Das war genau das, was sich Vicky gewünscht hatte.

Sigfrid machte einen großen Umweg zur Villa der Tenners, wo Gloria nur schnell frische Sachen für den nächsten Tag sowie ihr Wasch- und Schminkzeug holte. Mit einer großen Ledertasche kam sie zum Auto zurück. Vicky hob die Augenbrauen.

„Ziehst du bei uns ein?“

„Nein, aber ich kann mich nie entscheiden, was ich anziehen soll!“ Gloria machte ein ertapptes, etwas verlegenes Gesicht.

Pru Cassady braute noch immer ihre Wassermelonencreme. Sie stand wegen der Lieferung so sehr unter Druck, dass sie den Mädchen erlaubte, eine Pizza zu bestellen. Vicky und Gloria konnten sich aber nicht entscheiden, was für eine Pizza sie haben wollten.

Pru kam aus der Küche, einen Kochlöffel schwingend, von dem eine ölige Flüssigkeit tropfte.

„Vicky, ein Junge hat heute nach dir gefragt. Marco!“

Gloria wurde aufgeregt. „Der Marco aus der Schule? Gibt es da etwas, was ich nicht weiß?“

„Ich soll dir ausrichten, er kocht jederzeit für dich. Du sollst einfach vorbeischauen.“

„Was? Er will das wirklich wahr machen? Ein Junge, der kocht! Das muss ich sehen!“

Vicky wusste, dass Gloria keine Ruhe geben würde, bis sie bekommen hatte, was sie wollte.

Wozu Pizza bestellen, wenn es Marco gab, dachte Vicky. Sie zog Gloria mit sich.

Als sie beim Nachbarhaus klingelten, hörten sie drinnen jemand die Treppe herunterpoltern. Die Tür wurde aufgerissen und Marco stand vor ihnen. Hektisch zog er seine Hose etwas höher und zupfte das T-Shirt mit den Fingerspitzen von der Brust.

„Abend, hi!"

„Ich hab meine Freundin Gloria dabei. Sie übernachtet heute bei mir", erklärte Vicky.

„Hallo!"

Gloria hob grüßend die Hand.

Marco wurde rot und fuhr sich durch die strubbeligen Haare.

„Hi Gloria. Hi!"

„Wir haben Hunger", erklärte Vicky.

„Oh, Hunger!"

„Ja, Hunger!"

Marco nickte und blickte zwischen Vicky und Gloria hin und her.

„Ihr habt Hunger."

Gloria beugte sich nahe zu Vicky. „Ist der ganz richtig im Kopf?"

„Ja", raunte Vicky zurück. „Aber du machst ihm Angst."

„Oh!" Gloria setzte ein strahlendes Lächeln auf und sagte: „Ich kann nicht kochen. Aber ich finde es so sexy, wenn ein Junge kocht. So sexy!"

Darauf steigerte sich Marcos Gesichtsfarbe von Rosarot auf Ampelrot. Verlegen stotterte er: „Mein ... Kochen ist ... ganz in Ordnung, aber ... nicht großartig."

„Das lass uns entscheiden!“ Gloria schenkte ihm einen besonders netten Augenaufschlag. „Ich auf jeden Fall brauch jetzt schnell etwas zum Essen, sonst falle ich um.“

Marco trat zur Seite, damit die beiden ins Haus kommen konnten.

„Sind deine Eltern da?“, wollte Gloria sofort wissen, während ihre Augen überall waren.

„Nein. Kommen erst spät.“

Der Angstschweiß trat Marco auf Stirn und Oberlippe. Er denkt bestimmt, dass wir uns zum Nachtisch auf ihn stürzen, vermutete Vicky.

„Ich koche“, Marco deutete auf die nächste Tür, „in der Küche.“

„Wie interessant!“, rief Gloria, als hätte sie so etwas noch nie gehört.

Die Küche der Sayers war genauso groß wie die der Cassadys. Nur gab es hier keine Töpfe mit Gesichtscreme, dafür volle Körbe mit Gemüse und Obst und viele verschraubte Gläser mit Spaghetti, Schmetterlingsnudeln und Makkaroni. Die Gewürze standen, fein säuberlich geordnet, in kleinen Dosen auf einem langen, schmalen Regal an der Wand.

„Wären euch Nudeln mit Champignons, Käse und Speck recht?“ Marco sah sich in der Küche um, als wollte er die Alternativen checken, falls die Mädchen ablehnten.

Für Vicky klang das Angebot verlockend. Gloria deutete auf ihren flachen Bauch. „Nudeln am Abend sind nicht gut für die Linie.“

Zerknirscht bekam Marco gleich den nächsten Schweißausbruch.

„Ach, mach eine Ausnahme, Gloria“, mischte sich Vicky ein. „Ich habe so etwas noch nie gegessen. Du musst dich ja nicht vollstopfen.“

„O.k., du hast recht.“ Gloria machte eine huldvolle Geste in Marcos Richtung. „Wir nehmen gerne an, was du vorgeschlagen hast.“

Das entspannte Marco sichtlich. Er begann mit den Vorbereitungen. Seine Handgriffe waren sicher und gezielt. Es war sofort zu erkennen, dass er oft kochte.

Die beiden Mädchen versuchten, ein Gespräch mit ihm zu beginnen.

„Ist das nicht ein schlechter Zeitpunkt, um die Schule zu wechseln?“, wollte Gloria wissen. „Sechs Wochen vor den Ferien.“

„Dad musste seine neue Stelle sofort antreten. Die Firma bezahlt dafür sogar die Miete für dieses Haus, das viel teurer ist als unser altes. Sie bezahlen alles.“ Marco stellte einen Topf mit Wasser auf den Herd und eine kleine Pfanne daneben. Während er das Wasser erhitzte, schnitt er Champignons, rote, gelbe und grüne Paprika, Speck und orangefarbenen Cheddarkäse in kleine Würfel.

„Aber es muss doch für dich ganz fürchterlich sein, mitten im Schuljahr zu wechseln“, bohrte Gloria weiter.

„Lance musste das auch machen.“

Vicky, in deren Kopf Azrael, White und Nessa ständig durcheinanderwirbelten, war sofort beim Gespräch dabei.

„Ist er in deiner Klasse?“

„Ja. Wir sitzen nebeneinander.“

„Musst du denn alle Prüfungen machen? Bestimmt sind die Lehrer ganz anders als an deiner alten Schule. Und sicherlich war der Stoff auch anders. Wie willst du da die Prüfungen bestehen?", fragte Gloria.

„Meine alten Lehrer haben sich mit den neuen in Verbindung gesetzt. Ich bekomme andere Prüfungsfragen. Es ist für mich also nicht anders als in der Schule, aus der ich komme."

Schwungvoll goss Marco Olivenöl in das Nudelwasser und schüttete Salz hinein. Dann nahm er ein Bündel harter Spaghetti und ließ sie in das kochende Wasser gleiten. Gleichzeitig begann er, in der Pfanne die Zutaten für die Soße anzubraten.

„Ist das bei Lance auch so?", fragte Vicky. Sie bemühte sich, ganz locker zu klingen, als würde es sie gar nicht so sehr interessieren.

„Er redet nicht viel darüber." Marco rührte schwungvoll in der Pfanne, darauf konzentriert, nichts anbrennen zu lassen. „Seine Eltern leben gar nicht hier. Er wohnt bei einem Onkel und einer Tante. Er ist von irgendwo im Norden, aber Genaues hat er nicht erzählt."

„Nessa und er …", setzte Vicky an.

„Das dicke Mädchen mit den schwarzen Haaren?", fragte Marco.

Von Gloria kam ein tadelndes *Ts, ts, ts*. „Das ist keine freundliche Bezeichnung. ‚Dick' sagt man nicht. Nenn sie ‚unterklein' oder so, das klingt viel netter."

Sofort lief Marco wieder rot an. „Ihr kennt sie?"

„Nessa ist unsere Freundin", antwortete Vicky. Sie saß auf einer kleinen Kommode, die neben der Tür zum Garten stand.

„Ich wollte sie nicht beleidigen, tut mir wirklich leid."

„Schon in Ordnung.“ Vicky zeigte ihm, dass es keinen Grund gab, sich aufzuregen. „Auf jeden Fall kommen die zwei gut ... zurecht.“

Dazu schwieg Marco.

„Meinst du, Lance ist in Ordnung?“ Vicky stellte die Frage sehr überraschend und Marco reagierte mit heftigem Rühren in Pfanne und Nudeltopf. Es schien, als wollte er sich in der Dampfwolke, die vom kochenden Wasser aufstieg, verstecken.

Auch dazu sagte er nichts.

Vicky fand das bedenklich. Sie wollte Marco aber nicht weiter bedrängen, da sie befürchtete, er würde sich dann wie eine Auster verschließen. Vielleicht könnte sie morgen oder übermorgen mehr von ihm erfahren.

Nachdem er das Nudelwasser abgegossen hatte, vermischte Marco die Spaghetti mit der Soße im Topf. Er verteilte sie auf drei Teller und deutete auf einen Holztisch auf der Terrasse im kleinen Garten.

Sie setzen sich und drehten die Nudeln auf die Gabeln. Nachdem Gloria und Vicky gekostet hatten, waren sie sofort einer Meinung: Marco war ein ausgezeichneter Koch.

Während Vicky den feinen Geschmack der Soße genoss, rotierten in ihrem Kopf die Gedanken. Sie erinnerte sich an den Gestank, den sie auch bei Marco in der Schule gerochen hatte.

Konnte es sein, dass jeder, mit dem Lance zu tun hatte, den schrecklichen Geruch verströmte? Vicky wollte ihm nichts unterstellen, aber Mr Springsteen hatte einen Hauch des Todesgestanks mitgebracht, nachdem er Lance an der Schule begrüßt hatte.

Bei Alexandra war es genauso gewesen. Bei Nessa besonders schlimm und bei Marco nicht ganz so stark. Die Erklärung hatte er vorhin selbst geliefert: Er saß neben Lance.

Vicky musste es unbedingt gelingen, mehr über Lance herauszufinden.

Vor dem Schlafengehen setzte sich Gloria noch einmal an ihren Laptop und wählte sich ins Internet ein. Sie öffnete den Bereich der Webpage der *Wilden Wahnsinnsengel,* zu dem nur die drei Engel Zutritt hatten, und überflog die neuen Eintragungen.

„Hochsaison nennt man so etwas", hörte Vicky ihre Freundin stöhnen.

„Wieso?", wollte sie wissen.

„Panik vor dem Schulball. Jeder will mit jemandem hingehen und nicht allein."

Vicky, die gerade aus dem winzigen Bad der Cassadys gekommen war, hielt Zahnpaste und Zahnbürste in den Händen, als sie Gloria über die Schulter sah.

Die Eintragungen auf ihrer Website waren fast alle kurz, hatten alle dasselbe Thema, klangen aber sehr unterschiedlich.

Hi, ihr da, ich brauche eine Braut für die Party. Wen soll ich nehmen: Lora, Brenda oder Bess? Wer von den dreien fährt am meisten auf mich ab?
Das hat Kev geschrieben (10d) – ihr kennt mich bestimmt. Ich bin im Rugbyteam. Lange dunkle Haare, sehr cool, Narbe über dem linken Auge (von einem Rugbyunfall natürlich).

Gloria lockerte die Finger und begann zu tippen:

Hallo Kev, sorry! Schlechte Neuigkeiten.
Lora findet dich langweilig.
Brenda gefällst du nicht.
Und Bess kennt dich nicht einmal.
Tut uns wirklich leid, dass wir dir nichts Besseres antworten können. Am besten, du bleibst daheim.
Ein guter Rat von den Wilden Wahnsinnsengeln.

Vicky drückte Zahnpasta auf die Bürste. „He, das stimmt doch gar nicht", sagte sie.

„Natürlich nicht." Gloria tippte die Entertaste und die Nachricht wurde abgeschickt. „Aber diesem eingebildeten Affen gebührt eins auf die Mütze." Sie kicherte.

Hallo, ich bin Sabrina. Ich kann mich nicht entscheiden. Es haben mich drei Jungen zum Schulball eingeladen. Alle drei sind aus meiner Klasse. Sie haben mich angerufen. Nacheinander. Gestern. Jeder will, dass ich mit ihm gehe. Ich soll aber nichts sagen. Am Freitag soll ich eine Nachricht an die Tafel schreiben. Sie lautet: Schnuffi-Wuffi liebt ... Falls ich mich für Marty entscheide, kommt dann Schmatzi-Schatzi. Für Greg soll ich schreiben Küsschen-Kuckuck und für Tony Füßchen-Küsschen. Was soll ich bloß machen?

„Pah!" Gloria schüttelte ihre hellen Locken. „Darling, ICH bin hier blond. Aber du bist ganz schön blöd." Sie hämmerte in die Tasten.

Hallo Sabrina, die Jungs verarschen dich doch nur. Vergiss sie!

Vicky, die mit dem Zähneputzen begonnen hatte, musste lachen. Weiße Zahnpastaspritzer landeten auf dem Computerbildschirm.

Vorwurfsvoll drehte sich Gloria zu ihr um.

„'schuldigung", sagte Vicky mit der Zahnbürste im Mund und lief ins Badezimmer. Als sie fertig war, kam sie zurück. Gloria winkte sie aufgeregt zu sich.

„Alexandra hat sich schon wieder gemeldet. Sie ist so enttäuscht, weil wir nicht aufgetaucht sind, und droht, dass sie großen Unsinn macht, wenn wir uns nicht endlich mit ihr treffen."

„Wünsch ihr viel Spaß!", riet Vicky.

„Soll sie wissen, dass wir wissen, wer sie ist?"

Da musste Vicky Gloria recht geben. Besser, sie taten so, als hätten sie keine Ahnung. Alexandra hatte versucht, mit ihnen Katz und Maus zu spielen, jetzt tauschten sie die Rollen einfach.

Schon schrieb Gloria die Antwort:

Du kannst uns vertrauen. Wir haben es leider nicht rechtzeitig geschafft, weil das Auto liegen geblieben ist. Kein Benzin. Als wir angekommen sind, war nur eine alte Lady am Burgbrunnen (ungefähr 80 Jahre). Das kannst du nicht gewesen sein.
Was sollen wir jetzt machen?

Die Freundinnen grinsten und nickten zufrieden.

Im Zimmer stand schon ein aufklappbares Gästebett für Gloria bereit. Die Mädchen krochen unter ihre Decken und schalteten das Licht aus.

Durch das Dunkelblau der Sommernacht fragte Vicky leise: „Hast du was von Nessa gehört?"

„Nein", kam es leise zurück.

„Es tut mir so leid", sagte Vicky.

„Sie hat eine Krise."

„WIR haben eine Krise", seufzte Vicky.

„Die Sonne scheint immer. Auch wenn eine Wolke davor ist", meinte Gloria tröstend.

DICKE LUFT

„Jetzt stellt euch bitte nicht so an!" Gloria stand genau zwischen Nessa und Vicky vor der Schule. Sie hielt jede der beiden mit einer Hand fest und sah flehend zwischen ihnen hin und her. „Vertragt euch wieder!"

Nessa starrte Vicky trotzig durch die schmalen Schlitze an, zu denen sie ihre Augen verengt hatte. Vicky setzte in Gedanken immer wieder zu einer Erklärung an, brachte dann aber kein Wort über die Lippen, da sie ihr selbst zu fadenscheinig erschien.

„Ich will keinen Streit zwischen meinen beiden besten Freundinnen!" Gloria klang verzweifelt.

Vicky redete als Erste. „Ich ... ich wollte wirklich nicht spotten oder so, Nessa."

„Hat aber anders ausgesehen. Du gönnst dem Nilpferdhintern nichts, oder?" Nessas Gesicht blieb wie versteinert.

„Wenn du mir nur vertrauen würdest", jammerte Vicky.

„Oh, Lady Alleswissen, welche Weisheit haben Sie für mich?", ätzte Nessa.

„Keine Weisheit, es ist etwas anderes."

Glorias Handy spielte eine Melodie aus einer Liebeskomödie, die die drei erst vor einer Woche zusammen im Kino gesehen hatten. Um den Anruf entgegenzunehmen, musste Gloria die Freundinnen loslassen. Sie meldete sich und es folgte eine Serie von „Aha. Mhm. Ja, ja. Gut. Nein. Schon eher. Besser. Ausgezeichnet. Dachte ich mir".

Im nächsten Moment baute sich Cindy vor den dreien auf, ausnahmsweise ohne Anhang. Sie deutete mit dem Kopf auf Gloria.

„Geht es um den Schulball?"

Vicky zuckte mit den Schultern. Nessa knurrte: „Nein, um das Schlammbad, in dem wir dich versenken werden."

„Was hat sie gesagt?", fragte Cindy schrill.

„Nichts!", sagte Vicky hastig.

„Wenn Gloria nicht hält, was sie verspricht, ist das Schulballteam in ernsten Schwierigkeiten." Cindy schüttelte ihre glatt gefönten Haare. „Wenn sie aber wirklich bringt, was sie da alles angekündigt hat, wird die Schule noch in Jahren von uns reden."

„Von euch?", platzte Vicky heraus. „Es ist doch alles Glorias Verdienst und das Geld ihres Vaters."

Mit einem Blick, den sonst Isabella für Sally übrig hatte, wenn die kleine Schwester mal wieder unermüdlich versuchte, sich selbst die Schuhe zuzubinden, während alle anderen in voller Montur warteten, blickte Cindy auf Vicky herab. Sie war zwar keinen Zentimeter größer als Vicky, schaffte es aber trotzdem, den Eindruck zu erwecken, als stünde sie hoch über ihr.

„Schätzchen, sorry, aber das Organisationsteam besteht immer aus Erwachsenen und nicht aus Kindern. Es ist nett, was Gloria da alles tun will, aber es war unsere Idee, sie in unser Team zu lassen. Und wir organisieren alles. Für sie ist es eine Ehre, dabei sein zu dürfen. Bisher hat es so etwas noch nie gegeben."

Nach dieser Ansage stöckelte Cindy weiter, ohne die telefonierende Gloria eines weiteren Blickes zu würdigen.

Nessa und Vicky sahen sich an. Nessas Augen waren groß und funkelten vor Wut. Zum Glück war es keine Wut mehr auf Vicky.

Noch immer hatte Gloria das Handy ans Ohr gepresst und gab Anweisungen.

„Nein, klare Muster. Die Ballons müssen rot-weiß-blaue Spiralen bilden. Das nur als Beispiel. Aber kein Durcheinander. Das sieht nach Kindergeburtstag aus, aber hier geht es um einen Schulball."

Endlich war sie fertig, beendete das Gespräch und atmete tief durch. Zufrieden lächelte sie Nessa und Vicky an. „Seid ihr wieder gut? Das wäre die beste Entscheidung, die ihr heute treffen könnt."

„Von mir aus ist alles in Ordnung", versicherte Vicky schnell.

Nessa ließ sich mit der Antwort Zeit. Schließlich zuckte sie mit einer Achsel. „Wenn es dich beruhigt."

„Ja, das tut es!" Gloria wippte erfreut auf den Zehen und lächelte selig. Ihr war Nessas bitterer Unterton entgangen. Oder sie hatte ihn einfach nicht hören wollen. Fröhlich die Melodie aus dem Film summend, ging sie auf das große Schultor zu.

Vicky und Nessa blieben stehen und wandten sich gleichzeitig einander zu.

„Sie benutzen sie nur!" Nessas Stimme klang wie eine Mischung aus Kobra und Bulldogge.

„Damit sich Quietsche-Cindy und der Rest dann als großartiges Team feiern lassen können!", fügte Vicky hinzu.

„Miststücke!", fluchte Nessa. „Miese, widerliche, verlogene, heuchlerische Miststücke."

Mr Springsteen, der an ihnen vorbeiging, blieb stehen und musterte Nessa kritisch.

„Hältst du eine solche Sprache für angebracht?"

Nessa nickte. „Wenn Sie wüssten, über wen ich rede, würden Sie mir recht geben."

„Das bezweifle ich." Mr Springsteen schob seine Aktentasche unter den Arm. „Vor und in der Schule wollen wir solche Ausdrücke nicht hören. Verstanden?"

Nessa tat, als sähe sie das ein. Zufrieden zog ihr Mathematiklehrer ab.

„Cindy ist das Schleimigste, das mir je untergekommen ist", zischte Nessa.

„Und wenn wir Gloria darauf aufmerksam machen ...", begann Vicky.

Sofort unterbrach Nessa sie. „Lösch dir das aus deinem Kopf! Keine Chance. Sie glaubt uns nie."

„Selbst wenn sie uns glaubt, was soll dann geschehen? Soll sie einfach alles hinschmeißen?", fügte Vicky hinzu.

„Würde einen scheußlichen Schulball abgeben. Außerdem Ärger ohne Ende. Cindy und die anderen Geier würden Gloria mobben und quälen."

„Wir müssen uns was überlegen und Gloria zur Seite stehen", kündigte Vicky an. Darin waren sich Nessa und Vicky einig, endlich mal wieder. Vicky glaubte sogar, die Andeutung eines Lächelns über das Gesicht der Freundin huschen zu sehen, wenn auch ein sehr kampflustiges.

In der zweiten Stunde musste Vicky die Mathearbeit nachschreiben. Dazu saß sie hinten in der letzten Bank, vor sich das Blatt mit den Aufgaben, im Kopf eine ziemliche Leere.

Mr Springsteen hatte seinen Laptop an den Projektor angeschlossen und warf unendlich lange mathematische Formeln an die Wand. Dazu gab er mindestens ebenso lange und komplizierte Erklärungen ab, die wie immer keiner so richtig verstand.

Gloria schrieb eifrig alles in ihr Heft, während Nessa schief auf der Bank lümmelte und etwas auf ihre Mappe kritzelte.

Unten vor der Schule fuhr mit viel Krach ein Motorrad vor und hielt an.

Vicky hoffte auf eine Eingebung, damit sie wenigstens die Hälfte der Aufgaben richtig hatte. Während sie auf die Zahlen starrte und sich zu erinnern versuchte, wie die Rechnung zu lösen war, stieg ihr wieder der Gestank in die Nase. Diesmal war er aber anders, nicht so stechend wie sonst.

„Cassady, was tust du da?“, kam von vorne die Stimme des Lehrers.

Erst jetzt wurde Vicky klar, dass sie sich an den Hals gefasst hatte und nach Luft schnappte.

„Was tust du da?“

Vicky versuchte, etwas zu antworten, brachte aber nur ein hilfloses Japsen heraus. Sie deutete auf ihre Nase und ihre Brust und stammelte mit großer Mühe: „Luft … keine Luft …“

„Soll ich Dr. Schuster rufen?“

Er würde nicht helfen können.

„Da… darf ich raus … kurz raus …?“

„Falls das ein Trick ist, um draußen irgendwo die Lösungen nachzuschlagen, dann hast du dich verrechnet.“ Mr Springsteen deutete auf Gloria. „Du scheinst mir in dieser

Klasse die Verlässlichste. Bleib bei Cassady! Falls es ihr schlechter geht, ruf mich! Und pass auf, dass sie keine faulen Tricks versucht."

Vicky stolperte eilig an ihm vorbei, riss die Klassentür auf und stürzte auf den Gang. Dort ging sie weiter zu einem großen Fenster, das hinunter auf den Sportplatz führte. Vicky öffnete es und steckte den Kopf ins Freie. Die frische Luft, die ihr entgegenschlug, fühlte sich herrlich an. Fast kein Gestank mehr. Nach ein paar tiefen Atemzügen ging es Vicky sofort wieder besser.

Gloria stand neben ihr und hatte sie am Arm gefasst.

„Ist es wieder etwas ... wegen deines ... ich darf es ja nicht sagen ...?"

„Ja!" Vicky konnte noch immer nicht richtig sprechen. Ihre Kehle brannte zu sehr.

Wieso war der Gestank so plötzlich gekommen? Was konnte der Grund dafür sein?

„Kommst du klar mit dem Test?", erkundigte sich Gloria.

Vicky schüttelte den Kopf.

„Was hast du für Aufgaben?"

Nach einigem Räuspern konnte Vicky wenigstens wieder halbwegs reden. Sie beschrieb, an was sie sich erinnern konnte. Glorias Augen leuchteten auf. Wie ein kleines Mädchen klatschte sie in die Hände.

„Springsteen ist ein kleiner Schlingel!"

Einen solchen Ausdruck konnte wirklich nur Gloria verwenden.

„Er hat dir dieselben Aufgaben gegeben wie uns. Ich kenne die Ergebnisse." Sie begann, Vicky zu beschreiben, wie sie rechnen musste. Vicky versuchte, sich so viel wie möglich zu merken. In Mathematik war Gloria am besten von den drei Freundinnen. Außerdem hatte sie die Angewohnheit, nach jedem Test alle Aufgaben sofort nachzuschlagen. Diese Marotte kam Vicky nun zugute.

„Kommst du wieder hinein?“, wollte Gloria wissen.

Wenn sie es drinnen aushielt, würde Vicky das tun. Gloria hakte sich bei ihr unter und so gingen sie bis zur Klassentür.

„Bitte, mach auf“, bat Vicky sie.

Gloria tat ihr den Gefallen. Ein leichter Luftzug kam aus der Klasse auf den Gang. Vicky nahm noch immer den Gestank des Todes wahr, aber er war nur noch ein schwacher Hauch. Sie konnte also zurück an ihren Platz und den Test fortsetzen.

Mit dem Läuten der Schulglocke hatte sie drei der vier Aufgaben gelöst, und die Ergebnisse sahen für sie ziemlich richtig aus. Als Mr Springsteen sich das Papier abholte und einen Blick darauf warf, las Vicky in seinem Gesicht, dass ihr Gefühl sie nicht täuschte. Auch er schien zufrieden.

Nessa stand auf und verließ die Klasse. Vicky und Gloria sahen ihr hinterher.

„Sie will uns nicht bei sich haben“, stellte Gloria ein wenig bekümmert fest. Bisher hatten die drei alles gemeinsam unternommen und keine wäre einfach losgegangen.

Vicky und Gloria standen gegen das Fensterbrett gelehnt. Unten auf der Straße fuhren Autos vorbei. Die untere Hälfte des Fensters war nach oben geschoben, und von draußen wehte eine warme Sommerbrise herein.

Konnte es sein, dass vorhin während der Stunde, als Vicky den Tod gerochen hatte, unten auf der Straße jemand vorbeigegangen war? Oder jemand war in die Schule gekommen?

Wenn das Lance gewesen war, dann hätte Vicky jetzt Gewissheit. Sie würde ihn von diesem Moment an nicht mehr aus den Augen lassen, um zu verhindern, was auch immer er an Unglück brachte.

„Ich bin gleich zurück“, sagte sie zu Gloria und lief los. Vicky rannte zur Schulsekretärin und fragte nach Marco Sayer, dem Neuen.

„In welcher Klasse ist er? Er wohnt neben uns und hat etwas vergessen“, flunkerte sie.

Mrs Rosebud tippte auf ihrer Tastatur herum und nannte Vicky die Klasse. Marco war ein Jahr höher als Vicky, sein Klassenzimmer lag ein Stockwerk tiefer. Immer zwei Stufen auf einmal nehmend, hetzte Vicky nach unten.

ENDE EINER FREUNDSCHAFT

Im Erdgeschoss herrschte das übliche Pausengedränge. Da die Turnhalle, das Chemielabor, der Physiksaal, der Computerraum und die Bibliothek alle in diesem Stock lagen, waren hier immer besonders viele Schüler unterwegs. Das Klassenzimmer von Marco und Lance befand sich am hintersten Ende des Ganges, neben dem Sporttrakt.

Vicky warf einen Blick durch die offene Tür. Ein paar Mädchen saßen auf den Tischen, zwei Jungen spielten Karten. Suchend sah sich Vicky um. Sie hatte Angst, Nessa könnte in der Nähe sein und sie beobachten. Das wollte sie lieber vermeiden.

Aber Vicky konnte weder Nessa noch Lance ausmachen. Vielleicht spazierten sie über den Hof oder waren im ersten Stock beim Kiosk, um sich etwas zu essen zu besorgen.

Ein Mädchen mit klimpernden langen Ohrringen kam aus der Klasse. Sie knabberte an einem Apfel.

„He, kann ich dich mal was fragen“, wandte sich Vicky an sie.

„Was gibt's?“ Die Ohrringe machten viel Lärm, den Vicky nervig fand. Sie verstand nicht, wie das Mädchen dieses ewige Klimpern aushielt.

„Ihr habt einen Neuen in der Klasse.“

„Zwei.“

„Ja, genau, zwei.“

„Tomate und Stäbchen.“

„Tomate?“ Vicky horchte auf.

„Wird knallrot, wenn man ihn anspricht!“

„Heißt er Marco?“

„Du kennst ihn?“

„Er wohnt neben uns. Und Stäbchen ist Lance, richtig?“

Das Mädchen nickte, was ein neues Klimperkonzert auslöste.

„Wann ist er heute gekommen?“

„Häää?“

„Wann ist er zum Unterricht erschienen?“, wiederholte Vicky ihre Frage betont langsam, damit das Mädchen sie auch bestimmt verstand.

„Keine Ahnung.“

„Schon um acht Uhr? Oder ist er erst irgendwann in der zweiten Stunde da gewesen?“

„Keine Ahnung.“

„Dir muss doch aufgefallen sein, ob er zu spät gekommen ist!“

Das Mädchen beugte sich in die Klasse und rief: „He, Lola, Eve, ist Stäbchen heute da? Ich meine, war er immer schon da oder nicht oder so?“

Eve, eine sommersprossige Rothaarige drehte sich nach hinten zur letzten Bank.

„Der war da. Oder nicht?“

Das half auch nicht weiter.

Das andere Mädchen, das musste Lola sein, sagte: „Wir hatten doch gerade frei. Keiner von uns war da.“

„Ach ja“, erinnerte sich die Ohrringklimperin wieder. „Genau. Wir hatten Freistunde. Weil Mrs Saxton zum Zahnarzt musste. Hat sich einen Zahn ausgebissen.“

„Und Lance? War er in der Klasse? Oder ist er rausgegangen?"

„Was fragst du so komisch? Bist du von der Kripo? Hat er eine Bank ausgeraubt?"

„Nein."

„Lass Stäbchen in Frieden! Ist ein süßer Typ. So lustig immer. Hat für den Schulball eine Überraschung versprochen. Bin schon gespannt. Der ist nämlich eine Zuckerschnecke, kann ich dir sagen."

Vicky hatte genug. So kam sie nicht weiter. Außerdem dauerte die Pause nicht mehr lange. Es war besser zu verschwinden, bevor Nessa vielleicht auftauchte. Unverrichteter Dinge kehrte Vicky in den dritten Stock zurück.

Gloria hatte sich mittlerweile aus dem Computerraum ein paar der neuesten Anfragen an die *Wilden Wahnsinnsengel* besorgt. Von Alexandra, unter dem Decknamen Coralina, war auch wieder eine dabei. Sie drängte immer heftiger auf die Begegnung, die für sie alles entscheiden sollte – was auch immer das war.

Als Vicky die Zeilen sah, musste sie grinsen.

„Was ist daran so lustig?", wollte Gloria sofort wissen.

„Gar nichts", sagte Vicky ausweichend und grinste gleich darauf noch breiter. Ihr war etwas eingefallen. Etwas, das helfen könnte, nicht nur Alexandra einen Denkzettel zu verpassen. „Ich komme gleich wieder. Entschuldige mich! Sag, ich hätte Bauchschmerzen."

Gloria nickte, machte aber ein ratloses Gesicht. Vicky sauste zurück ins Erdgeschoss. Der Computerraum war zum Glück leer, und sie konnte sich an eines der Geräte setzen. Schnell hatte sie die Adresse ihrer Webpage eingetippt und das Codewort eingegeben, um in den Bereich der Engel zu gelangen. Sie suchte sich Coralinas letzten Eintrag heraus und schrieb eine Antwort.

Wenn du uns ansprichst, werden wir uns nicht zu erkennen geben. Wir müssen sichergehen, dass wir dir vertrauen können. Erst nachdem uns jemand viermal an vier verschiedenen Tagen in der Schule angesprochen hat, geben wir unsere Identität preis.
Versuch es also! Wir sind ein Oberengel und drei Hilfsengel …

Vicky verschränkte die Finger und bog sie durch. Sie genoss es, das Knacken der Knöchel zu hören. Wenn alles so lief, wie sie es gerade eingefädelt hatte, würden einige Leute Ärger bekommen, die ihn sich wirklich verdient hatten. Sie konnte sich ein triumphierendes „Ha!“ nicht verkneifen.

Als sie in die Klasse zurückkam, hatte der Unterricht schon begonnen. Mrs Dunxten, die Geschichtslehrerin, erklärte ein Projekt über „Sauberkeit und Hygiene“ in den vergangenen Jahrhunderten. In Teams sollten die Schüler alles über die Körperpflegegewohnheiten der Menschen verschiedenster Epochen herausfinden. Seit wann gab es Utensilien wie Zahnbürsten oder Zahnpaste? Und wie sahen früher die Toiletten aus?

Noch immer sehr zufrieden mit sich und der Aktion, die sie gerade angeleiert hatte, ließ sich Vicky auf ihren Platz zwischen Nessa und Gloria sinken.

„Geht es dir wieder besser?“, erkundigte sich Mrs Dunxten spitz.

Vicky nickte und versuchte, ein leidendes Gesicht aufzusetzen. „Geht schon wieder."

„Deine Gesundheit scheint schwach zu sein. Bei Mr Springsteen bekommst du Atemnot, in der Pause Bauchschmerzen. Ich schlage vor, du lässt dich einmal gründlich von einem Arzt untersuchen."

„Das werde ich machen. Vielen Dank für den Rat!" Vicky nickte, um zu unterstreichen, wie ernst sie den Hinweis nahm. Sobald sich Mrs Dunxten wieder dem Rest der Klasse zugewandt hatte, stieß Vicky Nessa mit dem Ellbogen in die Seite. Sie musste ihr unbedingt erzählen, was sie gerade getan hatte. Nessa würde die Idee bestimmt ausgezeichnet finden.

Aber Nessa wich dem Stoß aus. Sie machte eine ungeduldige Bewegung und drehte sich weg.

Prüfend sah Vicky die Freundin von der Seite an.

Nessas versteinertes Gesicht war wieder da.

„Nessa?", fragte Vicky leise.

Keine Reaktion. Nessa tat, als gäbe es Vicky nicht.

„He, was ist jetzt schon wieder?"

„Deiner Stimme scheint es ja ausgezeichnet zu gehen!", dröhnte Mrs Dunxten in Vickys Richtung. Ertappt drehte Vicky sich zu ihr und lächelte verlegen.

„Junge Dame, du fällst in letzter Zeit sehr oft negativ auf. An deiner Stelle wäre ich etwas vorsichtiger."

„Ja, Mrs Dunxten!" Vicky gab die Zerknirschte, weil sie wusste, dass die Lehrerin dann schnell wieder von ihrem Opfer ablassen würde.

Auf das Geschichtsprojekt konnte sich Vicky nicht konzentrieren. Erstens jagte ihr Herz, zweitens bohrte in ihr das schlechte Gewissen und drittens ahnte sie, was Nessas Ablehnung erneut hervorgerufen hatte.

„Bitte schließt euch jetzt zu Dreiergruppen zusammen", forderte die Lehrerin sie auf.

Nessa sah an Vicky vorbei zu Gloria. „Wen nehmen wir als Dritte, Lady?"

„Äh ... wir sind doch schon drei!" Gloria bekam rote Flecken am Hals. Sie spürte die neue Spannung.

„Sind wir nicht, Lady. Und wenn du mit mir arbeiten willst, dann suchen wir uns jetzt noch jemanden."

Es war fürchterlich für Vicky, wie Nessa einfach über sie hinwegredete, als gäbe es sie gar nicht.

„Aber Nessa, bitte", flehte Gloria.

Da stand Nessa wortlos auf und trat zu zwei Mitschülerinnen eine Reihe weiter hinten, die gerade nach einem Dritten suchten. „Ich bin bei euch dabei", bot sie an.

Steffi und Valerie blickten verwundert von Nessa zu Gloria und Vicky, denn die drei galten als unzertrennlich.

„Was ist los? Was guckt ihr so? Kann ich nun bei euch mitmachen, oder nicht?", wollte Nessa wissen.

„Nein, nein, du kannst gerne bei uns mitmachen!", sagte Valerie schnell. Trotzdem konnte sie die Augen nicht von der verdutzten Gloria und der verzweifelten Vicky nehmen, die auf ihrem Stuhl saß wie ein Häuflein Elend.

In der Mittagspause lief Gloria wie ein aufgescheuchtes Huhn zwischen dem Tisch von Nessa und dem von Vicky hin und her. Sie setzte ihr ganzes Geschick ein, um die zwei wieder zu versöhnen. Von Vickys Seite aus war das kein Problem. Nessa aber ließ Vicky über Gloria bestellen, dass sie die Freundschaft als beendet ansah.

Von Gloria bekam Vicky auch die Bestätigung, dass Nessa von Lance' Klassenkameradinnen alles erfahren hatte. Für Nessa ein Nachspionieren, das sie sich nicht gefallen lassen konnte.

Was sollte Vicky ihr sagen? Nessa wusste zwar von ihren Engelskräften, trotzdem schien sie Vicky nicht zu vertrauen.

War Lance in der zweiten Stunde vor dem Schulhaus gewesen? Noch immer war diese Frage offen. Hätte Vicky doch wenigstens darauf eine Antwort bekommen!

Nach dem Unterricht setzte sie sich auf ihr Fahrrad und fuhr nach Hause. Ihre Beine fühlten sich an wie Blei.

Vicky beschloss, Azrael aufzusuchen. Vielleicht redete er ja heute mit ihr. Sie erreichte den kleinen Friedhof. Wieder vergewisserte sie sich, dass niemand in der Nähe war, der sie belauschen oder beobachten könnte. Erst dann trat sie zu den Trümmern der Engelsstatue.

Bitte, sprich mit mir, flehte sie in Gedanken. Bitte! Sie schloss die Augen und drückte sich selbst die Daumen. Immer wieder dachte sie an ihren Wunsch und schickte ihn zu Azraels Kopf.

„Was hast du?“, hörte sie seine vertraute Stimme.

Mit einem erleichterten Aufatmen ließ sie sich neben ihn ins Gras fallen.

„Wieso hast du gestern nicht reagiert? Ich hätte dich so gebraucht!“, bestürmte sie ihn.

„Jemand war in der Nähe.“

„Wer denn?“

„Keine Ahnung. Ich weiß es nicht. Vielleicht jemand aus dem Haus da.“ Azrael deutete mit den Augen zu einem der umstehenden Häuser.

Vicky zuckte mit den Schultern. „Kann sein. Ich glaube, es waren ein paar Leute auf den Balkons."

Seufzend streckte Vicky die Beine aus und begann zu erzählen. In ihren Berichten sprang sie hin und her, sodass Azrael öfter nachhaken musste, weil er die Zusammenhänge sonst nicht verstand.

„Ich habe meine beste Freundin verloren. An der Schule könnte etwas Schlimmes geschehen, aber ich weiß nicht, was. Mein Vater und meine Stiefmutter sind sauer. Meine Lehrer haben mich unter Beobachtung. Was muss ich jetzt noch alles durchmachen? Findest du nicht, dass es reicht?"

Azrael blinzelte mit seinen strahlend blauen Augen.

„Ist das alles?", fragte er. Es klang beiläufig, aber Vicky hatte feine Sensoren.

„Was meinst du mit ‚alles'? Was soll noch sein?"

Eine Pause trat ein. Aus einem offenen Fenster schwebte leise Musik zu ihnen.

„Ich muss es dir sagen", begann er.

Sofort setzte sich Vicky aufrecht hin. „Was?"

„Du musst wirklich auf deine Freundin aufpassen. Auf Nessa."

„Das denke ich mir auch die ganze Zeit."

„Dass du immer wieder körperlos wirst, ohne es bewusst herbeizuführen, ist ein klarer Hinweis. So etwas geschieht nur, wenn es um einen Menschen geht, der dir viel bedeutet."

Vicky seufzte tief. „Unsere Freundschaft ist beendet. Höchstens ein Wunder könnte sie retten."

„Wunder geschehen!", versicherte Azrael mit einem leichten Lächeln.

„Ich mache mir wenig Hoffnung.“ Vicky seufzte.

„Hoffnung brauchst du immer. Deine Taten lassen das, was du hoffst, in greifbare Nähe rücken.“

Im Moment konnte Vicky sich das nicht vorstellen.

Völlig unvermittelt sagte Azrael: „Hör nicht auf die Falschen!“

„Wie meinst du das?“

„So, wie ich es gesagt habe.“

„Kannst du nicht deutlicher werden?“

„Nein.“

„Meinst du DIE Falschen oder DEN Falschen?“

Azrael blinzelte nur, sagte aber nichts.

Vicky war überzeugt, er meinte DEN Falschen.

Traum in Rot

„Kosmisch!“, schwärmte Pru Cassady.

Vicky sah an sich herab. Sie strich mit den Händen über die rote Naturseide. Der Stoff war weich, aber nicht glatt. Er hatte einen feinen Schimmer, doch keinen Glanz.

Pru rutschte auf Knien um Vicky herum und steckte den Saum des kurzen Rockes ab.

„Und hier nähe ich dann die Seidenstreifen in verschiedenen Rottönen an“, beschrieb sie Vicky. „Sie werden fast bodenlang sein und beim Gehen um deine Beine schwingen. Das Top lassen wir so, wie es jetzt ist.“

Der obere Teil des Kleides war schulterfrei und lag eng an Vicky an. Er hielt von allein, besaß aber zur Sicherheit einen Träger, der schräg verlief. Im nicht sehr großen Spiegel der Diele konnte sich Vicky nur vom Nabel aufwärts sehen. Was ihr da entgegenblickte, gefiel ihr sehr gut.

„Hast du das Kleid bis Samstag fertig?“, fragte sie besorgt. Es war bereits Donnerstagabend und Pru war noch immer mit dem Sieden der Cremes beschäftigt.

„Sonnenschein, wenn der Tag nicht ausreicht, so hänge ich eben die Nacht ran.“ Pru strich sich mit der Schulter die losen Haarsträhnen aus dem Gesicht. „Du wirst eine Erscheinung sein. Alle werden sich nach dir umdrehen, weil du nicht angepasst bist. Sei anders, sei frei, sei wild!“

„Ich gebe mein Bestes, Mimutschka“, sagte Vicky und seufzte bekümmert.

Pru sah zu ihr hoch. „Sonnenschein, sind das Wolken in deinem Gesicht?"

Niedergeschlagen nickte Vicky.

Ohne ein weiteres Wort stand Pru Cassady auf und zog Vicky hinter sich her ins Wohnzimmer. Dort fegte sie leere Verpackungen vom Sofa, drückte Vicky in die Kissen, ließ sich neben ihr nieder und ergriff ihre Hand. „Lass es heraus! Das befreit. Regenwolken müssen abziehen können, damit die Sonne wieder zum Vorschein kommt."

„Ich kann es dir aber nicht erzählen." Vicky starrte auf ihre nackten Zehen.

„Das musst du auch nicht."

Schweigend saßen Mutter und Tochter nebeneinander.

„Es tut mir weh, wenn ich dich so verzweifelt sehe", sagte Pru.

„Mimutschka, was wenn deine beste Freundin denkt, du bist gegen sie, dabei willst du ihr nur helfen. Aber sie lässt sich nicht helfen. Sie hört nicht zu. Sie ist sauer und will nichts mehr von mir wissen ..."

„Nessa, nicht wahr?" Pru nahm Vickys Hand in ihre Hände, wie sie es schon getan hatte, als Vicky noch ein kleines Mädchen gewesen war.

„Mhm!" Mehr als ein Nicken schaffte Vicky nicht. Nessa hatte sie den ganzen Tag in der Schule ignoriert. Gloria hatte wegen des Streits sogar geweint und Vicky gestanden, dass die beiden Freundinnen so etwas wie eine Ersatzfamilie für sie waren.

Das Einzige, das Vicky ein wenig erfreut hatte, war eine Beobachtung auf dem Schulhof. Alexandra hatte sich dort an Cindy herangepirscht. Als Vicky vorbeischlenderte, so locker und selbstverständlich wie nur möglich, hörte sie Alexandra die Worte „Wilde Wahnsinnsengel“ flüstern. Cindys Reaktion war ausgefallen, wie erwartet: Sie hatte die Nase gerümpft und Alexandra von oben herab angesehen, als wäre sie gefragt worden, was sie unter ihrer Jeans trug.

Vicky war sofort in den Computerraum gerannt, um Alexandra eine neue Nachricht der *Wilden Wahnsinnsengel* zu schreiben.

Gib nicht auf! Auch wenn du das Gefühl bekommst, du wärst bei den Falschen. Erst nach drei weiteren Versuchen, wenn wir sicher sein können, dass wir es mit der richtigen Person zu tun haben, werden wir uns zu erkennen geben.
Ich habe das so entschieden und meine Helferinnen haben zugestimmt.

Ein raffinierter Hinweis auf Cindy und ihre Hennen.

Am Nachmittag, beim Treffen des Schulball-Organisationsteams, kam es zu einem kleinen Zwischenfall. Cindys Anhängerinnen fielen wie Krähen über Alexandra her. Es machte den Anschein, als wollten sie Alexandra zerhacken.

„Verschwinde! Hör mit dieser blöden Fragerei auf. Du hast einen Sprung in der Schüssel“, schimpften sie aufgebracht.

Cindy gab ihnen ein Zeichen, ihr die Sache zu überlassen, und nahm Alexandra vertraulich zur Seite. Vicky, die Gloria begleitet hatte und nicht weit von Cindy entfernt am Türrahmen lehnte, konnte das Wichtigste aufschnappen.

„Hast du Probleme?", fragte Cindy Alexandra.

„Ja. Das weißt du genau", flüsterte Alexandra zurück.

„Kann es sein, dass du einen Nervenarzt brauchst?"

„Coralina braucht Hilfe!", sagte Alexandra drängend.

„Wer soll das denn sein?"

„Ihr dürft mich nicht so im Regen stehen lassen."

Cindy deutete durch das Fenster zum strahlend blauen Himmel und wendete sich wieder ihrer Gefolgschaft zu. „Regnet doch gar nicht."

Gloria war die ganze Zeit am Handy und telefonierte mit dem Unternehmen, das den Auftrag für das Dekorieren der Schule übernommen hatte. Am nächsten Tag sollten sie loslegen, damit am Samstagabend der Festsaal und die Gänge rundherum erstrahlten.

Die Mitglieder des Organisationskomitees stellten immer neue Forderungen, und Gloria bemühte sich, alle Wünsche zu erfüllen. Vicky konnte das nur deshalb mit ansehen, weil sie an ihren kleinen Denkzettel für Alexandra und Cindy dachte. Alles entwickelte sich so wie geplant.

Pru Cassady kniff Vicky in die Wange. „Du lächelst ja wieder. Das ist schon ein kleiner Fortschritt."

„Ich kann lächeln über etwas, das ich für Gloria angezettelt habe", erklärte Vicky. „Aber wegen Nessa ist mir zum Heulen. Sie ist so wütend auf mich."

„Fällt dir irgendetwas ein, das du JETZT machen kannst?", fragte Pru ernst.

Vicky überlegte und schüttelte dann den Kopf. Nein, da gab es nichts. Jeder Versuch, jetzt mit Nessa zu reden, würde scheitern.

„Dann lass die Zeit für dich arbeiten. Gib dem Glück eine Chance. Pack es, wenn es seinen Kopf aus dem Loch steckt. Du schaffst das, Sonnenschein." Sie küsste Vicky auf die Stirn. „Aber jetzt zurück an die Arbeit."

„Kann ich das Kleid morgen schon mitnehmen? Ich gehe nach der Schule doch zu Dad."

Pru hatte das nicht bedacht. „Leider kann ich noch nicht zaubern. Aber ich übe", erklärte sie lächelnd. „Vor Samstagnachmittag habe ich das schöne Stück nicht fertig. Ich bringe es dir einfach."

Vicky fiel noch etwas ein. „Isabella will doch nicht, dass ich auf den Schulball gehe."

Pru blähte die Nasenflügel und schnaufte. „Sie hat in dieser Angelegenheit gar nichts zu melden. Natürlich gehst du auf den Schulball. Es gibt nur einen im Jahr. Ich werde Chris anrufen und ihn daran erinnern, dass wir alle Entscheidungen zu eurem Wohl GEMEINSAM treffen müssen. Seine Entscheidung ist also höchstens 50 %! Und da ihr bei mir lebt, gelte ich 51 % und er nur 49 %, also ist er schon überstimmt."

Aus leidvoller Erfahrung wusste Vicky, dass Isabella das nicht so sehen würde.

„Sie wird, sie wird!", versicherte Pru. Ungewohnt scharf setzte sie hinzu: „Sie muss!"

„Nein! Ganz sicher nicht!"

Das waren Isabellas Worte zur Begrüßung am Freitagnachmittag. Chris Cassady hatte Vicky von der Schule und Sally aus dem Kindergarten abgeholt, ging mit ihnen noch ein Eis essen und fuhr dann zu sich nach Hause.

Isabella und er hatten eine geräumige Wohnung in einem älteren Haus bezogen. Sie hatte früher Isabellas Eltern gehört und war so groß, dass Sally und Vicky jede ein eigenes Zimmer hatten, obwohl sie nur an jedem zweiten Wochenende bei ihrem Vater waren.

„Du wirst sicher NICHT den Schulball besuchen, nach dem, was du dir vergangene Woche geleistet hast." Isabellas Lippen wurden, wenn sie sich aufregte, dünn wie Regenwürmer.

„Mimutschka hat gesagt, du hast überhaupt nichts zu melden. Sie hat 51 % Bestimmungsrecht, und deshalb kann ich auf den Schulball gehen."

„Chris, sag etwas!", verlangte Isabella. „Oder willst du wirklich im Raum stehen lassen, dass deine Ex-Frau das einfach entscheiden kann?"

„Oh bitte, ihr müsst verstehen, das ist nicht so einfach", versuchte Vickys Vater wieder einmal auszuweichen.

„Was ist da nicht einfach? Zum Wochenende sind die Kinder hier, und wir sind für sie verantwortlich. Daher geschieht auch das, was wir sagen!" Isabella hatte die Stimme erhoben.

„Bitte, Honeybunny, lass uns das in Ruhe klären", versuchte es Chris Cassady noch einmal.

„Ich bin ruhig!" Isabella schlug mit der Hand auf die Flurablage, dass die Schlüssel in die Höhe sprangen.

Sally hatte den Kopf zurückgelegt und sah Isabella von unten an.

„Du bist böse!", erklärte sie sehr bestimmt.

„Das muss ich mir wohl auch noch anhören, ohne dass du einschreitest?" Isabella drehte sich weg. „Vielleicht wäre es besser, wenn du überhaupt wieder zu deiner Ex-Frau zurückkehrst, wenn sie in allem das Sagen hat."

„Honeybunny, nein, bitte, es ist ganz anders!"

Vicky tat ihr Vater einerseits leid, andererseits konnte sie nicht verstehen, wieso er sich immer so von seiner neuen Frau rumkommandieren ließ.

„Hexe!", sagte Sally trotzig.

Isabella fuhr herum. „Hast du das zu mir gesagt?"

Sally nickte.

„Das reicht dann wohl." Wütend verließ Isabella die Diele. Eine Tür wurde zugeknallt.

Vater und Töchter standen da und sahen alle drei in die Richtung, in die Isabella verschwunden war. Eine andere Tür wurde geöffnet und Gilbert trat auf den Flur.

„Kann man hier keine Ruhe haben? Ich muss meine Biologiearbeit fertig schreiben. Bei dem Krach kann sich kein Mensch konzentrieren."

„Sei still, Pullunder-Monster!", platzte Sally heraus, stolz, weil sie sich das komplizierte Wort gemerkt hatte.

„Was hat die kleine Kröte gesagt?" Gilbert wurde weiß im Gesicht.

„Pullunder-Monster!", wiederholte Sally kichernd.

Vicky hatte Gilbert diesen Spitznamen verpasst, da er im Winter oft in hoffnungslos altmodischen Karo-Pullundern über noch hoffnungsloseren Hemden herumlief.

„Du nervst, Kleine!", knurrte er jetzt.

Sally verzog das Gesicht und begann zu heulen. Vicky vermutete, dass sie das nur spielte. Sally war sehr gut in vorgetäuschten Tränen und kam mit der Vorstellung fast immer ans Ziel.

Chris Cassady presste die Hände an den Kopf. „Könntet ihr alle aufhören, mir so auf die Nerven zu gehen?!"

„Gilbert darf Sally ‚kleine Kröte' nennen? Und du sagst nichts dagegen?" Vicky war aufgebracht.

Die kleine Schwester flüchtete zu ihr und drückte sich an ihre Beine.

„Ich nehme die Kröte zurück", sagte Gilbert und tat, als wollte er in sein Zimmer zurückkehren. Er drehte sich noch einmal um. „Sie ist eine klebrige Qualle. Igitt!" Mit diesen Worten verschwand er und knallte die Tür wie zuvor seine Mutter.

„Was habe ich angestellt, dass alle gegen mich sind?", heulte Vickys Vater theatralisch auf.

„Komm, Sally!" Vicky nahm die kleine Schwester an der Hand. „Komm, ich spiele mit dir Frankensteins Bauernhof."

Dieses Spiel hatte Vicky eigens für Sally erfunden. Sally durfte sich von ihr Tiere wünschen, die es nur auf Frankensteins Bauernhof gab. Jedes Tier bestand aus verschiedenen Tieren. Am liebsten hatte Sally die Kuh-Schwein-Ziege. Vicky musste dazu eine Kuh mit vollem Euter darstellen, die laut grunzte und mit den Hörnern stieß.

Nachdem Vicky fast eine Stunde lang jedes mögliche und unmögliche Tier gespielt hatte, rollte sie mit Sally lachend auf dem Teppich ihres Zimmers herum.

„Ich mag die Hexe nicht", beschwerte sich Sally bei ihr.

Vicky stützte sich auf die Ellbogen. „Aber Daddy mag sie sehr."

„Das darf er nicht."

„Doch, das darf er. Und wir müssen das akzeptieren."

„Was ist aztieren?"

„AKZEPtieren. Das heißt, wir müssen ihn lassen. Weil er das so will.“

„Nein!“ Sally schüttelte energisch den kleinen Kopf, sodass ihre Locken flogen.

„Doch!“

„Nein, nein, nein, nein, nein, nein!“ Wenn Sally damit anfing, dauerte es jedes Mal eine Weile, bis sie wieder zu bremsen war. Vicky ließ sie einfach durch das Zimmer hüpfen und „Nein, nein, nein!“ rufen, während sie selbst zur makellosen Zimmerdecke hochblickte. Natürlich gab es in Isabellas Wohnung weder Spinnen noch Spinnweben.

Sally warf sich auf Vickys Bett und rollte sich ein. „Bin ein Kätzchen“, erklärte sie und machte ein Geräusch, das wahrscheinlich ein Schnurren sein sollte. Vicky kraulte sie hinter den Ohren. Sally schmatzte und war gleich darauf eingeschlafen.

Aus dem Wohnzimmer holte sich Vicky das tragbare Telefon. Sie hielt es in der Hand und zögerte. Sie wollte Nessa so gern anrufen.

Aber sie traute sich nicht. Die Angst vor einer Abfuhr war zu groß.

SCHLECHTE GESELLSCHAFT

Gloria saß auf dem Schreibtischstuhl, Vicky mit verschränkten Beinen auf dem Bett.

„Wenn du nicht auf den Schulball darfst, dann gehe ich auch nicht!“, erklärte Gloria.

„Das wird Mike nicht gefallen“, meinte Vicky.

„Nein. Da hast du recht.“

„Hilft Nessa dir bei den *Wilden Wahnsinnsengeln*?“

„Schon. Aber nicht wie früher. Sie nimmt sich kaum Zeit.“ Gloria wischte unsichtbaren Staub von ihren Fingernägeln. „Ich glaube, sie trifft sich mit Lance.“

Das glaubte Vicky auch.

Es war Samstagvormittag. Isabella und Vickys Dad waren einkaufen gefahren. Sally hatten sie mitgenommen.

Gilbert war bei seinem Training für Eierköpfe, wie Vicky es nannte. Tatsächlich war es ein Förderkurs für Hochbegabte.

Vicky hatte die Gelegenheit genutzt und Gloria zu sich eingeladen. Isabella hatte ihr nur verboten, das Haus zu verlassen, nicht, Freundinnen bei sich zu haben. Noch immer bestand sie darauf, dass der Schulball für Vicky gestrichen war.

„Du kriegst doch sonst immer alles mit. Ist dir gar nichts über Lance zu Ohren gekommen?“

Gloria legte einen Finger an die Unterlippe. „Doch. Da war tatsächlich etwas. Ich glaube, auf unserer Webpage.“

Sie hob ihre große Umhängetasche hoch und kramte herum. Schließlich beförderte sie einen Packen Ausdrucke heraus und blätterte sie durch.

„Da! Ich habe es gewusst." Sie wedelte mit einem Blatt. Laut las sie vor: „Hallo Wahnsinnsengel, der süße Neue ist ja wohl schon an Nessa vergeben. Allerdings verstehe ich nicht, wie ein so süßer Junge sich mit so einem Nilpferd abgeben kann."

Vicky schnaubte empört.

„Ist noch nicht fertig, kommt noch schlimmer", sagte Gloria und fuhr fort. „Außerdem möchte ich wissen, ob der Neue wirklich noch eine Freundin an seiner alten Schule hat. Das habe ich nämlich von Lisa gehört. Ihre Cousine hat behauptet, dass er an ihrer Schule war. Er sei von einem Tag auf den anderen weggewesen und ein Mädchen, angeblich seine Freundin, auch. Wisst ihr etwas darüber? Und könnt ihr mir sagen, wie ich ihn von dieser fetten Kuh, Nessa, wegbekomme? Unterschrift: Tina."

„Was ist das für eine Sumpfziege?", regte sich Vicky auf.

„Ich habe ihr schon geantwortet", sagte Gloria und lächelte in sich hinein.

„Was?"

„Ganz wenig. Nur: Lance liebt nur Nessa und für ihn bist du eine Vogelscheuche."

„Das hast du echt geschrieben?"

Stolz zog Gloria die Augenbrauen nach oben. „Genau das und nichts anderes."

„Schade." Vicky schien auf einmal gar nicht mehr so begeistert.

„Wieso? Ich dachte, das wären wir Nessa schuldig."

Vicky gab Gloria recht. „Aber jetzt wird uns Tina nicht mehr sagen, wer mit Lisa gemeint ist. Über sie könnten wir mehr über Lance in Erfahrung bringen."

„Verstehe!" Gloria spielte mit ihrem goldenen Ring. „Es wäre wirklich schäbig, wenn er eine andere Freundin hätte und sich Nessa nur zum Zeitvertreib geangelt hat."

„Völlig richtig!"

„Ich finde Lisa, kein Problem!" Gloria sprang auf.

„An unserer Schule gibt es mindestens zwanzig Lisas", gab Vicky zu bedenken.

„Trotzdem kein Problem. Es gibt bestimmt nicht so viele Lisas, die mit Tina befreundet sind. Tina schätze ich auf unser Alter. Es dürfte nicht schwierig sein, sie zu finden."

„Du klingst wie eine Fernsehermittlerin."

Geschmeichelt kicherte Gloria. Sie lief zu Vicky, küsste sie links und rechts und sagte: „Melde mich, sobald ich mehr weiß."

Nach dem Mittagessen war dieses Versprechen bereits erfüllt.

„Alle gefunden: Tina und Lisa", plapperte Gloria, scheinbar ohne Luft zu holen ins Telefon. „Tina ist diese eingebildete kleine Maus, die bald in Cindys Fußstapfen treten kann. Sie ist ein Jahr unter uns. Ich glaube, ich habe ihr einen ziemlichen Schock verpasst."

„Wieso?", schaffte es Vicky einzuwerfen.

„Ich habe sie angerufen, meine Stimme tief verstellt und gefragt: Ist da die Vogelscheuche? Du hättest hören müssen, wie sie nach Luft geschnappt hat. Ich gleich weiter: Die ganze Schule weiß bald, was du von den Wahnsinnsengeln wissen wolltest. Darauf hat sie gejammert und gefleht. Ich habe sie nicht vom Haken gelassen und gesagt: Lisa ist auch nicht gut auf dich zu sprechen."

„Das hat sie geschluckt?"

„Ja. Ich habe ihr angeboten, ein gutes Wort bei Lisa einzulegen."

„Hat sie kein einziges Mal gefragt, wer dran ist?"

„Doch. Aber erst, als sie mir Lisas Handynummern schon gegeben hatte. Ich habe ihr geantwortet: ‚Jemand, der ein wachsames Auge auf Vogelscheuchen wie dich geworfen hat.' Dann habe ich aufgelegt."

„Weiter, was hast du noch herausgefunden!" Vicky war so aufgeregt, dass sie in ihrem Zimmer im Kreis lief, das Telefon zwischen Ohr und Schulter geklemmt.

„Sigfrid war sehr hilfreich", lobte Gloria den großen Bruder. „Aus Lisa habe ich herausholen können, an welche Schule ihre Cousine geht. Habe behauptet, es ginge um eine Überraschung für Lance. Sie hat es mir sofort gesagt. Sigfrid hat dann dort angerufen."

„Heute ist Samstag, da ist die Schule doch geschlossen", warf Vicky ein.

„Richtig, aber der Hausmeister hat trotzdem abgenommen. Sigfrid hat sich als Journalist ausgegeben und von einem seltsamen Vorfall an der Schule gesprochen, in den Lance verwickelt sei."

„Sag jetzt nicht, der Hausmeister hat dann ausgepackt?"

„Doch, hat er. Er kam sich schrecklich wichtig vor. Fast geplatzt ist er vor Wichtigkeit. Ich habe auf dem zweiten Apparat mitgehört."

„Und?" Vickys Mund war trocken, als hätte sie Löschpapier gegessen.

„Lance scheint von der Schule geflogen zu sein, auch wenn es keiner zugibt. Er hatte eine Freundin namens Maureen, die auch weg ist. Beide haben nicht nur die Schule, sondern auch die Stadt verlassen. Außerdem war da noch ein Freund. Der Hausmeister hat ihn als ‚schlechte Gesellschaft' bezeichnet. Der war nicht an der Schule, aber wäre immer wieder mit seinem Motorrad aufgetaucht und hätte Lance abgeholt."

„Schlechte Gesellschaft", wiederholte Vicky.

„Ja, wie man das so sagt: ‚schlechte Gesellschaft.'"

„Motorrad", murmelte Vicky. Sie erinnerte sich an den Krach des Motorrads, das während des Mathematiktests vor der Schule gehalten hatte. Gleich darauf hatte sie keine Luft mehr bekommen, weil sie den Hauch des Todes gerochen hatte.

Bestand da ein Zusammenhang?

Da es Zeit war, ihre langen Haare für den Ball herzurichten und mit dem Schminken anzufangen, musste Gloria Schluss machen.

Vicky spielte mit dem Hörer in der Hand. Sie hörte das Klingeln der Haustür und dass jemand in die Wohnung gelassen wurde. Wenig später trippelten Sallys kleine Füße über den Holzboden.

„Mammi!", jubelte sie.

„Hallo Süße!"

Vicky lief aus ihrem Zimmer in die Diele, wo Pru mit dem fertigen Kleid stand. Es war eine Pracht, wenn auch sehr, sehr ungewöhnlich. Vor allem die ausgefransten Streifen, die vom kurzen Rock hingen, würden alle Augen auf sich ziehen.

„Sonnenschein, was sagst du?“

Hinter Vicky tauchten ihr Vater und Isabella auf.

„Schönen Tag“, wünschte Pru und hielt Vicky das Kleid an. „Ist es nicht herrlich geworden? Rot, die Farbe des Blutes, des Lebens, der Liebe und der Freude. Eine Farbe, wie für Vicky gemacht.“

Isabella öffnete den Mund, aber Chris Cassady ließ sie nicht zu Wort kommen.

„Sehr schön, Pru. Allerdings hatte Isabella ja angeboten, mit Vicky ein Kleid kaufen zu gehen. Du hättest dir nicht diese Arbeit machen müssen.“

„Es war pures Vergnügen“, schwärmte Pru. Sie deutete ins Wohnzimmer. „Ich kann doch hier bleiben und warten. Ihr versteht, dass ich unseren Sonnenschein im Kleid sehen muss.“

Nach Luft ringend, gestikulierte Isabella wild in Richtung Vickys Vater.

„Chris, habt ihr etwas zu trinken? Es hat heute wieder eine Hitze!“ Pru reichte Vicky den Kleiderbügel und ein kleines Glasfläschchen. „Das ist eine Duftmischung, die ich selbst für dich zusammengestellt habe.“

Zornig, wie Sally es manchmal sein konnte, stampfte Isabella auf und rannte davon. Hilflos sah ihr Chris hinterher. Auf einmal hatte Vicky den Wunsch, ihr etwas zu sagen. Sie folgte Isabella, die in ihrem Arbeitszimmer verschwunden war.

Vicky klopfte an die Tür.

„Ich bin es. Darf ich reinkommen?“

„Lasst mich doch alle in Frieden!“ Isabellas Stimme klang, als würde sie weinen.

Vicky schlüpfte trotzdem ins Zimmer, blieb aber gleich an der Tür stehen.

Isabella hatte sich in den Lehnsessel geworfen, in dem sie gerne mit einem Buch saß. Vickys Verdacht war richtig, Isabella hatte rote Augen.

„Ich will dir nur was sagen."

„Wie nett! Du sprichst mit mir." Ihre Stimme sprühte vor Bitterkeit.

Davon ließ sich Vicky nicht bremsen. „Es wäre alles noch viel netter, wenn du nicht ständig gegen Mimutschka ankämpfen würdest. Wozu tust du das?"

Ohne aufzublicken, sagte Isabella: „Ja, eure ‚Mimutschka'. Die beste Frau unter der Sonne. Ich frage mich jeden Tag, wieso Chris sich zu mir verirrt hat!"

Insgeheim fragte sich Vicky das auch, aber das behielt sie besser für sich.

„Weil er dich mag?", schlug Vicky als Möglichkeit vor.

Isabella starrte auf den Boden und antwortete nicht.

„Meinst du, für Sally und mich ist das so einfach?"

Noch immer keine Reaktion von Isabella.

„Ist es nicht, wenn du es genau wissen willst. Es ist ganz schön schwer für uns." Da sie noch immer nicht aufsah, wurde Vicky unruhig. „Ich geh dann wieder."

Sie trat hinaus auf den Gang. Insgeheim hoffte sie, Isabella würde sie zurückrufen oder ihr nachkommen. Doch das tat sie nicht.

Sie ist eben eine starrköpfige Hexe, dachte Vicky und ging ins Wohnzimmer.

Ihre Mutter hatte es sich dort bequem gemacht und rieb sich Wassermelonencreme auf den Handrücken. Ihrem

Ex-Ehemann erklärte sie: „Ich muss ständig testen, ob die Creme auch die Qualität hat, die ich verspreche. Meine Kosmetika werden aber nur an einem Wesen ausprobiert, und das bin ich."

Chris stand da und schmunzelte. Für einen Moment keimte in Vicky die Hoffnung auf, Pru und er würden wieder zusammenfinden und die Familie wieder so sein wie früher.

Schwungvoll holte Pru mit dem Finger noch mehr Creme aus dem Tiegel. Dabei landete ein kleiner Klecks auf dem Rauledersofa.

„Pru, kannst du nicht aufpassen?", brauste Chris Cassady auf. „Also wirklich, so geht das nicht!"

„Nicht einmal Sally lässt es sich gefallen, wenn du so mit ihr redest", giftete Pru zurück.

Schon begann ein Streit, wie es viele gegeben hatte, bevor Chris und Pru sich hatten scheiden lassen.

„Will jemand was trinken?", fragte Vicky laut, um das Gezanke zu beenden.

Die Eltern drehten sich zu ihr.

„Ja, gerne. Sehr gerne, Sonnenschein."

„Lass, ich mach schon! Bleib bei Pru", brummte Vickys Vater.

Vicky holte ein feuchtes Schwammtuch aus der Küche und half ihrer Mutter, den rosafarbenen Cremefleck wegzuputzen.

„Bleibt nichts zurück", versicherte Pru. Sie setzte sich wieder hin und deutete auf das rote Kleid, das sie über einen Sessel gelegt hatte. Es sah aus wie ein kopf- und armloser Geist, der dort lässig fläzte. „Du gehst auf den Schulball, wie ich es dir gesagt habe."

Normalerweise gab es bei Pru Cassady so etwas wie Schadenfreude oder Triumph nicht. Diesmal aber schwang beides in ihren Worten mit.

Isabella kam ins Wohnzimmer. Sie hatte sich das Gesicht gewaschen und nicht gut abgetrocknet. Ein paar Haarsträhnen klebten feucht an den Schläfen und der Stirn. Sie setzte sich Pru und Vicky gegenüber.

„Das Kleid“, begann sie und machte eine vage Handbewegung Richtung Sessel, „ist gelungen.“

Pru lächelte bescheiden. „Danke sehr.“

„Das mit dem Ball“, fuhr Isabella langsam fort, „ist in Ordnung. Ich meine, du kannst gehen.“

Pru versetzte Vicky einen unauffälligen Knuff.

„Ich … ich möchte nur, dass Gilbert dich begleitet.“

„Gilbert?“ Vicky schloss die Augen.

Sofort bekam Isabella wieder ihre gereizte Stimme. „Was ist schlecht an ihm? Er ist zwei Jahre älter als du. Kein Grund, sich für ihn zu schämen.“

Es war völlig sinnlos, mit Isabella zu diskutieren, deshalb ließ Vicky es auch bleiben. Hauptsache, sie konnte auf den Ball gehen und musste sich nicht heimlich davonstehlen.

„Kosmisch!“, schwärmte Pru schon zum zweiten Mal in dieser Woche.

Vicky drehte sich vor dem hohen Spiegel der Diele. Die Vicky, die ihr da entgegenblickte, war ihr fremd. Sie kannte sich sonst nur in Jeans, Shorts, T-Shirts und Sweaterjacken. Das rote Kleid ließ sie fast nicht mehr wie ein Mädchen aussehen. Sie fühlte sich erwachsen. Aber auf eine ganz eigene, sichere Art. Das Gefühl kam tief aus ihrem Inneren und nicht aus ihrem Kopf.

Chris gesellte sich zu den beiden und nickte. Er schien ein wenig zerknirscht. „Meine Tochter ist kein kleines Mädchen mehr“, stellte er fest. „Und ich auf dem Weg, ein alter Mann zu werden.“

Pru winkte locker ab. „Chris, jung ist man im Herzen. Dort können wir es ewig bleiben.“

Gilbert kam aus dem Gang, von dem die Schlafzimmer wegführten. Isabella schob ihn von hinten an den Schultern. In seinem dunklen Anzug mit dem weißen Hemd und der kleinen schwarzen Fliege machte er einen ganz guten Eindruck. Jedenfalls war er nicht mehr nur das verstrebte Pullunder-Monster, das er sonst so abgab. Sogar seine Brille hatte er gegen Kontaktlinsen getauscht.

„Mam, ich bin kein Einkaufswagen“, beschwerte er sich über den Griff seiner Mutter und schüttelte ihre Hände mit einer ungeduldigen Bewegung von seinen Schultern.

Chris Cassady machte ein anerkennendes Gesicht. Ob er es ehrlich meinte oder Isabella nur eine Freude machen wollte, war nicht zu erkennen.

„Ich muss schon sagen, Gilbert, großartig, wie du dich verwandelt hast."

Zu Vicky sagte er: „Ich finde, du hast einen wirklich gut aussehenden Partner für den Ball."

Isabella bugsierte Gilbert neben Vicky, sodass sie sich beide im Spiegel sehen konnten. Aus dem Mundwinkel knurrte Gilbert in Vickys Richtung: „Ich habe mich mit zwei Freunden verabredet. Komm nicht auf die Idee, mit mir tanzen zu wollen."

„Keine Sorge", raunte Vicky zurück.

„Was sagt ihr da?", wollte Isabella sofort wissen.

„Ach, Komplimente zwischen Teenagern", flunkerte Vicky.

„Ich fahre euch zur Schule", sagte Chris Cassady. Er deutete zum Fenster. „Es sieht nach Gewitter aus."

Es war kurz nach acht Uhr, als er mit seinem entsetzlich vernünftigen Auto in die Straße einbog, in der das Schulgebäude lag. Bleigraue, regenschwere Wolken hatten den Sommernachtshimmel verdunkelt und der Donner grollte bereits.

„Wow!" Sogar der nüchterne Gilbert war beeindruckt über den Anblick, der sich ihnen bot.

An die graue Fassade der Schule war eine fantastische Blumenwiese projiziert. Schmetterlinge, groß wie ein Stockwerk, erhoben sich von Blumen, deren Blüten bis zum Dach reichten. Mit langsamen Flügelschlägen schwebten sie über das Schulhaus und verschwanden im Abendgrau.

Die Bäume am Straßenrand waren mit Lichterketten eng umwickelt. Links und rechts des Schultores waren hohe Ständer mit Schalen aufgestellt, in denen echtes Feuer loderte.

„Gloria ist der Hammer und sie hat Geschmack", stieß Vicky bewundernd aus.

Vor ihnen war die Straße verstopft. Die Autos der Eltern, die ihre Kinder zum Schulball brachten, bewegten sich nicht weiter.

„Wir können das letzte Stück gehen", schlug Vicky vor.

Gilbert war einverstanden. Sie verabschiedeten sich von Chris und stiegen aus. Durch die Windschutzscheibe winkte Vicky ihrem Vater noch einmal zu. Sie sah, wie er verstohlen eine Träne aus dem Auge wischte.

Vor dem Eingang gab es einen kleinen Tumult. Das schien auch der Grund für die verstopfte Straße zu sein.

Mitten auf der Fahrbahn hatte eine silberfarbene Limousine angehalten, alle vier Türen offen. Auf der Fahrerseite stand ein Mann in blauem Anzug, der die leicht vorgeneigte Pose eines Ringers eingenommen hatte. Die Kappe auf seinem Kopf ließ vermuten, dass er der Fahrer war.

Wie eine Torhüterin hatte sich Mrs Hasselmann vor dem Schuleingang aufgebaut. Auch sie hatte sich mächtig in Schale geworfen. Ihr bodenlanges Kleid mit den kurzen Ärmeln und einem ziemlich tiefen Ausschnitt wirkte nicht ganz neu, aber durchaus schick.

Die Direktorin versperrte Cindy und ihren Anhängerinnen den Weg auf den Schulball.

„Ich werde das meinem Vater melden. Machen Sie sich auf Ärger gefasst!", tobte Cindy. Sie musste Stunden beim

Frisör verbracht haben und trug das engste und kürzeste Kleid und die höchsten Absätze, die Vicky jemals gesehen hatte.

Cindys drei Schatten nickten bekräftigend. Eine hatte grimmig die Arme vor der Brust verschränkt, die andere die Hände energisch in die Seite gestützt, und die dritte wippte auf und ab, als hätte sie vor, sich auf die Direktorin zu stürzen und sie zu zerreißen.

Das alles aber beeindruckte und kümmerte Mrs Hasselmann sehr wenig.

„Nächste Woche können wir in meinem Büro gerne besprechen, wieso ich diese Maßnahme für heute ergreife“, erklärte sie sachlich und ungerührt.

„Das können Sie nicht tun! Ich bin im Organisationsteam! Ich habe dafür gesorgt, dass das der schönste Ball aller Zeiten wird!“, schrie Cindy.

Hinter Mrs Hasselmann tauchte Gloria auf. Sie warf einen kurzen Blick auf die tobende Cindy, dann hinauf auf die Fassade des Schulhauses. In der Hand hielt sie ein kleines Funkgerät.

„Ballqueen an Magicmaster, Projektion außen ändern auf Unterwasser!“ Es knackte aus dem Lautsprecher.

Sekunden später verwandelte sich die Wiese samt Riesenschmetterlingen in eine tiefblaue Unterwasserlandschaft. Leuchtend bunte Korallenfische tummelten sich in einem Seeanemonenfeld.

Mrs Hasselmann drehte sich zu Gloria und streckte den Daumen in die Höhe. „Wirklich imposant, Miss Tenner, die Schule ist Ihrer Familie wieder einmal zu großem Dank verpflichtet.“

Das Lob ließ Gloria strahlen.

„Das Organisationskomitee hat …“, begann Cindy.

Die Schuldirektorin unterbrach sie. „Verkaufen Sie mich nicht für dumm. Was wir heute hier erleben, ist ausschließlich das Werk von Gloria Tenner und nur möglich durch die großzügige Spende, die wir für den Ball erhalten haben.“

Cindys Kaumuskeln zuckten, so fest biss sie die Zähne zusammen. Doch noch gab sie nicht auf.

Auf der Straße hupten einige ungeduldig.

„Sie behandeln uns wie Verbrecherinnen“, jammerte Cindy. „Mein Vater wird darüber sehr wütend sein.“

„Er kann gerne am Montag zu mir kommen, bestellen Sie ihm das“, gab Mrs Hasselmann ungerührt zurück. „Ich möchte gerne mit ihm über eine Organisation namens *Wilde Wahnsinnsengel* sprechen, die seine Tochter hier an der Schule betreibt. Wir haben Beweise dafür und einen sehr zweifelhaften Briefverkehr. Heute werde ich nicht zulassen, dass Sie hier Unruhe stiften. Aus diesem Grund ist Ihnen der Zutritt verwehrt. Bitte, gehen Sie jetzt, damit die anderen Ballbesucher vorfahren können.“

Gloria hatte Vicky erblickt und winkte ihr. Den Saum ihres langen weißen Kleides mit beiden Händen hochhaltend, kam sie die Stufen herunter.

„Stell dir das mal vor! Mrs Hasselmann lässt Cindy und ihre Kletten nicht auf den Ball“, sprudelte es aus Gloria.

„Ach, wieso denn nicht?“ Vicky spielte die Ahnungslose.

„Sie glaubt, Quietsche-Cindy und ihre Anhängerinnen sind die *Wilden Wahnsinnsengel*. Und sie hat Beweise dafür, einen zweifelhaften Briefverkehr“, berichtete Gloria fassungslos weiter.

„Na, wenn das so ist, können wir ja jetzt den Schulball und alles, was du dafür getan hast, ungestört genießen. Du Organisationsgenie." Vicky zwinkerte Gloria zu und hob die Hand, um sich mit ihrer Freundin abzuklatschen. Gloria machte ein fragendes Gesicht, schlug aber ein.

„Alle sind total begeistert", berichtete sie überglücklich. „Mike nennt mich Miss Einstein der Ballorganisation."

„Bist du auch!", sagte Vicky.

Die Flüche, die Cindy vor sich hin schnaubte, während sie auf ihren Stöckelschuhen zum Wagen zurückstelzte, bildeten einen starken Kontrast zu ihrem klimpernden Modeschmuck, der sie ein wenig aussehen ließ wie einen Weihnachtsbaum.

Cindy und ihre Freundinnen knallten die Autotüren laut zu, um ihrem Ärger Luft zu machen. Mrs Hasselmann beeindruckte das gar nicht, der Fahrer zuckte dagegen bei jedem Knall, als wäre es ein Schuss.

„Tritt ein in das Reich der Ballqueen!", rief Gloria majestätisch und machte eine einladende Geste Richtung Schultor. Erst jetzt bemerkte sie Gilbert neben Vicky. Sie rollte fragend die Augen.

„Isabellas Idee", flüsterte Vicky.

Gloria schnitt eine Grimasse.

„Ich gehe ins Computer-Lab", sagte Gilbert, die Hände in den Hosentaschen.

„Okay, viel Spaß", antwortete Vicky.

„Dann bis irgendwann."

Nun verzog Gloria fragend das Gesicht.

„Trifft sich mit Freunden, die auch keine Lust auf den Ball haben", erklärte Vicky.

„Wunderbar. Dann bist du ihn ja los." Sie zog Vicky an der Hand hinter sich her.

Mit ihren blonden Locken und dem Silberglitter, den sie sich über den Kopf und die Schultern geschüttet hatte, erinnerte Gloria ein bisschen an eine gute Fee aus dem Märchen. Ihr weißes Kleid, das hinten neckisch hochgerafft war, links einen Puffärmel und rechts einen Träger hatte, sah nach teurem Designer aus.

Die Halle der Schule war nicht wiederzuerkennen. Aus weißen, blauen und roten Ballons waren riesige Wolken geformt worden. Pulsierende Scheinwerfer, die ihre Lichtkreise auf die Wände warfen, geleiteten die Besucher weiter zum Festsaal.

Auf der Bühne spielte die sechsköpfige Band *Hi You!*, ein Mädchen und ein Junge aus der Abschlussklasse sangen.

„Die sind richtig gut", schrie Vicky Gloria ins Ohr. Die Lautstärke der Musik machte es unmöglich, sich normal zu unterhalten.

Direkt vor der Bühne tanzten bereits einige. Gloria fielen zwei Mädchen ganz besonders auf. Sie trugen beide die gleichen lilafarbenen Kleider, dazu Haarreifen und lange, dünne Netzhandschuhe in Orange. Die beiden waren komplett im Partnerlook gekleidet, wie Zwillinge. Nur war die eine mindestens einen Kopf größer als die andere.

„Schau mal, die beiden da! Verrückt, oder?"

Vicky blickte zu ihnen rüber und erkannte, dass es Natty und Laureen waren.

„Das sind die beiden, die wegen dem Tagebuch Streit hatten. Natty und Laureen", erklärte Vicky Gloria, laut gegen die Musik anschreiend. Gloria nickte wissend.

Als das Lied zu Ende ging, sanken Natty und Laureen sich in die Arme und gackerten ausgelassen. Diesmal hob Gloria die Hand zum Abklatschen. Was Vicky auch sofort lachend tat.

Der sonst recht kahle Raum, in dem normalerweise Stuhlreihen standen, war ebenfalls völlig verändert. Über die Decke und den Boden tanzten sich ständig verformende Lichtgebilde. Ballons in allen Größen türmten sich in den Ecken und hingen von der Decke. Aus feinen Düsen strömte weißer Nebel, der die Stimmung noch unwirklicher und märchenhafter machte.

Auf der Tanzfläche war schon eine Menge los. Die Stimmung war – obwohl der Ball erst angefangen hatte – bereits ausgelassen und wild.

Am Rand des Saals standen einige Lehrer in Abendkleidung. Mr Springsteen schien seinen Anzug nur zu Schulbällen anzuziehen und seit seinem eigenen Abschluss zu besitzen. Die Hose war zu kurz, das Jackett zu eng.

An der anderen Wand entdeckte Vicky Marco. Die Passform seines Anzugs war auch nicht besser. Die Hose hing herab wie sonst seine Jeans, das Hemd war nur halb hineingesteckt, die Fliege offen, und das Jackett machte einen sehr schiefen Eindruck. Marco hielt einen Becher in der Hand und wippte zum Rhythmus der Musik. Er stand allein da und wirkte verlassen.

Gloria war nicht mehr neben Vicky.

Ihre Mitschüler schlenderten an ihr vorbei in den Saal.

Wo war Nessa? Wo Lance?

Vicky musste die beiden unbedingt finden. Sie sog die Luft ein. Der künstliche weiße Nebel roch nach chemischer

Reinigung. Vor dem Saal quollen aus schlotförmigen Säulen Seifenblasen. Platzten sie, verströmten sie angenehme Gerüche nach Orange, Zitrone, Kokos und Pfirsich.

Kein Gestank in der Luft.

Vickys Erleichterung darüber war groß.

„Abend“, grüßte sie jemand. Vicky drehte sich um. Es war Marco. Verlegen wippte er vor und zurück. „Auch da?“ Er grinste unsicher.

„Hi! Wo ist Lance?“

Marco ließ die Schultern hängen. „Du suchst ihn?“

„Ja.“ Vicky war kurz angebunden.

„Wieso?“

„Weil ich ihn finden muss.“

„Ach so.“

„Hast du ihn gesehen?“ Vicky hätte Marco am liebsten an den Schultern gepackt und geschüttelt.

„Er ist schon da.“

„Aber wo?“ Wieso war Marco so zögerlich?

„Zuletzt habe ich ihn gesehen, als er wieder zum Schultor gegangen ist.“

„Schultor? Er ist wieder weg?“

„Enttäuscht, was?“

Vicky antwortete nicht. Was hatte das zu bedeuten? Wieso ging Lance wieder weg? Wollte er nicht mit Nessa hier sein?

War er vielleicht wirklich völlig unbeteiligt? War es nur Nessa, die in Gefahr war?

Aber wieso dann der Todeshauch auch bei anderen? Vicky sah Marco in die Augen. Hatte er nicht auch den schrecklichen Gestank um sich gehabt?

„Du siehst ihn bestimmt heute Nacht noch“, sagte Marco. Er sah irgendwie traurig aus, aber darum konnte sich Vicky im Augenblick nicht kümmern. „Um zehn treffen wir uns oben auf dem Dach.“

„Dach? Wieso auf dem Dach?“, fragte sie.

„Er meinte, da gibt es eine Überraschung. Ich bin eingeladen. Kannst ja auch kommen!“

„Später!“ Vicky ließ Marco einfach stehen und bahnte sich einen Weg durch das dichter werdende Getümmel.

Auch die Klassenräume waren dekoriert. In einem war eine Cocktailbar aufgebaut, in der es alle Arten von Frucht-Mixgetränken gab. Die zwei Männer und die zwei Frauen mit den rot-blau gestreiften, bodenlangen Schürzen, die die Cocktails zubereiteten, machten einen sehr professionellen Eindruck. Bestimmt waren auch sie von den Tenners für den Abend engagiert worden.

Aus der Klasse daneben wehte ein Duft wie im Schlaraffenland. Dort war ein gigantisches Buffet mit vier jungen Köchen aufgebaut, die den Ballbesuchern jeden Wunsch erfüllten. Die Preise für die Köstlichkeiten waren nicht allzu hoch. Das eingenommene Geld sollte an ein Hilfsprojekt in Afrika gespendet werden, verkündete ein großes Plakat an der Wand.

Vicky war gerade dabei, wieder zu gehen, als sich vor ihr die Wartenden teilten, um jemandem Platz zu machen, der mit seinen erbeuteten Schätzen abziehen wollte.

Es war Nessa.

Versöhnung

Schreck und Überraschung schienen auf beiden Seiten gleich groß. Nessa hielt einen großen Teller in der Hand, auf dem sich leckere Häppchen türmten. In den Fingern hatte sie schon ein kleines rundes Brot mit Lachsröschen und wollte es gerade in den Mund schieben.

„Nessa, hi!“, brachte Vicky heraus.

Kein Gestank, schoss es ihr durch den Kopf. Das waren schon einmal gute Neuigkeiten.

Noch immer stand Nessa regungslos da, als wäre sie eingefroren. Den Mund zum Abbeißen geöffnet, das Brötchen davor.

Vickys Augen wanderten schnell an Nessa auf und ab.

Ihr schwarzes Haar hatte sie mit Haarspray zu einem hohen, runden Helm geformt. Lippenstift und Lidstrich waren dunkelviolett. Ihr Kleid war eine wilde Kreation aus verschiedenen schwarzen Stoffen, die wahllos zusammengeflickt schienen.

„Nessa, bitte“, sagte Vicky flehend.

Nessa geriet in Bewegung, weil andere vorbeiwollten.

„Draußen, Lady“, sagte sie zu Vicky.

Und Vicky folgte ihr sofort wie ein kleines Hündchen. Sie wünschte sich nichts mehr, als sich mit Nessa wieder zu versöhnen. Außerdem schien keine Gefahr mehr zu bestehen. Vielleicht hatte sie sich in Bezug auf Lance wirklich getäuscht.

Nessa stieg die Treppe hinauf und ließ sich auf einer Stufe nieder. Vicky setzte sich nach kurzem Zögern neben sie.

Ohne sie eines Blickes zu würdigen, begann Nessa zu essen. Zuerst sah ihr Vicky dabei nur zu. Dann aber hielt sie das Schweigen nicht länger aus, warf die Arme in die Höhe und sagte heftig: „Was willst du von mir? Soll ich auf den Knien vor dir rutschen?"

„Mach!", sagte Nessa kauend.

Und Vicky machte es, sie kniete sich auf den Treppenabsatz. Feierlich sagte sie: „Nessa, ich möchte so sehr, dass wir wieder Freundinnen sind. Ich wollte dich nie beleidigen. Und ich kann dir alles erklären, wenn du mich lässt!"

„Werd's mir überlegen." Das war alles, was Nessa darauf antwortete.

„Was heißt das?" Vicky stand wieder auf und richtete ihre langen Rockfransen.

„Kannst dich freuen."

„Worüber?"

„Lance ist Vergangenheit."

Zum Jubeln war Vicky nicht zumute. Aber ein wenig erleichtert war sie schon. Sie setzte jedoch alles dran, dass Nessa ihr das nicht anmerkte. „Wieso? Was ist passiert?"

„Ist ein Arschloch." Nessa schob sich ein Häppchen mit Roastbeef und Essiggurke in den Mund und kaute genüsslich.

„Wie hast du das herausgefunden?"

„Was?"

„Dass er ... dass er schon eine Freundin hat. Maureen, von seiner alten Schule. Soll mit ihm zusammen die Schule verlassen haben und jetzt auf irgendein Internat gehen."

Nessas Nasenlöcher blähten sich. Sie senkte den Kopf und starrte finster in das Treppenhaus.

„Dieses kleine Stück Dreck!“

„Habe ich ... habe ich was Falsches gesagt?“, erkundigte sich Vicky unsicher.

„Nein, habe ihn sowieso abserviert, weil er faul spielt. Verspricht anzurufen und tut es nicht. Will sich mit mir treffen und kommt nicht. Will mit mir zum Ball gehen und meldet sich dann nicht. Ein Mister Oberarschloch eben.“

Es war ehrlich gemeint, als Vicky sagte: „Tut mir wirklich leid.“

Nessa lachte kurz auf. „Wäre auch ein Wunder gewesen, dass mich einer mag. Fett, wie ich bin.“

Normalerweise machte Nessa sich ja ganz gerne über sich selbst lustig, aber jetzt lag Bitterkeit in ihren Worten.

Gerne hätte ihr Vicky etwas Nettes gesagt, aber ihr fehlten die passenden Worte.

„Mistkerl“, grummelte Nessa vor sich hin. „Blöder Ball. Ich geh nach Hause und hau mich ins Bett.“

„Bleib! Bleib doch hier! Wir ... wir suchen Gloria und Mike.“

Nessa tupfte mit dem Finger die letzten Krümel vom Teller und gab einen Laut von sich, der sowohl Ja als auch Nein bedeuten konnte.

„Was will Lance auf dem Dach? Hat er dir was erzählt?“, stellte Vicky die Frage, die ihr auf der Zunge brannte.

„Dach? Keine Ahnung.“

Vicky wurde sanft angestoßen. Sie glaubte, eine Hand zu fühlen, die ihr über den nackten Unterarm strich. Aber neben ihr war nur das Geländer der Treppe.

Wer konnte das sein?

Azrael? Oder White?

Nein, White nicht. Bestimmt nicht. Das hätte sie bemerkt.

Mit gerunzelter Stirn fragte sie leise zu der leeren Stelle neben sich: „Bist du das, Azrael?"

„Häää?", machte Nessa.

Vicky zuckte ertappt zusammen und lächelte verlegen.

„Ich war bei deinem Engel auf dem Friedhof." Nessa leckte sich jeden Finger einzeln ab.

„Bei Azrael?"

„Wollte wissen, ob du zu ihm gehst und dich bei ihm über mich beschwerst. Wollte wissen, was du so sagst."

„Wann war das?", fragte Vicky.

Nessa wusste es noch. Es war genau der Abend, an dem Azrael nicht zu Vicky gesprochen hatte.

„Bin eingeschlafen. Habe drei Stunden hinter einem Busch geschnarcht." Nessa grinste in sich hinein.

Vicky konnte nicht anders und umarmte Nessa. Fest drückte sie die Freundin an sich.

„Ich bin so froh, dass wir uns wieder vertragen."

„He, sei dir da nicht zu sicher", schränkte Nessa ein. Als sie Vickys erstauntes Gesicht bemerkte, sagte sie erklärend: „Ich behalte mir vor, noch ein bisschen beleidigt zu sein. Das macht dich so gefügig." Sie zog einen Mundwinkel hoch.

Kumpelhaft boxte Vicky sie in den Oberarm.

Da war das Streicheln wieder. Vicky fühlte, wie jemand ihre linke Hand ergriff und ein klein wenig hob, bevor sie wieder auf ihr Bein zurückfiel.

Nessa musterte sie von der Seite.

„He, Lady, was läuft?“

Das hätte Vicky selbst gerne gewusst.

Nessa stemmte sich in die Höhe und klopfte sich die Krümel vom schwarzen Kleid. „Komm, wir tanzen uns das Zeug wieder ab.“ Sie drehte sich um und zog Vicky an der Hand in die Höhe.

Noch immer verstört, blickte Vicky auf die leeren Treppenstufen. Zu sehen war nichts, und spüren konnte sie auch nichts mehr. War es eine Täuschung gewesen?

Nessa bahnte sich ihren Weg durch die Jungen und Mädchen, die auf dem Gang schlenderten oder herumstanden, quatschten oder flirteten. Vicky stolperte hinter ihr her, mit den Gedanken bei der seltsamen Berührung vorhin.

Ein Pärchen, das eng umschlungen mitten auf dem Gang schmuste, versperrte ihnen den Weg. Nessa tippte dem Typen auf die Schulter. Als er sich umdrehte, war sogar Nessa sprachlos, denn es war kein anderer als Paul, auch Fatty Flintstone genannt. Und das Mädchen, mit dem er geknutscht hatte, war Diana.

Vicky stieß Nessa in die Seite. „Das ist dein Verdienst. Sei stolz auf dich!“

„Hier spricht dein Albtraum. Gestehe, du träumst von Paul!“, sagte Nessa mit veränderter Stimme in Vickys Richtung und lachte schallend los.

Verwundert zuckten Diana und Paul mit den Schultern und widmeten sich anschließend wieder hingebungsvoll ihrer Knutscherei.

Vom Festsaal kam Gloria den ausgelassen lachenden Freundinnen entgegen. Als sie Vicky und Nessa Hand in

Hand sah, rief sie laut „Halleluja!“, klatschte und drehte sich wie eine Ballerina. Dann stürzte sie sich auf die beiden und umarmte sie heftig.

„So ist es doch am schönsten, nicht wahr?“

Hinter Gloria tauchte Mike auf. Der Anzug stand ihm richtig gut. Sein rötliches Haar hatte er stachelig aufgestellt, seine Sommersprossen und seine abstehenden Ohren leuchteten vor Aufregung.

„Du kennst meine besten Freundinnen“, sagte Gloria und deutete auf Vicky und Nessa.

Mike nickte. „Ich bin Mike“, sagte er.

„Mein Mike!“, fügte Gloria schnell hinzu.

Vicky konnte sich noch gut erinnern, wie sie Mike geholfen hatte, in Engelsgestalt. Er hatte unbedingt Cindy ausführen wollen, um seinen Vater zu beeindrucken, für den er kein „echter Mann“ war. Cindy hatte natürlich nichts von ihm wissen wollen, und so hatte Vicky ihn an Gloria vermittelt. Zwischen den beiden hatte es sofort gefunkt.

Gloria hakte sich bei Mike unter und legte den Kopf auf seine Schulter. „Heute ist echt der glücklichste Tag meines Lebens.“

Vicky lächelte und nickte.

Der stinkende Schwall traf sie unvorbereitet und mit einer Wucht, die ihr nicht nur den Atem raubte. Sie hatte das Gefühl, sich gleich übergeben zu müssen. Schnell presste sie die Hand vor den Mund.

„Vicky?“ Gloria riss besorgt die Augen auf.

Der Gestank war von einer Stärke, die Vicky fast bewusstlos werden ließ. Sie taumelte, und die einzige Möglichkeit, einen Sturz zu verhindern, war, sich an Mike festzuhalten.

Mike erstarrte, als wäre er aus Beton. Vicky hing mit beiden Händen an seinem Hals.

Sie versuchte, sich wieder unter Kontrolle zu bekommen. Langsam richtete sie sich auf. „Entschuldigt bitte. Es ist … Ich erkläre euch das einmal später."

Sie musste Lance finden. Seit er an der Schule war, roch es immer wieder nach Todesgefahr. Er war der Schlüssel, er war vielleicht auch die Rettung für jemanden.

Ohne die Fragen der Freundinnen zu beantworten, stolperte Vicky Richtung Festsaal. Die Band hatte die Lautstärke weiter aufgedreht.

Die Nummer war langsam und sollte romantisch sein, war dafür aber etwas sehr laut.

Auf der Tanzfläche schien das niemanden zu stören. Viele tanzten eng umschlungen, andere gingen vorsichtig aufeinander zu.

Wo war Lance? Vicky versuchte, ihn zwischen den Tanzenden zu finden.

War er überhaupt hier? Marco hatte doch erzählt, er sei weggegangen.

Vicky kämpfte sich weiter in den Saal vor. Da hörte sie hinter sich eine Stimme. Sie war laut und deutlich und rief ihren Namen. Als sich Vicky umdrehte, sah sie nur ein paar Mädchen, die die Köpfe zusammengesteckt hatten und sich gerade irgendetwas zubrüllten. Obwohl sie nur drei Schritte entfernt waren, konnte Vicky kein Wort verstehen.

Wer hatte sie gerufen?

Sie blickte um sich. Niemand sonst schien es gehört zu haben.

„Vicky!"

Ein weiterer Ruf. Aber von wem? Vicky drehte sich im Kreis. In der Richtung, aus der die Stimme gekommen war, hing ein Lautsprecher an der Wand.

„Vicky!"

Sie war nun sicher. Die Rufe kamen von dort. Da aber sie die Einzige war, die es bemerkte, gab es nur eine Möglichkeit: Azrael sprach zu ihr.

IMMER GLÜCKLICH

Azrael hatte sich bei Vicky auch schon mal über das Telefon gemeldet. Ihm selbst war dabei nie bewusst, auf welchem Weg sein Ruf Vicky erreichte. Er schickte ihn los als reine Energie und seine Stimme fand ihren Weg irgendwie zu Vicky.

Was hatte er ihr zu sagen?

Vicky rief zum Lautsprecher hoch: „Was ist? Was soll ich tun?"

Die Gitarren jaulten und der Junge hinter dem Schlagzeug trommelte aus Leibeskräften. Der Fußboden vibrierte unter Vickys Füßen. Die Lautstärke hatte den Vorteil, dass bestimmt niemand etwas von dem ungewöhnlichen Gespräch mitbekam.

Die Stimme meldete sich erneut.

„Vicky! Bei den Fahrrädern!"

Sie musste nicht weiter nachfragen. Vicky kämpfte sich aus dem Saal und lief Slalom zwischen den herumstehenden Schülern.

Die Vorhalle war leer, bis auf ein Pärchen, das sich hinter einer Säule küsste. Durch das Glas der Eingangstür sah Vicky hinaus in die Sommernacht. Es schüttete wie aus Eimern.

Ein greller Blitz ließ die Straße, die Baumstämme und zwei geparkte Autos weiß aufleuchten. Nur wenige Sekunden später dröhnte ein Donnerschlag.

Wie sollte sie, ohne völlig durchzuweichen, zu den Fahrrädern kommen? Der Abstellplatz war um die Ecke in einem kleinen Seitenhof.

Der Regen hatte das Feuer in den Schalen links und rechts des Eingangs gelöscht. Zwei Männer werkelten an einem der Projektoren, der auf dem Gehsteig aufgestellt war. Er hatte die Größe einer Mülltonne, und in der Linse flackerte buntes Licht. Einer der Männer trug eine lange Regenjacke, der andere hielt mit einer Hand einen Schirm.

Vicky trat ins Freie und blieb unter dem Vordach stehen. Sie rief durch das Prasseln des Regens. „Hallo! Hallo, Sie! Bitte, können Sie mir Ihren Schirm leihen?"

Die Männer unterbrachen die Arbeit. Mit eingezogenen Köpfen kamen sie auf Vicky zugelaufen. Der mit dem Regenmantel schüttelte sich wie ein nasser Hund. Der andere reichte Vicky den Schirm.

„Wir haben uns eine Pause verdient", sagte er. „Bring ihn aber zurück."

„Na klar, mache ich."

Vicky hielt den Schirm knapp über ihren Kopf und machte einen Schritt hinaus in den Regen. Über ihr setzte heftiges Getrommel der Tropfen ein. Sie achtete darauf, dass das Wasser nach hinten ablief und nicht auf ihr Kleid. Damit die Fransen nicht zu Wischlappen wurden, zog sie den Rock sehr undamenhaft ein Stück höher.

Ihre Schuhe hatten kleine Absätze, die jetzt nützlich waren. Auf dem Gehsteig stand das Wasser, das nicht schnell genug abrinnen konnte. Vicky stelzte auf Zehenspitzen dahin und spürte, wie es an ihren nackten Beinen hochspritzte.

Die Einfahrt in den Fahrradhof stand offen. Über den Ständern brannte nur eine schwache Lampe, die andere war zerbrochen. Im hinteren Teil, wo eine niedrige Mauer den Hof vom Sportplatz trennte, erkannte sie die Umrisse eines Motorrades.

Ein schräges, einfaches Dach ging von der Wand ungefähr bis zur Mitte des Hofes. Es schützte die Räder bei Regen wie heute.

Im Schatten dieses Daches standen zwei Jungen. Den einen erkannte Vicky sofort als Lance. Niemand sonst an der ganzen Schule hatte so dünne Arme und Beine. Der andere hielt einen Sturzhelm unter dem Arm. Sein Körper wirkte seltsam verformt.

Vicky trat gleich neben der Einfahrt unter das Vordach. Sie legte den Regenschirm aufgespannt auf dem Boden ab und drückte sich gegen die Wand.

Das Prasseln des Regens war laut und machte es unmöglich zu hören, was die zwei redeten. Es war ein Streitgespräch.

Nun erkannte Vicky auch, wieso der eine so seltsam aussah. Er trug einen Motorradanzug aus Leder.

Mit einer Hand packte er Lance vorne an der Jacke und hob ihn an.

„Hör auf, Neil! Lass mich los!“, schrie Lance. Als der andere ihn darauf noch höher zog, schlug ihm Lance mit der Faust ins Gesicht. Nun ließ Neil sofort los. Lance wollte wegrennen, aber Neil packte ihn hinten am Kragen und schleuderte ihn gegen die Hausmauer. Er drückte ihm den Unterarm gegen die Kehle.

Vicky schloss die Augen.

Eine Welle des Todesgestankes wallte von dem Kerl zu ihr. War Lance in Gefahr? Sie öffnete die Augen wieder.

Neil hielt sein Gesicht nahe an das von Lance. Er brüllte, und nun konnte Vicky verstehen, worum es ging.

„Du Vollidiot schuldest mir 10.000 Kröten. 10.000! Das sind vier Nullen, du Doppelnull. Und du wirst das Zeug jetzt verteilen, wie vereinbart. Sonst muss ich nämlich noch fester zudrücken und dir den Kehlkopf zermalmen. Lust darauf?"

Lance keuchte.

Vicky musste eingreifen. Sie konnte doch nicht dastehen und zusehen, wie Lance umgebracht wurde.

„Aufhören", verlangte sie. „Aufhören!"

Dieser Neil drehte sich in ihre Richtung.

„Sofort aufhören!"

Ein warmes Kribbeln ging durch Vickys Körper.

„Wer war das?", rief Neil. Seinen Griff lockerte er nicht, während er sich umsah.

Er musste Vicky doch sehen. Sie stand zwar im Schatten des Vordaches, aber die Straßenlampe warf genug Licht über die Mauer.

Oder war sie ...?

Vicky sah an sich herab. Sie bewegte die Hand auf einen der eisernen Ringe zu, an denen man Fahrräder anketten konnte. Ihre Finger glitten durch das Metall, als wäre es nicht vorhanden.

Mit großen Schritten lief Vicky zu Lance. Instinktiv versuchte sie, Neil zu packen und von Lance wegzuziehen, aber natürlich erreichte sie gar nichts. Ihre Hände rutschten durch Neils Körper hindurch.

„Wenn du heute schon was verkaufst, um so besser", fuhr Neil fort. „Sonst verteil das Zeug einfach. Die meisten werden bald mehr wollen und dann kassierst du ab. Wie gehabt. Wieso muss ich dich immer wieder daran erinnern?"

„Neil, bitte, lass mich. Hör auf!", japste Lance. Daraufhin verstärkte Neil den Druck mit dem Ellenbogen noch.

„Womit soll ich aufhören?", zischte er ihn an.

Der Todesgestank wurde heftiger und heftiger. Vicky geriet in Panik, weil sie noch immer nicht wusste, was ihre Aufgabe war.

White musste in der Nähe sein. Vielleicht konnte sie an seinem Verhalten erkennen, was hier ablief.

„Neil, ich lande im Knast! Ich kann das nicht mehr tun!"

„Du landest auf dem Friedhof, wenn du es nicht tust, du Made." Neil drückte immer fester. In Lance Brustkorb knackte es. Er stöhnte auf.

„Du hast mir eine Rippe gebrochen."

„Hab dich nicht so, du Heulsuse. Ein klares Ja, und du kriegst wieder Luft."

Nach kurzem Zögern willigte Lance ein. Neil erfüllte sein Versprechen, packte ihn aber erneut am Jackett und schüttelte ihn. „Und jetzt mach Kohle, hast du verstanden, Wanze?"

Willenlos nickte Lance. Neil stieß ihn gegen die Wand. Aus der Tasche seiner Lederjacke holte er ein Säckchen. Er packte Lance' schlaffe Hand, drückte das Säckchen hinein und schloss die Finger darüber. Dann schubste er ihn und versetzte ihm einen Fußtritt ins Hinterteil.

Donner krachte und Lance zog den Kopf ein. Er stellte den Kragen auf und rannte mit sehr großen Schritten davon. Neil starrte ihm hinterher. Danach setzte er den Sturzhelm auf und machte sein Motorrad abfahrtbereit.

Vicky folgte Lance, der zurück zum Schultor lief.

In der Halle streifte Lance das Regenwasser ab und zog immer wieder heftig durch die Nase hoch. Er sah aus, als würde er gleich weinen. Lance öffnete die Hand und starrte das Säckchen an. Es war aus durchsichtigem Plastik und enthielt rautenförmige lila Tabletten.

Er schauderte. Vor Kälte oder vor dem, was er tun musste. Dann streckte er die Brust heraus und das Kinn in die Höhe.

Drei grölende Jungen kamen ihm entgegen. Einer schlug ihm auf den Rücken und rief: „He, Stäbchen, wenn wir dich mit einem Fisch kreuzen, haben wir FISCHSTÄBCHEN!“ Noch mehr grölendes Gelächter.

„Leck mich“, sagte Lance und ging davon.

Es waren Drogen. Dieser Neil zwang Lance, Drogen für ihn zu verkaufen. Zuerst sollte er sie verschenken, um Interessenten anzulocken und sie süchtig zu machen. Dann musste bezahlt werden und bestimmt nicht wenig.

Vicky hatte diese violetten Tabletten schon einmal gesehen, auf einem Foto. Sie sollten Energie geben und glücklich machen. In letzter Zeit waren sie ganz groß in Mode gekommen, speziell in Discos. Sie konnten aber tödlich sein, vor allem, wenn jemand zu viele davon nahm.

Zum Glück war Nessa nicht mehr in Gefahr. Sie hatte Lance gerade noch rechtzeitig den Laufpass gegeben. Vicky war darüber sehr erleichtert.

Jetzt, in Engelsgestalt, war es für sie keine Schwierigkeit mehr, Lance im Ballgetümmel zu folgen. Angenehm fühlte es sich zwar nicht an, wenn jemand durch sie durchlief, aber so schlimm war es auch wieder nicht. Lance wischte immer wieder über seinen engen dunklen Anzug, der seine extrem dünne Figur betonte. Er schlug den Kragen wieder herunter und schüttelte die Schuhe aus, die feuchte Abdrücke hinterließen.

Das Mädchen mit den klimpernden großen Ohrringen kam ihm entgegen.

„Hi, Stäbchen“, grüßte sie und winkte mit den Fingerspitzen.

Lance setzte ein Strahlen auf, als gäbe es für ihn nichts Herrlicheres, als dieses Mädchen zu sehen.

„Hi, Monica. Hi!“ Er umarmte und drückte sie. „Ein bisschen kuscheln“, brabbelte er. Kichernd ließ es sich Monica gefallen. „Wollen wir tanzen? Sie spielen was ganz Langsames.“

Monica kicherte wieder. Lance bewegte sich mit ihr in Richtung Ballsaal.

„Du bist ja so gut drauf“, stellte Monica lachend fest.

„Immer, immer“, jubelte Lance. „Kannst du auch sein.“

„Wäre schön.“

„Tanzen und kuscheln“, blubberte Lance ihr ins Ohr. „Dann geht es uns gleich besser.“

„He, du gehst ja ganz schön ran.“ Monica machte aber keine Anstalten, sich zu wehren.

„Bin eben glücklich“, schwärmte Lance.

„Wie schaffst du das? Nach all dem Zoff in der Schule und so? Du bist doch bei deiner alten Schule rausgeflogen. Sonst kommt keiner so spät im Schuljahr.“

„Ich weiß, wie ich mich glücklich machen kann.“

Das andere Mädchen, das Vicky damals getroffen hatte, als sie in seiner Klasse nach ihm gesucht hatte, stand am Eingang des Ballsaals.

„Ganz allein, Eve?“, fragte Lance treuherzig.

Eve seufzte und zuckte mit den Schultern.

„Tanzen wir zu dritt!“ Lance fing sie ein und drückte auch sie noch an sich. Die beiden Mädchen lachten und glucksten, als er sie auf die Tanzfläche schleppte.

Auf der anderen Seite der Tür stand Nessa. Gloria war bei ihr und hielt sie am Oberarm fest. Vicky hörte, wie sie sagte: „Reg dich nicht auf, Nessa! Das ist er nicht wert. Bleib bitte ganz ruhig!“

Nessas Nasenlöcher blähten sich wie bei einem Stier kurz bevor er die Hörner senkt und losrennt, um sein Opfer zu zertrampeln.

„Wir gehen was essen“, entschied Gloria und zerrte Nessa mit beiden Händen aus dem Saal.

Um Vicky herum tobte die Stimmung ausgelassen. Lance hatte die Arme in die Höhe gestreckt und tanzte wie verrückt. Er ließ die schmalen Hüften kreisen, hatte die Augen geschlossen und schüttelte die Beine im Takt. Links und rechts von ihm bewegten sich Eve und Monica. Immer wieder stießen sie die Hüften zusammen. Lance streckte seine Zunge raus und wackelte, als wäre er eine Schlange. Das löste bei den beiden Mädchen einen Lachanfall aus.

Auf der anderen Seite der Tanzfläche bemerkte Vicky jemanden, der die meisten Schüler überragte. Mit großen Schritten kam White auf Vicky zu. Er schritt, ohne ein einziges Mal nach links und rechts zu sehen, direkt zu ihr.

„Willst du?“ Er streckte ihr die Hände entgegen.

Vicky zog ihre zurück und verbarg sie hinter dem Körper.

„Nein. Ich weiß, wieso du hier bist. Ich weiß, wen du mitnehmen willst."

Er hob interessiert die Augenbrauen. „Dann weißt du mehr als ich."

„Wie kannst du das machen? Hier sind alle noch so jung!"

Erneut versuchte er, ihr die Hände zu reichen. „Tanz mit mir! Bitte."

„Was? Den Todestanz?", schleuderte ihm Vicky ins Gesicht.

Sie musste sich sehr überwinden, so mit ihm zu sprechen. Aber sie durfte unter keinen Umständen nachgeben. Azrael hatte sie gewarnt. Sie konnte nur auf einen hören, und das war Azrael. Ihr Freund. Ihr …

Vicky fiel nur ein passender Ausdruck ein, ihr Kumpel.

Bei dem sie sich geschützt fühlte und sicher.

Doch White übte eine ganz andere Anziehung auf sie aus. Vicky sehnte sich danach, ihn zu umarmen und zu spüren. Sie wollte mit ihm tanzen. Nichts gab es im Augenblick, was sie lieber getan hätte.

White gab nicht auf. Geduldig wartete er, anscheinend sehr sicher, dass Vicky nachgeben würde.

Sie durfte nicht. Sie durfte nicht. Es war nur ein Trick von ihm. Er wollte sie verführen, um dann zuzuschlagen.

Gewann er, verloren Azrael und sie.

Sie durfte nicht! Immer wieder sagte sich Vicky das vor. Sie durfte, durfte, durfte nicht!

Die Band stimmte ein Liebeslied an. Die weiche Stimme der Sängerin schwebte über den Köpfen. Im Lied ging es um einen Kuss, der niemals enden sollte.

White trat ganz nahe an Vicky heran und fasste sie mit beiden Händen. Sanft zog er sie an sich, um dann die Arme um sie zu legen. Er zog sie hin und her, holte Schwung und drehte sich mit Vicky auf der Tanzfläche.

Ihre Füße berührten längst nicht mehr den Boden. Sie glitten eine Handbreit darüber durch die Luft.

„Mein Engel", flüsterte er Vicky ins Ohr. Sie spürte seinen Atem und roch diese Frische, die von ihm ausging.

Mit einem energischen, verzweifelten Laut stieß sie ihn von sich. White stolperte nach hinten durch zwei jüngere Schüler hindurch. Weich federte er auf den nackten Sohlen ab. Ratlos sah er sie an.

„Nein! Es darf nicht sein! Du bist mein Feind!" Sie sagte das mit einer Heftigkeit, als müsste sie sich selbst von der Richtigkeit dieser Worte überzeugen.

Sein Blick war von einer tiefen Traurigkeit. Langsam ging er nach hinten weg, blickte sich noch einmal zu ihr um und verschwand dann durch die Mauer hinaus in die Nacht.

Der tiefe Sturz

Rund um Vicky tobte der Schulball weiter. Niemand ahnte, was gerade geschehen war. Keines der Pärchen, das eng umschlungen tanzte, konnte sich das Gefühl in ihr vorstellen. Es war ein tiefer Schmerz und Hoffnungslosigkeit. Tränen liefen über ihre Wangen.

Vicky war weiterhin körperlos und unsichtbar. Ein Zeichen, dass ihre Aufgabe als Engel noch nicht erfüllt war.

Sie versuchte, ihre Gedanken zurück auf den Ball und Lance zu lenken, der weitertanzte, seinen dünnen Körper wiegend wie eine aufgerichtete Kobra.

Wie spät war es eigentlich? Vicky versuchte, einen Blick auf die Armbanduhr eines Jungen zu werfen. Weil der Ärmel seiner Jacke die Uhr verdeckte, konzentrierte sich Vicky auf den Stoff und schaffte es, ihn ein Stückchen nach oben rutschen zu lassen.

Es war kurz vor zehn Uhr.

Um zehn auf dem Dach, hatte Marco gesagt. Für zehn Uhr hatte Lance eine Überraschung angekündigt, laut Marco. Es war nicht schwierig zu erraten, um welche Form von Überraschung es sich handelte.

Sie wollte vor ihm auf dem Dach sein. Vicky musste einen Weg finden, ihn vom Verteilen der Drogen abzuhalten.

Nur wie?

Vicky genügte es, die Augen zu schließen, sich die graue Metalltür im dritten Stockwerk vorzustellen und sie so im

Bruchteil einer Sekunde zu erreichen. Der Flug in das obere Stockwerk, durch dicke Betondecken, fühlte sich für sie an wie ein Sprung in kühles Wasser. Die Wände, Treppen, Klassentüren und Poster des Schulhauses umflogen sie wie ein wildes Puzzle. Vickys Körper wurde von einem Sog getragen, der ihr fast die Arme und Beine auszureißen schien.

Doch er brachte sie ans gewünschte Ziel.

Die Tür besaß keine Klinke, sondern nur einen Griff und ein großes Schlüsselloch. Sie war nicht abgesperrt. Vicky ahnte den Grund.

Einige Mädchen und Jungen waren auf den Dachboden geschlichen, um dort zu rauchen. Vicky schwebte durch das Metall der Tür, das wie ein Hauch durch sie hindurch glitt. Die steile, enge Treppe überwand sie wieder nur mit einem kurzen Gedanken an den dicksten Stützbalken des Dachbodens.

In ihn war ein Herz geschnitzt, das von einem Totenkopf gebissen wurde. Was diese Schnitzerei bedeuten sollte und wer sie angebracht hatte, wusste Vicky nicht. Die Zeichnung hatte sich aber bei ihr eingeprägt und war ihr nun nützlich, um den Speicher zu erreichen.

Auf einem Pappteller standen einige Kerzen. Sie waren schon bis zur Hälfte heruntergebrannt. In der Luft lag der blaue Dunst von Zigaretten. Schüler aber befanden sich keine hier oben.

Die Flammen der Kerzen flackerten. Das Wachs war auf einer Seite stärker geschmolzen und bildete ein kleines Gebirge auf dem Teller. Vicky sah zum Giebel hoch. Auf dem Balken, der darunter verlief, nisteten manchmal Tauben, die der Hausmeister immer zu vertreiben versuchte. Der hintere Teil des langen Raumes war voll mit Sachen, die im Schulhaus keine Verwendung mehr fanden. Die Prunkstücke waren ein ausgestopftes Wildschwein und ein Hai in einem großen Glasbehälter, eingelegt in Spiritus.

Ein kleiner Sprung, und Vicky war im Freien, auf dem Dach. Hinter ihr ragten die Ziegel der Dachschräge in den Nachthimmel.

Das Gewitter war abgezogen. Die Luft erschien wie frisch gewaschen. Die Wolkendecke riss auf und dahinter kamen ein fast voller Mond und Tausende Sterne hervor.

Im Mondschein glänzte das Blech, mit dem der lange, flache Teil des Daches verkleidet war. Die Kanten fielen steil hinab zu den Regenrinnen. Wer sich hier heraus wagte, musste schwindelfrei sein.

Die Blechverkleidung war längere Zeit nicht repariert worden, an einigen Stellen war sie verwittert und an anderen, wo die Blechstreifen aneinanderstießen, aufgebogen.

Die Angeln der Dachluke quietschten, als sie aufgestoßen wurde. Mit viel Kichern kam Lance herausgeklettert. Eve und Monica waren bei ihm. Monica hing an seinem Arm, während er Eve fest um die Taille genommen hatte.

Die drei lachten ausgelassen, scheinbar ohne Grund.

„Soll ich den Mond herunterholen?“, bot Lance an.

Eve kicherte. „Mach, schnell!“ Ihre Ohrringe klimperten wie Schlittenglöckchen.

Lance streckte die Hand zum Himmel. Er tat, als versuche er, eine Fliege zu fangen, griff immer wieder in die Luft, sah in die leere Hand und schüttelte missbilligend den Kopf. Schließlich holte er weit aus und sprang leicht in die Höhe. Die Mädchen wurden mitgerissen und beim Aufprall schwankten alle drei kurz. Monica klammerte sich an Lance. Sie deutete zur Dachkante.

„He, pass auf! Kein Bock abzustürzen."

Das, was Lance da angeblich gefangen hatte, stopfte er sich schnell in den Mund.

Monica gackerte.

„Was soll das?", wollte sie wissen.

Lance deutete zum Himmel. Der Mond war nicht mehr zu sehen.

„Wolke. Ist doch nur eine Wolke", zerstörte Monica jede Illusion. Lance hatte nur abgewartet, bis sich eine Wolke vor den Mond geschoben hatte.

Vicky stand wenige Schritte von den dreien entfernt. Prüfend sah sie nach links und rechts. Die Dachkanten waren nah und das Blech rutschig.

Aus der Luke kletterte Marco. Verlegen hob er eine Hand. Seine Hose hing fast in seinen Kniekehlen. Das Hemd schlabberte über dem Gürtel.

„Bereit für die Überraschung", meldete er sich wie ein Schiffsjunge beim Kapitän.

„Überraschung!" Eve klatschte in die Hände, wie Sally es tat, wenn sie etwas geschenkt bekommen sollte.

„Alle gut drauf?", fragte Lance in die Runde.

Monica zuckte mit den Schultern. „Kann besser sein."

Marco nickte zustimmend. „Ja, alles ganz schön ätzend und so."

Verständnisvoll sagte Lance: „Kein Problem. Ein wenig Zucker und schon geht alles besser." Aus der Tasche seiner Jacke nahm er das Säckchen mit den Drogen. „Schon mal Sternenstaub versucht?", sagte er lockend.

Monica löste sich von ihm und wich zurück. „Was soll der Scheiß?"

Eve griff nach dem Säckchen, das Lance zwischen den Fingern baumeln ließ.

„He, das ist das Zeug, das so happy machen soll."

„Das sind Drogen", sagte Marco sichtlich entsetzt.

„Quatsch. Das sind kleine Helfer. Ich nehme das Zeug selbst. Ein wenig Sternenstaub und alles geht viel einfacher. Seht mich an." Er deutete an sich herab und setzte ein besonders strahlendes Gesicht auf.

Marco schüttelte den Kopf. „Nichts für mich." Er drehte sich zur Luke zurück. Durch die aber kam gerade jemand geklettert. Etwas umständlich und ungeschickt und heftig atmend.

Es war Nessa.

Eine Nessa, die vor Zorn am ganzen Körper zitterte. Gloria folgte ihr, blieb aber bei der Luke stehen und klammerte sich mit beiden Händen am Rahmen fest.

„Nicht Nessa ... lass das", jammerte sie. Nur ein Blick Richtung Dachkante genügte Gloria, um die Augen zuzupressen und sich niedersinken zu lassen. Sie wimmerte kläglich. „Ich habe Höhenangst. Nessa, komm zurück!"

Doch daran dachte Nessa nicht. Den Kopf gesenkt, die Arme weggespreizt, bewegte sie sich auf Lance zu.

„Ich bin kein Spielzeug!", fauchte sie.

Wie versteinert stand Lance da, die Hand mit den Drogen noch in der Höhe.

Neben ihm sank Eve nieder und kauerte auf dem nassen Blech. Mit weit aufgerissenen Augen starrte sie zu Lance und Nessa hoch.

Wütend schlug Nessa Lance das Säckchen aus der Hand. Es rutschte über das Blech zur Dachkante. Lance ging sofort auf die Knie und krabbelte hinterher.

Ein neuer Schwall Todeshauch stieg auf, als wäre ein riesiger Ballon geplatzt.

Auf dem anderen Ende des flachen Teils tauchte White auf. Sein Hemd flatterte im Wind.

Sie hatte es gewusst. White hatte sie zuvor ablenken wollen, damit sie nicht auf das Dach kam und er siegte.

Lance streckte die Hand nach dem Säckchen aus. Nessa stürzte sich von hinten auf ihn, packte ihn am Fuß und riss daran. Von Lance kam ein lauter Schrei.

„Dreckskerl!“, brüllte Nessa, außer sich.

Wie auf Schienen glitt White näher.

„Lass sie! Verschwinde!“, schrie Vicky aus Leibeskräften.

Er sagte nichts und sah sie nur mit dieser unendlichen Traurigkeit an.

„Ich hasse dich! Ich hasse dich!“

Mit einem harten Tritt gegen ihren Arm konnte Lance Nessa abschütteln. Er robbte weiter zu dem Säckchen, das nur Zentimeter von der Dachkante und damit dem Sturz auf die Straße entfernt lag.

Nessa aber ließ nicht so schnell von ihm ab. Energisch folgte sie ihm. Aufrecht. Blind vor Wut. Blind für die Gefahr, in der sie beide waren.

Wieder bückte sie sich und fasste nach Lance’ Knöcheln. Diesmal aber war er darauf gefasst und strampelte mit beiden Beinen. Er traf sie am Knie, an einer empfindlichen Stelle. Nessa knickte ein. Ihr Schuh schlitterte nach vorne. Sie ruderte wild mit den Armen, um das Gleichgewicht wiederzufinden, bekam aber nirgendwo Halt und landete hart auf der Seite.

Sie kämpfte sich wieder hoch und weiter in Richtung Lance. Mittlerweile hatte er das Säckchen fast erreicht.

Vicky sah zu White. Er hatte den Blick zum Sternenhimmel gehoben und die Augen geschlossen. Seine Arme lagen fest am Körper, die Fäuste waren geballt.

Was sollte das? Flehte er um zwei Opfer? Wollte er Nessa *und* Lance holen?

Alle ihre Gedanken bündelnd und wie einen feinen Lichtstrahl auf Nessa richtend, versuchte Vicky, der Freundin Vernunft in den Kopf zu jagen.

„Hör auf, Nessa! Ich bin es, Vicky. Ich will dich retten. Hör auf! Lass ihn! Kriech zurück! Sonst stürzt du ab."

„Nein, nein! Den Kerl hol ich mir!", keuchte Nessa.

Sie konnte Vickys Stimme also hören.

„Nein, es ist sinnlos. Hör auf! Sonst verlierst du dein Leben. Lass den Unsinn! Bitte, Nessa."

Nessa blickte um sich, verwirrt. Sie verstand nicht, wieso sie Vicky hören, aber nicht sehen konnte.

„Ich bin ein Engel. Dein Engel", versuchte Vicky, ihr zu erklären.

Lance hatte endlich das Säckchen erwischt und umklammerte es mit der Faust. Auf allen vieren bewegte er sich zur Luke zurück, einen Bogen um Nessa machend.

„Lass ihn gehen! Lass ihn, bitte!" Vicky hörte nicht auf, auf Nessa in Gedanken einzureden.

Heftig atmend hockte Nessa auf dem nassen Dach.

Gloria kauerte noch immer an der Luke. Lance bewegte sich langsam auf sie zu.

Nessa wollte aufspringen. Mit der Hand blieb sie an einer aufgestellten, spitzen Ecke der Dachverkleidung hängen. Sie blutete.

„Nein, so kommst du nicht davon", stieß sie heraus und kämpfte sich auf die Beine.

Aus den Augenwinkeln bemerkte Vicky, wie sich White wegdrehte. Gab er auf?

Nessa machte einen großen Schritt. Ihr rechter Fuß rutschte auf dem glitschigen Blech aus. Sie warf die Arme in die Luft, taumelte zur Seite und stolperte. Kopf voran, offensichtlich ohne Orientierung, steuerte sie auf das Nichts zu, das hinter der Dachkante begann.

„Nein!", schrie Vicky so laut, dass ihre Stimme kippte.

Vicky schoss auf Nessa zu und glitt durch sie hindurch.

Nessas Absturz war nicht mehr abzuwenden.

„Nessa!", brüllte Vicky erneut in ihrem Kopf.

Nessas verzweifeltes Rudern und Greifen verlangsamte sich. Ihre Augen waren hervorgetreten, ihr Mund weit aufgerissen. Der Stoff ihres Kleides flog um sie, aber mit fließenden Bewegungen wie unter Wasser.

Vicky aber konnte sich völlig normal bewegen. Sie befand sich nicht mehr auf dem Dach, sondern bereits in der Luft über der Straße.

Zwei Schritte noch, und Nessa würde fallen. Hinter ihr starrten Eve und Monica voller Entsetzen, die Hände vorgestreckt, obwohl es nichts nützte. Auch Lance schrie und Gloria. Ihre Schreie klangen weit entfernt und tief.

Die Dachkante war von Grünspan überzogen und rau. Die Nähte zwischen den Blechplatten hatten sich geöffnet. Das Eis im Winter musste sie aufgebogen haben.

Vickys Augen waren auf diese Stelle gerichtet. Sie wusste selbst nicht, wieso. Ihre Sehkraft war auf einmal so stark, als wären ihre Augen ein Mikroskop. Die Blechkanten schienen zu zittern.

Aufbiegen, befahl ihnen Vicky. Hoch aufbiegen. Hoch! Jetzt! Hoch!

Das Blech, breit wie eine Türmatte, rollte sich von der Dachkante zur Dachmitte auf, hoch genug, um Nessa aufzuhalten. Sie kippte nach hinten und blieb auf dem Rücken liegen.

Regungslos.

Vicky atmete keuchend wie nach einem langen Lauf. Eine Schwere ergriff von ihr Besitz und zog sie nach unten. Sie hatte ihre Engelsgestalt verloren.

Nessa, dachte sie mit letzter Kraft. Nessa!

Unter ihr drehte sich die Straße mit den Bäumen und den Autos. Sie kehrte in ihre menschliche Gestalt zurück und würde ihr eigenes Leben verlieren. Vicky fiel.

Nessa!

LIEBE KANN ...

Das Blaulicht der Rettungswagen flackerte auf der Fassade der Schule. Dort, wo noch vor Kurzem Projektoren riesige Schmetterlinge hatten flattern lassen, blinkte nun das nüchterne blaue Licht.

Die beiden Krankenwagen hatten die hinteren Türen geöffnet. Die Tragen waren ausgefahren, wurden aber nicht benötigt.

Mrs Hasselmann redete am Schultor mit den Sanitätern und dem Notarzt. Ihre Stimme war gesenkt, noch geschockt von dem entsetzlichen Zwischenfall. Neben ihr stand Alexandra und versuchte, ihr beizustehen.

Die Tanzenden im Ballsaal hatten davon nichts mitbekommen. Es war die Entscheidung der Schuldirektorin, sie nicht darüber zu informieren, was sich auf dem Dach ereignet hatte.

Zwei Polizeiwagen parkten direkt hinter den Krankenwagen. Die Polizisten waren im Schulhaus und auf dem Dach. Einer war auf dem Gehsteig geblieben.

Aus der Schule wurden Eve und Monica geführt. Je ein Sanitäter stützte sie unter dem Arm. Das Make-up der Mädchen leuchtete gespenstisch in ihren blassen Gesichtern und ließ ihre Augenhöhlen tief und tot erscheinen.

„Es ... es war dieses Mädchen ... das nach Stäbchen gefragt hat“, stammelte Monica immer wieder. Einen Ohrring hatte sie verloren, der zweite klimperte einsam.

Eve sagte nur immer wieder: „Luft ... gefallen, Luft ... gefallen."

Ein Polizist trat zu Mrs Hasselmann. „Wurde Alkohol auf dem Schulball ausgeschenkt?"

„Natürlich nicht!", antwortete die Direktorin voller Entrüstung.

„Auf gar keinen Fall", pflichtete Alexandra bei. „Das würde neben den Wahnsinnsengeln gerade noch fehlen."

„Alexandra, es reicht! Halt dich da raus! Ich kann das durchaus alleine regeln", wies Mrs Hasselmann Lady Proper, wie Vicky und ihre Freundinnen sie immer nannten, in die Schranken.

Der Polizist klappte sein Notizbuch zu. Zerknirscht nickte Alexandra und machte einen Schritt nach hinten.

Ein anderer Polizist kam mit Lance auf die Straße. Lance ging in sich gesunken, mit hängendem Kopf und schleifenden Schritten.

„Wir haben bei ihm Drogen gefunden", berichtete der Polizist seinem Kollegen. Er deutete auf Lance. „Der Junge ist bereit auszusagen, von wem er das Zeug hat. Von einem Neil soundso."

„Mister, nehmen Sie die Hände weg!", schimpfte jemand.

Ein Sanitäter versuchte, Nessa zum Rettungswagen zu begleiten. Sie wollte aber nicht. Vor dem Schultor kam sie neben Lance zu stehen. Schweigend starrte sie ihn an.

Lance warf nur einen sehr kurzen Seitenblick auf sie. Als der Polizist ihn zum Einsatzwagen führen wollte, wehrte sich Lance kurz.

„Einen Moment", sagte er sehr leise. Ohne Nessa dabei anzusehen, redete er weiter: „Nessa. Ich wollte dich nicht reinziehen. Weil ich dich mag. Aber sei froh, dass du mich los bist." Danach folgte er dem Polizisten zum Auto.

Nessa starrte ihm hinterher. Aus ihrem Gesicht war nicht abzulesen, was in ihr vorging.

Eine dunkle Limousine rollte heran und hielt gegenüber. Heraus sprang Sigfrid. Mit großen Schritten eilte er zur Schule.

„Sigfrid Tenner", stellte er sich der Direktorin vor. „Der Bruder von Gloria."

Mrs Hasselmann nickte. „Gloria ist im Krankenzimmer bei Dr. Schuster."

Sigfrid lief schnell in den ersten Stock hinauf, begleitet von Nessa.

Die Tür zum Krankenzimmer stand offen. Von unten, vom Ballsaal, kam immer noch laute Musik. Selbst einen Stock höher roch es jetzt ziemlich stark nach Pfirsich, weil die Duftseifenblasenmaschine verrückt spielte und das Duftöl wild verspritzte.

Auf der Kante der Liege saß Gloria. Neben ihr Vicky. Gloria hatte den Arm um ihre Schultern gelegt. Vicky wirkte erschöpft, hatte dunkle Ringe unter den Augen und war weiß wie die Wand.

Sigfrid trat zu seiner Schwester und Vicky.

„Wie geht es euch?", erkundigte er sich. Zu Gloria sagte er: „Ich habe Dads zweiten Wagen genommen. Also kann ich euch alle mitnehmen, wenn ihr wollt."

Vicky sehnte sich danach, in ihr Bett zu kommen. Sie wollte liegen und die Augen schließen. Schlafen und vergessen. Ihre Arme und Beine entspannen, denn ihre Muskeln waren hart und taten weh.

„Und was ist auf dem Dach genau geschehen?“, fragte Sigfrid.

Vicky schickte den Freundinnen einen schnellen, warnenden Blick. Gloria klappte darauf sofort wieder den Mund zu, den sie bereits geöffnet hatte.

„Sie hat mir das Leben gerettet“, erklärte Nessa. „Meine Lady Leben.“

„Nessa wollte Lance diese Drogen wegnehmen und dabei ist sie ausgerutscht“, fügte Vicky hinzu. Ihre Stimme klang so schwach und müde.

Gloria nickte bekräftigend. „Ja, genauso war es“, versicherte sie übertrieben energisch.

„Bist du bereit?“ Sigfrid stellte sich neben Vicky und bot ihr seinen Arm an. Dankbar hakte sie sich unter.

„Gehen wir. Bitte nach Hause.“

„Zu Pru oder zu deinem Vater?“, fragte Gloria.

Am liebsten wollte Vicky zu ihrer Mutter. Ihr Vater aber würde enttäuscht und verletzt sein, wenn sie nach diesem Zwischenfall wieder zu Pru flüchtete und ihm nicht vertraute. „Zu meinem Vater“, sagte sie deshalb. „Könnt ihr bitte noch Gilbert aus dem Computerraum holen? Wenn ich den hier vergesse, gibt es wieder Krach mit Isabella.“ Gloria lief sofort los.

Am Sonntag schlief Vicky bis zum Nachmittag. Isabella hatte die Vorhänge ihres Zimmers gut zugezogen, damit Vicky nicht von der Sonne geweckt würde.

Beim Aufwachen musste sie sich erst zurechtfinden. Es dauerte ein paar Minuten, bis die Erinnerungen an die vergangene Nacht Stück für Stück zurückkehrten. Sie richtete sich auf und streckte zuerst die Arme und dann die Beine. Nach dem Aufstehen schüttelte sie den ganzen Körper kräftig aus und wischte sich über das Gesicht. Sie tappte ins Bad.

Erst nachdem sie ausgiebig geduscht, sich die Haare gewaschen und Zähne geputzt hatte, kam sie wieder heraus. Sie zog sich an und klopfte sich auf den flachen Bauch. Er klang hohl wie eine Trommel.

Ihr Vater trat aus dem Wohnzimmer auf sie zu. Er nahm sie an den Schultern und küsste sie auf den Scheitel.

„Komm herein“, sagte er.

Isabella stand vom Sofa auf.

„Geht es dir besser?“

Vicky nickte stumm.

„Was hättest du gerne?“

„Spaghetti. Mit Ketchup. Und Eistee. Und Pfefferminzeiscreme.“

Ohne die Bestellung zu kommentieren oder zu kritisieren, verschwand Isabella in Richtung Küche.

„Und du hast ganz bestimmt nichts abbekommen?“, fragte Chris Cassady besorgt.

Vicky tastete sich ab. „Scheint alles dran zu sein.“

Ihr Vater lächelte unsicher.

„Keiner weiß genau, was da auf dem Dach vorgefallen ist.“

Weitere Erklärungen wollte Vicky nicht abgeben. Die Gefahr, sich in Widersprüche zu verstricken, war zu groß. Das aufgebogene Blechstück war schon Rätsel genug.

„Wie habt ihr erfahren, dass dieser Junge Drogen verteilen wollte?“ Vickys Vater nahm einen großen Schluck Wasser. „Wäre es nicht besser gewesen, der Direktorin das alles zu melden?“

„Zu spät!“ Vicky lächelte ihn an. „Nessa war nicht sicher. Wollte keine Pferde scheu machen.“

Verständnisvoll nickte ihr Vater immer wieder.

Vicky vertilgte alles, was Isabella ihr hinstellte. Sie hatte Hunger wie ein Wolf.

Nur wenig später trafen Gloria und Nessa ein. Gloria hatte stündlich bei den Cassadys angerufen und sich nach Vicky erkundigt. Sobald die Meldung kam, dass sie wieder auf den Beinen war, hatte Sigfrid gemeinsam mit Gloria Nessa abgeholt und die Mädchen zu Vicky gefahren.

„Er wartet unten. Wenn wir wollen, lädt er uns auf ein Eis ein“, sagte Gloria.

Obwohl Vicky gerade einen großen Becher Pfefferminzeis verdrückt hatte, wollte sie mehr. Isabella und ihr Vater hatten nichts dagegen.

Bevor es zur Eisdiele ging, bat Vicky, zur Hauptstraße gebracht zu werden. Sie musste Azrael besuchen und mit ihm reden.

Ihre Freundinnen warteten mit Sigfrid im Auto.

Im Gras neben Azrael sitzend, fühlte Vicky sich langsam wieder kräftiger. Der Engel hatte die blauen Augen geöffnet und sah zu ihr hoch.

„Ich bin nicht abgestürzt.“ Vicky konnte es noch immer nicht glauben. „Ich habe gefühlt, wie ich nach unten gezogen wurde. Aber ich bin auf dem Dach zu mir gekommen. Auf dem Bauch liegend. Nessa hat erzählt, ich wäre auf einmal vom Himmel auf sie gefallen.“

„Es war die Kraft eurer Freundschaft, der Gedanke an sie, der dich zu ihr gerissen hat“, vermutete Azrael. Er überlegte kurz. „Oder es war eine andere himmlische Kraft.“

„Ohne deinen Hinweis auf Lance und den Kerl bei den Fahrrädern hätte ich es nicht geschafft, Nessa zu helfen."

„Welcher Hinweis?"

„Aus dem Lautsprecher. Du hast doch zu mir gesprochen. Ich sollte vor die Schule gehen. Dort hat dieser Neil Lance die Tabletten übergeben."

Azrael runzelte die Stirn. „Du scheinst noch jemand anderen zu haben, der dir zur Seite steht. Ich war es nicht. So etwas konnte ich gar nicht wissen. Wie hätte ich es dir sagen sollen?"

Ungläubig blickte Vicky zu ihm hinunter.

„Sicher nicht?"

„Ganz sicher."

Später dann am Abend saß Vicky mit ihrer Mutter im Garten. Es roch nach feuchter Erde und Sommer. Sally redete mit ihren Erdbeerpflanzen, sie mögen doch bitte endlich Früchte tragen.

Pru und Vicky klebten sorgfältig kleine Schilder auf die Cremetiegel, die mittlerweile alle gefüllt und verschraubt waren.

„Sonnenschein, du trägst dazu bei, dass diese Welt besser wird", sagte Pru mit nicht zu überhörendem Stolz. Sie blickte ihre Tochter liebevoll an. „Ich wollte immer, dass du so wirst."

Sally kam mit einem Regenwurm zwischen den Fingern zurück.

„Kann man den essen?", wollte sie wissen.

„Natürlich. Er kommt von Mutter Erde", erklärte ihr Pru ruhig. „Aber ich würde ihn den Vögeln lassen, denn für dich haben wir anderes."

Das ließ Sally gelten, es leuchtete ihr ein, und deshalb brachte sie den Regenwurm zum Beet zurück.

„Mimutschka, ich muss dich was fragen." Vicky legte die Etiketten weg und spielte mit ihren Haaren. „Kann man jemanden ...", Vicky brach ab und setzte dann erneut an. „Kann man jemanden lieben, der ganz anders ist als man selbst?"

Nervös strich sich ihre Mutter die Haarsträhnen aus dem Gesicht. „Sonnenschein, Liebe ist unsere Sonne, und wenn sie scheint, dann können wir alle wachsen. Wo Liebe ist, gibt es keine Trennung, mag man auch noch so unterschiedlich sein."

Vicky nickte ernst, so wie Sally vorhin, als sie erfahren hatte, wie wohlschmeckend Regenwürmer sein könnten.

„Und wenn dieser Jemand etwas ganz anderes tut als man selbst? Das komplette Gegenteil? Etwas völlig Entgegengesetztes?"

Nun musste Pru überlegen, bevor sie antwortete.

„Klopf, klopf!", sagte jemand.

Pru und Vicky drehten sich zur Seite, wo Marco den Kopf um die Ecke steckte.

„Das Gartentor war offen. Ich dachte, ich kann ..."

„Natürlich! Sei unser Gast!" Pru winkte ihn an den Tisch. Marco brachte eine Schüssel, die mit Folie abgedeckt war.

„Ich habe Schmetterlingssalat gemacht."

Sally sprang auf. „Aus echten Schmetterlingen? Die sind aber nur für Vögel."

Marco lachte. „Nein, aus Schmetterlingsnudeln."

„Ich hole Teller und Besteck!" Pru lief in die Küche, wo man sie gleich darauf klappern hörte.

Verlegen stand Marco neben dem Tisch. „Ich wäre nicht auf das Dach gegangen, wenn du nicht einfach weggelaufen wärst“, platzte er heraus.

„Wie, was?“ Vicky kam nicht ganz mit, was er meinte.

„Du hast mich einfach stehen gelassen im Saal. Ich kenne doch kaum jemanden an der Schule. Ich war völlig allein. Gehen wollte ich aber auch noch nicht. Nur deshalb bin ich zu Lance auf das Dach.“

„Tut mir leid. Es war wegen meiner Freundin Nessa. Sie und Lance waren kurz ‚zusammen‘.“

„Aha.“

Eine Pause trat ein.

„Ich wollte es dir nur sagen, damit du nicht denkst, ich wollte das Zeug.“

„Klar. Würdest du nicht tun.“

„Nie.“

„Gut!“

Er lächelte unsicher und zog seinen Hosenbund höher.

„Ich hätte mich doch an diese *Wilden Wahnsinnsengel* wenden sollen.“

„Wieso das denn? Ich dachte, du findest die Wahnsinnsengel bescheuert. Wieso also auf einmal doch?“

„Damit sie mir ein Mädchen finden.“

„Die Wahnsinnsengel ‚finden‘ keine Mädchen, sondern können nur herausfinden, ob jemand zu dir passt oder nicht.“

„Aha.“ Er zuckte mit den Schultern. „Jetzt gibt es sie aber wohl nicht mehr. Cindy und diese Mädchen waren die *Wilden Wahnsinnsengel* und durften deshalb nicht auf den Ball.“

Vicky blickte geheimnisvoll vor sich hin. „Ach, Engel lachen immer länger. Versuch es doch! Schreib ihnen! Mal sehen, ob sie antworten."

„Meinst du?" Die Vorstellung gefiel Marco. „Ich habe da wirklich eine Frage."

„Dann schnell an den Computer!"

Marco brach sofort auf.

Als Pru mit Tellern und Löffeln zurückkehrte, sah sie sich suchend um. „Wo ist er hin?"

„Ach, muss noch was erledigen", erklärte Vicky.

Pru verteilte den Nudelsalat, der allen schmeckte.

„Du hast meine Frage nicht beantwortet", erinnerte Vicky.

„Frage? Welche Frage?"

„Wenn derjenige, in den man verliebt ist, etwas ganz anderes tut als man selbst. Das Gegenteil. Etwas Entgegengesetztes. Kann man ihn dann trotzdem lieben?"

Nachdem sie geschluckt hatte, sagte Pru: „Wenn dich der andere auch liebt, wird er nichts tun, was eure Liebe zerstört. Liebe kann verzaubern, kann verwandeln, kann verändern."

Vicky lehnte sich zurück und blickte hinauf zum ersten Stern, der sich am dunkelblauen Himmel zeigte.

War das wirklich so?

Konnte White verändert werden? Das war doch gar nicht möglich. Oder doch?

Er hatte ihr geholfen, Nessas Leben zu retten. Vielleicht hatte er ihr sogar das eigene gerettet und ihr einen Stoß versetzt, der sie zurück auf das Dach befördert hatte.

White hatte verzichtet, damit sie siegte. Er, der Leben nahm, hatte Leben geschenkt.

Ob sie ihn wiedersehen würde?

Im Haus klingelte das Telefon. Sally stürmte los und Vicky hörte sie krähen: „Hier Doktor Holzpopo, hallo, hallo!“ Nachdem sie sich angehört hatte, was der Anrufer wollte, rief Sally nach Vicky.

Gloria war am Apparat.

„Du errätst nie, wer gerade an die Wahnsinnsengel geschrieben hat.“

„Lass mich deine Gedanken lesen“, murmelte Vicky, wie eine Wahrsagerin. „Ich sehe, ich sehe, ich sehe ... Marco.“

Einen Moment war Gloria baff. „Ja. Kannst du wirklich Gedanken lesen?“

Vicky klärte sie auf, wie sie dieses kleine Wunder geschafft hatte.

„Aber du errätst nie, für wen er sich interessiert“, sagte Gloria, diesen kleinen Triumph auskostend.

„Sag schon!“

„Für eine gewisse Vicky Cassady!“

Diese Mitteilung machte sogar Vicky sprachlos. Das wollte etwas heißen.

© ManfredBaumann.com

THOMAS C. BREZINA

wurde 1963 in Wien geboren. Seine Romane sind in mehr als 35 Sprachen übersetzt.

Thomas liebt es, zu schreiben. Immer und überall. *Wilde Wahnsinnsengel* entstanden zum Beispiel in London, seiner zweiten Heimat.

Für die Arbeit an einem solchen Buch zieht sich Thomas völlig zurück. Er schreibt von morgens bis abends, mit kleinen Pausen und vor allem viel Bewegung, die er zum Nachdenken braucht.

Wird ein Buch fertig, ist er mehrere Tage lang ein wenig traurig. Es ist für ihn wie ein Abschied von lieben Freunden. Hält er das Buch dann aber fertig in den Händen, ist die Freude immer groß.

Die Begeisterung, die er beim Schreiben fühlt, möchte Thomas an seine Leser weitergeben.